고대 · 삼국시대편

한국의 명시가

— 김창룡

보고사

이 책은 2012년 9월부터 2014년 11월에 걸쳐 월간지 『묵가(墨家)』에 '한국의 명시가'란 제하(題下)로 연재한 글 모음이다.

　명시가(名詩歌)란 말이 한갓 유명한 시가란 뜻일까? 그보다는 명작 시가라는 의미 안에서 탄탄하고 합당해 보인다. 문득 '명작(名作)'이란 정의를 사전에서 찾았더니, '이름이 널리 알려진 훌륭한 작품'이라고 한다. 널리 알려짐과, 훌륭함이라는 두 가지 조건이 붙은 셈이다. 하지만 명작의 조건에 꼭 널리 알려진다는 전제가 필수일 것 같지는 않다. 오히려 '명불허전(名不虛傳)'의 반면에는 '낭득허명(浪得虛名)'의 경우가 마저 없지 않겠기 때문이다. 알려지지 못했으나 그 자체로 훌륭한 작품성만 갖춰있다면 그것이 명작의 자격으로서 하등 손색이 없으리라 한다. 그럼에도 세상사엔 운수란 것이 있어 암만 훌륭하다손 운이 채 닿지 못한 비운의 명작들이 인류사 안에 없지 않겠기 때문이다. 촌철살인의 훌륭한 명언(名言)들의 경우도 훨씬 압도적인 수가 아직도 더 많은 사람들한테 잘 주지되지 못한 채로 있다. 사람에 견준대도 명인(名人)이란 존재가 또한 반드시 매스컴을 타서 알려진 장인(匠人)만을 가리키는 뜻은 될 수 없고, 어느 산림 이항(里巷)에 은거하여 있을 망정 그가 지닌 덕량이나 재량이 뛰어나다면 명인이 아닐 수 없겠다. 역시 인정을 받고 못하고의 도정에는 진정 운수의 작용이 없지 않은 것이다. 차이코프스키가

피아노협주곡 1번을 처음 완성했던 당시에도 그랬고, 반 고흐의 그림들 또한 그의 생존기간 안에서는 거의 성공을 거두지 못했던 불우(不遇)의 명작들이다. 김시습의 『금오신화』가 이 땅에서 제대로의 평가를 얻은 것도 근대 이후에나 가능한 일이었다. 이렇듯 널리 알려진 것, 인기 있는 것, 칭송 받은 것 외에도 명작의 존재는 얼마든지 천지간에 깃들어 있을 터이다.

요컨대 명작이고자 하면 그것이 클래식이어야 한다. 장구한 시간의 터널, 유유한 세월의 산맥을 넘을 수 있는 오랜 전통성이 확보돼야 한다. 당대에는 인정을 받은 양했지만 다음 시대, 또는 그 다음 시대쯤 가서 잊히고 만다면 명작이라 함에 낯이 서지 않을 것이다. 여기 실은 시가문학 작품들은 그런 의미에서 장구한 세월토록 그 면원(綿遠)한 생명력을 용케 지켜온 작품들이기에 명시가 되기에 전혀 나무랄 데 없이 의연한 노래와 시의 클래식이다.

다만 줄잡아 무려 2000년 이상 굽이굽이 흘러온 한국의 명품들을 단박에 이루 담아낼 길은 없기에 시대별로 나눠 엮기로 했고, 여기서는 상고시대에서 삼국시대까지로 한정하였다. 연속하여 통일신라에서부터 고려 때까지의 시간을 초월해 온 작품들을 모아 편저할 예정이다.

이 책 구상의 초기에는 제목을 '쉽게 읽는 한국의 명시가'로 정했었다. 나름으론 팝 분야에서의 'Easy listening'처럼, 'Easy reading'을 성사시켜 보려 무진 애를 썼다. 그런데 만들어 놓은 글을 읽고 또 읽고, 암만 생각에 생각을 거듭해 보아도 '쉽게 읽는'이라는 수식구가 못내 부담을 떨어내지 못해 결국엔 '한국의 명시가'로 낙착하면서 뜻을 접고 말았다. 그래서 혼자 시름하되, 아마도 나란 천성은 생래적으로 현학(衒學) 취향이 고질로 되어 쉬운 글을 쓰기는 난망한가 보다, 남몰래 애꿎은 탄식을 흘리고 말았다. 궁극에 '쉽게 읽는'이라는 선망의 표현도 얹혀 못볼 터수이런가 못내 상심조차 하였지만, 정말 내 딴으론 그렇게 하기 위해 상당한 노력을 기울였음은 사실이다.

한 권의 책을 세상에 펴서 내는 데는 저술자 한 사람의 힘만으로는 되지 않는다는 사실도 오랜 저작 생활 안에서 체감을 더한다. '인인성사(因人成事)'라는 말처럼 그 과정에는 반드시 귀기울여주고 눈여겨 봐주는 분들의 적지 않은 신세를 입게 마련이다. 그리고 지금 또 출간의 앞에서, 내 생애의 보루인 보산(寶山) 김진악 오사(吾師)와 묵가(墨家)의 가족들, 보고사의 김흥국 대표와 권송이 편집자께 새삼 감하(感荷)의 정회가 그윽하다.

5월 新綠
新亭書屋에서
저 자

차례

1

공무도하가 公無渡河歌

공후에 실은 가시버시의 슬픔

海東繹史

箜篌引 箜篌引朝鮮津卒霍里子高妻麗玉所作也子
高晨起刺舡而濯有一白首狂夫被髮提壺亂流而渡
其妻隨呼止之不及遂墮河水死於是援箜篌而鼓之
作公無渡河之歌聲甚悽愴曲終自投河而死子高還
以其聲語妻麗玉玉傷之乃引箜篌而寫其聲聞者莫
不墮淚掩泣焉麗玉以其聲傳隣女麗容名曰箜篌引
高誘今

索朝鮮卽漢時樂浪郡朝鮮縣也麗玉所製箜
篌引古詩紀載其詞飜見亦曰公無渡河又琴
操九引有箜篌引皆本於麗玉也

『해동역사』 권22에 실린 〈공무도하가〉

竹林 정웅표 墨 〈공무도하가〉

흰 머리를 풀어헤친 한 실성한 사내가 손에 병을 든 채로 뛰고 있다. 앞에는 큰물이 가로놓여 있다. 그는 저만치 물살을 거슬러서 막무가내 달려간다. 그 뒤를 한 여인이 혼비백산 뒤따르며 무슨 말인지 외치면서 말리지만 사내는 그만 물에 빠져 죽고 말았다. 그것을 본 여인은 넋이 나간 채 가까이 있는 공후(箜篌) 악기를 끌어당겨 남편에 대한 애도의 노래를 그 자리에서 지어 부른다.

公無渡河	님하 물을 건너지 마오.
公竟渡河	님은 그예 물 건너셨네.
墮河而死	물에 빠져 죽으시니
當奈公何	가신 님을 어이료.

그 소리가 몹시 구슬프고 애처로웠다. 노래를 마치자 그녀도 홀연 물속에 몸을 던져 남편의 뒤를 따르고 말았다. 이 모든 광경을 멀리서 지켜본 한 사내가 있었으니, 곽리자고(霍里子高)라는 이었다. 그는 집에 돌아와서는 자신이 본 광경과 그 노랫소리의 기억을 되살려 아내 여옥(麗玉)에게 전달해 주었다. 여옥이 역시 공후를 당겨 남편의 기억에 맞춰 노래를 재현해 보였다. 여옥은 그 노래가 감명 깊어 이웃집 여인 여용(麗容)에게 전수해 주었다.

이상은 유명한 노래 〈공무도하가(公無渡河歌)〉 및 거기에 따라붙어 있는 이야기이다. 이 노래의 한역시는 원래 진(晉)나라 최표(崔豹)의 『고금주(古今注)』에 있던 내용을 조선 후기의 역사 실학자 한치윤(韓致奫, 1765~1864)이 자신의 편저인 『해동역사(海東繹史)』 안에다 그대로 옮겨 실은 것이다.

그런데 이 이야기에 어딘가 비현실적이고 낭만적인 여운이 감아 돈다. 아닌 게 아니라 남편이 죽었는데도 악기를 꺼내어 연주했다는 아내의 반응도 의아하고,

사람이 둘 씩이나 목전에서 물에 빠져 죽는데도 수수방관하기만 하는 곽리자고(霍里子高)의 태도도 이상하기만 하다. 그래서 그런건가 국문학자들은 이를 실화가 아닌 설화로 보았다. 설화란 간단히 풀이하면 '꾸며진 이야기'이다. 아울러 옛 노래들은 노래 단독으로 존재하는 일이 거의 없는 대신, 그 노래가 어떤 연유로 생겨났는지를 뒤받쳐 설명해주는 이야기를 동반하고 있는 경우가 대부분이다. 이렇게 어떤 노래에 딸려있는 이야기를 20세기 이후의 사람들은 '배경설화(背景說話)'라고 일컫게 되었다. 〈황조가(黃鳥歌)〉에서도 곧장 이 노래의 소개 이전에, 유리왕(瑠璃王)을 둘러싼 화희와 치희의 총애 다툼 끝에 친정으로 가버린 치희를 설득해 데려오지 못한 왕의 실패담을 실어 두었다. 이러한 현상은 가야(伽倻) 수로왕(首露王)을 맞이하는 과정에서 불렀다는 〈구지가(龜旨歌)〉에서도 마찬가지이고, 이후 신라의 향가들에서도 다를 바가 없다.

〈공무도하가〉를 두고 상당수의 논자들은 이것이 한국의 노래요, 또한 최초의 노래라고 말하기도 한다. 한치윤은 배경설화 안의 '조선현(朝鮮縣)'이란 글 바로 뒤에다 '생각건대 조선은 곧 한나라 시절 낙랑군 산하의 조선현이다(案朝鮮 卽漢時 樂浪郡朝鮮縣也)'라고 자신의 생각을 첨부하였다. 더 훗날의 편술인 『문헌비고(文獻備考)』에도 '낙랑군이 조선현을 관할했으니 지금의 평양이다(樂浪郡治朝鮮縣今平壤)'라고 기술하였다. 그리하여 뒷날 한치윤 등의 이 발언이 현대의 학자들에게 큰 영향력을 발휘하게 되었다. 그의 이전에 차천로(車天輅, 1556~1615)가 이곳을 대동강이라 하고 유득공(柳得恭, 1749~?)이 평양으로 간주하는 등 한국 국적 가능성을 얘기했음에도, 대개는 한치윤의 기록에 우선성을 두고 논의했음도 사실이다.

하지만 그렇게 단정을 짓기에는 한두 가지 석연치 않은 문제가 따라 있다. 과연 이 노래가 한반도에서 만들어진 한국 국적의 노래인지에 대해 전적인 신뢰가 어렵다는 점과, 대관절 고대의 어느 시점인지에 대해 지극히 막연하기만 하다는 사실이 커다란 의구심과 장애요인으로 걸려있는 까닭이다.

지금 이 노래를 한국의 명시가 대열에 넣었지만 기실 이 가사가 실린 가장 오래된 출전은 우리 쪽 문헌이 아닌 중국 쪽에 있었다. 바로 2세기 후반에 채옹(蔡邕, 133~192)이 펴낸『금조(琴操)』가 이것 실은 첫 문헌이니, 이 안에 '공무도하(公無渡河)'로 시작되는 사언시와 설화가 나란히 수록되어 있다.

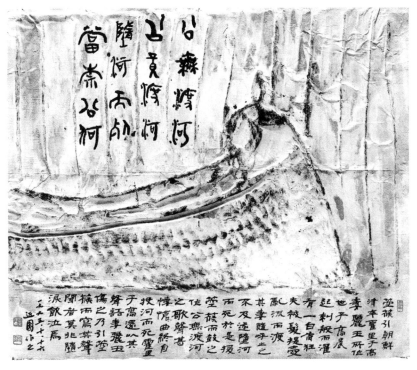

김양동 作〈공무도하가〉

箜篌引者 朝鮮津卒 霍里子高所作也 子高晨刺船而櫂 有一狂夫 被髮提壺
涉河而渡 其妻追止之 不及 墮河而死 乃號天噓希 鼓箜篌而歌曰 公無渡河 公
竟渡河 公墮河死 當奈公何 曲終 自投河而死 子高聞而悲之 乃援琴而鼓之 作

箜篌引 以象其聲作其歌聲 所謂公無渡河曲也.

　공후인(箜篌引)이란 조선(朝鮮)의 뱃사공 곽리자고(霍里子高)가 지은 것이다.
자고가 새벽에 일어나 배를 고치고 노질을 하며 있는데, 머리를 풀어 헤치고 병을
든 한 미친 사내가 물을 건너가는 것이었다. 그 아내가 뒤따르며 말렸으나 못내 물에
빠져 죽고 말았다. 그녀는 이에 하늘을 향해 울부짖고는 공후(箜篌)를 타며 노래하
였다. '公無渡河 公竟渡河 公墮河死 當奈公何.' 노래를 마치자 자신도 물에 뛰어들
어 죽었다. 자고가 그 소리를 슬피 여겨 이내 공후를 당겨 두드리며 공후인(箜篌引)
을 지었다. 죽은 여인의 소리를 본떠 노랫가락을 만들었으니 이른바 〈공무도하곡(公
無渡河曲)〉이라 하는 것이다.

　이후 3세기 후반 4세기 초에 최표(崔豹)라는 이가 있었다. 그는 진(晉)나라 혜제
(惠帝)의 재위기간[290~306]에 태부승(太傅丞)을 지낸 인물이다. 『고금주(古今注)』
라는 책을 편술했는데, 이 책 안에 4자 4행 형태의 한역시를 그 유래와 함께 실어
전하였다. 여기 적혀있는 내용을 보면 위에 든 채옹의 기록과는 작가 내지 수사상
의 표현에서 약간의 차이가 나타난다.

箜篌引 朝鮮津卒 霍里子高妻麗玉所作也 子高
晨起 刺船而櫂 有一白首狂夫 被髮提壺 亂流而渡
其妻隨呼止之 不及 遂墮河水死 於是援箜篌而鼓
之 作公無渡河之歌 聲甚悽愴 曲終 自投河而死 霍
里子高還 以其聲語妻麗玉 玉傷之 乃引箜篌 而寫
其聲 聞者莫不墮淚掩泣焉 麗玉以其聲 傳隣女麗
容 名曰箜篌引焉.

　공후인(箜篌引)은 조선(朝鮮)의 뱃사공 곽리자고
(霍里子高)의 아내 여옥(麗玉)이 지은 것이다. 자고
가 새벽에 일어나 배를 고치고 노질을 하며 있는데,
머리를 풀어 헤치고 손에 병을 든 한 백발의 미친 사

내가 물을 거슬러 건너는 것이었다. 그 아내가 뒤쫓아 소리치면서 말렸으나 못내 물에 빠져 죽고 말았다. 이에 아내는 공후(箜篌)를 당겨 두드리며 '당신은 물을 건너지 마오'라는 노래를 지었는데 그 소리가 심히 구슬프고 애달팠다. 그녀는 노래를 마치자 자신도 물에 몸을 던져 죽었다. 곽리자고가 돌아와 그 소리를 아내 여옥에게 전해주니 여옥이 가슴아파하며 공후를 끌어다가 그 소리를 묘사했는데, 듣는 이마다 눈물 흘리며 울었다. 여옥은 그 소리를 이웃 여자 여용(麗容)에게 전하였거니, 〈공후인(箜篌引)〉이라 불렸다.

흔히는 한치윤이 전거로 삼은 최표 『고금주』의 바로 이 대목을 인용함이 일반이다. 하지만 이 노래를 수록한 문헌은 이것이 전부가 아니다. 북송 태종(서기 977년) 때에 관찬(官撰)의 백과서인 『태평어람(太平御覽)』에도 같은 내용이 실려 있는데, 역시 앞의 두 문헌과는 똑같다고 볼 수 없는 출입이 보인다.

漢時 霍里子高 朝鮮人也 晨起刺船 見一白首狂夫 被髮携壺 亂流而渡 其妻 止之不及 遂溺死 妻乃携箜篌 之 歌曰 公無渡河 公終渡河 公淹而死 當奈公 何 音甚悽切 曲終亦投河而死 子高還以其聲 語妻麗玉 麗玉傷之 引箜篌寫其 聲 爲箜篌引.

한(漢)나라 때 곽리자고(霍里子高)는 조선 사람이다. 새벽에 일어나 배를 고치다가 보니 머리를 풀어 헤치고 술병을 찬 백수(白首)의 미친 사내가 물을 건너려 하매, 그 아내가 말렸으나 듣지 아니하고 드디어 물에 빠져 죽었다. 그 아내는 공후(箜篌)를 뜯으며 노래를 불렀다. '公無渡河 公終渡河 公淹而死 當奈公何.' 그 소리가 몹시 처절하였는데, 곡조가 끝나자 아내 역시 물속에 몸을 던져 죽었다. 자고는 집에 돌아와 아내 여옥(麗玉)에게 곡조와 함께 본 것을 이야기하자 여옥은 슬퍼하면서 공후를 끌어다가 그 노래를 본따 불렀으니, 이를 〈공후인(箜篌引)〉이라 하였다.

가사가 다른 것들과는 특이하게 '公無渡河 公終渡河 公淹而死 當奈公何'로 되어 있다. 그 뒤 남송의 정초(鄭樵, 1103~1162)라는 이도 1161년에 완성시킨 『통지(通志)』

(권49) 안에 이 노래를 담았거니와, 여기선 또 '公淹而死'가 '公墮而死'로 달라져 있다. 내용이야 모두 '임은 건너지 마시지, (임은) 필경 물을 건너다가, 물에 빠져 죽으시니, 그대를 어이 하리요'라는 의미망을 벗어나지 않지만, 문헌들마다 살짝 표기를 달리한다는 사실이 목격된다. 요컨대 '公竟渡河'에 대한 '公終渡河', '墮河而死'에 대한 '公墮而死'거나 '公墮河死' 혹은 '公淹而死', '當奈公何'에 대한 '公將奈何' 혹은 '將奈公何' 등으로 각양 각색의 차이를 보였다.

하지만 표기의 변화보다 중요한 것은 배경담의 확대 변모이다. 초기에 백수광부와 그의 처 두 사람만의 비극적 사건을 담은 단순한 형태였던 것이 시간이 가면서 곽리자고와 여옥 부부가 출현하고, 더 나아가 여옥의 이웃집 여인인 여용까지 개입하는 등, 점차 확대되는 형태로 진행되었다는 사실을 결코 소홀히 볼 수 없다.

아무튼지 이런 기록들이 있은 훨씬 다음에야 우리나라 조선조에 들어서서 문인 학자들이 자신들의 책에다 위 중국의 문헌들을 인용해 실은 자취가 여기저기 나타났다. 앞서 말한대로 차천로(1556~1615)는 『오산설림초고(五山說林草藁)』에다 최표의 『고금주』를 옮겨 실은 끝에 '이 기록 안에 나오는 조선의 나루는 오늘날 대동강이다[按朝鮮津 卽今大同江也]'라고 덧붙였다. 박지원(1737~1805)은 『열하일기(熱河日記)』의 「동란섭필(銅蘭涉筆)」 안에 『태평어람』의 글을 인용만 하였지만, 유득공(1749~?)의 경우에는 다시 개인적 주관을 드러냈다. 그는 《이십일도회고시(二十一都懷古詩)》 중 '위만조선(衛滿朝鮮) 평양부(平壤府)'에 임해서 곽리자고의 아내인 여옥의 공후 연주를 중심에 두고 시를 지었다.

樂浪城外水悠悠	낙랑성 밖으로 강물은 유유히 흐르는데
誰識萩苴漢代侯	한나라 제후였던 추저(萩苴)를 알꺼나.
不及當年津吏婦	그보단 그 시절 나룻사공 아내의
箜篌一曲豔千秋	공후 한 곡조가 긴 세월에 더 아름다우리.

평양의 노래라고 인지했거니 〈공무도하가〉에 나오는 인물들을 위만조선시대 낙랑성 바깥 편에 살던 조선인들로 간주한 셈이다. 또한 고조선 말에 재상을 지내다가 한나라 무제 세력에 협조한 주화파(主和派) 인물 중 한 사람인 한음(韓陰)이 추저후(萩苴侯)에 봉해진 일이 있지만, 이 사람보다 뱃사공 부인과 공후인이 더 크게 전파되었다는 뜻이다. 그같은 자취 뒤에 조선시대 후기의 역사 실학자 한치윤이 『해동역사』의 안에다 최표 『고금주』의 것을 그대로 옮겨 실은 것이다.

이밖에도 『대동시선(大東詩選)』 권1 첫머리에는 고조선(古朝鮮) '곽리자고의 처 여옥[霍里子高妻麗玉]'이 지었다고 적었고 그 아래에 주석을 덧붙였는데, 기왕의 기록들에 약간 표현만 달리한 것이다.

朝鮮津吏 霍里子高妻麗玉所作也 子高晨起刺船 有白首狂夫 亂流而渡 其妻隨而止之不及 遂墮河而死 於是援箜篌而歌 聲甚悽愴 曲終亦投河而死 子高歸語其妻 妻傷之 乃引箜篌而寫其聲.

조선진의 관리인 곽리자고의 처 여옥의 작품이다. 자고가 새벽에 일어나 배를 고치는데 흰머리의 한 미친 사람이 물을 거슬러서 건너려 했다. 그의 아내가 따라가며 말렸지만 미치지 못하고 마침내 물에 빠져 죽었다. 이에 공후를 꺼내 한 곡 불렀는데 소리가 매우 처량하였다. 곡이 끝나자 그녀 또한 물에 빠져 죽었다. 자고가 집에 돌아와 자기 아내에게 말하니 아내 또한 애통해하며 공후를 꺼내어 그 곡조를 따라하였다.

공후를 연주하는 여인

같은 내용이 『청구시초(靑丘詩抄)』 등에도 고스란히 전재(轉載)되어 있다.

이상에서처럼 몇몇 조선의 학자들 간에는 배경담 속 조선진(朝鮮津)이란 곳이 대동강의 북안(北岸)인 지금의 평양(平壤)이라고 보거나, 또는 대동강의 남안(南岸)인 토성리(土城里)라고 하는 견해가 있었다. 다소 상이한 위치 상정에도 불구하고, 공히 조선 땅 대동강 유역에서 형성된 노래가 어떤 연유와 과정을 거쳐 중국 쪽에 전해졌다고 믿는 것이다. 나아가 한국에서 상당기간을 거쳐 구구전승 되다가 중국으로 전파되었고, 더 오랜 세월이 지났을 때 중국 문인의 손에 의해 채록되었을 것으로 추론하기도 한다.

그럼에도 노래 및 노래이야기가 원초적으로 유통된 과정을 보면 간단히 이를 조선의 노래로 본다는 일이 생각처럼 쉽지가 않다.

실제로 지봉 이수광(李睟光, 1563~1628)은 『지봉유설(芝峯類說)』(권10 문장부3 古樂府) 해설 중에 문득 다음과 같은 아쉬움을 나타냈다.

> 箜篌引 亦曰公無渡河 樂府序云朝鮮津卒 子高妻麗玉所作 此詞載於古樂府 而我國無傳者 可惜.
>
> 공후인은 공무도하라고도 하는데 악부의 서(序)에는 조선의 사공 곽리자고의 처 여옥의 소작이라고 했다. 이 가사가 고악부(古樂府)에는 실렸으나 우리나라에는 전해지는 것이 없어 애석하다.

20세기에 최신호 같은 학자 또한 여기의 조선이 옛 한국을 뜻하는 그 조선이 아니라 중국에서 6세기까지 직예성(直隸省) 내에 존재했던 고을 이름이라는 고증을 가하여 충격파를 던져주기도 했다.

그 일면에 또 역으로 노래의 생성지가 설령 중국의 직예성 조선현이 맞다고 할망정, 그곳이 고조선 이래 한인(韓人)들이 교거(僑居)하면서 독자적인 문화양식을 유지하던 공간일 수 있는 개연성도 제기되었다. 이는 오늘날 미국 현지에 한국

교포의 집단 거주지인 코리아타운을 연상하면 이해가 **빠**를 터이다. 다만 이주로 인해 노래의 소유권 또한 중국 쪽으로 국적 변동이 발생했다손 노래와 이야기를 만들어낸 주체가 한국인이라는 사실마저 어디 가는 일이 아니다. 곧 원작자만은 충분히 우리나라 사람일 가능성이 있기에 〈공무도하가〉를 우리의 고대가요로 본 대도 별반 문제되지 않을 수 있다. 오히려 중국 본토에 조선인의 노래가 수용 정착할 수 있었다면 그만큼 조선의 노래가 전파력과 영향력을 지녔다는 증좌가 될 수 있기에 자긍처가 될 수 있다는 말이다.

그렇게 놓고 보니 과연 이 노래엔 무언가 조선인다운 정서를 느끼게 하는 국면이 엿보인다. 남편과의 생사 간 이별 정황을 그린 이 노래에서 아내의 격정은 마지막에 이르러 '가신 님을 어이리'로 맺음하였다. 바로 이 맨끝 결구에서 어쩐지 한국의 전통적 정서인 '체념'의 원초적 정한을 연상시킨다. 이는 흡사 저 신라 향가 〈처용가(處容歌)〉의 마지막 구절인 '본디 내 것(아내)이지마는 빼앗긴 것을 어찌하리'거나, 고려가요 〈가시리〉의 마무리 결사인 '잡사와 두어리마나난 … 셜온 님 보내옵나니'처럼 체념과 체관이 어린 대응의 방식과 어딘가 통하는 양하다. 또는 근대에 김소월의 〈진달래꽃〉 마지막 연의 '나 보기가 역겨워 가실 때에는 죽어도 아니 눈물 흘리우리다'에서 이별을 당한 이가 그것의 슬픔과 고통을 그대로 받아들이면서 동시에 속으로 삭혀버리려는 승화의 감정과도 일맥상통해 보인다. 말하자면 초창기의 노래 〈공무도하가〉에는 전통 한국 여인들에게 특수했던 감정계(感情界) 중의 하나인 '한(恨)'의 정서가 내재해 있었다고 해도 과언이 아닐 듯싶은 분위기가 진작 깔려 있었다는 뜻이다. 별의별 한이 많은 가운데도 여기서의 한은 이별과 죽음에서 야기된 한인 것이다.

또한 중심소재가 된 물은 삶과 죽음, 혹은 이승과 저승의 갈림길을 의미하기도 한다. 그래서 건너지 말라고 외친 것이다. 남편이 그 길을 건넌 뒤에 아내도 뒤미처 그 길을 따라갔다. 남편의 죽음을 보고 뒤따라 죽는 아내의 모습에서 희생이 몸에 배인 아득한 시대의 여인상이 감지된다. '여필종부(女必從夫)'와 같은 이성적 판단이나 도리 등을 넘어서서, 한과 체념에 체화(體化)된 여인 부류의 맹목적 강렬한 에너지가 감지된다.

  한역된 가사는 역시 〈황조가〉나 마찬가지로 『시경(詩經)』의 체재를 닮아있다. 논자 중엔 이 한역조차 시경체(詩經體)의 영향을 받은 한국 문인의 번역으로 보려는 관점도 있다. 하지만 이것이 이미 후한 시대 채옹의 문헌에 '公無渡河 公竟渡河 公墮河死 當奈公何'로 엄연히 게재돼 있던 사실을 간과할 수 없다. 하물며 채옹이 활동하던 2세기 무렵은 아직 한국의 한문학이 『시경』다운 문체를 자유자재 구사하기엔 시기상조라 할 수 있다.
  돌이켜 〈공무도하가〉는 〈황조가〉와 나란히 이름 높은 상고시대의 가요이다. 그런데 간혹 논자들 중엔 이 〈공무도하가〉를 한국 문학사상 가장 오래된 노래로 막연히 생각하는 경향이 보인다. 그러나 이 노래가 한국의 것이라는 전제에서도 〈황조가〉가 공식 소개된 시간배경이 B.C.17년인데 비해 〈공무도하가〉의 소개는 가장 이른 채옹(蔡邕, 133~192)을 기준하여 서기 2세기 후반인 점을 비교 감안해도 역시 그 선후를 정하는 일에서 〈황조가〉보다 먼저라고 단정짓기 어려운 국면이 있다.

  표제로 세운 '공무도하가(公無渡河歌)'란 '당신은 강물을 건너지 마소 노래'라는 말이다. 어떤 이들은 '공후인(箜篌引)'이 맞다고도 한다. 이렇게 논란이 생긴 이유는 애당초 제목의 정체성이 모호했던 까닭이다. 이 노래에 대한 최초의 기록은 저 후한(後漢) 말 채옹이 엮은 『금조(琴調)』가 되겠는데, 이 책 안에서 다섯 편의 '곡(曲)'과 열두 편의 '조(操)'에 이어 아홉 편의 '인(引)'도 순차로 소개하고 있다. 전체를 들어보되, 1.열녀인(列女引), 2.백희인(伯姬引), 3.정녀인(情女引), 4.사귀인

(思歸引), 5.벽력인(霹靂引), 6.주마인(走馬引), 7.공후인(箜篌引), 8.금인(琴引), 9.초인(楚引)이다. 이 9인(九引) 중에 공후인(箜篌引)이 나온다.

그리고 해당 일곱 번째 '공후인'에 관한 설명을 보면, "일곱 번째는 공후인(箜篌引)이다. 이는 곽리자고(霍里子高)가 지은 것인데, 곧 공무도하곡(公無渡河曲)이다"라고 하였다. 이에서조차 제목이 하나로 고정돼 있지 않다. 그같은 와중에 〈황조가〉나 마찬가지로 금세기 들어 문학사 기술의 필요에 따라 새삼 이름을 정할 필요가 생겼고, 통일성 있는 명칭을 모색하는 과정에서 그 설이 분분해지고 말았다. 대체로 '공무도하가'로 호칭함이 대세인 양한데, 그 이유로 '공후인'은 악곡의 명칭이라 문학의 명칭으로 적절치 못하다는 것이다. 하지만 원래 인(引)이란 게 하필 악곡상의 명칭만 있는 것은 아니라서 악부(樂府) 시체(詩體)의 한 종류로도 사용되었고, 송대 이후에 서문(序文)과 혼용되는 문체(文體)명으로 쓰이기도 했다. 그럼에도 위에 든 아홉 개 인(引)은 악부시가 아니고 서문도 아닌, 악곡 이름임을 인지할 수 있다. 『문선(文選)』에 수록된, 혜강(嵇康) 작의 〈금부(琴賦)〉 주석 부분에서 "인(引) 또한 곡(曲)이다[引亦曲也]"라는 대목 또한 큰 참고가 된다. 그러므로 이 글에서도 역시 문학에 합당한 명칭에 맞춘다는 의미에서 위와 같이 제목을 붙였다.

작가가 누구냐 하는 것이 연구가들 사이에 크나큰 논란거리 중의 하나가 되어 왔다. 우선 중국 『금조』의 기록을 따른다면 곽리자고가 작가로 될 터이다. 곽리자고(霍里子高)에 대해서는 종전에 '곽(霍) 리자고(里子高)'라는 견해, 또는 '곽리자(霍里子) 고(高)'로 보는 견해 등이 있었으나, 뒷부분 문맥상 곽리(霍里)에 사는 자고(子高)로서 타당하겠다.

그런가 하면 『고금주』에는 그의 아내 여옥을 작가로 하였다. 조선의 한치윤은 『해동역사』 권22 악지 중의 '악제(樂制)와 악기' 조 안에 수공후(豎箜篌)를 설명하면서 '공후인'이 조선진의 군졸인 곽리자고의 아내가 지은 것이라고 했고, 역시

수공후(竪箜篌)

같은 악지 중의 '악가(樂歌)와 악무(樂舞)'에서도 조선진의 진졸 곽리자고의 처 여옥이 지은 것이라고 거듭 서술하였다. 반면에 현대의 논자 중엔 원작자는 백수광부(白首狂夫)의 아내요, 여옥은 전사자(傳寫者)에 불과하다고 하는 등, 역시 그 의견이 분분하기만 하다.

그러나 학자들이 이 일련의 이야기를 '배경설화'로 부르는 마당에, 만약 이것이 실제의 사건이 아니라 하나의 설화 즉 꾸며진 이야기로 인식하는 마당에선 작가가 백수광부의 아내라커니, 곽리자고라커니, 여옥이라커니 하는 등의 애써 선택한 사안들이 한순간에 의미를 잃고 만다. 이때는 그냥 이 노래와 설화를 함께 향유하던 설화 대중이 진정한 작자들이라고 함이 가장 타당하겠기 때문이다.

작품을 해석하는 관점과 방식도 구구(區區)하여 하나같지 않다. 초기에 〈공무도하가〉 배경설화가 보여주는 상황이 현실성이 없다는 이유로 하나의 신화로서 해석해 보려는 견해가 있었다. 곧 머리털이 하얗게 센 미친 노인은 아무런 두려움도 분별심도 없는 품이 필경 생사를 초월한 존재가 틀림없는 것이다. 그런데 생사를 초월한 존재란 비인간적 존재, 즉 신(神)을 의미한다고 보아야 하겠기에 '백수광부'를 로마 신화의 바커스(Bacchus) 같은 주신(酒神)으로 보고, 그 아내는 강물의 요정 님프에 해당한다는 해석이다. 술의 신인 남편이 술병을 끼고 다니듯 악신(樂神)인 아내는 공후를 끼고 다녔으며, 주신과 악신의 죽음과 함께 곽리자고와 여옥, 그리고 여용이 등장하는 것은 신화의 세계에서 인간의 세계로의 변모를 의미한다고 했다. 연구 초창기에 신화 해석적인 접근방식이었다.

한편 백수광부를 신령스러운 존재로 보되 그의 존재가 신이 아닌 인간, 인간 중에 신들린 남자 무당 즉 박수로 보기도 하였다. 광부(狂夫)는 남자 무당이 입신

상태에 돌입한 것이요, 이러한 상태에서 머리를 풀어헤치고 손에 술병을 들고 있는 형상이 당연하고 자연스럽다는 이해 방식이다. 따라서 이 설화를 미숙한 무당이 주술(呪術)에 실패한 비극적 파멸 이야기로 간주한다.

그런가 하면 백수광부를 '술의 신'이거나 '무당'으로 볼 수 있는 근거가 없는 마당에 신화 및 주술과 관련지을 수 없다는 반론도 제기되었다. 대신 노래만 본다면 부부 사이의 갈등과 불화가 원인일 가능성도 있다고 하였다. 또한 현실적인 관점에서 물에 빠져죽은 두 사람을 가난한 서민층 부부로 인지하려는 관점도 없지 않았다.

중국문학의 흐름 안에서 당나라의 이름난 시인들인 이하(李賀), 이백(李白), 왕건(王建), 이함용(李咸用), 온정균(溫庭筠) 등이 하나같이 〈공무도하(公無渡河)〉라는 표제로 이에 화답한 시들을 남긴바, 오늘날까지 반반(斑斑)한 자취로 남아있다. 그들 모두 공무도하 이야기를 필경 중국의 음향으로 알고 이에 그 여운을 보탰을 시 분명하다. 여럿 가운데 이백의 작품 중 가장 요긴한 일부만 발췌해 보인다.

披髮之叟狂而痴　머리를 풀어헤친 늙은이는 정신이 나간 채
清晨徑流欲奚爲　맑은 새벽 물길 치달으며 무얼 하려고 했나.
旁人不惜妻止之　누구도 애틋해 않는 속에 그 아내가 말리고
公無渡河苦渡之　당신 건너지 말랬는데 굳이 건너서 가는구나.

하지만 조선은 조선대로 나름 이 노래 및 노래이야기에 화응을 나타냈다. 사가(四佳) 서거정(徐居正, 1420~1488)이 지은 〈차운정사조선잡영십수(次韻正使朝鮮雜詠十數)〉 안에 공후인 곡조를 들었다는 대목이 있어 괄목할 만하다.

津流何太急	나룻물은 어이 그리 급한가
太急不可臨	하 급하여 물길 탈 수 없어라.
公乎無渡河	님이여 제발 강물 건너지 말아요.
渡河煙沈沈	그 강 건너갈 제 물안개 자욱했지.
良人去騎鯨	내 님 고래를 타고 떠나간 뒤
靑鳥無來音	청조(靑鳥)는 아무런 소식조차 없어.
紅顔隨以逝	한창 나이에 물 따라 가셨으니
一一愁人心	매사에 내 마음은 시름이 겨워.
我聞箜篌引	내 공후인 소리를 듣노라 보니
浪浪霑我襟	눈물이 줄줄 옷깃을 적시누나.
珍重霍里子	진중도 하여라 곽리자고여
聲名橫古今	그 명성 고금에 자자하구려.
謫仙不可作	이백은 더 이상 시 지을 길 없으니
聊效西崑吟	애오라지 서곤음(西崑吟)을 본받아 짓네.

맨 마지막 구에 '서곤음(西崑吟)을 본받아 짓는다'는 말은 적선(謫仙) 이백이 지은 〈공무도하(公無渡河)〉(이태백집 권2) 시 첫머리에 "황하가 서쪽 곤륜산에서 뻗어 나와, 만 리를 세차게 흘러 용문에 들이친다[黃河西來決崑崙 咆哮萬里觸龍門]"고 한 대목을 활용한 뜻이다.

성현(成俔, 1439~1504)의 저서 『허백당집(虛白堂集)』 중에는 아예 표제 자체를 〈공후인(箜篌引)〉(「허백당풍아록(虛白堂風雅錄)」 권2 引體·中)이라 하고, 〈공무도하(公無渡河)〉(樂府雜體·中)라고 하여 큰 흥미를 끈다. 특히 〈공후인〉의 내용이 볼 만하다.

雲間金鳳垂雙翅	구름 사이 황금 봉황은 양 날개 드리웠고
上有朱字盧生記	그 위엔 노생기(盧生記)란 붉은 글자 적혀 있네.
繁絃大小三十六	번화로이 크고 작은 서른여섯 줄

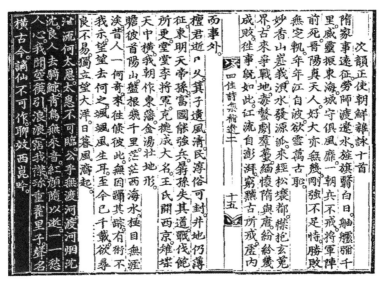

『사가정집(四佳亭集)』권2 시류(詩類)에 서거정이 공후인 곡조를 들었다고 했다.

清香自生纖指媚	아리따운 섬섬옥수에 맑은 향기 절로 인다.
公無渡河公竟渡	물 건너지 말랬건만 님 그예 건너는데
被髮提壺覓無路	산발한 채 술병 들어 찾을 길 아득하네.
倉皇麗玉長呼咷	급박한 여옥이가 울부짖고 불렀지만
一身幽怨憑誰訴	일신의 깊은 한을 뉘 앞에 하소연하리.
空餘樂譜傳至今	부질도 없는 악보만이 오늘까지 전하는데
滄海茫茫煙水暮	아스라한 바다 저편엔 저녁안개 피어있네.

정두경(鄭斗卿, 1597~1673)의 『동명집(東溟集)』(권2, 칠언절구) 안에도 〈공무도하
(公無渡河)〉라는 시가 반가운 얼굴을 드러낸다.

白首狂夫溺水死	백수광부는 물 속에 스러지고
箜篌一彈聲凄凄	한 곡조 공후성만 처량하고나.

借問誰能爲此曲　　이 곡 제대로 탈 이 누굴런가
朝鮮津卒子高妻　　조선 사공 곽리자고의 처일세.

이후, 작자미상의 연행록인 『계산기정(薊山紀程)』의 갑자년(1804) 정월 5일 조에 역시 〈공무도하가〉를 염두하며 토로한 서정이 보인다.

海東女兒空結恨　　조선 땅 여인네의 허망히 맺힌 한에
爲誰更作箜篌引　　누굴 위해 다시금 공후인을 타는가.

2

황조가 黃鳥歌

공식적인 한국 최초의 노래

三年秋七月作離宮於鵑川冬十月王妃松氏
薨王更娶二女以繼室一曰禾姬鵑川人之女
也一曰雉姬漢人之女也二女爭寵不相和王
於涼谷造東西二宮各置之後王田於箕山七
日不返二女爭鬪禾姬罵雉姬曰汝漢家婢妾
何無禮之甚乎雉姬慙恨亡歸王聞之策馬追
之雉姬怒不還王嘗息樹下見黃鳥飛集乃感
而歌曰翩翩黃鳥雌雄相依念我之獨誰其
與歸

『삼국사기』 유리왕 3년조의 〈황조가〉와 배경담

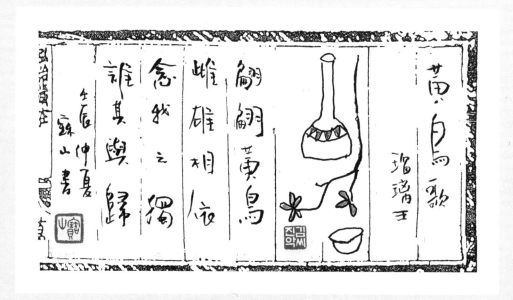

寶山 김진악 作意의 〈황조가〉

翩翩黃鳥 雌雄相依
念我之獨 誰其與歸

壬辰孟秋書 琉璃王 黃鳥歌 石軒 林人

석헌 임재우 墨의 〈황조가〉

『삼국사기(三國史記)』 고구려 본기의 유리왕(琉璃王) 3년 조에는 모처럼의 문학적인 발견이 눈에 새롭다. 유리왕을 둘러싼 화희(禾姬), 치희(雉姬) 두 여인이 총애를 다투는 이야기와 바로 뒤에 이어지는바 세칭 〈황조가(黃鳥歌)〉라고 하는 한역시가 그것이다.

유리왕

이야기 및 노래의 주인공으로 되어 있는 유리왕은 고구려 건국의 시조이자 초대 군주인 동명왕(東明王)의 아들이다. 동명왕은『삼국사기(三國史記)』와 『삼국유사(三國遺事)』에 행적이 극명히 나타나 있거니와, 거룩한 초월자적 능력이 차라리 영웅의 경계를 넘어 신인(神人)의 경지로 인식될 정도이다. 그러한 동명이 고구려를 세워 왕이 되기 전 동부여(東夫餘) 왕의 양자로 말을 돌보는 일을 하면서 지내다가 친자들의 위협을 피해 도망을 하였고, 그 망명길에 잠깐 만난 예씨(禮氏) 부인과의 인연으로 태어난 이가 바로 유리(琉璃)였다.

그렇게 애비 없는 자식으로 어린 시절을 보낼 수밖에 없던 유리는 진흙 탄환으로 쏘는 새총을 잘 다루었다고 한다. 하루는 장난삼아 한 아낙이 이고 가는 물동이를 쏘아 구멍을 냈더니 그녀가 발끈하여 "애비 없는 자식이 감히 무례하구나!"라며 꾸짖었다.

이 말에 상처 받은 유리는 다시 새총을 당겨서 물동이의 뚫린 자리를 메웠다고 한다. 처음으로 그의 비범함을 치켜세운 설화이다. 그 즉시 집에 돌아온 유리는 어머니 예씨에게 아버지가 누구인지 알려 달라며 과격한 태도를 보인다. 예씨가 쉽게 일러줄 기미가 없자 그는 칼을 뽑아 자결하겠다고 한다. 그제야 예씨는 고구려에서 왕 노릇하고 있는 주몽(朱蒙)의 존재를 일러준다. 유리의 과단성을 알리려고 한 이야기이겠지만, 부모 앞에 자결이라니 다른 관점에선 그 방자한 패행(悖行)에서 다혈질적인 기질을 엿볼 수 있게도 한다. 모자(母子)는 그 옛날 주몽이 남기고 간 수수께끼, 곧 아들을 낳거든 부자가 서로 확인할 근거로 삼겠다는 반쪽의 칼을 찾아낸다. 유리는 급기야 동명을 찾아 고구려로 가서 아버지를 만날 뿐만 아니라 왕위까지 계승 받는다. 이렇게 유리는 깨진 물동이 이야기, 아버지를 밝히라며 자살 감행한 이야기, 부러진 반쪽 칼의 수수께끼를 푸는 이야기, 먼 길 찾아가 부자 상봉하고 태자가 되어 왕위를 계승받는 이야기 등 몇 곡의 노벨레테(Novellette) 같은 몽환적이고 로맨틱한 설화의 주인공으로 자리매김되었던 인물이었다.

여기에 그치지 않고 그에게는 또 하나의 격정적이고 낭만적인 이야기 하나가 별유(別有)하였으니 다름 아닌 유명한 화희와 치희 사이 삼각관계 연애 치정담(癡情談)이 그것이다. 아울러 이 이야기의 말미에 문득 〈황조가〉 한 노래가 뒤를 따르고 있어 마치 이야기와 노래가 한데 어우러지는 듯한 분위기를 연출하고 있다. 『삼국사기』 고구려본기1 유리왕 3년(B.C.17) 조의 기록이다.

冬十月 王妃松氏薨 王更娶二女以繼室 一曰禾姬 鶻川人之女也 一曰雉姬 漢人之女也 二女爭寵不相和 王於涼谷 造東西二宮 各置之 後王田於箕山 七日不返 二女爭鬪 禾姬罵雉姬曰 汝漢家婢妾 何無禮之甚乎 雉姬慙恨亡歸 王聞之 策馬追之 雉姬怒不還 王嘗息樹下 見黃鳥飛集 乃感而歌曰 翩翩黃鳥 雌雄相依 念我之獨 誰其與歸.

겨울 10월에 왕비 송씨(松氏)가 돌아갔으므로 왕은 다시 두 여자를 계실로 얻었다. 하나는 화희(禾姬)로 골천 사람의 딸이고 하나는 치희(稚姬)로 한인의 딸이었다. 두 여자는 총애를 다투어 서로 화목하지 못하였으므로, 왕은 양곡의 동쪽과 서쪽에 두 궁을 짓고 각각 살게 하였다. 뒷날 왕이 기산(箕山)에 사냥을 나가서 7일 동안 돌아오지 않을 때 두 여자는 또 다투었다. 화희가 치희를 꾸짖기를, "너는 한(漢)나라의 천한 계집으로 어찌 이다지 무례한가?" 하자, 치희는 부끄러워 하면서 원한을 품고 제 땅으로 돌아가 버렸다. 왕이 듣고는 곧 말을 채찍질하여 뒤쫓아 갔으나 치희는 노하여 돌아오지 아니하였다. 왕이 일찍이 나무 아래에서 쉬다가 꾀꼬리가 날아 모여드는 것을 보고는 이에 느꺼워 노래하였다.

翩翩黃鳥	펄펄 나는 꾀꼬리는
雌雄相依	암수 서로 정답고나
念我之獨	외로워라 내 혼자몸
誰其與歸	뉘와 더불어 갈거나

이야기와 노래가 잘 어우러져 있는데, 위 글 안에 적어도 세 가지의 논란거리가 발견된다. 하나는 '嘗(일찍이)'이요, 또 하나는 '歸(돌아가다)'요, 다른 하나는 '歌曰(노래하였으니)'이라 하겠다.

20세기의 초창기 연구자들 상당수가 왕이 꾀꼬리 노래를 한 상황을 치희가 화가 나서 돌아오지 않은 이야기 바로 뒤에 연결지어 생각해 왔다. 말하자면 분노를 삭이지 못한 치희가 유리왕을 따라 고구려로 돌아가기를 거부하자 유리왕이 할 수 없이 혼자 귀국길에 들었다는 전개 방식이다. 그렇게 생각한 데는 옛 문헌의 영향도 없지는 않아 보인다. 일찍 조선조에 성호 이익(李瀷, 1681~1763)이 바로 이 유리왕과 화희·치희 고사를 소재로 삼아 악부시(樂府詩)로 만든 것이 있다. 여기서 유리왕이 치희를 잃은 일과 나무 아래서 꾀꼬리 바라보는 장면을 연속적 상황으로 이해 수용하였다.

築宮復築宮 鶻川雙嶙峋 一國有二妃 寵均妬亦均 邦風重土俗 冷視城外身 禾姬一怒雉姬走 一鞭輕渡淸淇濱 悠悠去不返 王獨歸來影無隣 枝頭忽聞睍睆鳴 雄飛從雌意自親 聲聲入耳感在心 鳥猶如此況於人 黃鳥兮黃鳥 有知應

相嗔 夫昧並嫡嫌 妻失三從倫 奈何箕聖墟 遺敎都喪泯 君不見鴨綠室中無媒 從 天荒未開猶荊榛.

　궁실 지은 위에 또 궁실 지으니, 골천(鶻川) 땅은 깊은 산중에 비견할 만 하였네. 한 왕국에 두 왕비라 그 총애 같았거니, 투기 또한 같았네. 나라 풍속이 토박이를 중히 여겨, 외부사람은 냉시하였네. 화희의 한바탕 분노에 치희가 달아나자, 왕은 채찍질로 한달음 맑은 강물 건너갔네. 하지만 저만치 떠나 돌아올 줄 모르기 홀로 돌아오는 왕의 그림자 외로웠네. 문득 가지 끝에 맑고 고운 소리, 암컷 좇아 나는 수컷의 뜻 절로 다정하네. 소리소리 귓전에 스며 마음 흔드니, 새도 또한 이렇거늘 하물며 인간이랴. 꾀꼴 꾀꼬리야 너라도 알거든 말이나 해보렴. 지아비는 두 본처 사이 미움에 어두웠고 아내는 삼종지도 잃었네. 어찌타 기자(箕子) 성인 세운 땅에 그 끼치신 가르침 죄다 사라졌나. 그대는 보지 못하였나, 압록강 왕실에 중매할 이 없음을. 아직 잡목 무성한 암막과 혼돈의 천지를!

—史 구자무 畵의 〈황조가〉 - 저자 소장

그런데 성호 이익의 해석 안에서는 〈황조가〉의 연대는 B.C.17년보다 나중이
될 수밖에 없다. 왜냐하면 치희는 B.C.17년 겨울[冬十月] 이후에 맞아들인 여자이
고, 꾀꼬리는 봄의 절기 안에서 가능하겠기 때문이다.

　시간상으로는 그렇다 해도 유리왕 그리움의 대상이 치희일 수 있는 가능성을
배제시킬 이유까진 될 수 없다. 그 다음 해, 혹은 그 뒤 어느 해 봄의 일로 간주한
다면 그만인 것이다. 마침 이 유리왕 3년의 기록 다음에는 훌쩍 8년 뒤인 왕 11년
의 기사로 넘어간다. 더구나 『삼국사기』 기록의 어떤 내용이 간혹 해당 연대와
무관하게 기술되는 일은 종종 있는 현상이다. 예컨대 같은 유리왕 기사에서만 보
아도 왕 1년(B.C.19) 조 안에 유리왕 즉위 내용 한 가지만 기록한 것이 아니라 어린

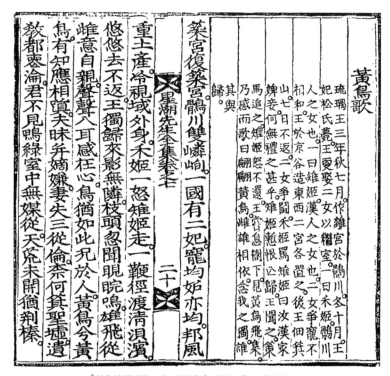

『성호선생전집』 권7 海東樂府 안의 〈황조가〉 악부시

시절 물동이 사건, 끊어진 칼 토막을 찾은 일, 그리하여 부왕 동명을 만난 일 등을 한꺼번에 수습하여 적고 있음을 확인할 때 더욱 그러하다.

그런데 이렇게 연속적인 상황으로만 볼 수 없는 중요한 단서가 하나 있다. 『삼국사기』 배경담 안에선 정확히 '嘗'이란 글자를 썼고, 이때의 '嘗[일찍이]'은 '일찍(이)', '예전에'란 뜻을 지닌 시간 부사이다. '항상'이란 의미도 있긴 하지만 여기서는 어불성설 무관하다. 그리하여 '嘗[일찍이]' 글자에 보다 긴장을 두는 측면에서는, 유리왕이 갖는 그리움의 대상을 그 이전 짧은 결혼 생활 끝에 요절한 송씨 부인으로 이해하려는 논자들도 있었다. 이 역시 타당성 있는 가정일 수 있으나, 이왕에 그리움의 대상이 치희 앞의 송씨 부인에게서 가능하다면, 시간을 더 거슬러서 송씨 부인 만나기 전으로 가정한대도 얘기가 안 될 건 없다. 곧 그 고독, 그 그리움이 어떤 특정 대상 아닌 유리왕 미장(未丈) 시절에 강렬한 짝 찾기 욕망일 가능성도 배제치 못할 바다. 미래의 배우자, 미지의 결혼 대상을 열망한 것으로서 추측하지 말란 법 또한 없다는 의미이다.

세 가지 추정을 보았지만, '일찍이'에 대한 시간의 지표가 똑같이 치희와의 파국[雉姬怒不還]을 기준으로 하고 있다는 점에서는 일치한다. 그런데 세 개의 추정들 사이엔 하나의 공통점이 더 있었다. 다름 아니라 꼭 어느 한 군데의 지정된 시점 안에서만 답을 찾으려 한 사실이다.

하지만 다시금 잘 음미하여 보면, '嘗[일찍이]' 부사의 의미는 꼭 특정의 어떤 사건 하나를 지정해 놓고 그 앞서의 일이 어떠어떠했다를 의미하는 말은 아닌가 한다. 『삼국사기』의 사례에서도 굳이 언급하고 있는 어떤 일보다 앞에 있었던 사실을 짚어서 이야기하고자 하는 경우는 오히려 '先是[이에 앞서]'란 표현을 끌어 썼음을 밝게 목격할 수 있다. 이를테면 〈동명왕〉에서는 주몽이 시조 임금이 된 사실과 함께, 그 이전 왕이 되기까지의 과정을 알리기 위해 이 표현을 썼다. 〈호동왕자와 낙랑공주〉에서는 호동이 낙랑공주에게 자명고각 파쇄의 일을 회유한 내용과 함께, 그 이전 자명고각의 신기함을 말하기 위한 필요에서 '先是[이에 앞서]'란 표현을 구사하였다.

이와는 대조적으로 '일찍이'의 경우 그 용례가 보통은 주인공 이야기를 전개하면서 덧붙여 남겨두고 싶은 어떤 사연을 더 소개하는 일에 들어감을 많이 본다. '그의 삶을 통해서는 이런 일도 있었다더라' 식의 사연 보태기의 경우에 원용되어졌음을 놓칠 수 없다. 『삼국유사』에 나오는 유명한 향가인 〈원왕생가(願往生歌)〉의 배경설화 말미에도 노래 소개의 마당에 이 '嘗' 자가 나오거니와, 광덕(廣德)이 죽은 뒤 광덕 생전의 노래를 소개하는 구실을 한다. 이같은 해석의 근거 또한 '일찍이'란 말이 지시하는 의미가 인물의 생애 전반 안에서 특정 터울 없는 시간 반경을 모두 포괄하여 인식한 데 있다.

황조 노래 배경담의 도입부 안에 표현된 '嘗' 또한, 특별히 송씨 사거(死去)의 일이거나 치희 망명 사건 기준에서, 꼭 앞의 어느 시점에만 고정시켜 생각할 필요가 없다.

그런데 유리왕의 처지를 가만히 생각해 볼 때, 그는 참 신세 처량하고 어지간히 팔자가 드센 사람임을 느끼게 한다. 『삼국사기』의 기록에서 볼 때, 송씨 부인과는 왕 2년(B.C.18) 7월에 결혼하였는데, 그녀는 이듬해 10월에 돌아갔다 했으니, 그는 결혼한 지 1년 3개월 만에 상처(喪妻)한 셈이다.

따라서 그 비애에서 벗어나 보고자 그랬는지 모르겠으나 왕이 다시금 화희와 치희 두 여인을 계실로 맞아 들였다 했으니, 필경 그는 홀아비의 삶을 결코 원치 않았음을 무난히 짐작해 볼 수 있다. 홀로됨이 싫어서 재취(再娶)를 했다는 것인데, 그마저도 이번에는 하나도 아닌 둘씩이나 데려 온 것으로 되어 있다. 그 역시 어쩌면 그가 겪은 고독이 깊고 컸던 때문이라는 해석 또한 불가능하지 않다. 아무튼 왕은 이참에 전에는 오로지 한 여인 안에서 자기를 확인할 수 있었으나, 이제는 자기를 짝으로서 돌아보아줄 여인을 둘로 하여 그 안에서 스스로에 대한 위안을 얻고자 했다.

　이렇게 어떻게든 고독을 여의기 위해 그토록 든든히 쳐놓은 방책이었건만 거기에도 문제는 따랐다. 두 여자가 서로 한 군주 안에서 조화와 상응을 이루었으면 아무런 문제가 없었을 것을 그만 둘 사이 부딪침이 일어난 것이다.

　그럼에도 아직 무엇이 어떻게 된 것은 아니었다. 처음 기대한 것과 같은 최선을 누리지는 못했어도 아직은 그에 버금갈 법한 차선의 방도는 있었다. 이제 왕이 생각해 낸 것은 각각의 떨어진 장소에 동궁과 서궁, 두 개의 별궁을 지어 배우자 관계를 영위해 나가는 방법이었다. 그리하여 동궁비와 서궁비의 두 여인 사이를 왕래하는 가운데서 애오라지 부부간의 삶을 유지하고 달랠 수 있었던가 보다.

　하지만 결국 유리왕이 일껏 고안한 이러한 생활은 오래가지 못하고 말았다. 그 같은 불완전한 평화가 계속되던 어느 때 왕이 사냥에 탐닉하는 시간이 그만 길어지고 말았다. 그 방심의 겨를에 드디어 일이 벌어졌다. 서로 잘 볼 수 없는 중에도 잠재하고 있던 그녀들의 알력이 어느 사이 함께 마주한 자리에서의 격심한 부딪침의 양상으로 나타난 것이다.

　그 직후의 일은 『삼국사기』 B.C.17년의 기록이

淵民 이가원의 筆跡 〈황조가〉

말해주듯, 치희는 화희의 폭언을 이유로 제 친정 고향인 한토(漢土)로 돌아가고, 뒤늦게 환궁하여 이 사실을 알게 된 왕이 황급히 뒤좇아서 극구 달래 보았으나 결국 실패하고 말았던 정황들이 파노라마처럼 전개된다. 그 겨울[冬十月] 왕비 송씨를 잃은 그 마음의 상처를 잊어보리라 한 재출발이었는데, 종국에 이 두 번째의 계획마저 걷잡을 수 없는 불행으로 치닫고 만 셈이었다.

끝내 노기를 삭이지 못하는 치희의 얼굴을 마지막 뒤로 하고 돌아오는 길, 또는 자기 땅에 돌아와 이런저런 생활을 영위해 나가던 어느 날엔가는 왕이 숲 속의 나무 아래 앉아 쉬었다. 그런데 그의 눈길이 문득 건너편 나무 위로 날아드는 꾀꼬리들의 다정한 정경에 머물렀다. 그윽이 암수 꾀꼬리의 정겨운 어울림을 바라보면서 참 부럽구나 하는 상념에 빠졌다가, 다음 찰나 그 생각이 돌연 자기 자신한테로 돌아왔다. 대자연의 자그만 날짐승들도 저와 같은 조화와 기쁨을 누리는데, 오히려 만물의 영장이라는 인간의 나는 무언가. 아니 하물며 한 부족 국가의 왕이라고 하는 자신은 무엇인가? 새삼 처량한 생각이 고개를 들었다. 문득 지나간 겨울 10월, 아내 송비(松妃)를 여읜 이래 겪어온 일들을 돌아보고 자신의 신세를 생각자니 참 기막히고 한심하기 그지없었다. 처음 아내와의 사별이야 하늘의 일이라 어찌해 볼 길 없었다지만, 두 번째 여자 치희와의 생이별은 또 무엇인가. 싸우다가 격분 끝에 가버렸다고 하지만, 끝내 유리왕의 존재가 그녀의 마음을 돌이키게 하지는 못하였다. 결과, 유리왕은 스스로에 대한 자괴감과 무력감, 좌절을 피할 길이 없어졌다. 단적으로 치희는 달아난 여자였다. 그렇다면 궁극엔 이 무슨 꼴인가. 일찍 정혼했던 여자[松氏]는 신혼에 죽고, 재혼에 만난 여자는 달아나고 말았으니, 이 마당에 자신한테 지워진 상실이 얼마나 큰 것인지 뼈저리게 절감하였다. 다음 순간 휑한 공허감과 심연과도 같은 고독이 엄습했다.

황조 노래의 배경담이 제시하고 싶었던 것은 유리왕의 이같은 심정 바탕이었을 터이고, 노래 또한 이러한 바탕 안에서 그 상처(喪妻)의 정한이 가장 극심해질 수 있을 것이었다. 결국 유리왕의 이 노래는 그 상실과 고독이 죽은 송씨거나 치희거나 특별히 어느 한 여인에 국한되어 있는 것이 아니라, 그가 겪어야만 했던 모든 기억들의 총체(總體) 안에서 배어난 고독과 상실로서 다가온다.

이제 '誰'과 관련하여 맨 끝의 글자인 '歸'에 대한 해석의 국면도 한층 다양해질 수 있다. '歸'의 사전적 의미는 반드시 '온 길 돌아가다', 혹은 '갔던 길 돌아오다'는 뜻만 있는 것이 아니다. '돌려보내다'란 뜻도 있고, 의외로 '시집가다'는 뜻도 있으며, '붙좇다', '다르다'란 의미도 함께 들어있다. 치희로부터 거절당하고 자기 땅으로 되돌아가는 중간에 꾀꼬리 노니는 장면을 만났다면야 당연히 '뉘와 더불어 돌아갈거나'로 쉽게 단정해 볼 길 있겠지만, 대다수의 주장처럼 귀국길 정황이 아닌 외로웠던 지난날의 경험 체계 안에서 찾자고 한다면 오히려 '돌아가다'는 해석에서 그만 이상해지고 만다. 이때는 '뉘와 더불어 살아갈까'로서 무난한 해석이 될 테요, 온당성도 확보된다.

논란의 포인트는 끝자락의 '歌曰' 곧 유리왕이 노래를 불렀다는 글에도 있다. 이 부분을 놓고 종전에 이 노래의 작자는 일말 의심 없이 유리왕으로 믿는 일이 당연시되어 왔었다. 그리하여 유리왕이 작자라는 관점에 입각한 논의가 진작부터 대두되었다. 예컨대 왕이 자신의 여인 이를테면 달아나버린 치희거나, 일찍 돌아간 송씨에 대한 그리움 및 고독의 표현으로 본 노래를 지었다는 것이다. 반면에 다소 확대 해석하는 감은 없진 않지만 그 당시 고구려 국내외적 정세에 따른 통치자적 고독에 따라 노래를 지어 부른 것이라는 견해도 있었다.

그런데 위의 황조 노래 배경담을 잘 눈여겨보면, 얼마든 "지어 불렀다(作歌曰)"고 표현할 수 있었음에도 하필 "노래하였다(歌曰)"는 말로 하였다. '지었다'고 해서 무슨 큰일 날 상황도 아니요, 김부식이 한문 문장의 상식과 의미에 맞춰 자연 서술해 놓았을 뿐이다. 그럼에도 불구하고 '지었다'는 의미의 '作'이거나 '製' 등의 글자는 구사하지 않았거니, 그 결과 원작자=유리왕이라는 입지를 약화시키는 듯한 인상을 불러일으킴도 사실이다.

연관시켜 고려시대 이규보(李奎報, 1168~1241)의 수필 『백운소설(白雲小說)』 안에 있는 다음과 같은 말도 그냥 단순히 스쳐 들을 성질의 내용은 아닐 것이다.

> 三韓自夏時 始通中國 而文獻蔑蔑無聞 隋唐以來 方有作者 如乙支之貽詩隋將 羅王之獻頌唐帝 雖在簡冊 未免寂寥.
> 삼한(三韓)은 하(夏)나라 때부터 중국과 통하였으나 문헌의 자취가 사라져 전하지 않고, 수당(隋唐) 이래로부터 비로소 작자가 있다. 을지문덕(乙支文德)이 수나라 장수에게 준 시와, 신라 진덕여왕(眞德女王)이 당나라 임금에게 바친 송시(頌詩) 같은 것은 비록 간책에 실려 있었으되 적막을 면치는 못하였다.

7, 8세기 수나라 당나라 이후에나 되어서 문학의 형태가 겨우 작자가 있기는 했지만 외진 문헌 갈피 속에 덮여져 있기에 세상에 잘 알려지기도 어려웠거늘, 하물며 그 이전에는 제대로 작자마저 갖춰져 있지 못했다는 뜻이다. 아무튼지 이규보의 이름난 수필집인 『백운소설』 안에서도 유리왕의 〈황조가〉와 관련된 언급은 나타나 있지 않다. 외려 7세기 초 사람인 을지문덕(乙支文德)의 〈여수장우중문(與隋將于仲文)〉 시가 개권 첫머리를 장식하고 있음을 보게 된다.

이 정도는 그래도 약과인 편이다. 조선시대 광해조 때의 문인 허균(許筠, 1569~1618)은 한술 더 떠서 이렇게까지 의심을 가하였다.

> 吾東僻在海隅 唐以上 文獻邈如 雖乙支眞德之詩 彙在史家 不敢信其果出於其手也.
> 우리 동방(東邦)은 바다 가장자리 외진 곳에 처해 있다. 당나라 이상의 문헌은

막연하니, 비록 을지문덕의 시가 역사가의 기록에 담기어 있기는 하나, 그것이 과연 그이의 손에서 나온 것인지 선뜻 믿을 수가 없다.

『성소부부고(惺所覆瓿藁)』란 저서의 〈답이생서(答李生書)〉에 있는 글이다. 이렇듯 서기 612년의 을지문덕의 시조차 허균은 함부로 믿기 어렵다고 하였거늘, 하물며 훨씬 소급하여 아득히 B.C.1세기에 유리왕이 창작했다는 말을 곧이곧대로 신빙토록 해 볼 나위는 애당초 기대하기 어려웠다.

오늘날까지도 유리왕 창작설에 신뢰를 두지 않는 시각은 의연하고 굳건하게 존재한다. 그리하여 학자들 사이에 이 노래가 작자 모르는 고대가요로서『삼국사기』유리왕 조에 삽입된 것으로 이해하는 관점이 만만치 않다. 혹은 원래 노래의 주인공이 유리왕 시대 어느 부족장이었겠으나 후대에 유리 임금으로 와전된 것으로 추정하기도 했다. 나아가 이와 유사한 측면에서 민요학 연구가인 임동권 같은 이는『삼국사기』수록의 한역 〈황조가〉 가사가 본래는 구전의 민요였던 것이 한문으로 번역된 형태라고 간주하기도 했다. 그리고 시대를 거듭해 내려오면서는 다음과 같은 노랫가락의 형태로 정착을 보았다는 것이다.

화작작(花灼灼)   범나비 쌍쌍
유청청(柳靑靑)   꾀꼬리 쌍쌍
날짐승 길짐승 다 쌍쌍 하다마는
어찌 이내몸은 혼자 쌍이 없나니

활짝 핀 꽃가지엔 범나비, 푸르른 버드나무에도 꾀꼬리가 쌍쌍이 짝지어 날아든다. 나는 새나 나비, 그리고 걷고 기는 짐승들도 쌍이 있건마는 어이타 나만이 홀로 짝 없이 지내는가. 대략 이 정도의 의미를 띤 노랫말이 지은이 미상으로 되었

지만 혹자는 조선시대 송강 정철(鄭澈, 1536~1593)이 지었다고도 하고, 또는『대동시림(大東詩林)』과『연주시격(聯珠詩格)』을 엮은 유희령(劉希齡, 1480~1552)이 지었다는 설도 없지는 않다.

대개 〈황조가〉가 만들어진 이후에 이런저런 변화의 과정을 겪었구나 싶지만, 시간을 더 거슬러서 근원적으로는 고구려 당시의 〈황조가〉 또한 어떤 일정한 과정을 거쳐 형성된 것으로 보인다. 더 나아가 이 형태가 일찍 고구려를 진원지로 하여 지속력 있게 전파된 대중 차원의 노래라는 사실만큼 크게 벗어나지는 않을 듯싶다.

각별히 산문 기록 속에서 화희와 치희가 왕의 총애를 다투어 서로 불화타가 끝내 쟁투하였다는 모티브를 놓고서도, 곧이곧대로 짝이 없어 외롭다는 서정시로서 해석하는 측면과, 우회적 은유법으로 이해 수용하려는 태도 등으로 차이를 나타낸 바 있다. 다시 말해 역사 기록의 문면에 나타난 그대로 개인 단위의 삼각연애에서 야기된 순수 서정가요로 받아들이는 견해와, 반면 전체 국가 단위의 고구려와 한족 사이 대립의 서사시로 간파하려는 견지가 그것이었다.

이것을 서사적 의미로 보려는 관점은 거의 20세기 현대에 이르러서야 비로소 본격화되었다고 하겠다. 〈황조가〉를 서사적인 의미로 해석하고자 했던 생각은 앞서 인용한 성호 이익의 악부시에서도 슬쩍 암시가 없지는 않았다. 나라 풍속이 토박이를 중시하여 나라 바깥의 사람들을 냉시했다든지, 화희가 치희를 매도하였다는 부분 정도에서 그러하겠다. 그러한 성향은 20세기의 학자들에 와서 보다 공고해졌다. 노래에 딸린 이야기 자체가 고구려의 항한(抗漢) 또는 배한(排漢)의 의식을 드러내는 증거 및 단서라는 주장이다.

백분 수용하여 노래의 저변에 반한(反漢) 정신이 깔렸음이 사실이라고 하자. 그렇다 치더라도 그러한 정신으로 살았던 시기가 반드시 유리왕 때라고 쉽게 단정 짓기 곤란한 국면이 있다. 유리왕의 창작설 자체가 의심 받을 뿐 아니라, 유리왕이 이 노래를 불렀다고 쓴 그 기록조차 신뢰하기 어려운 불투명한 내용으로 보는 까닭이다.

이를 다시 정리해 보이면 이러하다. 본래 '황조가'라고 제목 삼은 것은 근래 국문학 연구의 과정에 새로이 통용된 명칭일망정, 이 노래 실린 원래의 텍스트에선 단지 유리왕의 실연 이야기 말미에 제목 없이 붙여 실렸을 뿐이다. 그조차 유리왕이 일찍이 꾀꼬리 보고 느꺼워서 "지어 불렀다(作歌曰)" 했으면 아무런 문제가 없었을 것을, 그저 "노래한 적 있다(歌曰)"고 하는 통에 오늘날 풀기 어려운 숙제가 되고 말았다.

초창기 학자들은 노래 창작의 주체를 유리왕으로 믿는 일에 하등 의심의 여지가 없었다. 『삼국사기』의 기록을 따라 별 긴장 없이 읽어내려 갈 때 있을 수 있는 당연한 현상일 수 있었다. 그에 따라 유리왕이 노래의 작자라는 전제에 따라 어떠한 배경에서 노래를 지었는지 찾고자 하는 시도가 진작부터 대두되었다. 이를테면 이 노래를 왕이 한나라로 돌아가버린 치희에 대한 회한에서, 혹은 결혼한 지 1년 3개월 만에 죽은 송씨 부인에 대한 그리움에서, 또는 치희와 송씨 부인을 만나기 이전의 탄식 등 인간적 그리움과 고독에서 나왔다고 보았다. 그런가 하면 훨씬 거시적으로 그 당시 고구려의 국내외적 정세에 따른 통치자적 고독에서 야기된 것이라 해석한 경우도 없지 않았다.

두 번째의 경우는 이에 수긍하지 않고 배경담에 엄연히 새겨진바 "노래하였으되(歌曰)"라는 표현에 최대한 충실하여 유리왕이 직접 창작한 것은 아니고 그냥 노래한 적이 있는 것으로 이해하는 관점이 뒤따랐다. 막연한 시대에 대중 차원의 꾀꼬리를 소재로 한 사랑 노래가 고구려 부족 국가 초창기의 인물 유리왕에 의해서 한층 강조시킨 형태로 수용하려는 견해가 그것이다.

세 번째의 경우는 바로 위의 가설에서처럼 〈황조가〉가 고구려 부족 국가 초창기 무렵에조차 흘러 떠도는 노래였을 개연성만큼은 받아들일 나위가 있지만, 이

것이 꼭 유리왕이라는 인물과 직접 연관 되었는지에 대해 근본적으로 회의를 품는 입장이다. 요컨대 유리왕이 노래했다는 사실마저 수용하지 않는 입장이다. 여기서는 아예 유리왕의 창작이거나 가창과는 전혀 무관한 꾀꼬리 노래를 후인들이 유리왕의 사적(事跡)과 결부시킨 것으로 이해한다. 이렇듯 만약 유리왕이 지은 일도 없고 노래 부른 일도 없었음에도, 마치 노래를 지은 것처럼 혹은 부른 것처럼 이야기되고 기록되었다고 한다면, 분명 그렇게까지 된 데는 반드시 어떤 필연적인 사연이거나 이유가 있을 것이다.

　순암(順菴) 안정복(安鼎福, 1712~1791)은 『동사강목(東史綱目)』의 마한(馬韓) 대목에서, "김씨가 찬술한 『삼국사기』는 국사나 실록에 의거한 것이 아니라 오로지 옛 기록을 인용했다(金氏撰史 非有國史實錄之可據 而專引古記)"고 하였다. 여기서 고기(古記)는 검증 안 된 비공식적인 기사 내용을 의미하는 듯싶다. 여하간 신빙성의 무게가 덜한 고기(古記)에 있던 것이 『삼국사기』에 이입된 것이든 아니면 흘러 떠돌던 설화가 비로소 이 역사책에 정착된 것이든 간에, 결국은 비사실적인 내용이 정사(正史) 가운데 스며들었을 여지를 크게 참작하지 않을 수 없다. 안정복은 유리왕 해당 편목을 통해 왕을 이렇게 비평하고 있다.

　　왕의 평생을 상고해 보건대 실덕한 것이 매우 많다. 두 부인이 불화하였으니, 바로 부부의 도가 무너진 것이요, 협보(陜父)가 출분(出奔)하였으니 바로 군신의 의가 이지러진 것이요, 아들 해명(解明)을 칼에 엎드려 죽게 하였으니 바로 부자의 은정이 끊어진 것이다. 그런데 시호를 명왕(明王)이라 한 것은 무슨 덕으로 한 것일까? 예로부터 밝다는 임금들도 이 삼륜(三倫)을 온전히 한 자가 적은 데 어찌 저 오랑캐의 소군(小君)을 탓하랴!

　여기서 두 부인이 불화했다 함은 두말할 것도 없이 부인 송씨의 서거 후에 계실로 맞은 화희·치희의 쟁총을 가리킨다. 또 협보(陜父)가 출분(出奔)하였다 함은 유리왕 22년(서기 3) 12월에 왕이 질산(質山) 북쪽으로 여러 날 사냥함에 대보(大輔)로 있는 협보가 간언(諫言)하였고, 이에 왕이 대로하여 좌천시키매 남한(南韓)으로 도망해버린 사실을 일컫는다. 또 아들 해명(解明)을 칼에 엎드려 죽게 했다 함은, 왕 27년 정월에 태자 해명이 황룡국(黃龍國)의 왕이 보낸 강궁(强弓)을 꺾어 국위를 과시했던 일이 있는데, 유리왕이 이 말을 듣고 칭찬은커녕 분노를 나타냈다. 이에 황룡국 왕으로 하여금 자기 아들 죽일 일을 교사했다가 뜻대로 안 되자 그 이듬해 3월 직접 해명에게 자살을 명했던 사건을 말한다.

그리고 보니 유리왕은 새삼 뜻밖에 박덕한 인물의 표상처럼 부각되고 있다. 그리하여 참으로 '명왕(明王)' 곧 밝으신 임금이란 칭호가 그 업적으로 한 것이라면, 과연 그러한 칭예(稱譽)를 받을 자격이 있는지 의심 받을 정도이다.

그런데 유리왕의 사적을 구현한 역사상 최초의 사관은 다름 아닌 김부식(金富軾, 1075~1151)이었다. 김부식이 『삼국사기』를 편찬할 때 그보다 선행했던 역사서인 『구삼국사(舊三國史)』를 비롯한 여러 사서(史書)를 십분 참고했을 테지만, 그런 책들이 다 실종된 마당에 오늘날 김부식의 것이 제일선에 자리한다. 그는 사마천(司馬遷)이 『사기(史記)』를 다루었던 태도를 본 따서 편술의 중간중간 소회가 일어날 때마다 자기의 관점을 피력하였는데, 유리왕 28년에 왕과 해명 태자 사이에 일어난 사건의 기술(記述)에 당하여 이렇게 논단하였다.

논컨대, 효자가 어버이를 섬김에는 마땅히 그 좌우를 떠나지 않고 효도를 다해야 함이 마치 문왕(文王)이 세자가 되었을 때와 같이 할 것이다. 그런데 해명(解明)은 다른 서울에 있으면서 무용(武勇)으로써 이름을 나타냈으니 벌을 받아 마땅하다. 또 듣건대, 『좌전(左傳)』에 '자식을 사랑하려면 옳은 방도를 가르치고 그릇된 길에 들지 않게 하라' 하였는데, 지금 왕은 처음부터 한 번도 이를 가르치지 않다가, 자식이 옳지 않은 일에 미치게 되자 몹시 미워하여 죽여버리었고 그런 다음에나 그만 두었으니, 가히 아비로서 아비의 노릇을 하지 못하고 아들로서 아들 노릇을 하지 못하였다고 말할 것이다.

그리하여 그 과오가 유리왕 부자의 양 편에 다 있다고 보았다.

반면 이 관계를 두고 조선조에 성호(星湖) 이익(李瀷, 1681~1763)은 김부식과는 다소 다른 각도에서 견해를 표명하였다. 『성호사설(星湖僿說)』권22 경사문(經史文) 중의 〈해명(解明)〉에서 한 말이다.

　　고구려 태자 해명은 하사한 칼에 죽었는데, 사신(김부식)은 오로지 해명의 죄로만 몰아부치고 그의 죄가 왕 때문에 지어진 것은 알지 못하였다. … 대저 용맹을 좋아하고 더욱 힘쓰지 않는 것을 비록 의리가 아닌 짓이라고 하나, 이 시절에 동명왕으로부터 왕업을 일으키는데 누군들 용맹을 좋아하지 않았겠는가.

이렇게 피력함과 동시에, '해명은 아비의 명령을 거스르지 않은 아들이었다는 것을 알 수 있다(此亦非悖逆之子 可知)'고 함으로써 궁극 허물은 오로지 유리왕에게 있음을 역변하고 있다. 나아가 이익은 이 사건을 보다 심각하게 받아들여 이것이 혹 아래 왕자 무휼(無恤)[뒷날의 대무신왕]의 왕위 계승을 위해 처음부터 계획된 음모는 아니었을까 하는 단계까지 의심하고 있다.

　　이때에는 무휼(無恤)의 나이 26세였는데 해명은 과연 죄를 얻게 되었다. 6년이 넘어서 무휼은 태자가 되었고, 왕자 여진(如津)은 물에 빠져 죽으니, 이는 또 무슨 까닭이었을까? 무릇 제왕의 집안은 애증이 점점 노출되면 사방에 엿보는 자가 나타나고, 세위(勢位)가 서로 비슷하면 날카로운 칼을 남모르게 더하게 되니, 해명의 죽음은 애매할 뿐이었다.

이같은 의혹 또한 전혀 무리라고만 할 수 없는 것은, 해명·여진 뿐 아니라 해명 이전에 먼저 태자 책봉을 받았던 태자 도절(都切)의 경우도 왕 20년(서기 1)에 상세한 원인도 밝혀지지 않은 채 죽었다고만 하여 있으니, 이 또한 하나의 의심거리가 될 만하다. 다만 단재(丹齋) 신채호(申采浩)는 『조선상고사』에서 아예 도절의 이 죽음에 대하여 "제 1차의 태자는 도절이니, 유류왕(儒留王)[유리왕]이 동부여에 유질(遺質)하려 하나 도절이 불행(不行)하므로, 왕이 진노하매 도절이 우분(憂憤)하여 병이 들어 죽었다"고 단정적인 서술을 가하고 있다. 이는 『삼국사기』 기록을 바탕으로 한 신채호 임의의 추단으로 보인다. 아울러 "도절·해명 두 태자의 죽음이 혹 궁정 내부 처첩 질투의 원인도 있으려니와, 문제가 대개 동부여의 외교상 관계였으니 유류왕의 동부여에 대한 공구(恐懼)를 가히 미루어 알 것이다"라 하여 보다 대범한 쪽으로 추정을 가하고 있다. 신채호는 해명에게 장궁(長弓)을 보낸 임금이 황룡국 왕이라고 한 『삼국사기』의 기술에도 불구하고 동부여 왕으로 간주하였다. 아무튼 신채호의 이같은 문면 해석을 수긍한다는 전제에서 본다 해도, 역시 도절의 죽음은 아버지인 유리에게서 야기된 결과라는 점에서만큼 변함이 없다.

여하튼지 유리왕은 아들 셋의 비명횡사를 일일이 겪은 운수 사나운 인물이 아닐 수 없었다. 그렇거니와 유리왕의 부자 윤리 실도(失道)에 대한 공박은 이 정도에서 그친 것이 아니었다.

『동국사략(東國史略)』의 저자이기도 한 양촌(陽村) 권근(權近, 1352~1409)은 저서 『양촌집』 안의 「동국사략론」에서 유리왕이 다물후(多勿侯) 송양의 딸을 맞아 왕비로 삼았다는 부분에 대해서조차 허물로 보았다. "옛날 노문공(魯文公)은 삼년상이 지난 뒤에 아내를 맞이했는데도 『춘추』에서 상이 끝나지 않았는데 혼인을 도모했다고 비난했는데, 하물며 1년 안에 왕비를 맞다니 유리(類利)[유리왕의 이름]의 죄는 폄하지 않더라도 자명하다"고 평하였다.

군신 관계의 상도(常道)를 상실한 유리왕의 면모에 관해 지적해 보인 견해들도 만만치가 않다. 앞서 안정복이 지적한 바, "협보가 출분하였으니 이는 군신의 의가 이지러진 것이요"라 했는데, 그 전후 간 상세한 사정을 직접『삼국사기』유리왕 22년 조 안에서 보기로 한다.

> 10월에 왕은 국내(國內)[만주 安東省 輯安]로 천도하고 위나암성(尉那巖城)을 축조하였다. 12월에 왕은 질산(質山) 북쪽에서 사냥하느라 5일 동안 돌아오지 않았는데, 대보(大輔)로 있는 협보가 간하기를 "대왕께서 새로 도읍을 옮기고 민심이 안정되지 않으므로 마땅히 형정(刑政)에 부지런히 힘쓰실 일인데, 이를 생각지 않으시고 사냥으로 오래 돌아오지 않으시니, 만약 이 과오를 고치지 않고 자신(自新)하지 않을 것 같으면, 신의 생각에는 정치가 거칠어지고 백성들이 헤어질까 염려되며 선왕(동명왕)의 창업이 그만 땅에 떨어질까 두렵나이다" 하였다. 왕이 이 말을 듣고 대로하여 협보의 직위를 파하고 관원(官園)의 사무를 맡아 보게 하니, 협보는 격분하여 남한(南韓)으로 도망해 행방을 감추었다.

여기서 군신 간의 소통부재와 알력이 심각한 정황으로 치달았음을 보게 된다.

그런데 유리왕에게 간(諫)한 것이 빌미가 되어 하루아침에 축출을 당한 협보란 인물이 대체 누구였던가를 재확인할 때 그 심각성은 가일층 더해진다. 협보는 다름 아닌 유리왕의 아버지인 동명왕의 평생 심복지인이었다. 일찍이 동명왕이 잠저(潛邸) 시절 동부여에서 고난을 당할 때 금와왕의 왕자 및 측근 신하들이 죽이려 하매 어머니 유화 부인을 떠나 망명하였다. 그리고 이때 그를 추종하는 세 사람이 있었으니, 곧 오이(烏伊)·마리(摩離)·협보(陜父)가 그들이다.

협보는 아버지 동명주의 생전에 생사고락의 운명을 함께 하며 창업을 도운 개국공신(開國功臣)이요, 임금이 가장 믿고 중히 여기는 고굉지신(股肱之臣)이었으며, 궁극엔 동명왕의 임종 시 뒷일에 대한 유언을 부탁받은 고명지신(顧命之臣)이기도 했다. 그럴 뿐 아니라 그 다음 대인 유리왕 22년에까지도 대보(大輔)의 직임으로 2세 임금을 보필하는 위치에 있었다고 한 바에 조정의 원로대신(元老大臣)이었다. 이렇듯 대대로 임금이나 나라를 위하여 세운 공로가 있는 훈구대신(勳舊大臣)인 협보를, 단지 자신의 사냥에 대해 간섭했다는 한 가지 이유를 들어 출척(黜斥)했다 하는 일에서 일단의 대의명분을 찾기는 어려워 보인다.

안정복은 『동사강목』을 쓸 때 협보 출분의 이 부분에 이르러서 협보가 백번 의당하고 유리왕이 천만 부당한 데 대해 명백하고 절연(截然)한 태도로 이렇게 논단하였다.

> 고구려가 개국한 지 겨우 40년이고 천도한 지도 얼마 되지 않았으므로 의당 정교(政敎)를 닦아 농사에 힘쓰고 백성을 휴양시켜 새 터전을 견고히 했어야 할 터인데, 도리어 들판에서 짐승을 쫓느라고 5일이나 돌아오지 않았으니, 그 잘못이 많다고 하겠다. 협보가 간한 것은 매우 절실하다고 하겠는데 간언을 거절하고 따르지 않았으며, 어진 신하를 박대하여 선왕의 훈구지신을 제대로 보존치 못하게 한 것은 무슨 까닭인가?

다시 생각해도 사단(事端)은 전적으로 유리왕의 사냥에서 기인한 것이다. 문제는 단순히 왕이 사냥을 한 데 있음이 아니라, 협보가 말렸던 것처럼 닷새 씩이나 탐닉하고 침혹(沈惑)했다는 데 있다고 하겠다. 사냥이 단순한 휴식 내지 심신 단련의 차원에서 벗어나, 유가의 경전인 『서경(書經)』에도 조심하지 않으면 망한다고 경계한 것 중 하나인 '외작금황(外作禽荒)' 즉 바깥으로 사냥에 빠지는 일의 지경에 이르렀다 함이다.

『삼국사기』는 다시 유리왕 19년 조에 다음과 같은 일을 남겨 기록하고 있다.

> 8월 희생(犧牲)으로 쓸 돼지를 놓치게 되자 왕은 탁리(託利)와 사비(斯卑)로 하여

금 이를 따라가 붙잡게 하였다. 장옥택(長屋澤) 가운데에 이르러서야 겨우 잡을 수 있었지만 그들은 칼로 교시(郊豕)의 다리를 끊어 놓았다. 왕이 이 말을 듣고 노하여 말하기를, "제천의 희생을 어찌 상할 수 있느냐?" 하며 급기야 탁리와 사비를 구덩이 속에 던져 죽이고 말았다. 9월에 왕이 병에 걸렸는데 무당이 말하기를, "이는 탁리와 사비가 저주하는 까닭이나이다" 하므로 왕이 사자를 보내어 사과하였더니, 이내 병이 나았다.

이에 대해 권근은 앞서의 「동국사략론」 안에서, 유리왕의 이 처사를 두고 "한 마리 돼지 때문에 두 사람을 죽였으니 이렇게 해서 하늘을 섬긴다 함은 도리어 하늘을 속이는 것이다. 그가 질병을 얻은 것이 어찌 반드시 두 사람의 저주 때문이겠는가!"라며 비난하였다.

『동사강목』의 저자 안정복도 이 대목에 관해 "유리는 유복자로서 타국에 있었으니 그 지위를 이어받기 어려운 일이었으나, 다행히 임금자리를 이어받아 선비족의 항복을 받고 양맥(梁貊)을 멸하여 국토를 점점 넓혔다. 그러나 작은 허물을 분히 여겨 두 신하를 죽이고 태자가 용맹을 좋아한다 하여 죽였으니, 탄식할 일이다"라고 비판을 가하였다. 제의를 중요시하던 시대에 교시를 놓쳐버리거나 혹은 이를 손상케 함이 작은 허물은 아니겠지만 그 때문에 두 생명을, 그것도 자기의 신하 두 사람을 생매장해서 죽인 행위를 이미 상례(常例)로 보기는 어렵다. 그만큼 왕이 냉철한 이성에 따라 상황에 대처하는 대신 자신의 감정을 잘 주체하지 못하여 직정(直情) 경행(徑行)하는, 이른바 격정적 다혈질적인 기질의 소유자임을 감지할 또 하나의 좌증이 아닐 수 없다. 이 정도 성격이라면 과연 제 아버지(동명)의 일에 관해 어머니(예씨)가 선뜻 말해 주지 않는다고 해서 어머니 앞에 칼로 자결하겠다는 멋대로의 행동조차 군이 별스럽게 볼 까닭은 없을 것이다. 바로 이규보의 서사시 〈동명왕편〉에 실려 있는 이야기인바, 여기 다시 옮겨 보인다.

유리는 어려서 뛰어난 절행(節行)이 있었다 한다. 어렸을 때 참새 쏘기를 일삼았는데, 한 아낙네가 물동이 이고 가는 것을 보고 그것을 쏘아 깨뜨렸다. 이에 아낙이 화가 나 꾸짖기를, "애비 없는 자식이 내 물동이를 깨뜨렸네!" 하자 유리가 크게 부끄러워하며 진흙 탄환으로 물동이의 구멍을 처음대로 막았다. 그리곤 집에 돌아와 제 어미에게 "나의 아버지는 누구오니까?" 하고 물었다. 어머니는 아들이 아직 어리므로 장난삼아, "네게는 정해진 아버지가 없단다." 하였다. 유리는 울면서 "사람이 되어가지고 정해진 아비가 없다면 장차 무슨 면목으로 사람들을 볼 수 있으리까?" 하고는 급기야 스스로 찔러 죽으려 하였다. 그러자 어머니가 깜짝 놀라 말하였다. "아까 한 말은 장난이니라. 네 아버지는 바로 천제의 자손이자 하백의 외손인데, …."

『동국이상국집』 권3에 실린 〈동명왕편〉

또 앞서 나온 얘기지만 아들이 다른 나라(황룡국) 왕 앞에 여력을 과시했다고 하여 자살을 명하는 등의 기이한 행동 또한 상식 수준에서 다루어 논할 성질은 아니다.

아울러 지금 화희와 치희의 쟁총 사건 이후 취했던 유리왕의 행동 또한 예외가 되기 어렵다. 곧 분을 이기지 못해 자신의 나라 한나라로 이미 망거(亡去)해버린 치희의 뒤를 허겁지겁 "채찍 치며 뒤쫓아 갔다(策馬追之)"는 형국에서도, 일국의 왕으로서 체통 위신을 생각하기 이전에, 불꽃같은 정념에 사로잡혀 경거(輕擧)하는 한 직선적인 성정(性情)의 인간과 만나게 된다. 그런데 그나마도 결과는 "치희는 노여워 돌아오지 않았다(雉姬怒不還)"고 하였다. 설득에 실패한 것이다.

이것이 『삼국사기』 유리왕 조의 기록 위에서 유리왕이 처음으로 겪게 되는 상황적 패배인 셈이 되고, 그 후로도 왕은 한·부여·선비 등과의 정치적 시련 뿐 아니라 지금 증명하는 바와 같이 부자·군신·부부 등 여러 방면에 걸쳐 인륜상의 파탄을 겪었다. 그리고 이제 그 셋째 번, 부부윤리와 관련하여 두 부인인 화희와 치희 사이의 분쟁에 대해서도 안정복은 "두 부인이 불화하였으니 이는 부부의 도가 무너진 것", 다시 말해 유리왕의 실덕 탓으로 돌리는 해석을 가하였다.

앞에서 부자지간과 군신지간에서 관계의 패배와 상실을 보았던 유리왕이었다. 이에 그치지 않고 그는 여기 또 하나 부부지간의 정황에 처해서도 여지없는 상실의 군주로서 그 비운의 이미지를 부조(浮彫)시키었다. 돌이켜보면 조선시대의 많은 사가(史家)들이 유리왕에 가한 평들도 궁극적으로는 그의 도덕적 상실을 지적함이었다. 그들의 안목에서 도덕적 상실은 곧바로 인간적 상실이란 의미와 별반 다를 바가 없을 터였다. 조선조의 사류(士類)들이 그 시대 특수한 유교적 명분론과 윤리관에 기울어 다소는 냉엄해 보이는 면이 있다 해도, 여전히 자못 설득력 있는 근거는 나름 유지하여 있는 것이다.

그리하여 어찌해서든 유리왕의 인격적 사안에는 검토를 요하는 적잖은 문제가 내유(內有)해 있음을 인정하지 않을 수 없는 노릇이다. 그것은 반드시 유교적 명분론 이전에, 상식적이고 기본적인 휴머니티의 차원에서 이미 그러하다.

유리왕이 내세운 그럴듯한 이유에도 불구하고 신하들을 생매장시키고, 심지어는 자신의 아들들까지도 죽음으로 몰아갔다는 그 가혹함 속에서 본연적 인간성 상실을 엿보게 된다. 사냥에 빠져서 부왕의 고명(顧命) 유신(遺臣)을 하루아침에 축출해 버리고, 사냥놀이 사이에 달아나버린 여인을 찾고자 국경을 치달려 넘어가는 그의 과도한 정열 안에서 왕의 체통조차 저버린 이성의 상실을 감지하게 된다.

거듭 돌아볼 때 그 책임이 왕 자신에게 있건, 또는 운명론적 기준에서 그야말로 신화시대와 전설 시대의 과도기에 처한 비시적(非時的) 운명의 탓이었든 간에 - 원인적이든 결과적이든 - 유리왕은 역사상 거의 보기 드문 정도의 두드러져 나타난 상실의 군주였다. 인간에게 가장 중요한 관계의 이것도 저것도 다 잃어버렸을 때 당장 겪는 고통이 시간 뒤에 남는 것은 심연 같은 고독일 뿐이었다. 그래서 그는 고독의 군주이기도 하였다.

아비 없는 자식(無父之兒)으로 편모슬하에서 자라던 유년 시절의 정리(情裏)와, 갖가지 기막힌 이유로 세 아들의 비명횡사를 이루 보아야만 했던 아비로서의 흉리(胸裏)와, 아버지의 구신(舊臣)을 축출한 뒤의 심정과, 주체 못하는 감정의 분출로서 두 신하를 매사(埋死)케 한 후의 심사와, 초혼 아내의 요절, 그리고 뒤 이은 아내의 달아나 버리는 모양 등을 일일이 다 겪지 않으면 안 되었던 지아비로서의 심금, 이 모든 감정의 총체를 무슨 말로 융합시켜 표현할 것인가. 이같은 갖가지 심리의 복잡다단함도 압축시켜 생각하면 부자·군신·부부 사이에 문득 다른 편 상대를 잃은 데서 야기되는 외로움의 정서, 일언이폐지하면 바로 '고독'과 통한다고 하겠다. 그의 고독은 공교롭게도 노래 중에 "외로울사 이 혼자 몸(念我之獨)"이라고 하는 노랫속 고독의 탄식과도 묘합(妙合)되어 있는 것이다.

불과 부자 일대(一代)의 사이건만 동명왕의 사적과 유리왕의 행적 사이에는 실로 현격한 차이가 드러나 있었다. 그 이유를 아버지는 신화 범위 안에 들어간 인물인데 아들은 신화의 후광이 멈춰버린 탈신화적(脫神話的) 인물이라는 점에서 구하기도 한다. 신화시대가 동명왕 한 인물의 단막극으로 끝났다는 뜻이다. 설사 그럴망정 신라의 신화적 인물인 박혁거세(朴赫居世)와 그렇지 않은 2대 남해왕(南解王) 간에 보이는 차이와는 비교할 수 없을 정도이다. 백제의 경우는 그 시조가 고구려의 동명왕으로부터 분파하여 건국했던 이유에서인지 몰라도 온조(溫祚)를 위해서는 따로 신화성을 부여하고 있지 않다. 어찌됐거나 제1대 온조왕(溫祚王)과 2대 다루왕(多婁王) 사이에 역시 특별한 상이점을 찾기 어렵다.

결과적으로 신라나 백제와는 비할 수 없을 정도의 신화적 능력을 소유한 인물과 그렇지 못한 인물 사이의 현절한 대조 속에서 인간적 한계에 시달리는 유리왕의 이미지는 애련(哀憐)하다 할까, 한층 애처롭고 쓸쓸한 인상으로 부각될 수밖에 없었을 터이다. 누구보다 신화적 능력이 넘치는 임금의 바로 아래에 있는 일반적 인물에겐 그늘이 더 드리워질 수밖에 없고, 게다가 그늘 속 인물이 인간적 유한함 속에서 유달리 잦은 고난을 겪기라도 했다면, 그 위축의 정도는 가일층 배가되는 일이 당연한 것이다. 유리왕은 다름 아닌 그 드리워진 그늘 깊숙한 곳의 외롭고 수척한 얼굴이었다.

1962년 영화 〈사랑의 동명왕〉

또, 생각하니 신화적 질서는 혼인 모티브를 수반하고 있는 것이 일반적이었다. 건국신화에서 볼 수 있는 박혁거세와 알영(閼英), 김수로와 허황옥(許黃

玉), 동명왕과 예씨(禮氏) 부인의 관계 등이 모두 그러했다. 그리고 탈신화적 단계로 가면서 이러한 관계가 점차 퇴색과 퇴로를 나타냈음도 사실이었다.

그러나 신화적 능력이 거세되어 누구보다 시련을 겪은 유리왕에게 단순히 배우자와의 관계가 더 이상 없다든지 평범해진 정도가 아니라 설상가상 비극적인 정황까지 닥쳤다고 한다면 이는 한낱 공교로운 우연이었을까. 다시 말해 누구보다 철저하게 신화적 붕괴의 대표적·전형적 인물로 드러난 유리왕이야말로 신화의 한 특징으로서의 '짝'을 상실한 주인공으로는 최고의 적임자가 될만했다는 그 타당성을 일컬음이다.

단적으로 〈황조가〉와 그 배경담은 낭만과 상실의 노래면서, 동시에 노래 이야기였다. 그러면 유리왕의 이미지를 결정짓는 이러한 낭만과 이같은 상실이 왕으로 하여금 〈황조가〉의 주역 노릇하기에 충분했던 것이다.

유리에 관련된 일련의 화제를 통하여 그가 일찍이 기이한 설화적 주인공으로 설 수 있고 채택될 수 있는 자격은 넉넉히 주어져 있었다. 아녀자의 물동이를 새 잡는 탄환으로 맞추었고, 다시금 그 뚫린 자리를 쏘아 막았다는 일화 – 이는 황당함 때문인지 『삼국사기』에선 제외시켰지만 – 하며, 비분한 나머지 부러진 조각칼로 아버지 동명과 극적으로 상봉하여 왕위까지 계승했다는 등 일련의 기화(畸話)들은 그가 설화적 주인공으로 우뚝 서는 일에 조금의 손색이 없었다. 여기서 〈황조가〉 배경 이야기가 그 진실 여부에 관계없이 설화 마당으로 들어설 명분을 얻게된다. 이상의 분위기적 기반 위에서 기존 사료에 들었던 화희·치희의 삼각연애 배경담을 『삼국사기』가 산락(刪落)시키지 않고 채록하였을 것으로 추측한다.

대신, 〈황조가〉 노래를 16글자로 표현한 한역시가 이전의 어떤 기록에서 승계해 옮긴 것인지, 혹은 김부식이 처음으로 한역해 넣었는지는 확인할 길 없다. 다만 이것이 특정 작가 없는 민요였지만, 어느 결엔가 유리왕의 애정담과 하나로

엮여 융합을 이루게 되었다. 그렇게 묶인 데는 필경 인간 유리왕의 개성과 〈황조가〉 노래 특성 사이에 서로 통하는 공동의 인자(因子)가 필연 내재했을 터이다. 그것은 바로 '낭만과 상실'일지니, 다름 아닌 유서 깊은 낭만과 상실의 노래 심상(心象)이 낭만과 상실 이미지로 충일한 왕과의 절묘한 접목(接木)이었다. 낭만과 상실이란 교각 위에서의 극적인 상봉이었다.

3

구지가 龜旨歌

천고(千古)의 수수께끼

駕洛國記 文廟朝大康年間金官知州事文人所撰也今略而載之

開闢之後此地未有邦國之號亦無君臣之稱越有我刀干汝刀干彼刀干五刀干留水干留天干神天干五天干神鬼干等九干者是酋長領總百姓凡一百戶七万五千人多以自都山野鑿井而飮耕田而食屬後漢世祖光武帝建武十八年壬寅三月禊浴之日所居北龜旨 是峯巒之稱若十朋伏之狀故云也 有殊常聲氣呼喚衆庶二三百人集會於此有如人音隱其形而發其音曰此有人否九干等云吾徒在又曰吾所在為何對云龜旨也又曰皇天所以命我者御是處惟新家邦為君后為茲故降矣你等須掘峯頂撮土歌之云龜何龜何首其現也若不現也燔灼而喫也以之蹈舞則是迎大王歡喜踴躍之也九干等如其言咸忻而歌舞未幾仰而觀之唯紫繩自天垂而著地尋繩之下乃見紅幅裹金合子開而視之有黃金卵六圓如日者衆人悉皆驚喜俱伸百拜尋還裹著抱持而歸我刀家寘榻上其衆各散過浹辰翌日平明衆庶復相聚集開合而六卵化為童子容皃

고조선 이래의 기이한 일들을 수록한 『삼국유사』 '기이편' 맨 뒤에 있는 〈가락국기〉

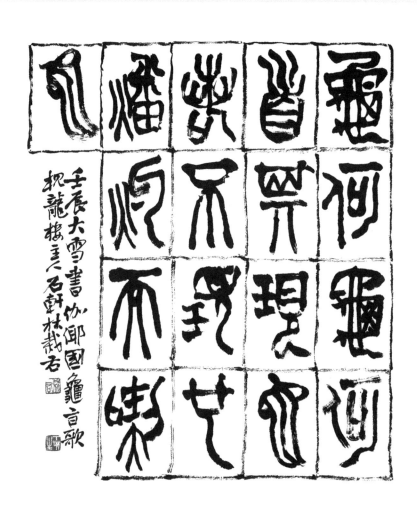

石軒 임재우 墨의 〈구지가〉

후한(後漢)의 세조 광무제 건무(建武) 18년 임인(壬寅)년은 서기 42년이다. 계욕일이란 옛 풍습에 음력 3월 첫 '사(巳)'자 들어가는 날, 액을 물리치기 위해 목욕하고 회음(會飮)하는 날인데, 바로 이날 그들이 살고 있는 북쪽 구지(龜旨)에 누군가를 부르는 것 같은 수상한 소리가 들렸다. 그러자 무리 2, 3백인이 여기에 모였다. 그런데 인간의 말소리 같기는 한데 그 형체는 보이지 않은 채,

　"여기에 사람이 있느뇨?"

라는 소리만이 들렸다. 이에 아홉 추장 등이 대답하기를,

　"저희들이 있나이다!"

하자 다시 그 소리가 이르되,

　"내가 있는 곳이 어디뇨?"

물으매 대답해 가로되

　"구지(龜旨)입니다."

하였다. 거듭 말씀이 있되, 이러하였다.

　"하늘이 나에게 명하시길 이곳에 와서 새로 나라를 세우고 임금이 되라시며 여기에 내려놓으셨다. 너희들은 모름지기 산봉우리 흙을 파고 이렇게 노래하여라. 龜何龜何 首其現也 若不現也 燔灼而喫也!"

　이에 아홉 추장 등이 그 말대로 어울려 흔연 가무(歌舞)하였다. 얼마 안 있어 우러러 보매 붉은색 줄이 하늘로부터 드리워 땅에 닿았다. 줄 끝을 살펴보니 붉은 보자기 안에 금 상자가 싸여 있었다. 그것을 열고 들여다보니 해처럼 둥그런 황금빛 알 여섯 개가 있었다. 무리들이 한편 놀랍고 한편으로 기뻐서 다 함께 엎드려 백 번 절하였다. 조금 후 다시금 보자기에 싸서 아도간(我刀干)의 집으로 가 평상 위에 두고 무리는 각기 흩어졌다. 이튿날 새벽에 다시 열어 보니 황금알은 모두 여섯 동자가 되어 나타났다. 동자들은 나날이 성장해 십여 일이 지나자 구척이나 되는 키에 하나같이 용모가 빼어났다. 그달 보름날 즉위하였는데, 세상에 처음

나왔다 하여 왕의 이름을 '수로(首露)'라 하고 나라를 '대가락' 또는 '가야국'이라고 불렀다. 바로 육가야(六伽倻) 가운데 하나인 것이요, 나머지 다섯 사람도 각자 돌아가서 오가야(五伽倻)의 왕이 되었다.

屬後漢世祖光武帝建武十八年壬寅三月禊浴之日 所居北龜旨是峯巒之稱 若十朋伏之狀 故云也 有殊常聲氣呼喚 衆庶二三百人集會於此 有如人音 隱其形而發其音曰 此有人否 九干等云 吾徒在 又曰 吾所在爲何 對云 龜旨也 又曰 皇天所以命我者 御是處 惟新家邦爲君后 爲茲故降矣 儞等須掘峯頂撮土 歌之云 龜何龜何 首其現也 若不現也 燔灼而喫也 以之蹈舞 則是迎大王 歡喜踊躍之也 九干等如其言 咸忻而歌舞 未幾 仰而觀之 唯紫繩自天垂而着地 尋繩之下 乃見紅幅裏金合子 開而視之 有黃金卵六 圓如日者 衆人悉皆驚喜 俱伸百拜 尋還裏著 抱持而歸我刀家 寘榻上 其衆各散 過浹辰 翌日平明 衆庶復相聚集開合 而六卵化爲童子 容貌甚偉 仍坐於床 衆庶拜賀 盡恭敬止 日日而大踰十餘晨昏 身長九尺 則殷之天乙 顏如龍焉 則漢之高祖 眉之八彩 則有唐之高 眼之重瞳 則有虞之舜 其於月望日卽位也 始現故諱首露或云首陵 國稱大駕洛 又稱伽耶國 卽六伽耶之一也 餘五人各歸爲五伽耶主.

고려 후기의 승려인 일연(一然, 1206~1289)이 편찬한 『삼국유사(三國遺事)』 권2, '기이(紀異)'편의 맨 뒤에 실린 〈가락국기(駕洛國記)〉 중 수로왕(首露王) 탄강(誕降)에 대한 내용이다. 기이(紀異)란 이상한 일들에 대한 기록이란 뜻이다. 그런데 기이편의 내용들은 거의 다 신라·고구려·백제 관련의 이야기 쪽으로 관심이 집중되어 있을 뿐, 삼국시대 당시 엄연한 한 나라였던 가락국에 대해서는 지나치게 인색하였다 해도 과언이 아니었다.

가락은 고대 부족국가시대 낙동강 하류에 일어난 나라들을 통틀어 이르던 말로, 가야(伽倻)·가라(加羅)로도 일컫는다. 금관가야(金官伽倻)·대가야(大伽倻)·소가야(小伽倻)·아라가야(阿羅伽倻)·성산가야(星山伽倻)·고령가야(古寧伽倻) 등 여섯 나라인데, 서기 562년 신라에 의해 멸망될 때까지 높은 수준의 문화를 구가하였으니, 신라에도 자못 영향을 끼친 중요한 한 국가였다.

김해시 구산동(龜山洞)의 구지봉(龜旨峰) 정상에
6개의 알과 9마리의 돌거북으로 구성된 석조상

가락국 시조 수로왕

　엄연히 거대 국체(國體)들 중의 하나이건만, 김부식은 신라·고구려·백제의 세 나라만을 대상으로 삼아 '삼국사기'라는 이름하에 책을 편찬하였다. 『삼국사기』보다 140년 쯤 후에 문화사를 편찬했던 일연도 예외는 아니었다. 그 역시 가야국의 존재는 열외로 한 채 삼국의 사적(事蹟)이라는 의미로서의 '삼국유사(三國遺事)'를 표제로 걸었다.

　그러한 사고방식 때문이었는지 일연은 『삼국유사』 개권(開卷) 첫머리, 〈고조선(古朝鮮)〉부터 시작되는 옛 한반도 고대 각국의 신화들을 권1 기이1의 공간에 고스란히 담아 넣었으되, 유독 가야의 옛 신화만큼은 그 반열에 넣는 일을 사양하고 있다. 그 자리에 〈오가야(五伽倻)〉를 넣긴 하였으되, 이는 다만 가야의 다섯 나라 명칭만 간략히 소개하였을 뿐이다. 역사 및 문화 편견에 관한 심각한 의미, 진지

한 여운을 남기는 대목이다. 『삼국유사』의 역사 및 문화유산에 대한 크나큰 공적을 인정하고 또한 그의 민족사적·문화사적 투철한 양식을 이해하는 바탕에서도, 그 과정상에는 전혀 본의 아니게 야기될 수 있는 실수와 착오의 면모마저 인정하지 않을 수 없다. 해박한 가운데도 천려일실(千慮一失)은 있을 테고, 아름다운 옥에 조차 마침내 떨어내야 할 일점의 티끌은 있겠기 때문이었다.

그런 편파 속에서도 이 나라에 대한 일말의 배려인지 고대 제국의 신화시대 단계를 넘어선 훨씬 뒤의 기록, 그것도 맨 마지막 자리에 가락국 관련의 설화 한 가지를 덧붙여 소개하였으니 그나마 다행이 아닐 수 없다. 다름 아닌 〈가락국기(駕洛國記)〉라고 하는 것이 그것이다.

김해 구지봉에 있는 영대왕가비(迎大王歌碑)(좌)와, 〈구지가〉 신화도

바로 그 신화 이야기 한 갈피 속에 4행짜리 한역가요 한 편이 끼어 있다. 원래는 그 어떤 제목도 없이 전해진 것인데 뒷날 '영신군가(迎神君歌)', '구지가(龜旨歌)', '영신가(迎神歌)', '구지봉영신가(龜旨峰迎神歌)', '구하가(龜何歌)' 등 각양각색의 이름들이 붙여졌다.

하지만 이미 조선 초에 사가 서거정(徐居正, 1420~1488)이 김수로왕에 대해 읊은 한시인 〈김해부수로왕릉(金海府首露王陵)〉(『사가집(四佳集)』 보유편 권8 詩類)의 안에서 잠깐 '구지곡(龜旨曲)'이란 표현을 빌린 일례도 보인다. 그러니 이 노래에 대한 제목 상정이 아주 없었던 것은 아니었다. 하지만 여기서는 오늘날 가장 일반화되어 불리는 〈구지가〉란 범칭 그대로를 좇기로 한다.

일찍부터 수로왕 신화와 그 안의 〈구지가〉는 천고의 비밀을 간직한 이야기며 노래였다. 그리하여 서거정도 자신이 쓴 시 가운데에 이러한 탄식을 남겼다.

金陵往事與誰論　　왕릉의 지나간 일을 뉘와 캐 볼 길 있으랴
千古猶存首露墳　　긴 세월에 뎅그러니 수로왕 무덤만 있거늘.

『삼국유사』〈가락국기〉 그대로를 신빙하여보자 하면 서기 42년의 노래요, 자신의 시대보다 1400년이나 앞의 막연한 옛일이다 보니 수로왕의 신화와 노래 앞에 차마 엄두를 내기 어려운 미스터리로만 다가왔을 터이다. 현대인의 입장에서도 곧 2천년을 바라보는 노래이다. 최대한 양보해서 사학자 이병도가 「수로왕고(首露王考)」에서 밝힌바 "수로는 즉 가락 최초의 군장(君長)이 아니라 가락이 소위 6가야의 맹주국으로 두각을 나타내기 시작하였을 때의 군장"으로 보며, 결과 "수로와 내지 6가야의 연맹결성은 서기 후 2백년대인 제 3세기 중에 당한다"고 한 견해를 따른다 해도 거금(距今) 1700년 이상 경과된 까마득한 과거의 노래이다. 그렇게 캐캐묵어 감춰진 비밀을 이제 와 캔다는 일도 무리가 아닐 순 없으리라.

구지봉(龜旨峯)과 〈구지가〉의 진실이란 단 하나일 뿐이고, 둘 이상 존재할 수 없는 것이다. 그런데도 이 노래를 둘러싼 논자들의 해석은 하도 분운(紛紜)하여 단 한 가지의 진실만으로 남기를 허용하지 않았다. 바로 인문학의 자유라고도 하겠지만 동시에 이 학문의 부작용과도 같은 다기망양의 혼돈이기도 한 것이다. 오늘날 이를 연구하는 논자 다수는 이 〈구지가〉 노래에 대한 풀이부터 아주 무난한 방식의 접근을 하였다. 노래 전체를 한역체로 간주하여 해석한 것이니, 그 결과

다음과 같은 음과 해석이 대세를 형성하였다.

龜何龜何   거북아 거북아
首其現也   머리를 내어라
若不現也   내놓지 않으면
燔灼而喫也   구워서 먹으리.

그런데 사실 '龜' 자는 쓰임새에 따라 음과 뜻이 바뀌는 전주(轉注) 글자이다. 곧 거북이란 뜻으로 쓰자고 하면 '귀'로 읽어야 하고, 나라이름이거나 땅이름으로 들어가면 '구'로 읽는다. 또 트고 갈라지다의 의미로 쓰일 때는 '균'으로 발음하니, '균열(龜裂)'이 그 일례이다. 따라서 구지봉(龜旨峰)은 하나의 지명이니 '구'로 읽을 수 있겠지만, 위에서처럼 '거북아 거북아'의 뜻으로 할 양이면 '구하구하' 아닌 '귀하귀하'로 해야 맞을 터이다.

돌아보면 '龜'를 한자어로 간주하여 '거북'이라 한 것은 현대의 논자들 이전에 일연이 선두 주자였다. 일연은 『삼국유사』〈가락국기〉 기록의 앞부분에, 수록하는 내용은 자신의 직접 기록이 아니라 문종(文宗) 조의 대강(大康, 1075~1084) 연간에

김해 구지봉과 그 위에 세워진 표석

금관지주사(金官知州事) 벼슬을 하던 한 문인이 지은 것이라 밝히면서 그 책의 내용을 줄여서 싣는다고 첨부해 놓았다. 『삼국유사』 편찬이 1285년이라고 기준할 때 최소 200년 전 앞 시대의 저술을 전재(轉載)한 셈이다. 그런데 일연은 남의 글을 고스란히 옮겨 적는 것만으로 만족하지 않았다. 대신 한 사람의 학자연한 태도로 '구지봉' 바로 뒤에 주석까지 매기면서 이렇게 개인적인 견해를 더 보태었다.

> 是峯巒之稱 若十朋伏之狀 故云也.
> 이것은 산봉우리를 일컬음인데, 거북이 엎드린 형상과 같은 까닭에 이렇게 말한 것이다.

이 한 줄의 주석이 훗날 이 노래가 무슨 영문인지 궁금해 하는 이들에게 막대한 영향을 끼치는 결과가 될 줄 누가 알았으랴. 곧 구지봉의 '구(龜)'가 거북을 의미한다고 했기에, 〈구지가〉 노래 속의 '구(龜)' 또한 달리 생각하고 말고 할 겨를 없이 의당 거북으로 판단하고 시작하게 만든 결정적인 계기를 마련했다는 말이다.

그렇지 않아도 '龜'는 당연 한자어이지 다른 무엇이 있을 리 없다고 생각하는 대중들의 사고에 더하여, 고려의 고승으로 이름 높고 『삼국유사』 저술가로 알려져 온 일연에 대한 외경(畏敬)과 신뢰가 더 보태져서 '거북' 설은 〈구지가〉 탐구의 결정적 대세가 되었던 것이다. 그래서 후대의 논자들 입장에선 일말의 의심없이 이구동성 '거북아!'로 단정짓는 결과를 초래하였다.

그런데 한 가지 이상한 것은 '龜' 바로 뒤에 나오는 '何'라는 글자는 한자뜻 안에서 누군가를 부르는 이른바 호격(呼格) 조사가 아니라는 사실이다. 그럼에도 이 납득할 수 없는 문제에 부딪혀 어떻게든 맞춰놓아야 하겠기에 혹자는 여기의 '何'를 '乎'의 오자(誤字)라며 무리한 견해를 폈다.

하지만 '龜'를 당연히 한자어 거북으로 풀이하는 논자들 사이에서도 편치 않은 일이 벌어졌다. 말하자면 거북은 거북이되 어떠한 거북, 무엇을 뜻하는 거북인지에 대해 추정해 내는 단계에서 그만 십인십색(十人十色)이 되고만 것이다. 이 마당에 거북의 정체에 대한 실랑이가 벌어진 셈이니, 대략 정리하면 이러하였다.

연구의 초창기에 한 논자는 '구워서 먹는다' 등의 표현을 두고 거북은 제의(祭儀)에 쓸 희생(犧牲)이라고 하였다. 고대 웁살라(Upsala)의 희생 의식에서 신전 숲의 이름을 지을 때 희생된 짐승이나 인간의 이름을 사용하였다는 예화를 들어 '구지봉'이라는 지명도 희생 동물 거북에서 유래하였으리라고 유추하는 입장이다.

당시 원시 사회집단이 거북을 자기 씨족의 원시로 간주하여 집단의 신으로 예배하던 토템 동물이라고 주장하는 견해도 있었다. 곧 가야의 옛 땅에 거북 토템신앙이 있었을 것으로 이해하려는 방식이다.

가야에 하필 거북점의 기록은 찾을 순 없지만 복서(卜筮) 곧 점치는 일이 행해졌을 개연성에 따라 이때 거북을 점복 행위의 대상으로 간주한 해석도 없지 않았다. 〈구지가〉를 귀복가(龜卜歌)로 접근한 경우이다.

제일로 흥미로웠던 논지는 '龜'를 실물의 거북(turtle)으로 보는 사고의 테두리에서 벗어나 관념적인 해석을 가한 경우이다. 바로 거북을 남성기(男性器) 즉 남근(男根)의 상징으로 보면서 〈구지가〉의 성립 또한 신성한 건국신화의 형성 이전으로 올라가 원시인들의 성욕에 대한 강렬하고도 소박한 표현에서 그 계기를 찾았다. 곧 여성이 남성을 유혹하는 하나의 수단으로 불렸던 것이 시대의 추이에 따라 주문적인 기능을 갖게 되었고 급기야는 건국신화에까지 끼어들었다고 보는 견해였다. 거북의 목에서 남근의 이미지를 생각했고, 다음 단계에선 여성이 갖는 성적 갈망을 연상한 것이다.

한편 이 해석을 바탕으로 남근 숭배에는 동의하지만 거북 자체는 여성을 상징하고 거북의 머리는 남근이라는 양성구유(兩性具有)로 해석하겠다는 논지도 없지 않았다.

그런데 여성의 성적(性的)인 촉발과 그 뒤의 결합이라는 관점은 특별히 고대국가 신화 일반이 지니는 숭고미(崇高美)의 속성과 견줘보았을 때 급작스런 장애에 부딪힌다. 다시 말해 그와 같은 남녀간의 성 유희적이고 애욕적인 노래가 어떻게 한 국민의 자부심과 더불어 가장 신성한 믿음으로 떠받들어지는 건국시조 탄강(誕降)의 신화 속에 끼어들 수 있는가 하는 근원적인 회의를 떨치기 어렵다. 비록 고대국가 시절의 성 개념에 분방·자유로운 면이 많았다는 점을 충분히 인정하고, 따라서 아무리 성(性)을 소재로 한 노래 등이 결코 음란하지도 저속하지도 않으니 그저 자연스런 생활 표현에 불과하다손 치자. 하지만 김수로 탄강 이야기는 그 자체가 하도 신성하여 한 나라의 자존심까지 표상한다는, 존엄하고 경건한 신화인 것이다. 바로 이것의 서막, 국조 탄생의 장중하고 엄숙한 분위기 표출의 순간에 난데없는 여자의 성적(性的) 충동의 노래가 아무런 부담 없이 끼어들 수 있겠는가 하는 데서 석연히 수긍하기 어려운 무리함과 한계가 따른다. 이 견해가 필경 더할 나위 없는 흥미를 유발시키는 매혹적인 가정임에 틀림없겠지만, 솔깃한 조건이 곧 진실의 조건은 될 수 없는 것이다.

　　또한 희생제의거나 토템 등으로 풀이한 논지 등에도 마찬가지의 아쉬움이 따른다. 일찍이 가야라는 땅에 거북과 관련된 풍속의 가느다란 단서라든가 구승(口承)되던 자그만 자취가 있다면 상당한 결정력을 발휘했겠지만, 애석하게도 그러한 뒷받침이 될 자료는 그 어디에도 제시된 것이 없다. 더구나 그와 같은 자료가 단 한 가지라도 남았을 경우 그 사실을 이 중대한 서사시 안에서 누락시킬 리 없고, 신귀(神龜)의 영험에 따른 찬사와 숭배의 미사여구를 최대한 소개하였을 터이다.

　　더하여 〈가락국기〉 기록 중에 수로가 신산(神山) 구지(龜旨)에 내리는 장면이 마무리 부분에 기록되어 있다. 김수로왕 이하 9대 손의 역수(曆數)를 나열하기 직전에 소개된 '명(銘)'한 작품이 그것이다. 비상히 〈구지가〉와 긴밀히 관련되어 있는 시이기에 진실 접근의 한 열쇠가 된다.

自無銓宰 誰察民氓	주재함이 없으면 누구라 백성들 보살피리.
遂兹玄造 顧彼蒼生	드디어 하느님이 저 창생들을 돌아보셨네.
用授符命 特遣精靈	이에 부명을 주시고 특별히 정령 보내셨네.
山中降卵 霧裏藏形	산 가운데 알을 내리고 안개 속에 모습 감추셨네.
內猶漠漠 外亦冥冥	안쪽은 어딘지 아득한 듯 바깥 또한 어둑했네.
望如無象 聞乃有聲	형상 없는 듯 보이나 들으매 여기 소리가 있네.
群歌而奏 衆舞而呈	무리들은 노래 불러 아뢰이고 춤을 추어 드리네.
七月而後 一時所寧	칠일이 지난 뒤에 한 순간에 안정되었네.
風吹雲卷 空碧天青	바람 불어 구름 걷히니 푸른 하늘은 텅비었네.
下六圓卵 垂一紫繩	여섯 둥근 알 내려올제 한 가닥 붉은 끈 드리웠네.
殊方異土 比屋連甍	낯선 기이한 땅에 집과 집은 연이었네.
觀者如堵 覩者如羹	구경꾼들 줄지었고 바라보는 이들 들끓었네.

〈구지가〉에 관해 갖가지 다양하고 분분한 논의에도 불구하고, 이 〈가락국기〉 원찬자의 서사시가 암시하고 있는 메시지는 이렇듯 따로 엄존해 있다. 그리고 〈구지가〉 및 배경설화를 핵심적으로 압축시킨 4언의 서사시 속에서 암만 예의 주시해 본대도 거북에 관한 종적은 그림자도 비치지 않는다.

일연은 『삼국유사』를 엮으면서 이 책 전반에 걸쳐 자신의 견해를 최대한 주석 처리하였다. 〈가락국기〉에서도 예외가 아니었는데, 바로 이 주석자가 붙인 바 "거북이 엎드린 형상이기에 구지(龜旨)"라고 한 설명은 무언가 이상하다. 앞의 글자 '龜'는 설명할 수 있겠지만 뒤의 글자 '旨'까지를 포함하여 풀어 주지는 못하는 한계를 남기기 때문이다. 또한 우리나라 도처에 거북 '龜'가 들어가는 지명이 수십 가지 허다한데, 그것들 모두가 거북 형상을 하고 있기 때문에 붙여진 이름은 아니다. 오히려 대부분이 저마다 영험함을 지닌 산, 말하자면 자신들의 마을을 둘러싸고 있는 산이 신산(神山)·영산(靈山)임을 자긍한 데서 붙인 이름이고, 또 그랬을 때 의미의 맥락도 통한다.

이 마당에 일연의 주석에도 오류가 따를 수 있음을 함께 감안해야만 한다. 『삼국유사』 안에서 일연이 오독(誤讀)한 편린들을 간간이 찾아볼 수 있기 때문이다. 여기에 대해 우선 역사학자 이기백이 「삼국유사의 사학사적 의의」에서 분석한 부분을 인용해 보인다.

다만 일연은 반드시 원 사료의 전문을 충실히 인용하는 방법을 쓰고 있지는 않다. 가령 〈감산사조상기(甘山寺造像記)〉는 원문의 몇 분의 일에 지나지 않는다. 게다가 오독으로 인한 많은 잘못이 있다. 또 고조선 조에 인용된 『구당서(舊唐書)』 〈배구전(裴矩傳)〉의 글도 완전히 문장이 일치하는 것은 아니다. 이러한 이유로 해서 인용문의 자구의 변탈에 별로 개의치 않음이 『삼국사기』와 취재 표준이 다르다고 보기도 한다. 분명히 일련의 인용문에는 자구의 탈락과 변개가 있다. 그러나 그것은 불필요하다고 생각한 탈락이거나 오독이나 필사의 잘못에 의한 것이지, 내용의 변개는 아니었다.

이 〈가락국기〉 원찬자의 기록을 간추리는 과정에서의 일연의 '龜旨' 해석 역시 별 긴장 없이 야기된 오독의 하나일 수 있는 것이다. 실제로 『삼국유사』 안에서 찾아볼 수 있는 실수의 사례를 권2 안에서만 들어본다. 기이(紀異) 편의 〈문호왕법민(文虎王法敏)〉에 일연이 주관적으로 붙인 해설이다.

別本云 建福八年辛亥 築南山城 周二千八百五十步 則乃眞德王代始築 而至此乃重修爾.
다른 책에는 건복(建福) 8년 신해(辛亥; 591)에 남산성(南山城)을 쌓았는데 그 둘레가 2,850보라 하였으니, 바로 진덕왕대(眞德王代)에 처음 쌓았다가 이때에 중수(重修)한 것이리라.

여기 건복(建福)은 기실 신라 '진평왕(眞平王)'의 연호이다. 그럼에도 불구하고 '진덕왕(眞德王)'으로 착각하여 기록하였다. 또 〈경덕왕·충담사·표훈대덕〉 끝부분에 보면 혜공왕이 나이 어려 임금이 된데다 여자다운 행색만을 일삼더니 마침내 "나라에 대란이 일어 선덕왕과 김양상에 의해 시해 당하고 말았다(國有大亂 終爲宣德與金良相所弑)"라고 하였다. 선덕왕과 김양상에게 죽임을 당했다 했는데, 김양상은 다름 아니라 선덕왕의 본명인데도 불구하고, 같은 사람을 그만 서로 다른 각각의 인물인 줄 알고 잘못 기록한 것이다. 기실은 이찬(伊湌) 김경신(金敬信)에 대한 오기(誤記)일 것으로 역주자마다 지적하고 있다.

신라 향가 〈서동요(薯童謠)〉가 실린 백제 〈무왕(武王)〉(권2 기이편)의 표제 주석에서도 오류를 범하고 있다. 곧 이야기 속 주인공인 서동이 나중의 무강왕(武康王)이라고 설명한 옛 문헌에 대해 일연은 틀렸다고 하면서 반대의 주석을 가하였다.

　　古本作武康 非也 百誇無武康
　　고본에는 무강왕(武康王)이라 했으나 잘못이다. 백제에는 무강왕이 없다.

하지만 무강왕(武康王)은 다름 아닌 무녕왕(武寧王)인데, 일연이 이를 잘못 이해하고서 그런 왕은 없다고 했다. 이를테면 동인이명(同人異名)인 셈이다. 사실은 비단 이것뿐 아니라 고구려의 평강왕(平岡王)이 바로 평원왕(平原王)이요, 신라의 문호왕(文虎王) 법민(法敏)이 곧 문무왕(文武王)이다. 이들 모두 서로 다른 사람이 아니라 '康=寧'(편안함)으로 통하고, '岡=原'(언덕)으로 통하며, 또 '虎=武'(호반)란 뜻으로 돌려 나타낸 결과에 붙인, 같은 인물에게 두 이름이 통용된 경우에 해당한다. 일연도 밝혔지만 〈가락국기〉 또한 그의 직접 찬술이 아니었다. 앞 시대 금관(金官) 땅을 다스리던 문인이 쓴 〈가락국기〉를 일연이 줄여서 실은 것이라 했거니와, 지금 이 '龜'의 문제 또한 그가 자의적으로 줄이고 또 주석을 가하는 과정상

일연에게 맹목적인 신뢰를 부여하기 어려운 사례들 가운데 하나가 될 수 있다는 점을 거듭 상기할 이유가 있다.

'龜'를 한자 뜻 거북으로만 생각하는 경우의 모순은 〈구지가〉와 동일 계통의 노래로서, 신라 성덕왕 때 수로부인을 납치해 간 용(龍) 앞에 불렀다는 〈해가(海歌)〉에서도 재차 확인된다. 납치해 간 대상이 '龍'이라 했으면서도 엉뚱하게 '龜'를 부르면서 수로부인 돌려줄 것을 요구하다니 당혹한 일이다. 상황이 이런대도 '龜'를 끝끝내 한자 뜻 카테고리 안에서만 고민·천궁하는 모습이 안타깝다.

한편 이 작품 연구의 초창기(1957), 아직 '龜'를 한자 뜻 거북으로 단정한 이가 불과 몇 안 되었을 무렵에 이미 국어학자 박지홍이 남다른 안광을 발휘하여 '龜'를 향찰어로 파악, 그에 입각해서 정연한 논리를 편 바 있었다.

우선 '龜=감(곰)'을 뜻하는 향찰 언어로 검(神)·곰(熊)·거미(蛛)·Kuma(熊)·Kumo(蛛) 등과 같이 검다(幽, 玄)의 어근 '검, 곰'의 파생어요, 검(곰)은 바로 신(神)을 뜻하는 향찰이라고 하였다.

그런데 기실 '검(곰)=神' 등식의 선구(先驅)는 양주동이었다. 그의 기막힌 발명착안이 일찍 『고가연구』의 가운데서 그 설명을 극진히 한 바 있다.

> '곰'은 '김·검·곰·금' 등으로 호전(互轉)되는 '神'의 고어로 '王'의 古訓(尼叱今·寐錦 내지 上監)에 잉용되었다. 借字로 '解慕·蓋馬·乾馬·金馬·儉·錦·今·黑·熊' 등등. 그 어원은 '幽玄'의 義의 '감·검'일 것이다. 단군의 웅녀 탄생설은 '곰·곰'의 유음(類音)에서 생긴 전설이다.

이후에 조지훈도 '곰·곰'과 웅녀신화의 발생적 순서에 대한 반론으로, 오히려 신성한 동물 중에서 가장 오래고 원형적인 '곰(熊)'에서 신(神)의 뜻인 '곰'이 파생되었다는 논리를 편 적이 있다.

그럼에도 하필 〈구지가〉를 풀이하는 과정에서 '龜=굼(감)' 향찰어에 관한 논의는 노래를 순수 한역시의 당연한 형태로 보는 중론에 밀려 오랜 세월 반향을 얻지 못하였다. 특이한 이론이니 연구사에 포함시켜준다는 정도로만 인지 받아왔다고 하겠다.

사실은 〈구지가〉 배경담 안의 '龜旨(구지)'라는 말부터 이미 심상치 않은 것이었다. 형체 없는 소리가 '여기가 어디인가?'라고 물었을 때 '구지(龜旨)입니다'라고 했다는데, 이때 한자로 인식하여 '거북 맛입니다' 혹은 '거북 뜻입니다' 했다가는 그만 수렁에 빠져들고 만다. 여기의 '旨'가 또한 이두 글자였던 것이니 이 또한 양주동이 『고가연구』의 갈피에서 '旨'를 'ᄆᆞᄅ' 곧 한자어로는 '峯', 즉 봉우리라고 설명하는 과정에서 고스란히 입증된다.

近園 김양동의 〈구지가〉圖

'北龜旨'(史記·金庾信傳作 '龜峯')는 '뒤ㅅ거붑ᄆᆞᆯ'(뒷검ᄆᆞᆯ)

'龜旨'에 대한 해석에서 '旨'는 ᄆᆞᆯ, 곧 '뫼[山]'라고 하는 양주동의 설을 박지홍도 수용하여 결국 금ᄆᆞᆯ, 즉 신산(神山)의 의미로 풀었다.

이제 '龜' 역시 한자 어의로는 '거북' 의미에 한정돼 있지만, 향찰자 범주에서 '龜'가 '검', '검=神', 곧 신(령)이란 의미로의 전환에서 소통이 가능해졌다. 원체 돌발적인 거북 출현에 그 의미마저도 모호한 판에 일약 이두 쪽으로의 전격적인 풀이가 등장하게 된 것은 어쩌면 너무도 당연한 일이었다. 곧 고대 가락국 〈구지가〉의 시대를 포함하여 아득한 옛날에는 거북이란 말은 존재하지 않았다. 당시에는 '검(ᄀᆞᆷ)'이라 했거니와 일정한 시대의 흐름 안에서 다시 '거뭄'으로 바뀌었고, 그것이 거듭 '거붑'으로 변화되는 단계를 거친 후에 오늘날 거북으로 정착되었다.

그리고 고대 국어 '검'에는 하필 동물 거북(turtle)의 뜻만 있는 게 아니었다. 신(神), 신령(神靈)의 뜻도 함께 갖춰있던 사실을 덮어둘 수 없다. 연구사 초기에 양주동이 이 검(ᄀᆞᆷ)은 '김·검·곰·금' 등으로 혼용될 수 있고, 그것을 나타낼 수 있는 차자(借字) 또한 '儉·錦·今·黑·熊…' 등 여럿 있음을 나열해 보였다. 앞의 儉·錦·今 같은 것은 음을 따온 음차, 뒤의 黑·熊 등은 훈을 차용한 훈차라 하겠다. 이후에 조지훈, 이병도, 박지홍 등도 '검(ᄀᆞᆷ)=神'에 대한 저마다의 풀이를 제시하였다.

그런데 양주동이 검(금, 곰, 금)을 나타낼 수 있는 한자어들을 열거하였지만, 포함 가능한 차자(借字)는 그가 인용한 몇몇 글자가 전부라곤 할 수 없다. 이를테면 음차로서의 '黔'도 여기 해당될 것이고, 훈차로서의 '龜'도 들어갈 수 있는 것인데 이루 다 챙겨 담지는 못하였던 것이다. 마침 다행스럽게도 그가 '北龜旨'를 잠깐 '뒷검ᄆᆞᆯ'로 표기한 것이 있어 대뜸 그런 사실을 입증해 준다.

다만 '龜=검' 관계까지 끌어냈지만 '뒷검ᄆᆞᆯ'의 '검'을 〈구지가〉 속 '龜'에까지 연결시키지는 못한 아쉬움을 남겼다. 그러다가 박지홍에 이르러 〈구지가〉에서의 '龜' 또한 음차로서 또 하나의 검(곰)을 나타내주는 이두 향서(鄕書)의 한 가지임을 포착하고서 이에 적용시켜 해석한 것은 진정 혜안이 아닐 수 없었다.

신·신령을 나타내는 차자 범위가 검·곰·김·검·곰·금' 등으로 다양하였으니, 〈고조선〉 신화에서의 웅녀(熊女) 또한 정작 곰(bear)이 변한 것이 아니다. 이때의 웅(熊)의 훈이 역시 '곰(곰, 검)'인 것이요, 바로 이를 훈차(訓借)하면 '신(神)'의 뜻으로 연결되는바, 다름 아닌 웅녀는 신녀(神女)·여신(女神)인 것이었다. 보다 구체적으로 어떤 여신인가 하면 태백산(太白山) 신단수 아래에 있다고 했던바, 태백산을 주재하는 여신인 것이다.

여기서 산신의 성별이 남성 아닌 여성이라는 사실에 대해 의아할 수 있다. 실상 남성 산신의 이미지는 가부장 권한이 남성에게 집중된 조선시대 이후에 형성된 것이었고 한국 고대의 산신은 여성들이 압권을 이뤘음을 밝혀야 할 필요가 있다. 〈구지가〉의 '검(곰)' 또한 신(神)이로되 남신이 아닌 여신임을 입증하는 계기도 확보 가능하겠기 때문이다.

실제로 역대 문헌의 갈피에서 허다한 수의 산신주(山神主)가 여신(女神) - 일명 모신(母神)·신모(神母) - 으로 형상화되어 있는 현상과 마주치게 된다.

『삼국유사』 권1의 기이(紀異) 편 〈내물왕·김제상〉에 보면 치술령(鵄述嶺) 신모(神母)는 신라 때 김제상 - 박제상이라고도 한다 - 의 부인이 죽어 된 것이라 했다. 곧 김제상의 부인이 왜국에서 돌아오지 않는 남편에 대한 그리움을 이기지 못해 세 딸을 데리고 치술령에 올라 왜국을 바라보며 통곡하다 죽으매 치술령 신모가 되었고, 지금도 그녀를 제사하는 사당이 있다고 하는 기록이다.

같은 『삼국유사』 기이 편의 신라 〈남해왕〉을 고증하면 남해왕의 비(妃) 운제부인(雲帝夫人) - 일명 운제(雲梯)로도 쓴다 - 이 또한 여신이다. 영일현 서쪽에 운제산의 성모(聖母)가 있는데, 가뭄 때 이 앞에 기도하면 감응이 있다는 소식도 전한다.

뿐만 아니라 같은 책 감통(感通) 편의 〈선도성모수희불사(仙桃聖母隨喜佛事)〉에는 진평왕 때에 지혜(智惠)란 비구니 앞에 '나는 선도산(仙桃山) 신모(神母)이다'라는 말과 함께 나타났다는 이야기도 있다.

고려 이승휴의 『제왕운기(帝王韻記)』에는 지리산의 천왕인 성지성모(聖智聖母)가 도선(道詵)을 시켜 고려 왕씨의 제왕 기지(基地)가 될 명당을 일러준다는 대목이 나타난다.

『신증동국여지승람(新增東國輿地勝覽)』의 〈함양〉 '사묘(祠廟)'조에 '성모사(聖母祠)'가 나온다. 하나는 지리산 천왕봉 위에 있고, 하나는 군의 남쪽 엄천리에 있다고 했는데, 『제왕운기』에 이르기를 '성모(聖母)는 태조의 어머니 위숙왕후(威肅王后)라 한다'고 했다.

『고려사』 '고려세계(高麗世系)' 안의 왕건 신화 발단부에 보면 과부 산신(山神)이 평나산(平那山)을 다스렸다고 했고, 『점필재집(佔畢齋集)』 '두류산록(頭流山錄)'에서도 '두류산 천왕봉상에 성왕묘가 있는데, 이것은 생전에 석가의 어머니인 마야부인의 신화(神化)를 모신 것 운운'에 따른 소회를 적은 것이 보인다.

이렇듯 명산에 깃든 여신들의 편재(遍在)를 실감하거니와, 고대의 산신이 여성이었다는 개념은 민속학자 손진태가 「조선 고대 산신의 성(性)에 취(就)하여」라는 글에서 '고대의 산신은 금일과는 반대로 여성이었던 것 … 당초의 산신은 홀로 여신만이 산신이었다'고 밝힌 바 있었다. 양주동도 검(곰)이

女山神圖

여신임을 이렇게 설명해 보였다.

> '굼·검'은 'ㄱ-ㅇ-ㅇ'형 음전(音轉)에 의하야 '옴·엄' 내지 '암·엄' 등으로 호전된다 ··· 이로써 우리는 '母·雌·芽·牙·拇' 등의 훈 '옴·엄'(암·엄)의 궁극적 어원이 '굼'임을 알 수 있는 동시에, '굼'이 실로 여신임을 알 만하다. 진역수처(震域隨處)에 고금 일관되는 신모(神母) 전설은 모다 신이 여신임을 증(證)한다.

그런데 〈구지가〉의 17자 안에는 적어도 한자어 풀이만으로는 어색과 경색을 초래하는 글자가 하필 '龜' 하나에 그치는 것이 아니었다. 두 번째의 '何'에서 한자어 풀이의 모순은 더욱 가세된다. '何'에는 사람이거나 물건 따위를 부를 때 쓰는 '야', '여', '아', '이여' 따위에 해당할 호격조사(呼格助詞)의 기능이 전혀 없다. 그렇기 때문에 이것이 호격조사 '乎'의 오자(誤字)라는 주장까지 나왔으니, 더욱 그 사실을 증명한다. 그리하여 기실은 여기의 '何' 역시 절대 한자 뜻으로 해석될 수 없는 차자표기이다. 바로 한자의 음을 빌려다가 우리말을 표기하는 음차(音借)로서의 부름자리토씨 '하'를 표현한 이두식(吏讀式) 문자인 것이다. 원래부터 순국어 음 '하'는 오랜 역사에 걸쳐 거의 예외 없이 존칭, 또는 극존칭의 뜻을 갖는 호격조사의 역할을 충실히 수행하여 왔다. 실제로 '하'가 존칭의 호격조사로서 구사된 일례를 옛 국어 속에서 생동감 있게 접할 수 있다. 우선 향가 〈원왕생가(願往生歌)〉의 허두이다.

月下伊底亦　　　둘하 이뎨
西方念丁法賜里遣　서방신장 가샤리고 (양주동 역)

여기서의 '下'는 호격조사로 '(이)시여'·'이(시)여'의 뜻이라 함은 새삼스런 설명이 필요치 않다.

　본래 백제 땅의 노래라 하나 고려시대 유행요의 한 형태에 들어가기도 하는 〈정읍사(井邑詞)〉에도 첫머리에

　　들하 노피곰 도드샤
　　어긔야 머리곰 비취오시라 (『악학궤범』권5, 향악정재)

라고 되어 있는데 이때 '들하'가 비칭으로서의 '달아!'가 아닌 '달님이시여!'로 옮겨진다.

　또한 고려조 정서(鄭敍)가 지었다고 하는 〈정과정(鄭瓜亭)〉의 최종구인,

　　아소 님하 도람드르샤 괴오쇼셔

에서의 '님하'는 지존인 임금을 부르는 소리 '님이시여!'가 된다. 〈정읍사〉와 〈정과정〉은 모두 조선 성종 때 『악학궤범』 안에 정착되어진 가사이니, '하'의 극존칭 호격조사 용법은 향찰 표기의 신라 때는 물론 국자(國字) 제정 이후의 조선조에까지도 국문학 시가사상에 변함없이 일관되어 왔음을 한눈에 알 수 있다. 예컨대 〈용비어천가〉에서의 '님금하 아ᄅᆞ쇼셔'가 훌륭한 표본이 되니, 이 경우 비칭의 '임금아'가 아닌 '임금님이시여'가 된다.

　이제 〈구지가〉에서의 '何'도 역시 검(ᄀᆞᆷ) 곧 여신 앞에 드리는 존대의 호격조사에 다름 아니었다. 요컨대 아홉 명 추장을 비롯한 무리 2, 3백이 신군을 맞게 해달라며 바쳤던 춤과 노래는 다름 아닌 구지봉에 내린 신모(神母) 즉 곧 모신(母神)의 앞에 드린 의식무이자, 의식요였다.

　다만 이때 구지봉에 내린 여신이 어느 산을 주재하는 여신 성모(聖母)인지까지

를 알 수 있다면 금상첨화이겠으나, 극히 막연할 따름이었다. 그런데 정녕 '장님 문고리 잡기'라는 속담처럼 이런저런 모색 중에 문득 눈을 의심할 만한 일이 일어 났다. 바야흐로 그 시절에 구지봉에 내린 여신이 가야 산신으로 인식되었던 진실 의 결정적인 메시지를 포착한 것이다. 그것도 고려조보다 더 멀리 신라시대의 문 헌 안에서 그 사실을 확인시켜 주는 분명한 기록을 발견하였으니 진정 감개무량한 일이 아닐 수 없었다. 바로 최치원(崔致遠, 857~?)이 이정(利貞)이라는 승려에 관해 쓴 〈석이정전(釋利貞傳)〉 안에서 이 기록적인 소식이 목격된다.

　　伽倻山神正見母主 乃爲天神夷毗訶之所感 生大伽倻王惱窒朱日金官國王 惱窒靑裔二人 則惱窒朱日爲伊珍阿豉王之別稱 靑裔爲首露王之別稱 然與駕 洛國古記六卵之說 俱荒誕不可信.

　　가야산신 정견모주(正見母主)는 곧 천신 이비가(夷毗訶)에 응감되어 대가야의 왕 뇌질주일(惱窒朱日)과 금관국 왕 뇌질청예(惱窒靑裔) 두 사람을 낳았는데, 뇌질 주일은 이진아시왕의 별칭이고, 청예는 수로왕의 별칭이라 하였다. 그러나 가락국 옛 기록의 여섯 알(六卵)의 전설과 더불어 모두 허황한 것으로서 믿을 수 없다.

최치원

　　이 내용은 조선조에 『동국여지승람』(권29, '고령현' 조)에까지 고스란히 옮겨 기록되기도 했다. 최치원이 말미에 붙인 촌평에 '이런 이야기들이 황당하여 믿을 수 없다'고 한 것은 학자다운 유교의 합리주의 바탕 위 에서 한 말이다. 그럴망정 〈석이정전〉 안의 천신·산 신의 부분이나, 고려 문종 조에 편찬된 김수로왕 신화 담인 〈가락국기〉 등은 애당초 사실(史實) 구조가 아닌 신화 구조의 안에서 이해 수용될 사안이다.

최치원의 문집 등에 들어있던 이 소중한 증언을 통해서 가야산신과 수로왕에 대한 신화시대 민간전승의 실상을 파악할 수 있었다는 것은 이만저만한 수확이 아니다. 최치원의 시기는 원조『가락국기』찬술의 때(1080 전후)보다 거의 200년 이나 앞이고, 또 이를 간략화한 일연(1206~1289)의 〈가락국기〉보다는 350년 정도 앞에 있기 때문이다.

그리고 최치원 덕분으로 가야 산신 정견모주(正見母主)의 존재가 후세에 알려지게 되었으니, 그녀가 이비가(夷毗訶)라는 천신과 감응하여 수로왕을 탄생케 했다는 이 무조(巫祖) 신화는 최치원이 자신의 시대에까지 흘러 전승돼 온 내용을 그대로 옮겨 놓은 결과였다.

돌이켜 그렇게 남긴 잠깐의 몇 마디가 오늘날 그 시대의 신화적 진실에 접근하는데 결정적인 역할을 한 것이니, 최치원의 이 현학적인 고발 문구가 아니었던들 옛 가락민의 중요한 신화가 문화사 저편에 영원히 몰각되고 말았을는지 모른다. 오늘날 고려 일연이 옮겨 전한 〈가락국기〉의 기록만도 천행이거늘, 더하여 이렇듯 기막힌 우연으로 신라 최치원이 옮겨 보인 천신·산신 감응 신화를 하나 더 확보한 것은 차라리 기적에 가까운 일이다. 그리하여 이제 수로왕 탄강 신화에 나타난 '천제(天帝)' 및, 노래 중의 '검[龜]'·'수(首)'가 어떤 존재인지에 대한 문제들도 바로 수로왕 탄생과 관련된 이 중대 자료들을 종합 검토하는 토대 위에서 해결의 실마리를 얻게 된다.

방금 '수(首)'에 대해서도 나란히 언급하였거니와, 기실 '龜'와 더불어 가장 문제시되며 논란의 표적이 되어 있는 부분은 제2구 첫 마당의 '首', 이 글자이다. 이는 하필 제1구 중의 '龜'를 한자 뜻 거북으로서 중지를 모았던 당사자들 간에조차 벌써 양보 없는 의견대립이 이루어져 왔던 또 하나의 난해처였다. 이때 내놓으라고 하는 '首'를 '거북머리' 자체로 이해하는 논지가 이 노래에 관심했던 초창기이래 가장 지배적인 양상을 이뤄왔다. 그러나 다른 일면 '우두머리'로 해야 한다는 주장이 제시되어 기존의 설을 강하게 견제한 셈 되었다.

한편 이들과는 다른 관점에서 '龜'에 대해 애당초 이두식 접근을 꾀한 박지홍은 그와 마찬가지로 首는 'ᄆᆞᄅᆞ의 향찰이다'고 선언함과 동시에 'ᄆᆞᄅᆞ' 곧 '산마루'로 인식함으로써 이 '首' 자 논단의 또 한 자리를 점유한 바 있었다. 그런데『훈몽자회』 거나『석봉천자문』등의 문헌에서 고증할 때 '首'의 표기 범위는 '마리', '머리'에 한정되어 쓰일 뿐, 산마루 뜻만큼은 암만 괄목 탐색해 보아도 그 종적이 없다. 오히려 'ᄆᆞᄅᆞ'에 해당하는 한자어 내지 국어로는 '宗[마루], 棟[마룻대], 義' 및 '~벌, 낱 箇(개)' 등이 고작이다. 하물며 맨 앞에 세워진 '宗[마루]'은 곧 산마루의 뜻이 아닌, '어떤 일의 기준이 되는 것, 또는 어떤 사물의 첫째'의 의미이다. 결국 '首'와 'ᄆᆞᄅᆞ'는 별개인 것이다. 따라서 '首'를 훈독할 양이면 역시 재래의 상식대로 '머리'·'목'에 해당하는 '頭也', '頸也'라든가, '우두머리'에 드는 '君也', '魁帥也'의 안에서 해결이 가능할 터이다.

그럼에도 해당 논자가 어떻게든 '산마루'를 선택할 수밖에 없었던 이유는 처음에 '검[龜]'이 숭상할 대상으로서의 신이 아닌, 쫓아내야만 하는 잡신으로 보았던 데서 기인한다. 곧 '검'을 신 또는 산신이라 풀었으되, 〈구지가〉에서의 '검' 만큼은 축출할 대상으로서의 잡귀·잡신으로 보았기에 자연 '하(何)'의 존칭호격 쪽을 버리고 ㅎ격조사 뜻을 취하여 '검[神]하, 검[神]하'를 곧 '잡신아! 잡신아!' 같은 낮춤 말 형태로 풀었던 것이지만, 그 점이 못내 석연치 못하였다.

대저 건국신화는 하늘과 땅의 큰 조화 및 신과 인간 사이 화합의 바탕에서 이룩 된다. 지금 가락의 건국신화 역시 신령한 임금을 맞이하는 성스런 제전(祭典) 경축 의 한마당이다. 이럴진대 새 지도자를 모실 공간 마련을 위해 기왕에 자리잡고 있는 귀신을 몰아내고 그 땅을 강제로 약취(掠取)한다는 발상이 얼마큼 가능할는 지 못내 미심쩍기만 하다. 결코 원만치 않고 험악함까지도 느껴져 어색키만 하다.

이러한 계제에 저자의 생각은 바야흐로 '龜'가 한자어 아닌 향찰어 음차 '검(곰)'

인 것과 마찬가지로 이 '首' 또한 향찰의 음차 '수'로 독해됨이 의당하다는 판단이다. 그리고 보면 핵심적 두 글자, 곧 '龜·首'가 제1구의 첫 자리와 제2구의 첫 자리에 배치되면서 대칭과 균형을 유지해 있음도 한갓 우연 아닌 공교로운 필연의 느낌마저 자아낸다. 곧 문법 개념에선 '現其首也'라 해야 적합한 글자 배치임에도 굳이 '首'를 선두에 내세운 점도 그러하다.

돌이켜 여기의 '首'가 상고시대의 국어음 '수'를 나타내기 위한 향찰 음차로서 쓰인 것일진대, 고어 '수'가 의미하는 것은 무엇인가? 두말할 나위도 없이 '雄' 곧 남성을 가리키는 뜻인가 한다.

수 웅(雄) (『훈몽자회』·下7)

이렇듯 나중 시대엔 '수'가 '雄' 곧 생물학적 남자·수컷의 뜻으로만 남았지만, 거슬러 상고시대 고대국가의 언어체계에선 이것이 높은 단계로서의 웅신(雄神) 곧 남성 신을 뜻하는 순국어음이었다. 또한 이의 명백한 근거를 양주동의 '수' 자 명변(明辯)에서 찾을 수 있다. 그리고 이제 '수'의 웅신(雄神), 곧 남신(男神) 론은 본론 전개의 중대한 초석이 되므로 그 중요성에 비추어 여기 이루 원용하기로 한다.

> 곰(검·금, 암·엄)의 여신임에 대하야, 남신은 '수'이다. 재래 '수'신에 대하야 아모도 논급한 이가 없음은 오히려 이상하다. … '隧神'(후한서作 '隧神', 구당서作 '神隧')은 곧 '수곰'이오 '桓熊·神雄'은 '한수·곰수'('雄' 訓 '수'), '解慕漱(해모수)' 도 또한 '곰수'이다. 환웅과 웅녀와의 신화는 요컨댄 '수'와 '곰'(암·엄), 곧 남녀양 성의 相婚을 의미한다. … '수'신은 근세에 망각되엿으나, 그를 존숭함은 역대로 '곰' 에 不下하엿다. 곧 삼한시대의 '蘇塗'(수도·수터)는 '수'를 祭하는 聖地·聖基요, 여대에 나려와서도 소위 '三蘇'(北蘇·左右蘇)는 원래 '곰'(神母)을 사(祀)하는 일방

'수'를 祭하는 高山·聖地가 참설에 부회됨에 不外하엿다. 震域 隨處에 '굼'(검·금) 系 산천지명이 허다함에 대하야 '수' 계의 지명이 그만 묻지안케 허다함은 그 때문이다.

그런데 굼(女神) 뿐 아니고 수(男神)의 이치까지 밝게 규명해 낸 양주동이 오히려 이 원리를 〈구지가〉의 굼[龜]·수[首]에까지 적용시켜 논급하지 않았음은 참으로 유주(遺珠)의 애석한 일이 아닐 수 없다.

그리하여 이제 〈구지가〉 해석의 원리는 바로 이 '굼·수'의 방정식에 입각해 있고, 결과 '여신이여 여신이여, 신군(神君)을 내주소서!'로 풀린다.

'龜'·'何'·'首'의 수수께끼에 대해 다뤘지만, 아직 의문이 다 걷힌 것은 아니다. 노래 속에서 이상한 현상은 한 행도 아니고 2, 3, 4 세 행의 끝에 철저히 따라붙는 '也'의 반복 표기에도 있었다. 하물며 이 글자는 한 행 4글자의 전체 16글자 법칙을 파괴하면서까지 자리를 고수해 있었다. 그랬기에 논자 중에는 이 기현상에 대해 맨 나중 행의 '也'는 기록 과정에 잘못 붙은 사족이라고 수습해 보이는 해프닝도 없지 않았다.

'也'가 제1, 2, 3구에서 보여주는 1구 4자의 흐름을 파괴시키면서까지 끝에다가도 첨가하였던 데는 반드시 그렇게 해야만 하는 필연적인 이유가 있었다고 봐야 마땅하다. 또한 그 이유가 한자어로선 도저히 나타낼 도리가 없는 한국어 특유의 발음체계를 살리려는데 있었을 가능성을 생각지 않을 수 없다. 이 마당에 '也'의 한자 개념을 일단 초극해서, 신라와 고려의 향찰노래 속에 있는 '也'의 활용 범주를 분석할 필요가 있다. 따라 향가 작품들 안에 활용된 여러 예문들을 일일이 통계해 본 결과 '여(요)', '예', '이' 등의 음가(音價)가 추출되면서, 그 속에 공경의 의미가 담겨져 있음도 밝혀졌다. 이 결과는 동시에 첫째 구의 '하' 존칭격과도 서로 부합하는 경어법상의 일관성을 기약하는 효과마저 가져다주었다.

그러면 전체 종합하여 〈구지가〉를 고대의 언어로 재현코자 함에 대체로 이러할 터이다.

龜何龜何　　검하 검하
首其現也　　수를 닉어쇼셔
若不現也　　안디 닉어샤든
燔灼而喫也　구워서 머그리이다.

두 개의 명사인 '검'과 '수', 그리고 두 개의 어조사 '하'와 '야'가 일사분란 높임말로 일관된다. 이를 다시 현대말로 풀어낼 때 이러한 모양이 될 것이다.

神母시여 神母시여
神君을 내 주소서.
아니 내 주시어든
구워서 먹으리이다.

한편 경어법 논제와 관련한 부수적 사항으로서 여기에 마저 짚고 넘어가지 않을 수 없는 과제가 있다. 위에서 보는 것과 같은 존대법 언어체계와 태도에도 불구하고, 마지막 제4구에서와 같은 '구워서 먹겠다'와 같은 불경하고도 위협적인 발상이 어떻게 가능할까에 관한 문제이다. 이는 일찍이 '龜'를 영험한 거북의 실체라고 생각했던 논자들 사이에서도 어떻게 감히 기원의 대상 앞에 위협적 언사를 가할 수 있는 건지 고민했던 부분이었다. 그럼에도 그 위하(威嚇)의 이유에 대한 설명에서 마침내 잘 납득이 이루어지지 못한 부분이기도 했다.

본래 상고시대 한국의 산신은 모신(母神)이었고, 그녀의 전신(前身)은 대개 인간 세상 재세(在世)의 때에 인후하고 현숙한 부인으로 칭해졌던 경우가 많았다. 죽은 후에 치술령(鵄述嶺)의 신모(神母)가 되었다는 김(박)제상의 부인이 그러했고, 죽은 후에 두류산(頭流山)에 신화(神化)하였다는 석가의 어머니 마야부인도 예외가 아니었다.

이처럼 고대 원시적 형태로서의 산신(여신)은 '神母'·'母主'·'聖母' 등의 표현이 말해주듯 한갓 경원할 대상으로서의 신이 아닌, 인간 앞에 어진 어머니와 같은 신이었다. 그렇기 때문에 인간 앞에 수직적인 관계에서 역사(役事)하고 명하기만 하는 권위적 대상자는 아닌 것이다. 또 인간이 언제든 손수 가까이 감촉할 수 있는 신인지라 생각보다 훨씬 친숙한, 수평적이면서 유정적(有情的) 존재가 아닐 수 없다. 민속학자 김태곤은 『한국민간신앙연구』에서 "종교가 고대로 거슬러 올라가 원시형태에 접근할수록 감성적 공리성이 짙어지므로 인간의 신앙심은 어떠한 형태이든 간에 생활상의 필요에서 발생한 것으로 보인다"고 하였다. 가족신앙적인 특성이 아주 강했던 고대의 무격신앙 관념에서의 어머니 신은 압닐(狎昵)하여 인간이 원하는 일에 대해서 어느 만큼 부담 없이 떼를 쓸 수 있는 대상이었다. 어린 아이가 제 어미에게 응석을 부리는 것과 같을 정도의 임의로운 존재일 수 있었다. 이렇게 포용의 힘이 크고 자애 깊은 모성 앞에, 안들어주면 구워먹겠다고 하는 것은 얻고 싶은 것을 성화같이 재촉하는 유아적 떼쓰기의 전형적 한 표현으로 수용해 볼 나위가 있는 것이다. 여기서 구워서 먹겠다 함은 현상적으로는 산불을 내겠다는 협박이겠다. 다만 감성은 그러하되 객관적 이성적 실제 면으로는 어디까지나 종교적 우위에서 숭상해야 하는 신이기에 의전상(儀典上)의 수직적 존대법은 그대로 유지된다.

다음, '너희는 마땅히 산봉우리 흙을 파고(掘峯頂撮土) 노래하여라'의 진의는 바로 인간과 산신의 육체적 스킨십과, 거기 따르는 신명 감응(devine response)의 차원에서 이해가 닿는다. 인간이 두 손바닥을 문질러 천지신명의 앞에 빈다거나 지신밟기의 풍속 등은 하나같이 접촉 유감(類感)의 한 형태로 유추되는 것들이다. 그러면 지금 〈구지가〉의 노래와 함께 산정(山頂)의 흙을 파헤치는 행위는 구지봉 자체를 산신의 신령스런 몸 자체로 보고, 인간이 이 영체(靈體)의 가장 정수리[峯頂]에 가하는 자극 촉발이라 하겠다. 이같은 과정을 통해서 보다 강렬한 접신 교감을 유도해내고자 했던 것이다.

대개 삼국시대 초기에 벌써 한자의 소리나 뜻을 빌어서 적는 이두 표기 방식을 쓴 것으로 보고 있다. 실제로 인명·지명·관직명 등에 대해 이두를 사용한 흔적이 『삼국사기』와 『삼국유사』의 도처에서 나타난다. 왕을 뜻하는 이사금(尼師今)은 '잇금' 곧 '치리(齒理)'에서 나왔다는 설이 있다. 이[齒]가 많은 사람이 연장자요, 또한 연장자는 성스럽고 지혜로운 사람이라는 생각에서 유래된 해석이다. 반면 이사(尼師)는 왕위의 계승을 뜻하는 '잇'·'이스'·'이으'에서 나왔고, 금은 간(干)·한(邯)과 같이 존칭을 뜻한다는 풀이도 있다. 서로 다른 견해의 차이에도 불구하고 이 글자를 이두자로 보는 사실 자체만큼 의심하지는 않는다. '단군(檀君) 왕검(王儉)' 역시 전형적인 일례이다. 단군은 고대어 '당골'의 음차표기 이두자로 보는바, 당골이란 대갈, 곧 머리요, 머리는 뇌(腦)를 담는 부위로 심신 전체를 빠짐없이 통제하는 주체로 이해하는 측면이 있다. '왕검(王儉)'에서의 '왕(王)'이야 당연 '임금'을 뜻하는 한자어로서 타당하지만, 바로 뒤 '검(儉)'의 경우는 사정이 같지 않다. '검소하다, 적다, 흉년들다'는 한자로 풀었다간 결코 소통되지 못하는 바, 이 역시 음차 표기인 것이다. 검에 대해서는 이미 고대어 신(神)·신령(神靈)의 뜻임을 밝힌 게 있으니 결국 왕검은 '신령스런 왕'이란 속내를 간직한 언어였던 것이다.

이두의 활용은 노래 이름에서도 예외일 수 없었다. 신라 3대 유리왕 때의 노래라는 도솔가(兜率歌)에서의 '도솔' 또한 '두슬' 곧 다스림, 혹은 도살풀이 등 의미를 지닌 이두로서 논의되어 왔다.

　이렇듯 전체 글 중의 특정한 일부를 위해 활용되던 이두가 7세기경부터는 노래 가사 전체에 걸친 활용을 이룩하게 되었으니, 향가(鄕歌) 문학이 바로 그것이다. 아울러 이렇게 향가의 표기에 이용된 경우는 이두 대신 향찰(鄕札)이라 부른다는 견해가 있다. 그러다가 고려시대로 들어오면서 이두는 다시 한자 한문을 보조 보완하는 수단으로서 소극적인 길을 걷게 된다. 그리하여 고려 이전까지의 차자표기 일체를 향찰이라 하고 그 이후에 성립된 것은 이두라고 하는 입장도 있다.

　옛 노래에서 국소적(局小的) 부분 이두 활용의 좋은 사례가 있다. 고려 고종 36년(1249) 11월의 동요라고 하는 세칭 〈호목요(瓠木謠)〉를 한역한 내용이 『고려사』의 오행지(五行志) 및 『증보문헌비고』 상위고(象緯考) 동요(童謠)에 실려 있다. 노래에 대한 우리말 번역은 임동권의 『한국민요사』에서 가져왔고, 원전 바로 오른쪽에 원용해 두었다. 머리점 부분이 이두 표기 부분이다.

瓠之木枝切之一水鐥	박넝쿨 가지 끊어 물 한 대야?
陋台木枝切之一水鐥	느티나무 가지 끊어 물 한 대야?
去兮去兮 遠而去兮	가세가세 멀리 가세
彼山之嶺 遠而去兮	저 山마루로 멀리 가세
霜之不來	서리가 오기 전에
磨鎌刈麻去兮	낫 갈아 삼 베러 가세

　그리고 지금 〈구지가〉가 또한 부분적 이두 활용의 공교로운 한 사례를 보이고 있다. 나아가 바로 불교 전성기인 8세기 초 신라 성덕왕(聖德王) 시대에 수로부인을 납치해 간 용(龍) 앞에 불렀다는 〈해가(海歌)〉에서도 부분적 이두 활용이 생생하게 재현된다.

〈구지가〉는 김수로왕 신화 속에 스며있던 노래였다. 고구려 동명왕, 신라의 박혁거세나 마찬가지로 한반도에 샤머니즘만이 독장(獨場)치던 시절의 산물이다. 이러한 시대에 가락국의 임금 또한 신화 속 인물이었던 만큼 이야기의 신성함과 결부되어 노래 자체에 벌써 인간이 신 앞에 드리는 순수한 기원과 존숭의 관념을 담고 있었다.

그러나 마침내 4세기 후반 이후 한반도에 들어와 새로운 종교로 부상한 불교에 의해 샤머니즘은 서서히 밀려나게 된다. 설상가상 시간이 흐르면서 점점 혐오의 대상으로 몰려 이 종교에 대한 덮어두기와 위상 격하 현상이 나타난다. 당연히 애초 가야 국민들을 설레게 했던 신화 및 신화노래의 신성한 빛도 점차 퇴색을 면치 못하게 된다. 게다가 562년 가락국은 마침내 신라에 의해 멸망에 이른다. 이런 배경들이 바로 〈구지가〉 같은 전형적인 샤머니즘 노래가 향찰자 암호 체계를 띠게 된 이유이기도 하고, 또한 〈구지가〉의 존대법 '龜何'가 역시 무격신앙의 대상인 용신(龍神)을 상대로 불렀다는 〈해가〉에 이르러 존대가 거세된 '龜乎'로 그 모양을 바꾼 배경이기도 하다.

4

명주가 溟州歌

염정과 보은의 로맨스

溟州 世傳書生遊學至溟州見一良家女美姿色頗知書生每以詩挑之女曰婦人不妄從人待生擢第父母有命則事可諧矣生即歸京師習擧業女家將納壻女平日臨池養魚魚聞警咳聲必來就食女食魚謂曰吾養汝久宜知我意將帛書投之有一大魚跳躍含書悠然而逝生在京師一日為父母具饌市魚得帛書驚異即持帛書及父書徑詣女家壻已及門矣生以書示女家遂歌此曲父母異之曰此精誠所感非人力所能為也遣其壻而納生焉

『고려사』 악지 '고구려 속악' 중에 실린 〈명주가〉

世傳書生遊學至溟州見一民家女美姿色頗知書生每以詩挑之女曰婦人不妄從人待
生擢第父母有命則事可諧矣生即歸京師習舉業女家將納壻女平日照池養魚
閒聲咳聲必來就食女食魚謂曰吾養汝久宜知我意將帛書投之有一大魚躍跳
含書然炫而逃生至京師一日為父母具饌市魚而歸剖之得帛書驚異即持帛書
及父書徑詣女家壻已及門矣生以書示女家遂歌此曲父母異之曰此精誠所感非人力所
能為也遂其壻而納生焉　癸巳年首春錄溟州歌背景譚也　研核書寓之外玄張世勳

外玄 장세훈 錄의 〈명주가〉 배경담

『고려사』의 음악에 대한 기록인 악지(樂志) 부분에는 고구려 때의 노래라 하며 제목만 있고 가사는 전해지지 않는 속악(俗樂) 3편이 소개돼 있다. 바로 〈내원성(來遠城)〉, 〈연양(延陽)〉, 〈명주(溟州)〉가 그것이니, 이 가운데 가장 유명한 편명이 지금 이 〈명주〉 노래이다. 그럴 수 있었던 이유는 아마도 최소한 『고려사』를 편찬한 조선 초기 당시까지 기준해서 볼 때 세 노래 중에 노래 관련의 배경 설화가 제일로 소상하여 제대로 된 한 편 설화로서의 면모를 잘 유지하고 있는 데 있었다. 거기에다 금상첨화, 그 내용의 실제에 들어갔을 때는 낭만적이고도 극적인 특성이 영롱한 한 편의 염정문학으로서의 소질과 자격까지 완벽히 갖추었던 데 있었을 터이다. 아래는 『고려사(高麗史)』 권71 지(志)25 악(樂)2에 실려 있는 〈명주가〉의 배경담이다.

世傳 書生遊學 至溟州 見一良家女 美姿色 頗知書 生每以詩挑之 女曰 婦人不妄從人 待生擢第 父母有命 則事可諧矣 生卽歸京師 習擧業 女家將納壻 女平日臨池養魚 魚聞警咳聲 必來就食 女食魚謂曰 吾養汝久 宜知我意 將帛書投之 有一大魚 跳躍含書 悠然而逝 生在京師 一日爲父母具饌 市魚而歸 剝之得帛書驚異 卽持帛書及父書 徑詣女家 壻已及門矣 生以書示女家 遂歌此曲 父母異之曰 此精誠所感 非人力所能爲也 遣其壻而納生焉.

세상에 전하기로는, 한 서생이 외지에서 공부하다가 명주에 이르러 한 양가의 아가씨를 만났다. 아름다운 자색에 자못 글을 아는지라 서생은 번번이 시로써 그녀를 유혹하였다. 아가씨는 말하기를, "여자는 함부로 남자를 따르지 아니합니다. 당신께서 과거에 급제하시고 부모님께서 그리 하라고 명하신다면 일이 이루어질 테지요" 하였다. 이에 서생은 즉시 서울로 돌아가 과거 시험공부를 했다. 그 무렵 아가씨의 집에서는 막 사위를 맞으려 했다. 아가씨는 평소 연못에 물고기를 길렀는데, 고기는 그녀의 기침소리를 들으면 반드시 다가와 먹이를 먹곤 하였다. 아가씨는 물고기에게 먹이를 주며 말하였다. "내가 너희를 키운지 오래이니 너는 마땅히 이 내 생각을 알겠지!" 그리고는 비단 깁에 쓴 서신을 그 앞에 던지자 한 마리 큰 물고기가 펄쩍 뛰어올라 그 서신을 물고는 유유히 가버렸다. 서울에 있는 서생이 하루는 부모의 찬거리를 위해 물고기를 사 가지고 집에 돌아와 요리를 하려는데 뱃속에서 비단 깁 서신이 나오매 깜짝 놀라고 말았다. 그는 곧장 비단 깁 서신과 아버지의 서찰을 가지고 재빨리 아가씨의 집으로 갔다. 그때 사위 될 사람은 이미 그녀의 집 문에 당도해 있었다. 서생은 그 편지들을 아가씨의 가족들에게 보여 주고는 뒤미처 이 곡을 노래하였다. 그녀 부모들은 이 일을 기이하게 여기며 말하였다. "이는 정성이 하늘을 울린 일이지 사람의 힘으로 할 수 있는 바가 아니다!" 마침내 그 사위를 돌려보내고 서생을 맞이해 들였다.

하지만 유감스럽게도 노래 자체는 전승됨이 없으니, 이른바 가사 부전(歌詞不傳)의 노래인 것이다. 따라서 알려지지 않은 노래가 나란히 설화에 손색없는 수준의 음악적·문학적 아름다움을 갖추었는지는 알 수 없는 노릇이다. 관련 설화가 훌륭하다 하여 반드시 해당 시가가 거기 상응한다고 보기 어렵고, 역으로 수준 높은 시가에 언제든 같은 등급의 배경 설화를 기대할 수 있는 것은 아닐 것이다.

다만 지금은 설화 쪽으로만 일단의 접근 방식이 가능할 뿐이다. 우선은 이것이 재자가인 형 결연담(結緣譚)의 한 전형을 이룬다는 견지에서 후대 '염정설화(艶情說話)'와의 연계가 하나의 논제로서 손색이 없을 터이다. 동시에 물고기가 사람에게 은혜 갚은 기이한 쪽에 관점을 둘 수도 있는 관계로, 또한 '동물보은설화(動物報恩說話)'라는 화두로서 논의가 성립 가능하다.

한편 〈명주가〉와 관련하여 가장 많이 논의된 부분은 노래 생성의 시기를 가려내는 문제였다. 그것은 조선시대 당년부터 거론이 된 바, 다름 아닌 최초의 출전인 『고려사』가 명시한 바의 고구려 노래라는 사실이 『증보문헌비고(增補文獻備考)』와 『강계지(疆界誌)』 및, 유득공(柳得恭)의 《이십일도회고시(二十一都懷古詩)》 등에 의해 도전받아 왔다는 사실이다. 그같은 현상은 20세기의 국문학자들에 의해서도 계속되었으니, 바로 이 노래 배경설화 속의 '명주(溟州)' 명칭 및 '과거(科擧)' 시험이란 화소가 고구려 시대와는 고증이 닿지 않는다는 그 점으로 인해 야기된 사단(事端)이었다. 한 걸음 더 나아가『고려사』악지가 게시한 '고구려 속악 명주'에 전혀 아랑곳하지 않고 남녀 주인공인 서생과 여인을 신라 시대의 실존 실명으로 적용시켜 놓은 문헌도 있었다. 곧 신라 때 무월랑(無月郎)이 박연화(朴蓮花)를 부인으로 맞아들이기까지의 일화인『강릉김씨파보(江陵金氏派譜)』유사(遺事) 조 및, 『임영지(臨瀛誌)』누정(樓亭) 편 등이 그것이다. 특히『강릉김씨파보』에서는 한 단계 더 구체적으로 이 일의 배경을 '진평왕' 무렵인 것으로 제시하고 있다. 그런데 이 또한『고려사』나『증보문헌비고』의 입장과 기준에서 보면 진실을 포장한 난데없는 사족일 수 있다는 데 유의하지 않을 수 없다.

한편, 조선시대 문종 원년(1451)에 편찬된『고려사』안의 이 내용은 성종 12년(1481)에 완성된『신증동국여지승람(新增東國輿地勝覽)』권44의〈강릉대도호부(江陵大都護府)〉'고적(古跡)'에도 '양어지(養魚池)'라는 제목 하에 고스란히 재록(再錄)되어 있다.

그런데 여기서는 서생이 그 여자의 집에 편지를 보이면서 '마침내 이 (명주) 곡조를 노래했다(遂歌此曲)'는『고려사』악지 안의 내용부를 굳이 빼놓은 채 기록했으니, 그렇게 결락(缺落)시킨 이유가 못내 궁금하다. 뿐만 아니라 여지승람의 기록 중에는 이것의 시대 배경으로서의 '고구려' 운운의 언급 같은 것은 전혀 찾아볼 수 없다. 결국『신증동국여지승람』의 내용을『고려사』악지의 그것과 대조하였을 때 수용이 되지 않은 부분은 '고구려 때 명주

『신증동국여지승람』권44의
강릉대도호부에는〈명주가〉배경담이
'養魚池'라는 이름으로 실렸다.

를 배경으로 한 노래 문예'인 것으로 요약된다. 이는 어쩌면 승람의 편자 입장에서는 '고구려 노래인 〈명주가〉'를 인정하기 어렵다는 완곡한 표명일 수 있다는 생각마저 불러일으킨다.

아닌 게 아니라 특별히 이 〈명주가〉에 관련해서는 그것의 고구려 시대설이 쉽게 받아들이지 않았던 국면이 재래되어 왔다. 곧 이것이 진정 고구려의 노래가 맞는지가 조선시대 지식인들의 실증적인 사고에 의해 의심받아 왔다는 말이다. 『고려사』(1415)와 『신증동국여지승람』(1481)의 그 기록은 영조 46년(1770)에 간행된 『문헌비고』에 다시금 수록을 보인다. 여기서는 '수가차곡(遂歌此曲)'을 포함하여 『고려사』의 내용과 한 글자의 유루(流漏)나 착오 없이 고스란히 옮겨 싣고 있다. 『문헌비고』를 보수(補修)한 형태로서의 『증보문헌비고』는 정조 14년(1790)에 내용적인 완결을 보았는데, 바로 이 책의 권106 악지17 속악부1 '명주'라고 한 대목의 다음과 같은 논의 안에서 〈명주가〉의 고구려 노래설에 대한 문제 제기의 한 형상을 찾아볼 수 있다.

> 臣謹按輿地考註云 溟州乃高句麗亡後新羅時所置也 曲當屬新羅樂府云 而謹按高句麗時 初無科目 則擢第擧業等說 恐非高句麗時事 疑是高麗樂.
>
> 신(臣)이 삼가 여지승람의 고주(考註)를 살폈던 바에, 명주는 이것이 고구려가 망한 뒤 신라 때에 설치한 것입니다. 따라서 그 곡도 당연히 신라의 악부에 들어갔어야 합니다. 그리고 삼가 고구려 때의 일을 살펴 보건대는 애당초 관리의 등용 시험이 없었던즉 과거 시험에 급제하였다는 등의 말은 아무래도 고구려 때의 일은 아닌 듯합니다. 아마도 고려의 음악인 줄 아옵니다.

크게 두 가지 의문점을 제시하는 가운데 『고려사』 악지의 고구려 시대설에 대한 불신을 조심스레 노정(露呈)시킨 것이다. 그 의단(疑端)의 한 가지는 '과거(科擧)'라는 제도의 역사적 연혁을 따진 데 있었다. 그리하여 궁극엔 이 노래를 고려의 음악으로 간주코자 하였다.

〈명주가〉 배경담의 전문(全文) 수용 및 이 노래의 고구려 시대설에 대한 부인은
『증보문헌비고』(1782)보다 3년 뒤에 나온 《이십일도회고시(二十一都懷古詩)》에 연
속하여 나타났다. 이 작품의 작자인 유득공(柳得恭)이 전체 21도(都) 중에 13번째로
강원도의 '명주'를 읊은 시는 이러하였다.

鷄林眞骨大王親   신라의 진골이요 대왕의 지친(至親)이라
九雉分供左海濱   영화를 나누어 받아 동해 가에 봉해졌네.
最憶如花池上女   그리움이 사무친 꽃다운 연못 가 처녀는
魚書遠寄倦遊人   물고기 편 서신을 야속한 님께 부쳤다네.

유득공은 이 시 마지막 구의 '어서원기(魚書遠寄)' 부분을 스스로 주석하면서,
『고려사』악지의 〈명주가〉에 대해 이렇게 표명하였다.

魚書遠寄 高麗史樂志高句麗俗樂部有溟州曲 世傳 … 疆界志 新羅王弟無
月郎二子 長曰周元 次曰敬信 母溟州人 始居蓮花峯下 號蓮花夫人 及周元封
於溟州 夫人養於周元 溟州曲卽蓮花夫人事 書生指無月郎也 且溟州乃新羅
時置 非高句麗時名 則溟州曲 當屬新羅樂.
어서원기(魚書遠寄) : 『고려사』악지 속악부에 〈명주곡〉이 있다. 세상에 전하기
는 … 『강계지(疆界志)』에 신라 왕의 아우 무월랑(無月郎)의 두 아들은 큰 아들이
주원(周元)이라 했고, 다음 아들이 경신(敬信)이라 했다. 어머니는 명주 사람으로,
처음에 연화봉(蓮花峯) 아래 살았기에 연화부인(蓮花夫人)이라 했다. 주원이 명주
에 봉해짐에 부인이 그 아들에 의지해 살았거니, 〈명주곡〉은 다름 아닌 연화부인의
일이고, 서생은 무월랑을 가리킨다. 또한 명주는 바로 신라 때 설치한 것이요, 고구
려 때의 명칭이 아닌즉 〈명주곡〉은 신라의 악(樂)에 들어감이 마땅하다.

노래 이름을 '명주가' 대신 '명주곡'으로 명명하여 있음을 보려니와, 여기서는 특이하게도 신라 노래론이 제기됨과 동시에 〈명주〉의 고구려 노래설이 보다 명백히 부정되고 있다. 앞서 『증보문헌비고』가 내세운 근거 그대로 '명주'라는 지명이 그 연혁에서 볼 때 신라 때에 생긴 것이기에 고구려 노래가 아니라는 주장을 편 것이다. 다만 『증보문헌비고』가 과거제(科擧制)까지를 거론하여 이것의 고려 노래론을 폈음에 반하여, 유득공은 『강계지(疆界志)』라는 문헌을 증빙 삼아 이것의 신라 노래론을 주장하였음이 대조적이다.

이렇듯 〈명주가〉 한 노래 안에 그것의 시대적 배경이 크게 고구려, 고려, 신라의 세 가지 안에서 논의되어 왔고, 논란은 20세기에도 지속되었다.

돌이켜, '명주'라는 땅 이름이 신라 이후에나 나왔던 행정적 명칭이기에 고구려 노래로 인정될 수 없다는 견해는 18세기의 『증보문헌비고』도 참고하여 논거 삼았던 대로 15세기 『신증동국여지승람』 〈강릉대도호부〉의 다음과 같은 기록에서 비롯되었다고 할 수 있다.

高句麗稱河西良一云何瑟羅州 新羅善德王爲小京 置仕臣 武烈王五年以地連靺鞨 改京爲州 置都督以鎭之 景德王十六年改溟州.

고구려에서는 하서량(河西良)이라 하였다. - 하슬라주(何瑟羅州)라고도 하였다 - 신라 선덕왕은 작은 서울을 설치하여 사신(仕臣)을 두었다. 무열왕 5년에 이 지역이 말갈과 맞닿았다 하여 작은 서울이라는 명칭을 고쳐 주(州)로 만들고, 도독(都督)을 두어 진수(鎭守)케 하였더니, 경덕왕 16년에 명주(溟州)로 고쳤다.

오늘날과 같은 강릉의 이름은 고려 충렬왕 34년 처음 붙여진 것이어니와, 그것의 출발은 옛 예국(濊國)이었다. 과연 이 땅의 연혁과 명칭은 시대의 추이를 따라 예(濊), 임둔(臨屯), 하서량(河西良), 하슬라주(何瑟羅州), 명주(溟州), 동원(東原), 경흥(慶興), 강릉(江陵) 등으로 다양하게 변천해 왔음을 본다.

그러면 서생이 불렀다는 노래 또한 신라 경덕왕 이후의 발생 명칭으로서의 '명주'라 하지 아니하고, 차라리 '하서량'이거나 '하슬라'로 되어 있었다고 한다면 아무런 문제도 없이 가장 원만하였을 것을, 그렇지 못해서 논란의 소재가 되었던 것이다.

그렇다고 하나 표면에 설정되어진 제목이 곧바로 작품 생성의 시제(時制)와 직결되는 것인지 이 마당에 거듭 숙고해 볼 필요가 있다.

우선 백제의 옛 노래로 유명한 세칭 〈정읍사〉의 경우를 돌아본다. 이 역시 〈명주〉처럼 『고려사』 악지(樂志)에 들어있다. 세부적으로 '삼국속악 백제' 안의 〈정읍〉이란 제목 하에 백제 행상의 처(妻) 이야기가 기록되어 있다.

井邑 全州屬縣 縣人爲行商 久不至 其妻登山石以望之 恐其夫夜行犯害 托泥水之汚以歌之 世傳 有登岾望夫石云.

정읍은 전주에 속해 있는 고을이다. 이 고을 사람이 행상을 나가서 오래 되어도 돌아오지 않았다. 그러자 그 처가 산 위 바위언덕에 올라가 바라보면서 남편이 밤길에 해를 입을까 불안해함을 진흙물의 더러움에 부쳐 이 노래를 불렀다. 세상에 전하기는, 고개에 오르면 남편을 기다리다 돌이 되어버린 망부석이 있다고 한다.

여기 맨 첫머리에 땅 이름으로서의 '정읍' 명칭이 나오는데, 기실에 있어서 이 또한 『신증동국여지승람』의 〈정읍현〉과 대조해서 보면 재미있는 현상이 발견된다.

本百濟井村縣 新羅景德王改今名 爲太山郡領縣 高麗屬古阜郡 後置監務 本朝改爲縣監.

본래 백제 정촌현(井村縣)이었는데, 신라 경덕왕이 지금 이름으로 고치어 태산군(太山郡)에 속해있는 현으로 만들었다. 고려 때 고부군(古阜郡)에 붙였다가 후에 감무(監務)를 두었고, 본조 조선에서는 현감(縣監)으로 고쳤다.

정읍이란 이름은 공교롭게도 역시 명주와 똑같은 시기의 신라 경덕왕 때를 기다려서 나온 일컬음인 것이오, 백제 당년에는 '정읍'이 아닌 '정촌(井村)'이란 지명이 존재했음이 확인된다. 그렇다고 한다면 앞서 〈명주〉의 고구려 노래설을 믿을 수 없는 것과 마찬가지로, 〈정읍〉 역시도 그것을 백제 노래로 밝힌 『고려사』 악지의 기록에 의심을 두어 마땅할 것이다. 아닌 게 아니라 바로 이 지명 연혁 문제를 포함하는 가운데 〈정읍〉의 백제 가요 책정을 부인하고 고려 가요로 편입하여야 옳다는 논지가 일각에서 개진되어 왔다. 그럼에도 불구하고 고려 속악과 짐짓 구별하여 백제 속악에 편차시킨 『고려사』의 인식과 기록을 존중하고 고수하는 입장 또한 의연히 상존(尙存)해 있는데, 이러한 입장은 〈명주〉에도 그대로 적용된다. 곧 〈명주가〉를 속악 조에 편차시킬 때 고려 속악이거나 신라 속악 조에 넣을 수 있는 기회가 얼마든지 있었는데, 굳이 고구려 속악으로 판단을 하고 편입·배속 시켰는지가 못내 궁금하다. 대관절 무슨 생각으로 굳건히 고구려 노래로 간주하여 그쪽에다 배속시켰던 것일까? 설령 그것이 『고려사』 편찬자들의 착오라고 할망정, 그렇게 착각하게 만든 일의 배경만은 여전히 의아할 따름이다.

위에서 뒷시대 문헌이 노래의 표제로 올린 지명이 그 시대 안에 존재하지 않으면 그 시대의 노래로 인정할 수 없다는 견해 앞에서 〈명주가〉·〈정읍사〉의 입지가 흔들림을 확인하였다. 그러나 문제 삼을 수 있는 일이 과연 이 정도에서 그칠 수 있을 건가?

신라의 가사 부전의 노래로 〈목주가(木州歌)〉라는 것이 있다. 이 또한 『고려사』 악지 삼국속악 '신라' 조에 들어있다. 아버지와 계모에게서 쫓겨난 효녀가 결혼한 뒤에 가난해진 부모를 힘껏 섬겼으나 기뻐하지 않아 불렀다는 노래이다. 이것을 신라의 노래라 했는데, 정작 노래의 표제로 오른바 목천(木川)의 옛 명칭인 '목주(木州)'의 연혁을 『신증동국여지승람』에서 고증하여 본다. 권16 목천현(木川縣) 안의 기사이다.

本百濟大木岳郡 新羅改大麓郡 高麗改木州 屬淸州 明宗二年置監無 本朝
太宗十三年例改今名爲縣監.

본래 백제의 대목악군(大木岳郡)인데 신라에서 대록군(大麓郡)으로 고쳤고, 고려는 목주(木州)로 고쳐서 청주에 복속시켰다. 명종(明宗) 2년에 감무를 두었고, 본조 태종 13년에 예에 의해서 지금 이름으로 고치고 현감을 두었다.

'목주'라는 이름이 처음 드러난 것은 고려조 이후의 일이다. 신라 때는 오히려 '대록(大麓)'이라 했으니, 이 역시 〈목주가〉의 신라 노래설을 위해 심히 불리한 일이 아닐 수 없었다.

지명이 표제로 대두된 신라의 또 하나 가사 부전의 노래로 〈동경(東京)〉이 있다. 『고려사』 악지 '삼국속악'에서 설명하는 배경담은 이러하였다.

新羅昇平日久 政化醇美 靈瑞屢見 鳳鳥來鳴 國人作此歌以美之 其所謂月精橋白雲渡 皆王宮近地 世傳有鳳生巖.

신라는 승평(昇平)의 세월이 오래 계속되자 정치와 교화가 순미(醇美)하여졌다. 신령스런 상서로움이 자주 나타나고 봉새가 날아와 우니 나라 사람들이 이 노래를 지어서 그것을 찬미했다. 이 노래에 나오는 월정교(月精橋)와 백운도(白雲渡)는 모두 왕궁 가까이에 있던 곳들이다. 세상에 전하기는 봉생암(鳳生巖)이 있었다고 한다.

이와 똑같은 제목으로 가사가 전하지 않는 신라 속악 〈동경(東京)〉 한 작품이 더 있거니와, 바로 이것 뒤에 소개되어 나타난다.

東京 頌禱之歌也 或臣子之於君父 卑少之於尊長 婦之於夫皆通 其所謂安康卽雞林府屬縣 而亦名東京 統於大也.

〈동경〉은 송축하는 노래다. 신하와 아들이 임금과 아비에게, 비천한 자와 젊은이가 존귀한 이와 연장자에게, 아내가 남편에게 다 통하는 노래이다. 이 노래에 나오는 안강(安康)은 계림부(雞林府)의 속현(屬縣)으로 동경이라고도 부르는데, 큰 단위에 통합되어 그런 것이다.

이 두 번째 〈동경〉의 가사 중에 '안강(安康)'이란 땅 이름이 얼핏 나오는데, 그 가사 중의 명칭을 다시금 『동국여지승람』안에서 검증하였을 때 과연 그 지명이 신라 경덕왕 이후에 생겨남을 확인할 수 있어, 일단 신라 노래라는데 이의를 세우기는 어려울 것처럼 보인다. 이렇듯 노래 중의 가사를 통해서 생성된 시기에 접근해 보았을 때 별다른 문제가 야기되지 않았으나, 문득 노래의 제목을 들어서 그 시기의 합당 여부를 판별 짓고자 하는 과정에서 문제는 발견된다. 〈경주부(慶州府)〉의 '건치연혁(建治沿革)'을 보자.

> 本新羅古都 … 高麗太祖十八年 敬順王金傅來降 國除爲慶州 後陞爲大都督府 成宗改東京留守 又稱留守使 屬嶺東道.
> 본래 신라의 옛 수도이다. … 고려 태조 18년에 경순왕 김부(金傅)가 와서 항복하니 나라는 없어지고 경주라 하였고, 뒤에 승격하여 대도독부(大都督府)가 되었다. 고려 성종 때에 동경유수(東京留守)로 고치니, 유수사(留守使)로도 일컬었으며, 영동도(嶺東道)에 예속하게 하였다.

'동경'이란 용어의 첫 조원(肇源)이 고려 성종 때에 있음을 규지할 수 있으니, 〈동경〉으로 호칭된 이 작품의 신라 시대설은 문득 또 한 차례 의심받아 마땅한 것이 된다.

이상에서 〈명주〉·〈정읍〉·〈목주〉·〈동경〉·〈동경〉은 하나같이 『동국여지승람』의 편목에 들어가는 정도의 큰 단위 지명이 표제화 된 노래들이었다. 이렇듯 불과 몇 남지도 않은 노래들에서 거의 예외 없이 시대적인 모순과 저어(齟齬) 현상이 발견되는 이 문제를 어떻게 보아야 할까? 그것이 번번이 노래 실은 편찬자들의 착각이고 실수인 것일까? 하지만 그때마다 예외없이 저지른 착오로 돌려 버리기에는 석연치 않고 납득하기 어려운 의혹이 따른다.

　그것은 아무래도『신증동국여지승람』의 건치연혁에서도 볼 수 있듯 역사의 추세에 따른 지명의 변천 양상과 무관하지 않을 성싶다. 다시 말해 지명이란 것은 한 왕조의 교체거나 어떤 왕의 변경 시책에 따라 변화를 겪기 마련이고, 그러면 자연히 명칭에 대한 대중들의 인식과 관습도 바뀌게 마련이다. 마찬가지 지명을 표제로 쓰는『고려사』소재 삼국 속악의 가명(歌名) 또한 그 지명과 동일한 궤도 위에서 이해될 수 있다. 예컨대 조선조 이후의 사람들에겐 평양·강릉 등이 오히려 익숙한 이름이고 전대(前代) 고려조에 항용되던 서경·명주 등 명칭이 생소한 것이 되듯, 고려시대 사람들 기준에서는 서경·명주 등이 친숙한 이름인 반면, 전전(前前)의 삼국시대에 항용되던 평양·하서량·하슬라 등이 오히려 생경한 명칭이 되었을 터이다. 하물며『고려사』에〈명주〉·〈동경〉등으로 수록했지만 그 노래가 생겨난 삼국 당시에 뚜렷한 제목과 함께 불린 것이 아니었다고 할 경우, 노래 이름이 바뀔 개연성은 한층 높다고 보겠다.

　관련하여 이러한 추정도 가능할 수 있다. 어쩌면 진실로 고구려와 백제, 신라의 당시에는 관련 배경담과 나란히 구연되던 그 노래에 일정한 제목이 없던 것인지도 알 수 없다. 실제, 오늘날에는 대부분 고구려의〈황조가〉니 가야의〈구지가〉등으로 일컫거니와, 이는 원래 지정된 제목도 없다가 20세기 국문학의 연구 과정에서 서술과 호칭의 편의를 위해 붙여낸 것이다. 신라 시대 향가를 본대도 오늘날 우리가 제목 혼란을 겪고 있는 경우가 많은데 그 이유는 본시 그 노래에 대한 제목이 명시되지 않았기 때문이었다. 뿐만 아니라 나머지 당연한 제목처럼 쓰고 있는 일반의 향가들도 기실은 모두 그 배경 설화 중에서 적절히 취한 편의상 명칭일 뿐,『삼국유사』원전에 별정(別定)의 고유한 제목이 주어져 있음은 아니었다.

　무릇『고려사』편찬자는 옛 가요를 차례로 나열하는 과정에서 반드시 제목을 별도로 앞자리에 세워 기록해 두는 관례를 썼다. 편술자의 입장에서 다행히 노래에 제목이 남아있다면 몰라도, 만일 제목이 부전(不傳)하는 경우에는 어떠한 형태로든 앞자리에 표제를 붙여야만 하는 필연성과 마주해야만 했을 터이다. 이때 제목 설정의 가장 손쉬운 방법으로 이야기의 배경이 되는 지명(地名)을 이용했던 것으로 보인다.

그러면 『고려사』 악지에 실린 〈명주가〉 이야기 속의 지명은 고구려 당시에는 비록 '하서량'이거나 '하슬라'로 이야기되었겠지만, 설화의 적층적·유동적 특성에 따라 신라·고려의 단계를 지나면서부터는 그 땅이름이 자기 시대의 감수성과 정서에 맞는 '명주'란 이름으로 적응되었을 개연성이 있다. 결국 그것이 고구려 이야기라고 하면서도 신라 이후의 명칭인 '명주'란 표현을 사용하였던 배경이 이런 데 연유했으리라 한다.

일의 사정과 기미가 진정 이렇다고 했을 때, 그같은 지명 불일치의 현상은 하필 『고려사』 악지에 한정하여서만 나타나지는 않았다. 우리가 익숙히 다루어 온 이야기며 노래 속에도 같은 현상이 나타난다. 마침 『삼국유사』의 〈수로부인(水路夫人)〉 안에는 동일 명칭인 '명주'가 등장하고 있어 크게 주목할 만하다. 곧장 이야기의 맨 앞머리에 보인다.

> 聖德王代 純貞公赴江陵今溟州太守 行次海汀晝饍 ….
> 성덕왕 때에 순정공이 강릉 – 지금의 명주(溟州)이다 – 태수로 부임하는 길에 바닷가에 머물러 점심을 하게 되었는데, ….

강릉이라 한 옆의 주기(注記)인 '今溟州' 곧 지금의 명주란 말을 통해서 일연의 무렵에는 강릉을 명주로 통칭했음이 가늠된다. 아닌 게 아니라 일연의 『삼국유사』 편찬 시기인 충렬왕 7년(1281)경에는 아직 '강릉'이란 명호(名號)가 나타나기 이전이었다. 곧 『신증동국여지승람』에 준거하여 보았을 때 이곳은 종래 하슬라, 명주, 동원, 경흥 등으로 불리다가 충렬왕 34년(1308)에 '강릉'이란 명칭으로 고쳐서 부(府)를 만들었고, 그 이름이 조선시대까지 존속되었음을 확인할 수 있다. 그러니까 승람의 기준에서 보면 '강릉'의 명칭은 이때 충렬왕 34년을 기하여 처음 거명된 것으로 인지된다.

그럼에도 『삼국유사』에는 옛 신라 태수가 부임하는 지역으로서의 '강릉'이라 한 옆에 '今溟州(지금의 명주)'를 부기(附記)해 놓은 바에 강릉이 보다 오랜 이름처럼 보인다. 이는 혹 명주라 불렀던 이전에조차 '강릉'으로 불렀던 시기가 있는데도 그만 『신증동국여지승람』이 기록을 놓쳤던 것인가? 하지만 적어도 그것이 착오가 아니라고 한다면 승람의 기준에서 보는 강릉은 순정공이 그 땅에 태수로 부임하였다던 신라 33대 성덕왕 당시에는 존재조차 없었던 명칭인 것이다. 그 당시는 강릉은커녕 외려 '명주'란 이름조차 나타나지 않던 때였다. 앞서 인용한 여지승람의 기록만 아니라, 그 이전에 이미 『삼국사기』의 밝힌 바에 '명주'는 신라 35대 경덕왕 16년(757)의 시점을 빌어 비로소 책정된 이름이요, 그 전에는 내내 '하서주'로 호칭해 왔던 엄연한 사실을 확인할 수 있는 까닭이다. 그런즉 "성덕왕(재위 702~737) 때 순정공이 강릉태수로 부임…" 운운의 표현은 그 자체로 보면 필경 모순인 것이다.

더욱 미혹할 노릇이 있다. 승람이 일러주는 바에 '강릉'의 일컬음은 충렬왕 34년(1308)의 일이고, 한편 유사(遺事)의 편자인 일연의 입적은 충렬왕 15년(1289)의 일이다. 이 기준에서 보면 일연이 돌아가고 19년이 지난 후에나 이 호칭이 부여됐으니, 일연은 그의 생전에 이 이름을 알 리 없다. 그런데도 〈수로부인〉 첫머리의 '강릉태수'는 대관절 어찌된 노릇인가. 혹 이와 같은 기록은 일연이 작고(1289)한 뒤에 강릉이란 명칭이 쓰이던 시기의 누군가가 자기 시대에 통용된 지명 형태로 기록한 것은 아닐까 하는 생각을 불러일으킨다.

아무튼 여기서도 또한 해당 시대의 지명이 고증 내용과는 잘 맞춰지지 않음을 본다. 그런데도 불구하고 지명의 시대적 고증이란 기준에서만 따져 나가기로 한다면 〈수로부인〉 이야기 및 이와 직접 관계된 〈헌화가〉·〈해가〉들은 신라 성덕왕 대가 아닌, 강릉 용어가 나타난 고려 충렬왕 34년 이후의 것으로 보아야 온당할 터이다. 하지만 아무도 그렇게 의심하지는 않는다.

이런 일은 찾아보면 더 있다. 『삼국유사』 권3의 안에 같은 명주 지소명(地所名)이 들어 있는 이야기로 〈명주오대산보질도태자전기(溟州五臺山寶叱徒太子傳記)〉란 것이 있다. 그 앞부분을 유의해 본다.

新羅淨神太子寶叱徒 與弟孝明太子 到河西府世獻角干家一宿 翌日踰大嶺各領一千人 到省烏坪 累日遊翫 大和元年八月五日 兄弟同隱入五臺山.

신라의 정신태자(淨神太子) 보질도(寶叱徒)는 아우인 효명태자(孝明太子)와 함께 하서부(河西府) 세헌각간(世獻角干)의 집에서 하룻밤을 묵었다. 이튿날 대령(大嶺)을 넘어 각기 일천 명 씩을 거느리고 성오평(省烏坪)에 이르러 여러 날 놀다가, 대화(大和) 원년 8월 5일에 형제가 함께 오대산에 숨어들었다.

태자들이 묵었다는 '하서부(河西府)'는 곧 명주 바로 앞시대의 일컬음이다. 그리고 대화(大和) 원년은 신라 헌덕왕 19년에 해당한다. 아직 하서가 통용되던 때이니, 이야기 속의 지명은 옳게 사용된 셈이다. 그런데도 제목에서는 '하서주오대산(河西州五臺山)…'이라 하는 대신 '명주오대산(溟州五臺山)…'으로 하였음을 본다. '하서'는 오히려 '명주'라 한 밑에 세주(細註)로, "古河西府也(옛 하서부였다)"와 같이 처리되었으니, 이런 현상은 의당 일연 시대의 통념에 따른 결과라할 것이다.

또한 이 바로 앞의 글인 〈대산오만진신(臺山五萬眞身)〉에도 동일한 양상이 펼쳐진다. 곧 자장법사(慈藏法師)가 신라 선덕왕 대인 정관(貞觀) 10년(636)에 문수보살의 진신(眞身)을 보고자 당나라에 들어갔을 때 꿈을 하나 꾸었다. 이튿날 중국의 한 승려가 그에게 나타나 해몽과 함께 가사(袈裟)를 전수하면서 자장에게 전한 마지막 말 중에 '명주'가 보인다.

汝本國艮方溟州界有五臺山 一萬文殊常住在彼 汝往見之.
　그대의 본국 동북방 '명주(溟州)' 지경에 오대산이 있는데, 일만(一萬)의 문수보살께서 항상 머물러 거기 계시니 그대는 가서 보도록 하오.

　757년(경덕왕 16년)에나 처음 생겨났다는 '명주' 이름이 636년(선덕왕 5년)의 기록 안에 버젓이 들어가 있다. 선덕왕 때는 왕 8년(639) 2월에 하슬라주를 소경(小京)으로 하였다는 행정적 조치만 있었지 그 시절 내내 '하슬라'라는 이름은 그대로 유지되었을 뿐이다. 그런데도 이 시절의 일을 다룸에 있어 그 땅의 이름을 '하슬라'로 적지 아니하고 '명주'로 기록했음은 역시 일연이 지여불식간에 자신의 시대에 이숙(耳熟)한 언어로 구사한 결과적 현상임이 분명하였다.
　『삼국유사』 권2 기이편 중의 〈견훤(甄萱)〉에는 '광주(光州)' 북촌의 한 부잣집 딸과 지렁이 사이에 태어났다는 견훤의 탄생 설화가 있다. 하지만 『고려사』 지리지 〈해양현(海陽縣)〉 및 『신증동국여지승람』 권35 〈광산현(光山縣)〉의 고증으로도 확인되거니와, 견훤의 탄생 이전에는 '광주(光州)'란 지명은 없었다. 백제 때는 '무진주(武珍州)'라 불렸고 신라 경덕왕 16년에 고쳐 '무주(武州)'로 불렸으니, 고려 태조 23년에야 비로소 '광주'로 불리었다. 따라서 견훤의 탄생 이전에 '광주'란 이름은 합당치 않은 것이다.
　이같은 지명의 혼효와 관련하여, 『삼국유사』 기이편의 〈연오랑 세오녀(延烏郎細烏女)〉 중에 나타난 나라 이름의 혼동 양상도 이에 뒷받침이 된다.

第八阿達羅王卽位四年丁酉 東海濱有延烏郎細烏女 夫婦而居 一日延烏歸
海採藻 忽有一嚴負歸日本.

제8대 아달라왕이 즉위한 지 4년 되는 정유년(丁酉年)에 동해 바닷가에 연오랑과
세오녀가 부부로 살고 있었다. 하루는 연오랑이 바다로 나가 해초를 따는데, 홀연
바위 하나가 그를 등에 태우고는 일본으로 가버렸다.

신라 8대 아달라 이사금은 『삼국사기』 연표에 따르면 서기 154년부터 184년까
지 31년간 재위한 임금이니, 왕 즉위 4년은 서기 157년이다. 이 해에 연오랑이
갔다고 하는 나라 명칭으로서의 '일본'에 유의해 볼지니, 기실에 있어서는 왜국(倭
國)이 일본으로 국명을 개칭한 사실이 『삼국사기』에 명기되어 있는 바, 그것은
신라 문무왕 10년 곧 서기 670년의 시점을 기다려서 가능한 일로 나타났다. 이처
럼 기록자는 자신이 살고 있는 시대보다 앞의 시대의 일을 말함에 있어 해당 시대
에 대한 철저한 고증보다는, 자기 시대의 언어로부터의 지배와 영향을 더 받을
수 있음을 인증하였다.

이같은 현상은 성씨의 관향(貫鄉) 호칭에조차 반영되기도 했다. 강릉 김씨의 원
조는 김주원(金周元)인데, 그가 재세(在世)하던 신라 선덕왕·원성왕 대의 지명은
강릉이 아닌 명주였다. 그런데도 '명주 김씨'라 일컫지 않고 그 후의 땅 이름을
끌어서 오늘날은 누구나 '강릉 김씨'라 하니, 지명의 유동적인 성향을 알 만한 것
이다.

결국, 고구려의 노래로 지명된 〈명주가〉를 놓고서, 긴긴 세월 뒤 조선시대 지식
인의 수적(手跡)에 의해 표시된 제목 내지 배경설화 속 어휘인 '명주' 등을 빌미와
단서로 삼는 추론은 안정적인 신뢰 기반을 확보하기 어려울 따름이었다.

위에서 '명주'라는 지명을 문제 삼은 시대 논란의 모습을 보았다. 그리고 지명
다음으로 거론된 사안은 과거(科擧)의 문제였다. 곧 『증보문헌비고』가 첫 번째로

지적하고 뒤의 논자들도 재론한바 고구려 시대에는 과거시험 제도가 없었는데, 이야기 중에 '탁제(擢第)'거나 '거업(擧業)' 등의 표현이 들어갔다는 이유로 이 이야기가 고구려의 일이 아닐 수 있다는 추론을 편 것이다.

하지만 '과거'의 문제 또한 지명의 경우와는 별반 다를 게 없는 그 무엇이 있다. 이를테면 '명주' 같은 지명이 채 존재하지 않았던 시대에 태연히 그같은 지명이 쓰일 수 있었던 데 설화적 타당한 이유가 있었듯이, '과거' 제도가 아직은 수립되기 이전의 시대에도 그러한 이야기 소재가 들어갈 가능성의 소지를 생각할 수 있다는 의미이다.

설화의 분야에서 이러한 속성이 유지될 수 있는 바탕은 근본적으로 '합리성'의 문제가 설화의 우선적인 관심사는 아닌 까닭이다. 〈명주가〉의 배경담이 만약 설화가 아닌 역사를 기록하는 과정의 한 부분이었다고 한다면, 고구려 시대의 일이라고 하고서 공간 배경으로 '명주'를, 제도 배경으로 '과거'를 언급하는 자가당착적 현상을 쉽게 간과하지는 않았을 것이다. 그러나 〈명주가〉 배경담은 그것이 설화인 까닭에 이야기 자체의 사실성 합리성보다는 이야기가 갖는 흥미성에 우선적인 비중을 두었음이 당연하다.

일반적으로 설화가 '꾸며낸 이야기'라 하는 것은 그 허구화에 있어 구체적으로 어떤 부분을 꾸며낸다는 의미인가? 편의상 서사 구성의 세 가지 요소, 인물·사건·배경에 적용하여 말하자면 그 허구화의 주종이 공통적으로는 '사건'의 꾸밈에 있다고 할 것이다. 사건의 허구에 관한 한, 신화·전설·민담 등 설화의 어떤 분야에서든 예외 없이 공통성을 띤다. 반면 신화나 전설의 경우에 '인물'을 허구화시키는 일은 기대하기 어렵고, 시간·공간 등의 '배경'도 최대한 합리적인 바탕 위에 유지됨이 상례이다. 다만 민담의 경우에는 신화거나 전설에 비해 맘대로 인물을 만들어낼 수 있고 배경 역시 제아무리 모호해도 별로 상관하지 않음이 사실이다.

지금 〈명주가〉 이야기를 혹 전설 범주에 놓고 본다 하더라도, 전설 차원에서 역시 이같은 배경 구성상의 당착과 일탈조차 경우에 따라서는 혹 그럴 수도 있는 사항의 것이다. 지명에 관하여는 이미 앞에서 논하였고, 여기서는 이야기 속의 과시(科試)라는 시대 모순적인 상황 앞에 납득이 될만한 여지를 찾는 것이려니와, 과거시험이라는 화두가 시대와 어긋나는 현상은 하필 여기의 고구려에서뿐 아니라, 저 신라의 노래 이야기 가운데서도 발견의 틈새가 나타나 있다. 다름 아닌 『고려사』악지(樂志) 삼국속악 신라 안에 들어있는 〈여나산(余那山)〉 배경담에서 그러하였다.

> 余那山在鷄林境 世傳 書生居是山 讀書擢第 聯昏世族 後掌試設宴 其昏家 喜而歌之 自後掌試者設宴 先歌此焉.
> 여나산은 계림(鷄林)의 반경 안에 있다. 세상에 전하기론, 서생이 이 산에 살면서 공부를 하고 과거에 급제하여 누대 문벌의 집안과 혼인을 맺었다. 그 후 서생은 과시 (科試)를 관장하게 되어 잔치를 베풀었는데, 그와 혼인한 집에서 기뻐 이 노래를 불렀다. 그 후로 과시를 관장하는 사람은 잔치를 차리고 먼저 이 노래를 불렀다.

역시 가사가 전하지 않는 이 이야기는 〈명주가〉 배경담과 더불어 꽤 유사한 바가 있다. 객지에 나가 공부를 하는 주인공 서생이 자신의 아내 될 사람과의 관계를 다룬 이야기라는 점에서 상통할 뿐 아니라, 마지막에는 처가(妻家) 사람들과의 관계 안에서 노래가 불리었다는 점에서도 같았다. 그리고 〈명주가〉가 고구려의 노래라고만 하고 보다 자세한 시기는 밝혀짐이 없듯이, 〈여나산〉 또한 신라의 노래라고만 하고 그 이상 더 상세한 시기는 알려짐이 없다. 또한 〈명주가〉와 〈여나산〉은 공교롭게도 글 중에 과거에 급제했다는 뜻의 '탁제(擢第)'란 표현조차 함께 나타나 있다는 점에서 공통하였다.

그런데 고구려 당시 과거제도가 없던 시절인지라 고구려 때 것이 아니고 고려 때의 것이라 추정한 『증보문헌비고』의 취지대로라면 신라시대 역시 과거제도가 생겨나기 이전의 때인지라, 이 시간대를 배경으로 삼고 있는 〈여나산〉 노래며 이야기 또한 신라를 의심하고 고려 때의 것으로 돌려야 옳을 것이다.

삼국시대 및 통일신라시대로 말하면 귀족 사회가 자체로 정해 놓은 신분계급제 방식에 따라 관등·관직을 차지하였을 뿐, 따로 인재 선발의 제도 같은 것은 없었다. 다만 통일신라 원성왕 4년(788) 이래 설정된 '독서삼품과(讀書三品科)'라는 관리 채용제도가 있기는 하였으나, 대개는 이미 귀족층으로서 관직을 가지고 있었던 하위 두품 출신들을 위한 것이었다. 다시 말해 기존 골품제의 보완과 같은 수준에서 이해될만한 성격의 관리 임용방식이었다. 그리하여 자고로 과거시험의 첫 시행을 말할 때 고려 4대 광종 9년(958)을 언필칭하는 것이다. 만일 신라의 독서삼품과를 일종의 과거제도 형태로서 인정했을 것 같으면, 구태여 역사상 한국 과거제의 첫 남상을 고려 4대 광종으로 책정시킬 이유와 필요가 애당초 없었을 터이다.

지금 고구려의 〈명주가〉 노래 이야기에서 뿐 아니라, 신라의 〈여나산〉 노래 이야기에 나타나는 서생의 탁제 등 과거시험 소재는 전적으로 A시대의 일을 B시대의 일인양 다루려는 오류 안에 있다. 도대체 『고려사』 악지는 무슨 이유로 이 땅의 과거제도 시기에 대한 제대로의 살핌도 없이 그같은 시대착오적인 내용을 그대로 기록에 옮겼던 것일까? 그조차 한 번도 아닌 가사부전 가요 항목 안에서만 두 차례에 걸쳐 말이다.

악지의 이런 종류 이상스런 착오는 고려시대 가사부전 노래의 한 작품인 〈예성강〉 설화 안에서도 끌어내 트집할만한 군데가 있다. 『고려사』(권71, 志25) 악지2 속악 〈예성강〉 소재의 허두부를 본다.

昔有唐商賀頭綱 善棋 嘗至禮成江 見一美婦人 欲以棋賭之 與其夫棋 佯不勝 ….

옛날에 당나라 상인인 하두강(賀頭綱)이란 자가 있었는데 바둑을 잘 두었다. 그가 한 번은 예성강(禮成江)에 갔다가 아름다운 부인을 보게되었다. 그는 부인을 바둑에 걸어 빼앗고자 그녀의 남편과 바둑을 두어 거짓으로 이기지 않고 ….

당나라 상인의 속임수 도박에 져서 아내를 뺏기고, 배에 실려 가는 아내의 모습에 남편이 회한으로 지었다는 〈예성강〉과, 그렇게 끌려가는 뱃길 도중에 여인이 보인 정절의 효험으로 다시 돌려보내졌을 때 그 아내가 지었다는 또 한 편의 〈예성강〉은 모두 뒷시대에 결국은 잃어버린 노래가 되고 말았다. 그러나 노래의 배경 전말만은 이처럼 『고려사』 악지에 용케 고려의 이야기로 살아남게 되었거니와, 문제는 고려시대에 당나라 상인의 출현이라는 타당성 여부에 있다.

역사 속에서의 당나라는 907년 곧 소선제(昭宣帝) 천우(天祐) 4년에 완전한 멸망을 보았다. 초기에 황소(黃巢)를 추종하였던 주전충(朱全忠)이 소선제를 폐하고 자신이 황제가 되었으니, 이로써 당나라의 모든 사직과 국운이 끝을 본 것이다. 한편 고려의 건국은 이보다 11년 뒤인 918년에 이루어졌다. 이로써 고려는 역사상 한 번도 당과는 인연이 닿지 않는 관계로 남았을 뿐이었다. 그런데도 고려의 〈예성강〉 이야기 안에서 당나라 상인 하두강의 출현은 아무리 생각해도 닥뜨려 저촉되는 노릇이 아닐 수 없었다. 이렇듯 『고려사』 악지의 기록은 어찌 그토록 빈번히 시대착오의 모순을 저지르는 것인가? 그리고 이제 〈예성강〉 또한 '당상(唐商)'의 표현과 시간상 합치가 되는 신라시대의 노래로 고쳐 간주해야 할 것인가?

한편으로 악지에 수록되었던 이 이야기는 『행은문집(杏隱文集)』과 『신증동국여지승람』 개성부(開

『고려사』 권71 악지2 속악의 '예성강'

城府) 및 『고려고도징(高麗古都徵)』 같은 곳에 고스란히 옮겨 실렸고, 이 이야기를 토대로 삼은 한시 작품들이 『임하필기(林下筆記)』거나 『신증동국여지승람』 개성부 및, 《이십일도회고시》 등에 생생히 남게 되었다. 이 문헌들 중 『신증동국여지승람』 및 《이십일도회고시》에 실린 한시엔 빠졌으되 하나같이 『고려사』 악지 기록의 '당상(唐商)'이란 단어를 아무런 비판도 없이 따르고 있으니, 그 또한 어찌 이해해야 좋을는지 모를 일이다.

하물며 더 큰 문제는 거기 부수된 강(江) 이름이었다. '예성강'은 송과 고려 사이의 국제 교류 현장이었으나 그 이전인 당나라 때에조차 그러했을까? 하지만 우리 쪽 신라에서 개설하였던 당나라와의 교역의 통로는 예성강과는 전혀 다른 별도의 두 곳에 있었다. 하나는 지금 전라남도 영암 방면에서 흑산도를 거쳐 상해 방면으로 통하는 길이었고, 다른 하나는 경기도 남양만에서 황해를 건너 산동 반도로 가는 길이었다.

이제 〈예성강〉 작품의 공간 배경이 되고 있는 '예성강'이 대관절 어떠한 곳인가? 두말할 것도 없이 그 장소 자체가 이미 고려조에 대송 외교와 통상을 위한 유일한 국제항이었다. 고려시대 송나라와의 교류를 위한 개경의 해로(海路) 출입구이자 선박 발착지가 바로 그 자리였다. 당시에 준 사절단의 예우를 받았던 송의 상인단들은 수도인 개경에 한정하여 들어옴을 허락 받았다고 하니, 이 강이야말로 물길을 이용하던 송나라 상인들의 유일한 해상 출입로였던 것이다. 예성강이 이처럼 내력 있고 유서 깊은 곳이었으매 그 시절 송상들이 끼쳐 놓았던 번화로운 경상(景狀)들이 『동국여지승람』이라든지 《이십일도회고시》 같은 곳에 그림처럼 묘사되어 있다.

사내와 바둑을 두었다는 인물, 〈예성강〉 이야기의 주인공인 중국인 하두강은 바로 그 시절 송나라 상인들 중 한 사람이었을 터이다. 바둑에서 이긴 그가 다음날 남자의 아내를 싣고 떠났다 했다. 당시 송의 사행(使行)이 개경에 도착하였을 때는 여기 예성강에서 쉬고 다음날 개경에 들어왔으며, 또 귀국할 때도 역시 여기서 하룻밤을 자고 선상에 올랐다고 했으니, 하두강은 귀국길의 바둑내기에서 상대의 아내를 차지해 싣고 갔던 것으로 이야기가 맞춰진다.

이상의 모든 상황에 비추어 하두강이란 인물은 더 따져볼 나위 없는 송상이 명백한데도 『고려사』 기록에는 오히려 '당상'으로 적혀 있던 것이었다. 대개 이야기 가운데 파생되어진 '당'과 '송' 간의 문자적 차착(差錯)과 혼선은 역시 설화 문예의 논리 초월의 즉흥성에 의존하여 이해될 수 있는 성질의 것은 아닐까? 곧 하두강이란 인물이 한·중의 역사서나 인명록 등에 나와 있지 않아 당상과 송상 간에 상고해 볼 길이 막연하지만, 설령 그가 사실은 송상일 경우라도 중국 상인의 대명사격으로서 그냥 당상이란 말로 설화되었을 가능성을 뜻함이다. 그것은 저 신라시대 이래 이쪽으로의 내왕이 빈번하고 활약이 왕성했던 당상들이 오랜 세월 이 땅에 형성시켜 놓았던 강렬한 이미지 고착이, 아예 전통 설화 안에서는 중국 상인의 대명사격으로 정형화된 것은 아닌지 모르겠다. 하물며 『삼국유사』·『삼국사기』·『수이전』 등으로 증명되듯 신라시대는 설화 문예의 최전성기였음을 생각할 때 더욱 그러하였다. 어쩌면 '당(唐)'이란 문자는 우리의 전통 설화 안에서 거의 중국을 뜻하는 대명사처럼 쓰였던 것일는지도 모르겠다. 그 경위가 어찌되었든 지금 설화 문예 안에서 이야기 전개 중의 어떤 부분에 합리적이지 못한 정보가 나타난다 할지라도 거기에 촉각을 곤두세우거나 문제시하지 않는다는 사례를 여기 〈예성강〉 배경담에서 확인할 수 있다.

설화란 이런 것이다. 설화의 진면목이 이런데 있는 바에야 그같은 현상은 반드시 『고려사』 안에서만 발견 가능한 것은 아니다. 조선시대 서거정의 『필원잡기(筆苑雜記)』에는 신라 말의 승려 도선(道詵, 827~898)에 관한 설화가 하나 있다. 도선의 어머니가 천택(川澤) 위에서 놀다가 큰 오이를 얻어서 먹고 그를 낳았다는 이야기이다. 그런데 여기서는 오히려 도선을 '신라' 사람 아닌 '백제' 사람으로 적고 있다. 또한 이 이야기의 말미에는 당나라에 들어가서 일행(一行) 법사의 도를 배웠거니와, 세상에 전하는 도참(圖讖)은 모두 그가 지은 것이라 하였다. 그러나 이 역시 거듭 사적(史的)인 고증을 가한다면 일행은 당나라 초기의 승려이고, 도선의 생몰년은 당나라 말기에 해당하기 때문에 연대에 모순이 발생하고, 도선이 당나라에 유학하였다는 말 또한 신빙성이 없다. 설화가 사실(史實)과 얼마든 일탈·유리(遊離)될 수 있는 개연성의 일례라 할 것이다.

지금 〈명주가〉 배경담에도 분명 지명의 시대적 혼동 및 과거제도의 시대적 당착 등 비합리적인 화소의 개입이 이루어져 있었다. 그러나 〈명주가〉나 〈예성강〉 관련의 배경담 등은 모두 그것 생성의 초기부터 견고한 문자로 고정된 모양이 아님을 망각할 수 없다. 시대를 넘어 구전을 거듭하다가 나중에야 문자 위에 정착을 보았던 특수 상황을 염두에 두어야만 한다. 그리하여 〈명주가〉 안에 보이는 두 가지 혼동과 당착의 현상은 유동적 설화 문예의 초시간적인 특성 안에서 이해 가능할 것이었다.

한편, 〈명주가〉가 고구려 노래라는 사실에 대한 수용 거부의 현상은 『고려사』 '악지'의 고구려 노래설에 대해 사실(史實) 고증을 앞세워 반박하는 『증보문헌비고』와 《이십일도회고시》의 방식 이외에도 더 있었다. 다름 아니라, 아예 일언반구 반박의 촌평이나 논거 따위 없이 곧장 신라 노래로 간정(看定)해버린 경우가 그것이다.

우선 『강릉김씨파보』(春, 遺事)에 나타나 있는 이야기에서 그러하였다. 그것이 〈명주가〉 설화와 동일계통의 줄거리임에도 신라시대의 역사상 실물인 김무월랑(金無月郞)과 연화부인(蓮花夫人) 박씨 사이의 로맨스 일화로서 다뤄진다.

平昌郡古記云 新羅眞平王時有無月郎 爲江陵仕臣 其時有蓮花女 見而兩
心相照 郎政滿還京 謂其女曰 若有宿緣 當作夫婦 女家在大川南 宅北有深淵

女常以飯食其魚 其中神魚一雙在水上 女之父母欲定昏嫁 女與神魚曰 願傳吾信書於無月郎 魚如有應聲 遂三日不現 潛通東海 到新羅無月郎之捕魚所 郎得神魚 魚吐信書 郎卽作書與魚 遂迎其女 作謂夫婦 云云.

평창군의 옛기록에, 신라 진평왕 무렵에 무월랑(無月郎)이란 이가 강릉에 벼슬살이 하였다. 그때 연화녀(蓮花女)가 있어 만나게 됨에 두 마음은 서로 통하였다. 그러다 무월랑이 임기가 차서 조정에 돌아가게 되매 그 여인더러 말하기를, "만약 숙명의 연분일진대 마땅히 부부가 될 것이오" 하였다. 여인의 집은 큰 냇물 남쪽에 있었으니, 집에는 물 깊은 연못이 있었다. 여인은 항상 물고기들에 먹이를 주었는데, 그 중에는 신령한 물고기 한 쌍도 물 위로 모습을 보였다. 여인의 부모가 혼인을 정하려 하자, 여인은 신령한 물고기에게 말하였다. "꼭 내 편지를 무월랑에게 전해다오!" 물고기는 마치 그 말에 응답이라도 하는 양 했는데, 사흘을 나타나지 않고 동해로 스미어 신라 무월랑이 고기 낚는 곳에까지 이르렀다. 무월랑이 신령한 물고기를 잡자 물고기는 그 서신을 토해내었다. 그러자 무월랑은 편지를 써서 물고기에게 주었고, 드디어는 그녀를 맞이하여 부부가 되었더라 운운.

또한 강릉의 향토지라 할 수 있는 『임영지(臨瀛誌)』에는 〈명주가〉 배경 설화와 관계 있는 두 개의 문건이 있다. 하나는 '세전(世傳)'이란 말로 시작하면서 이야기 전체를 소개한 것이다. 먼저 '산천성지(山川城池)'조의 것은 이러하였다.

世傳有一書生 遊學溟州 見良家女有美色 悅而求之 女曰 待君折桂從之 生攻苦擧業 女家將納婿 女平日臨池養魚 至是謂魚曰 汝知我意 可傳此書 仍投帛書 魚躍而含之去 後生於京師市得大魚 買而剖之 果得帛書 馳詣女家 出示帛書 女家異之 以生爲婿 後人因名其池.

구체적인 시대적 배경이 없는 가운데, 따로 번역할 필요도 없이 이야기 흐름이 『고려사』 '악지' 내용의 재현이라 할 만하였다.

그러나 다른 또 하나, '누정(樓亭)'조에 있는 것은 『강릉김씨파보』의 것을 준수하여 축약시킨 내용에 다름 아니었다.

　　月花亭在邑南北邊蓮花峯舊址 新羅時蓮花夫人朴氏 有養魚傳書于金無月
郎之古蹟 今其後孫金氏 信搆于養魚池巖石上 以爲紀念.
　　월화정(月花亭)은 읍(邑)의 남쪽 북편 가장자리에 있는 연화봉(蓮花峯)의 옛 터
에 있다. 신라 때에 연화부인 박씨가 물고기를 길러 김무월랑에게 편지를 전하였던
오랜 자취가 있다. 오늘날 그 후손인 김씨가 새로이 양어지(養魚池)의 암석 위에
그것을 기념해 두었다.

　　유득공(柳得恭, 1749~?)도《이십일도회고시》〈명주가〉안에서 조선조 중기에
신경준(申景濬)이 편찬한 역사 지리서인『강계지』에 나타난 연화부인과 그 아들인
김주원 두 사람에 관해 인용하였다. 그리고 〈명주곡(溟州曲)〉은 연화부인의 자취
요, 따라서 서생은 무월랑이라고 지적하였다.

　　疆界誌 新羅王弟無月郎二子 長曰周元 次曰敬信 母溟州人 始居蓮花峯下
號蓮花夫人 及周元封於溟州 夫人養於周元 溟州曲卽蓮花夫人事 書生指無
月郎也.
　　『강계지(疆界誌)』에 보면, 신라의 왕제(王弟)인 무월랑에게 두 아들 있으니, 큰

월화정 터

아들은 주원(周元)이고, 작은 아들은 경신(敬信)이었다. 그들의 어머니는 명주(溟州) 사람으로, 그녀가 처음에 연화봉 아래에 살았기에 연화부인이라 일컬어졌다. 주원(周元)이 명주에 봉해지자 부인은 주원의 봉양을 받았다. 〈명주곡(溟州曲)〉은 다름 아닌 연화부인의 사적(事蹟)인 것이요, 서생은 무월랑을 가리킨다.

그런데 맨 뒤의 말은 어디까지나 『강릉김씨파보』 등의 메시지를 신빙코자 하는 유득공 개인의 추짐(推斟)에 따른 것으로, 『강계지』가 천명해 보인 내용 사항은 아니었다.

한편 『강릉김씨파보』나 『강릉김씨세계(江陵金氏世系)』, 그리고 위의 『강계지』에도 언급하였으되 김무월랑과 박연화는 김주원의 부모라 하였다. 그렇다면 여기 김주원이라는 인물은 누구인가? 『삼국사기』에 따르면 신라 37대 선덕왕(宣德王, 재위 780~785)의 족자(族子)라 하였다. 『삼국사기』 '원성왕(元聖王)' 조에 보면, 선덕왕이 아들 없이 돌아가자 왕의 족자인 김주원이 뭇 신하들로부터 왕으로 추대되어 즉위하려는 계제에 큰물로 입궁을 못하여 왕좌에 나아가지 못하였고, 대신 선덕왕의 아우로 평소 덕망이 높았던 경신이 왕위에 오르니 그가 바로 원성왕이라고 서술되어 있다. 여기서 경신(敬信)이 선덕왕의 아우라 하였으니, 주원의 아우로 소개되어 있는 『강계지』의 기사와 서로 어긋나 있다. 아무튼 그 뒤 김주원은 명주에 들어가 여생을 보냈다고 한바, 바로 강릉 김씨의 시조(始祖)인 것이다.

운명적으로 왕위와 인연 없어 그것을 뒤로한 채 스스로 명주(강릉) 땅을 선택한 그였다. 그리하여 강릉을 사랑하여 여기에 안주하고 강릉군 왕이 되었으며, 결과 후손의 추존을 받아 시조가 되었다.

그런데 김주원의 직계 부모인 왕제(王弟) 무월랑과 연화부인 두 사람이 결합하기까지의 과정이 또한 일반적이지 않았다. 운명적이고 로맨틱한 그 무엇이었다고 할 때, 필연적으로 이들 이야기에 대한 기대치는 상승될 수밖에 없다. 단순과 평범 만을 고수하기 어려워졌다. 강릉김씨의 시조가 된 김주원이 한마디로 기구한 운명의 정치적 주인공이었다면, 그의 부모 또한 숙명적인 사랑의 주인공들로 간주된다. 한마디로 그들 일가족이 모두 극적인 삶의 당사자들인 셈이었다.

시간상으로는 김주원이 출생하기 이전에 무월랑과 박연화의 기이한 결연 과정이 선행되었으니, 주원의 부모가 된다는 무월랑 부부의 결연담은 의미상 강릉김씨 시조인 주원의 출생담과 무관하지 않은 것이다. 신화의 전통 안에서 볼 때 시조단군은 천제자(天帝子) 환웅과 웅녀 사이의 신이혼(神異婚)으로 태어났고, 시조 주몽 또한 천제의 아들 해모수와 하백(河伯)의 딸 유화부인 사이의 신이한 결혼에 의해 태어났다고 했다. 동시에 이들 이야기 자체는 바로 단군과 주몽의 출생담으로 인식되는 상황과 같다.

무월랑과 연화부인이 결합하기까지의 사연이 예사롭지 않고 특이한 그 무엇이었다고 하자. 더욱 적극적으로는 〈명주가〉 설화를 연상시킬 만한 분위기의 내용이었다고 하자. 이랬을 때 그 내용이 문득 그 어떠한 형태의 신비적이거나 낭만적인 모양으로 포장될 가능성을 무시하기 어려운 국면이 주어진다. 비록 시조신화로서 시조의 출생을 신성화하는 단계까지는 아니라 하더라도 이 정도의 시도가 아주 불가능한 일 만은 아닌 것이다.

생각건대 시조의 가계(家系) 주변에 범상치 않은 내용이 처음부터 없다면 모르지만 만약 선계 등에 조금이라도 예사롭지 않은 그 무엇이라도 모색되는 요인이 있다면, 이에 그의 부모의 경우에마저 신이성을 부여시켜 상승효과를 기대해 봄직한 일이다. 지금 『강릉김씨파보』의 메시지로 시조 김주원의 부모에게는 내세울 만한 비상한 일이 있었고, 따라서 거기에 대한 신이성의 부여가 있었다고 볼 것이다. 장정룡이 「명주가 배경설화 연구」에서 세운 다음과 같은 논지는 이 생각에 보탬되는 바 있다.

그의 부모로 보고 있는 김알지(金閼智) 20세손 김유정(金惟靖)과 연화부인 박씨의 사랑을 신비적으로 구성한 이유는 어디에 있는지 더듬어 볼 필요가 있을 것이다. 왕위 쟁탈 후에 낙향한 사실을 극복하고 기존 지방 호족과의 갈등을 완화하기 위해서 김주원 일파는 양어지 전설과 같은 신이적 화소를 강조하여 선대부터 인연이 깊은 연고성을 강조하고 토착화에 성공할 수 있었던 것이 아닐까 한다. 따라서 불가능한 일의 성취가 곧 신이성과 신성성을 확보하게 해 주었던 것으로 보인다.

심지어는 강릉김씨들이 시조의 가계를 선양하는 데 가장 앞장설 입장에 있는 『강릉김씨파보』에조차 미처 생각도 못했을 연화부인에 대한 신격화의 단계도 이에 없지 않았던 듯싶다. 김선풍의 「명주가 재연구」 중의 글이다.

> 여기 흥미로운 사실은 〈명주가〉의 여주인공 연화부인이 신이 되었다는 사실이다. … 전설상의 연화 아가씨가 혹 유사 연상법에 의해서 생긴 신인지 모르나, 신격의 자리를 차지하고 있다는 사실이다. 또한 등장된 신들은 모두 연화부인과 마찬가지로 신라시대의 인물이고, 강릉인이 아니면 강릉과 유관한 인물로 구성되어 있다. 강릉에는 같은 강릉김씨인 김시습을 모시는 소성황(素城隍)이 있는 이상, 신라의 연화부인지신이 있어 오히려 당연한 일일 것같다. 그렇다면 연화부인의 전설도 후대로 내려오면서 신화로 되어가는 곧 신화 전설의 형태임을 알 수 있다.

다만 여기서는 〈명주가〉의 여주인공을 연화부인으로 간주했고, 나아가 연화부인의 전설이 나중 단계에 신화로 발전한 것으로 보았으나, 의연히 『고려사』 '악지'의 기준에서 본다면 고구려시대 〈명주가〉 관련의 일반 설화가 신라시대 연화부인대에 이르러 시조 설화화한 셈이 된다. 이를테면 '시조 전설 → 시조 신화' 대신에 '기존 설화 → 시조 전설 → 시조 신화'의 도식으로 된다. 시조 설화를 가능케 한 선행 기존 설화의 영향을 의미함이다.

돌이켜, 기존의 어떤 설화가 뒤의 설화에 영향을 끼치는 현상은 다른 곳에서도 엿볼 수 있다. 『한국민족문화대백과사전』에서 '성씨(姓氏)'에 관한 다음과 같은 설명은 이의 적극적인 참조가 된다.

　　상자 속에 담겨 표류하다가 노파에 의하여 건져지고 수양되는 탈해의 전승은 후세의 시조 설화에 많은 영향을 끼쳤다. 파평윤씨·강화봉씨의 시조와 남평문씨의 시조는 각기 연못에서 석함에 담겨진 상태로 노파에 의하여 발견되거나 바다 위에서 발견된다. 이들의 탄생에는 대개 구름과 안개 또는 천둥과 번개가 개재되어 더욱 신이한 것으로 수식되었다.

　이것은 같은 시조 설화끼리의 상호관계를 예시한 경우가 되겠거니와, 전설·민담 같은 일반 설화 혹은 민간신앙이 시조 이야기에 작용하는 사례 역시 간과할 수 없다. 바로 연결되는 설명이다.

　　또 황간견씨의 시조 견훤(甄萱)은 여인과 지렁이와의 교배에 의하여 태어나고 호랑이에 의하여 길러진다. 이런 이물 교혼담(異物交婚譚)은 우리 민담에 널리 퍼져있다. 특히 신라의 시조 설화는 민간 신앙과도 결부되어 지금도 영남 지방에는 '골막이'라는 동신제(洞神祭)가 전승되고 있다.

　그렇다면 남평문씨·파평윤씨·강화봉씨 및 황간견씨 등의 경우와 더불어, 강릉김씨 시조 설화 또한 스스로의 자생과 독창의 이야기 소재가 아닌, 기존의 〈명주가〉 관련 민간 설화로부터의 보취(步驟) 및 응용의 메시지로 간주되는 것이다.
　나아가 견훤의 일례를 들어 시조 설화가 기존의 민간 설화인 이물교혼담(異物交婚譚)에서 취용해 왔다고 했는데, 이는 이물교혼담 가운데도 일명 '야래자형 설화(夜來者型說話)'에 속하는 것이다. 여러 지역에서 이와 유사한 이야기 유형이 통시적으로 구전되어 왔기에 비슷한 이야기의 틀로서 '형(型)'이란 말을 쓰게 된 것이지만, 이 논제에 대한 장덕순의 다음과 같은 논의는 강릉김씨 시조설화와 관련하여 암시해주는 바가 적지않다.

> 이 유형의 설화 가운데에서 야래자가 뱀의 변신이고, 그 아들이 마을의 신이 되었다는 충청남도 연기군의 설화가 가장 정통적인 것으로 추정된다. 원래는 백제 지역에서 마을 수호신의 신이한 탄생을 나타내주던 이야기를, 후백제가 그 전통을 잇느라고 견훤의 출생담으로 활용하여 건국 신화로 발전시키려 하였던 것이 아닌가 한다.

시조 견훤의 설화가 그 자체의 독창으로 이루어진 것이 아닌, 그 앞의 시대에 이미 일정한 지역에서 전승되었던 기존 민간 설화의 활용으로 보았다. 견훤과 같이 역사 속에 꽤 잘 알려져 있는 인물과 관련된 설화도 필요한 경우 이전 시대의 민간 설화로부터의 차용을 서슴없이 수행하는 마당이다. 그러니 일반의 성씨시조와 관련된 설화 생성의 마당에 그 어떤 필요와 소용에 따라서는 앞시대의 설화를 도습(蹈襲)함에 있어서 망설이거나 금기로 삼을 이유가 없는 것이다.

강릉김씨의 시조 김주원의 경우에 있어서도 그의 부모가 이룬 결연의 과정은 문득 시조 출생의 극적인 과정을 살릴 수 있는 필요와 소용에 잘 부합되는 모습이었다. 그리하여 무월랑과 연화 사이에 있었던 기이하고 극적인 결연담이 하나의 훌륭한 로맨스 기담(奇談)으로 되기 위해서는 사실에 대한 충실성보다는 이야기의 이미지를 높이고 돋보이게 하기 위한 정채성(精彩性)이 우선할 수밖에 없다. 왕족 무월랑의 실사(實史)라고 하면서도 정사(正史) 규모의 『고려사』 '악지'거나 『삼국사기』에 수록되지 못했다는 사실 또한 그 여실한 반증임을 결코 간과치 못할 일이다.

그렇다고 이것이 무월랑과 연화가 기이한 인연의 당사자였을 가능성마저 의심받거나 부인 당해야 할 이유는 되지 않는다. 대개 어떤 형태의 곡절 어린 만남의 사연 등이 있었다고 했을 때 이 이야기는 시조의 출생담을 아름답게 장식하고자 하는 후손들의 의욕을 도왔을 테요, 이 마당에 이야기는 새로운 형상화에 대한 참신한 전기(轉機)를 맞을 수 있는 것이다.

돌이켜, 〈명주가〉 배경담은 애초에 그 내용이 사실(史實)이 아닌 설화로서 인식되어온 컨텐츠였다. 그것의 꾸며진 이야기(설화)다운 속성은 우선 동물 가운데도 미물인 물고기가 보은의 의지를 갖고서 모든 상황판단을 해나간다는 측면에 있었다. 어쩌면 주인을 위한 자기희생적 의의 면에서 불길 속에 잠든 주인을 물을 적셔다가 살렸다는 이른바 의구(義狗) 설화, 일명 진화 구주(鎭火救主)의 개 이야기보다도 한 단계 더 기이한 형상이었다. 또한 물고기가 자신의 판단으로 서생이 있는 경사(京師)까지 갔다든가, 나아가 그 물고기가 정확히 서생의 수중에 낙착되었다는 일 등 현실성 없는 요인들로 인해 오늘날까지도 그냥 〈명주가〉 배경 설화로 통칭됨이 아닌가 한다.

고구려 당시에 원래 전승되던 〈명주가〉 설화에는 애당초 '명주'라는 지명이라든지 '과거' 같은 화두는 없었을 수 있다. 대개 물고기를 기르는 여인과 타관의 총각과의 밀애가 부모의 정혼(定婚) 의지와 부딪쳐서 위기에 빠졌다가 물고기의 중간 역할에 따라 극적인 결합을 이루었다는 재자가인의 염정 로맨스 선에서 큰 모양을 띠었으리라 본다. 그렇듯 흥미롭고 희귀한 고구려의 설화 한 조각으로서 회자 전승되었던 사정은 『고려사』 '악지'가 증거한 것이다. 그러다가 신라 무렵에 성씨의 시조가 된 인물의 주변에서 부부의 인연에 관계된 극적인 일화가 있었고, 동시에 그것이 일찍이 주지되어 있던 〈명주가〉 설화와 유사연합(類似聯合)의 작용을 일으켜 아예 이 설화를 토대삼은 실명화가 이루어졌다고 짐작된다.

아울러 앞에도 잠깐 언급했듯 신라 선덕왕 때 왕족인 무월랑의 실사(實史)라고 하는 『강릉김씨파보』 안의 이 메시지가 『삼국사기』에는 하등 언급이 없다는 사실도 간과할 수 없는 일이다. 만일 이 이야기가 한 때 왕으로 추대 받기까지 한 김주원의 아버지인 무월랑의 실사(實事)였고, 동시에 그것이 훌륭한 한 편의 기이담으로 전혀 손색없던 것이라고 할진대, 신라편 사적(史蹟)에 적극적인 김부식이 열전의 항목을 통해서라도 이 기특(奇特)한 로맨스 일화를 수록하지 않을 리 없는 것이다.

또한 『고려사』 '악지'만 해도 그렇다. 오늘날 고구려 노래라 하여 남아있다는 유산이 고작 셋 뿐인데, 이렇게 저렇게 착각할 여지도 없는 노릇이다. 더불어 이 것이 진정 신라 왕족 무월랑의 실사라고 할진대 『고려사』를 찬록한 이들이 이 이야기에 접하지 못했다 함도 오히려 이상하다. 반대로 접했다고 했을 경우에조차 이 노래와 설화를 신라 무월랑의 실담(實潭)과 함께 신라 속악 조에 편입시키지 않았다는 사실도 덮어둘 수 없다. 외려 무월랑 이야기 등은 처음부터 접해 본 일도 없고 안중에도 없는 양 태연히 이 설화와 노래를 고구려 때 것으로 인정하며 넘어가게 됐는지 거듭 생각해 볼 필요가 있는 것이다.

〈명주가〉 설화는 물고기가 자기에게 먹이를 주어 길러준 주인의 은혜에 보답하기 위해 자기희생으로써 주인의 편지를 전달해주었다는 점에서 보은설화의 한 유형을 띠고 있다. 또한 훌륭한 염정설화의 원형(原型)을 이루고 있으니, 고전소설 〈춘향전〉과 여러 면에서 유사한 모양을 지닌다. 곧 서생이 유학하러 명주에 갔다가 한 양가녀를 만난 부분은 이도령이 부친을 따라 남원에 내려가 광한루에서 춘향과 결연하는 장면과 흡사하고, 또 서생이 경사(京師)로 돌아와 거업(擧業)을 익히는 부분은 이도령이 한양으로 돌아와 거자업(擧子業)에 충실한 결과 등과(登科)하는 장면과 대조된다. 그리하여 이 〈명주가〉 설화를 〈춘향전〉의 근원설화로 보는 견해도 있다.

그같은 잠재력 때문인지 이 설화의 문예적 아름다움에 대하여는 시대를 초월한 공감대가 형성되어 왔다. 그리하여 오늘날까지도 꽤 대중에 인식되어 있는 마당이요, 더 나아가서는 현대소설 문학의 단계로까지 진입하기도 하였다. 황순원의 〈비늘〉은 다름 아닌 〈명주가〉 설화를 소설화시킨 작품이었다. 이후에 다시 이

〈명주가〉 설화와 현대소설 〈비늘〉의 관계를 검토한 장덕순의 논고 「명주가 전설과 비늘」 및, 이정숙의 「민담의 소설화에 대한 고찰 – 명주가와 비늘을 중심으로」 등은 모두 그러한 관심의 산물들이었다.

비 늘

黃 順 元

——옛날 한 서생이 명주(지금의 강릉)에 공부를 하러 왔다가 이곳 어느 양갓집 처자의 아름다운 용모에 끌려 몇번인가 시골 씨모내어 말을 걸었다. 처녀가 마침내 대답하여 말하기를, 여자가 이찌 함부로 남자의 말에 응할 수 있으리오, 모쪼록 귀공이 파거에 급제한 뒤에 부모의 승락을 받아 와야만 이루어질 수 있을 것이라고 했다. 서생은 곧 서울로 돌아와 파거 공부에 전심했다. 그런 동안 처녀의 집에서는 사위를 맞게 되었다. 혼례식이 있기 며칠전 서생을 잊지 못해 하는 처녀는 평소 먹이를 주어 기르던 연못 속 고기를 향해, 너만은 내 심정을 알리라, 하고 편지를 물고 어디론가 사라져 달라고, 쓴 편지 한장을 던졌더니 고기 한놈이 편지를 물고 사라졌다. 한편, 서울길에 오른 서생은 하루 저녁, 찬거리로 잉어 한마리를 사다가 그 속에서 뜻밖에 연못 속에서 기르던 잉어의 배를 가르니 그 편지가 나왔다. 그 편지를 본 서생은 부친에게 자초지종을 아뢴 후 승락을 얻어 가지고 여자의 집으로 달려가게 되니 …… 뒷날에 나온 詩話의 뭉뚱……

이 문헌에 실려 있었다. 서생은 6…

황순원의 〈비늘〉

5

연양가 延陽歌

서글픈 하층민의 충성가

『고려사』 악지에 소개된 〈연양〉 배경담

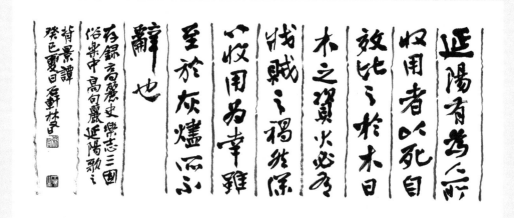

石軒 임재우 墨의 〈연양가〉 배경담

〈연양가(延陽歌)〉는 가사가 전해지지 않은 고구려 노래 중의 하나이다. 이것을 소개하고 있는 최초의 문헌은 조선 세종 때 편찬된 『고려사(高麗史)』이다. 이제 『고려사』권71 악지2 삼국속악 고구려 조의 '연양(延陽)' 표제 하에 실린 배경 이야기는 이러하다.

延陽有爲人所收用者 以死自效 比之於木曰 木之資火 必有戕賊之禍 然深 以收用爲幸 雖至於灰燼 所不敢辭也.

연양(延陽)에 다른 사람에게 거두어져 쓰인 이가 있었다. 그는 죽기를 무릅쓰고 힘을 다 바쳤으니 그것을 나무에다 비겨 말하기를, 나무가 불을 사르게 하려면 필경엔 자신을 쳐서 망가뜨려야만 하는 불행이 따른다. 하지만 거두어 쓰인 것을 다행으로 여겨 비록 자신이 타고 남은 재가 될지언정 감히 마다하지 않으리라 했다.

한편 〈내원성가(來遠城歌)〉와 〈명주가(溟州歌)〉를 소개하여 있는 『증보문헌비고(增補文獻備考)』에는 이상하게도 이 〈연양가〉가 없다. 즉 『증보문헌비고』의 권106 악고(樂考)17 속악부(俗樂部)1에 고구려 속악 란이 있고, 〈내원성〉 및 〈명주〉라는 제하(題下)로 『고려사』 악지와 다름없는 기사 내용이 실려 있으되, 하필 〈연양가〉에 대한 기사는 빠져있다는 말이다. 고의로 제외시켰는지 아니면 실수로 탈루(脫漏)된 것인지 잘 알 수 없으나, 이 노래만을 각별히 빼버려야 할 이유 등을 따로 생각하기 어렵다.

『고려사』가 책정한 노래의 표제는 '연양(延陽)'이었고, 배경 이야기의 서두 또한 '연양(延陽)'으로 시작된다. 그리하여 이 작품 역시 지명을 제목으로 앞세우는 고대 가요의 일반적인 현상에서 예외적이지 않다.

그런데 정작 『고려사』 악지에 표제로 올라간 이 연양이란 곳에 관해 『신증동국여지승람』 등을 통해 상고해 보았지만 안타깝게도 그러한 지소(地所) 이름은 보이지 않았다. 반면 요행히도 『조선왕조실록』에 대한 조사 과정에서 '연양역(延陽驛)'

이란 곳이 발견된다. 『세종실록』지리지 황해도 평산도호부(平山都護府) 문화현(文化縣)의 기록이다.

> 文化縣 本高句麗闕口 高麗改爲儒州 … 驛一延陽 莊莊坪在縣東.
> 문화현은 본래 고구려의 궐구(闕口)이다. 고려 때는 유주(儒州)로 고쳤다. … 연양(延陽)이라는 역이 하나 있고, 고을 동쪽에 장장평(莊莊坪)이 있다.

바로 여기 '延陽' 글자 바로 옆에 '연산부(延山府)'라 부기(附記)해 놓은 것이 있어 첫 모색의 실마리를 제공해 준다. 이때 『신증동국여지승람』안에 연산부(延山府)가 있는지 찾았더니 바로 〈영변대도호부(寧邊大都護府)〉 안에 그 이름이 보였다.

> 迎州本高麗密雲郡 光宗二十一年改延州爲知州 成宗十四年爲防禦使 恭愍王十五年陞延山府 本朝太宗十三年例改爲都護府 撫州本高麗雲南郡 … 本朝太宗十三年改爲撫山縣 世宗十一年合延山撫山 改今名爲大都護府.
> 영주(迎州)는 본래 고려의 밀운군(密雲郡)이었는데 광종(光宗) 21년에 연주(延州)로 고쳐 지주(知州)로 삼았다. 성종 14년에 방어사(防禦使)로 삼았으며, 공민왕 15년에 연산부(延山府)로 승격시켰다가 조선 태종 13년에 규례에 따라 도호부(都護府)로 고쳤다. 무주(撫州)는 본래 고려의 운남군(雲南郡)이었는데, … 조선 태종 13년에 무산현(撫山縣)으로 고쳤다가 세종 11년에 연산(延山)과 무산(撫山)을 합쳐 지금의 이름인 영변대도호부(寧邊大都護府)로 고치고 대도호부를 삼았다.

아울러 '영변'이란 명칭은 조선조 세종 이후에나 비로소 생겨난 것임을 알 수 있었다. 또한 이 지역에 대한 바로 이전의 명칭이 '연산(延山)'이요, 바로 고려 공민왕 때부터임도 인지된다. 그리고 이전의 광종 21년(970) 이후로는 '연주(延州)', 더 이전에는 '영주(迎州)'·'밀운(密雲)' 등으로 불렸음을 확인해 볼 길 있다.

하지만 이 모든 명칭 변화들은 하나같이 고려시대거나 조선시대 한도 내에서

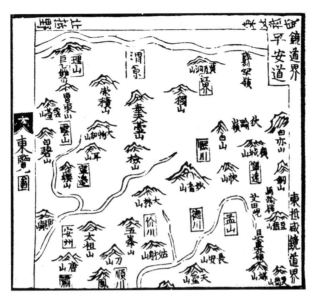

『신증동국여지승람』 영변대도호부

모색 가능했던 것일 뿐, 보다 앞의 시대인 통일신라시대거나 삼국시대에 어떠한
호칭을 띠고 있었는지에 대해서만큼 전혀 막연할 따름이다. 그렇다고『고려사』
악지가 고구려 속악 조에 '연양(延陽)'이란 명칭을 제시해 놓았다고 해서 삼국시대
고구려 당시의 땅 이름이 바로 '연양(延陽)'이었다고 맘 편하게 장담할 수 있는
노릇도 못된다. 삼국시대의 명칭 연혁이 있을 경우 그것에 대한 기록을 놓치지
않는『동국여지승람』에서 아무런 명시도 없는 때문이다.

　그러나 사실은『고려사』악지가 제시하는 제목이 반드시 삼국시대 당시의 명칭
과 밀접성을 띠고 있는 것은 아니다. 다시 말해 악지가 표제로 삼는 노래의 제목은
상당수 그 노래의 연고가 되는 땅 이름을 내세우는 경우가 많거니와, 이때 책정된
지명이 반드시 삼국 그 당시에 통용되었는지 아닌지를 일일이 확인한 결과는 아니
라는 말이다. 만일 지명이 철저한 고증의 결과에 따른 것이라고 할 때 대부분의
삼국시대 노래가 위작(僞作)으로 전락하는 신세를 면치 못한다. 예컨대 신라 때

노래라는 〈동경(東京)〉·〈여나산(余那山)〉·〈목주(木州)〉 등에서 이 지명들이 모두 신라 당년에는 존재가 없던, 그 훨씬 이후에나 생겨난 이름이었다는 사실을 간과할 수 없다.

따라서 표제 지명에의 무조건적 의존을 지양할 필요가 있는 것이다. 다만 『고려사』 악지의 기록에 의거하여 이 노래가 생겨난 연고지가 연산부(延山府) 곧 지금의 영변 땅임에 유의할 수 있을 따름이다. 다시 말해 고구려·통일신라 단계에서의 명칭은 아예 막연해져 알 길 없다가 고려 초에 '밀운(密雲)'이라 했고, 고려 광종 21년(970)에 이르러야 비로소 '연양(延陽)'이란 이름에 근접되는 '연주(延州)'란 명칭이 나타났음을 엿볼 수 있다. 그랬기에 제목을 〈연양가〉라고 했지만 어차피 연양이란 명칭도 고구려 때부터 존재하고 이어져 내려왔던 원래 지명은 아니다. 다만 명백한 것은 〈연양가〉의 배경지인 이곳 평안북도 영변 땅이 고구려의 옛

1576년 '영변의 약산'에서 선전관들이 계회하는 것을 기념하여 그린 〈선전요우중회관서도(宣傳僚友重會關西圖)〉

영토였다는 사실이다.

　이같은 바탕 위에서 〈연양가〉에 접근하기 위한 방편적 일환으로 이 지역에 관한 사전 이해가 필요하다. 지금의 영변군 남동부엔 묘향산맥이 뻗어있어 평안남도와의 경계를 이루어 있고, 이 군의 중동부에는 영변면이 있으며, 남서부에는 고려 공민왕 15년(1366) 처음 명명된 연산부(延山府)의 명칭이 그대로 유지된 바의 연산면(延山面)이라는 곳이 남아있다.

　묘향산은 일찍이 『삼국유사』가 단군신화의 요람처인 태백산으로 인식했던 공간이다. 그 아래 백령면에는 고구려의 시조인 주몽이 태어난 곳으로 전해지는 우발소(濊渤沼)가 있다. 영변면에는 김소월의 시 〈진달래꽃〉으로 유명한 약산(藥山)이 있는데, 이곳은 천험의 땅이라 하여 예로부터 군사적 요충지대로 이용되었으며, 뽕나무와 삼이 잘 자라는 곳으로 알려져 있다. 동북쪽 경계의 고성면엔 장자못 전설로 이름난 고성지(古城池), 일명 장자못이 있다. 영변면 동쪽 경계는 오리면이요, 바로 고성면과 오리면의 경계에 위치한 천이산은 뽕나무의 다산지로 이름난 곳이다. 한편 영변군에는 두 개의 큰 강이 있는데, 영변을 남북으로 종단하는 구룡강과 비스듬히 동서로 횡단하는 청천강이 그것이다. 그리고 여기 연산면의 경내에서 구룡강이 끝나는 지점과 청천강 흐름 사이의 합류가 이루어진다. 그 합류지점에 장항대(獐項臺)란 곳이 있고, 그 하류에는 파군담(破軍潭)이란 못이 있다. 여기가 다름 아닌 고구려의 명장 을지문덕이 서기 612년에 수나라 군대 30만여 명을 섬멸시킨 역사적 현장이라고 한다.

　이상 영변군 안의 명소를 대략 살펴보았거니와, 〈연양가〉는 바로 이 일대의 모처에서 발생한 노래이다. 아울러 '延陽' 할 때의 '延'은 연산(延山)을 줄인 말 같고, 그랬을 경우에 '陽'은 산(山)을 기준하여서는 남쪽을 지시하는 뜻이니, 곧 연산의 남쪽이란 뜻으로 사유된다.

　그렇지만 정작 연산(延山)이란 곳은 『신증동국여지승람』에서도 확인이 불가능한

지라 보다 구체적으로 어디인지를 가려내는 일이 끝내 난감할 따름이다. 다만 그 명칭의 성격상 지금의 연산면이 옛 연산부의 중심권에서 크게 벗어나지는 않았으리란 것과, 연산이 필경 산 이름이라는 전제에서, 또 오늘날엔 산명(山名)으로서의 연산은 찾을 수 없다는 사실 안에서, 혹 연산은 지금 연산면(延山面)의 위쪽에 위치한 약산(藥山)이거나 천등산(天登山)의 다른 이름이 아니었을까? 연산면 위쪽으로는 산이 둘 있는데, 정북쪽으로 약산(489m)이요, 서북쪽으로 천등산(282m)이 그것이다. 환언하면 약산의 정남쪽, 천등산의 동남쪽에 연산면이 있는 것이다. 『고려사』 악지에서는 연양이 곧 연산부 땅이라 했고, 지금처럼 만약 약산이거나 천등산이 연산이라고 한다면 그 남쪽 땅인 연산면이 바로 '연양(延陽)'이 되는 것이다.

이와 같은 연양 땅에, 다른 사람에게 수용(收用)된 이가[爲人所收用者] 죽기를 무릅쓰고 열심히 일하겠다는 뜻[以死自效]이 있었다고 했다. 문면을 통해 감지되는 피수용자(被收用者), 곧 이 노래 주인공의 신상과 신분은 아무래도 하천한 계층에 있던 사람으로 보인다.

웬만한 한국문학사거나 한문학사에서는 제목의 소개 이상 따로 짧은 평설이나마 가한 것을 찾기가 어렵지만, 동아문화연구소 간행의 『국어국문학사전』과 『한국민족문화대백과사전』에서는 '연양현의 한 충실한 사람'으로, 『국어국문학자료사전』에서는 '충실한 머슴'으로, 『한국문학대사전』에서는 '남의집살이하는 자', 허웅 · 박지홍 편의 『국어국문학사전』에서는 '남의집사는 사람'으로 각각 설명하였다. 조동일의 『한국문학통사』에서는 '남에게 쓰이는바 되었다는 것은 노비의 신세로 떨어졌다는 뜻이 아닌가' 하여 노비 정도로 추정하였다.

이렇듯 대체적으로는 노비나 머슴을 연상함이 일반인 것이지만, 이와는 다소 상이한 개념의 이해 또한 없지 않다. 이가원은 『한국한문학사』에서 이 노래 당사자에 대해 남에게 한 번 허신(許身)하였으면 죽어서 몸이 재가 되더라도 후회하지 않는 관서인(關西人)다운 대 협기를 지닌 사람으로 받아들였다. 노비거나 머슴 등의 종속적 이미지 아닌 강렬한 의지의 주체적 자아를 지닌 인물의 이미지이다.

　한편 〈연양가〉에 관해 언급한 희귀한 문헌으로 『임하필기(林下筆記)』가 있으니, 이는 조선말의 문신 이유원(李裕元, 1814~1888)의 수록류(隨錄類)를 모아 엮은 책이다. 공교롭게도 이 책의 권38 〈해동악부(海東樂府)〉에서 그 짧막한 배경담을 두고 읊은 칠언절구 한 작품을 발견할 수 있어 크게 반가움을 준다.

> 拔擢器成凡幾人　　남에게 발탁되어 이룩한 이 몇이나 될까
> 自知効力不知身　　온 힘 다 쏟을 뿐 내 몸 돌보지 않으리.
> 木之資火終灰燼　　나무가 불을 피우려면 종당 재가 되는 것
> 爲木寧辭火及薪　　나무된 다음에야 어찌 장작불을 마다하랴

　맨 첫 번째 구 안의 '발탁(拔擢)'이거나 '기성(器成)' 등의 어휘를 통해 이유원의 의취 역시도 당초에 노비거나 머슴 등의 연상과는 거리가 있음을 엿보아 알기 어렵지 않다.

　이렇듯 노래의 주인공 신분을 유추하는 일에 있어 관점 차이가 현저히 어긋남을 알 수가 있다. 조동일의 관점에선 전락된 처지에 따른 불행감이 수반되어 있는 반면, 이유원과 이가원의 경우는 그것이 배제되어 있다. 불행은커녕 정반대로 의욕과 희망의 뉘앙스가 준동한다. '허신(許身)' 및 '협기(俠氣)'가 주는 이미지도 그렇지만 특히 이유원의 '발탁(拔擢)' 및 기성(器成)'에 이르면 차라리 귀족 계층이거나 그에 버금가는 신분 계층에 있는 인물로의 암시가 가일층 고양되는 바 있다.

　그런데 중상류 지배층으로 관념한 계기엔 지식 계층의 독서나 작문 과정에서 수용이란 의미가 어떤 더 나은 벼슬로의 수용이란 의미로 다가온 데에 연유했을 개연성도 있다. 수용을 발탁이거나 허신으로 보게 된 데는 배경담 가운데 '마음

깊이 거두어 쓰인 것을 다행이라 여겨(深以收用爲幸)'라는 대목이 강하게 작용했을 것으로 보이지만, 이는 하필 중상류층에만 한정될 수 있는 것은 아니다. 다시 말해 수용을 받아서 크게 다행으로 여길 수 있는 상황은 일반 백성이거나 하층민 간에도 얼마든지 가능한 일이다. 아니, 단지 가능한 일일 뿐 아니라 오히려 경제적으로 어려움을 겪고 있는 가난한 백성 사이에서 훨씬 빈도 높게 있을 수 있는 경우가 될 만하다.

게다가 이 배경담에는 노래 주인공의 지위를 알 만한 근거가 전혀 나타나 있지 못하다. 주인공이 만약 귀족층이거나 그에 버금가는 위치에 있는 사람이었다고 한다면 그냥 '어떠어떠한 자(者)가 있었는데' 같은 표현에 그치지 않고 필경은 그의 신분을 짐작할 수 있을만한 어떤 언급이라도 주어졌을 터이다. 이를테면『고려사』악지가 신라의 속악으로 전하는 〈이견대(利見臺)〉의 배경담에는 엄연히 '신라 왕 부자(父子)'라는 신상이 명기되어 있고, 같은 고구려 가사부전의 속악 가운데 하나인 〈명주가〉 배경담의 남자 주인공은 분명 '서생(書生)'으로 밝혀져 있다. 미처 출세 단계에 이르지 못한 사람의 경우도 신원을 명시하니, 이는 신라의 속악 〈여나산(余那山)〉 배경담에서도 동일한 표현으로 나타난다. 그가 일반 천서(賤庶)의 백성이 아닌 그냥 글공부하는 신분만이라도 되면 그것을 갖춰 말하지, 막연한 서술로 넘겨 처리하지는 않는다.

이같은 기술(記述)의 양상은 반드시 속악에서만 그럴 뿐 아니라『고려사』악지 내의 일반 '악(樂)'의 배경담 안에서도 다를 바가 없다. 〈정과정〉을 노래한 '내시낭중(內侍郎中) 정서(鄭敍)', 〈동백목(冬栢木)〉을 지은 '충숙왕조 채홍철(蔡洪哲)', 〈예성강〉 노래 배경담 속의 '중국 상인 하두강(賀頭綱)', 〈장생포(長生浦)〉 노래의 주인공 '시중(侍中) 유탁(柳濯)', 〈처용〉 배경설화 속 인물 '신라의 헌강왕', 〈오관산(五冠山)〉을 노래한 '효자 문충(文忠)' 등등, 노래 당사자의 신원에 대해 작은 단서라도 포착 가능한 경우 결코 기록의 수고를 아끼지 않았음을 볼 수 있다. 실제로 일정

계층 이상 가는 사람의 이름이거나 신분이 인몰된 사례 같은 것은 여간 찾아보기 어렵고, 정녕 알기 어려운 경우라면 하다못해 위의 〈명주〉나 〈여나산〉에서처럼 '서생(書生)'이란 말이라도 넣어서 글공부하는 계층임을 알리곤 했다. 그리하여 배경담 속의 인물이 관등(官等)도 명시된 것이 없고, 이름도 드러난 것이 없는 사람일 때, 그 이야기며 노래의 주역이 대개 일반 민간인 백성으로서 간주됨이 일반적 경향인 것이다. 백제 속요로서 이야기만 전해지는 〈선운산(禪雲山)〉 노래에서 부역 나간 장사(長沙) 사람과 그의 아내, 〈방등산(方等山)〉 노래의 주역인 장일현(長日縣) 여인, 〈정읍사〉의 행상인 아내, 〈지리산(智異山)〉 노래의 주인공인 구례현(求禮縣) 사람의 딸 등은 하나같이 그 시대의 벼슬과 무관하고 이름도 잊혀진 인물들이다. 곧 천서류(賤庶流)의 백성 일반인 것이다. 그러면 지금 이 연양 땅에 거둬 쓰임을 받았다는 자 또한 이들과 별로 다를 바 없는 천서 계층 백성 가운데 한 사람이었을 것으로 유추되고, 따라서 이야기 설정의 방향도 갖춰지게 된다.

그리고 이제 하층민의 양태를 세부적으로 들여다보면 그것은 대개 하호(下戶)거나 용민(傭民), 혹은 노예 등의 이름으로 나타난다. 노예는 최하층에 속하고 용민은 용작민(傭作民) 곧 자기 땅이 없이 남의 땅을 경작해주고 품을 받는 백성이다. 하호는 『삼국지』 위서(魏書) 동이전(東夷傳) 〈고구려〉에 보이는 표현인데, 여기의 기록을 통해서 당시 고구려 사회상의 한 단면을 어느 만큼 엿볼 만하다.

其國中大家不佃作 坐食者萬餘口 下戶遠擔米糧魚鹽供給之.
그 나라 안에 있는 대가(大家)들은 손수 농사를 짓지 않는다. 이렇게 놀고먹는 자가 일만여 명이나 된다. 하호(下戶)는 멀리서 양식이나 생선·소금 등을 져다가 그들 대가들에게 공급해준다.

대가(大家)는 큰 가옥을 소유한 부잣집이란 뜻으로, 하호는 그 아래에서 부쳐

먹는 백성의 자그만 가옥이란 의미로 요해된다. 대가는 먹을 양식을 제공하고 하호는 노동력을 제공했다는 말이니, 이로써 서로간 필요에 따른 구조적인 상하 관계가 형성돼 있음을 알 수 있다. 또 『삼국지』 권30 위서30 동이전(東夷傳) 안의 다음 같은 부여(夫餘) 관계 기록도 그들 하호를 기준으로 한 경제적 매커니즘을 이해하는데 보탬이 된다.

> 邑落有豪民 名下戶皆爲奴僕 諸加別主四出 道大者主數千家 小者數百家.
> 부락에는 호민(豪民)이 있으니, 이른바 하호들이 모두 그들의 노복 노릇을 한다. 전체 가(加) 벼슬에 있는 이들은 따로 네 도(道)를 관할한다. 도 가운데 큰 경우는 수천 가구를 맡아 다스리고, 작은 경우는 수백 가구를 맡아 다스린다.

여기서의 호민(豪民)은 세력 있는 백성을 의미한다. 그리고 하호가 그들의 노복 노릇을 하였다니, 여기 이 호민:하호의 관계는 저 고구려의 대가 : 하호의 관계와 별다른 차이가 없어 보인다. 실제로 고구려와 부여는 중국인 사가(史家)의 눈으로도 동이의 모든 종족 중에 가장 상사(相似)한 족속으로 비쳤던 모양이다. 이를테면 『삼국지』 권30 위서30 동이전 〈고구려〉에서,

> 東夷舊語以爲夫餘別種 言語諸事 多與夫餘同.
> 동이의 옛말에 고구려는 부여에서 나누어진 종족이요, 따라서 언어라든지 모든 일에서 부여와 같은 점이 많다.

고 한 사실에 비추어 그 사회구조 면에서도 유사성을 띠었다고 하여 특별히 이상한 현상은 아니다. 그러면 똑같이 하호 계층과 가장 밀접한 위치에 있으면서 상전의 역할을 하였던 고구려의 대가와 부여의 호민은 서로 그 표현만 달랐을 뿐, 동일한 성격의 계층이라고 보아 무방할 듯싶다. 그리하여 남에게 수용되었다는 〈연양

가〉의 그 사람도 어쩌면 바로 이 대가로부터 거두어져 쓰인 하호는 아니었을까 함이다. 하호는 멀리서부터 양식이나 생선·소금 등을 져다가 공급해 주는 노복의 역할을 하는 계층이라고 했다. 이렇게 하면서 하호들이 대가로부터 받는 보상에 대해서는 비록 사서(史書)에 언급되어 있지는 않았지만, 대개 생계를 지원 받았던 것으로 짐작하기 어렵지 않다. 같은 책 〈고구려〉 조의 다음 기사는 고구려 사람들의 곤궁한 삶의 일단을 엿보아 아는 데 그런대로 일조가 된다.

> 多大山深谷 無原澤 隨山谷以爲居 食澗水 無良田 雖力佃作 不足以實口腹.
> 이곳은 큰 산과 깊은 골짜기가 많고 넓은 못은 없다. 사람들은 산골짜기를 따라 살고 있다. 시냇물은 마시지만 좋은 밭은 없다. 아무리 힘써 농사를 짓는대도 백성들은 자기들의 입과 배를 채울 수가 없다.

양전(良田)을 갖지 못해 아무리 농사에 힘쓴대도 먹고살기가 어려운 이 백성들은 위에서 말한 하호의 개념과 크게 어긋나 보이지 않는다. 그런 가운데도 양전이 아주 없지는 않았을 테고, 그렇게 존재하는 양전은 대가들의 몫임이 자명하다. 그러면 이렇듯 구복(口腹)도 채우기 어려운 하호 중의 어떤 이가 극도의 빈곤에 시달리다가 비교할 수 없이 좋은 조건의 양전을 갖고 있는 대가 누군가에게 거두어 쓰였다고 하자. 그리하여 비로소 생계의 방도를 찾게 되어 지금까지의 고통에서 벗어날 수 있게 되었다면, 그는 "마음속 깊이 수용된 것을 기뻐하고(深以收用爲幸)"도 남음이 있을 것이다.

이때 수용의 형태는 생산성 없는 밭뙈기 정도 있는 무량전(無良田)의 하호로서 직접 대가의 양전을 불하 받아 거기서 생산되는 일부만을 갖는 소작농의 모습일 수 있다. 또는 한 단계 더 나아가, 비록 신분상 하호에 속해 있긴 하지만 자기 소유의 토지가 전혀 없는 상태의 이른바 용민으로서, 대가의 논밭을 용작해 주고 품삯만을 받는 형상일 가능성도 없지 않다.

지금 수용된 기쁨을 노래한 이 주인공의 신분을 하호로 추정할 수 있던 근거는 다름 아닌 이 농민 하호들이야말로 고구려 하층민 구성원의 상당수를 차지하였던 사실 바탕에서 기인한 것이다.

　　촌락을 구성하는 대부분의 농민은 중국인들이 하호(下戶)라고 부른 양인(良人) 신분의 소유자들이었다. 이 양인 농민의 위에는 호민이 있었고, 밑에는 노비가 있었다. (이기백, 『한국사신론』)

여기서는 하호를 명백히 노예의 신분과 구분하였으나, 고구려 사회의 하호를 하나의 노예로 봐야 할지, 토지에 매인 경작자로 봐야 할는지 양자 사이의 모호한 경계가 숙제처럼 남아있다. 이 문제 관련해서 '하호(下戶)'에 관한 다음의 설명은 그러한 실정을 잘 대변해준다.

　　고구려의 하호는 고구려 본족(本族) 중의 범죄자·낙오자도 있었으나 그 대부분이 피정복민이었으며, 또 전쟁 때에 포로가 된 한인(漢人)들도 있었다. 이들은 농경을 포함한 생산 노동을 담당하였으나 노예는 아니고 이에 준하는 예민(隷民)이었다. 그러나 이 문제에 대하여는 이설이 많다. 고구려사회에서 노예도 물론 생산에 종사하였겠지만 농경을 포함한 생산 일반은 대부분 하호의 노동력에 의존하였다. 이들 하호는 신분적으로 노예와는 구별되었으나 그의 사회경제적 위치는 노예와 거의 동렬에 놓인 예민(隷民)이었으므로, 이러한 견지에서 고구려의 사회구조를 고대 노예제적인 것으로 보게 된다. 바로 이러한 사실 때문에 하호의 문제는 여러 가지 과제를 제기하였다. (『한국학대백과사전』)

역시 하호와 노예를 신분의 명목상으로 분리시켜 이해하고는 있으나, 실제적으로는 하호도 노예와 별 차이 없는 수준임을 말하고 있다. 앞서 『삼국지』 동이전의 기록에서 하호들이 농사만 지어 바치는 것이 아니고, 먼 데서 양식·생선·소금

등을 져다가 바친다고 한 증언도 그들이 노예나 다름 없는 신세였음을 시사해 주기에 충분하다

이렇듯 수용된 것의 기쁨을 노래한 이 주인공의 신분을 하호로 추정해 보는 외에, 하호 보다 한 단계 더 낮은 계층에 속한 노예일 수 있는 가능성에 대한 추정도 검토될 사안이 될 만하다. 그런데 노예라고 하면 근본부터 그런 신세로 태어난 태생 노예를 우선 연상하게 된다. 그리고 이 〈연양가〉의 주인공을 설령 노예로 가정한다고 해도 그는 새로 수용을 받은 상태이다. 곧 일정한 더 나은 쪽으로의 신분상 혹은 경제상의 변화를 매우 다행으로 여긴 상황에 있다는 점을 중시했을 때, 태생 노예로 간주하기 일단 어려운 면이 있다. 다시 말해 태생 노예라면 태어나자부터 이미 누군가의 노예로 수용이 된 것인데, 삶의 나중 단계에 이르러 새삼스럽게 수용되었노라 말할 일이 없는 것이다. 혹 A라는 주인의 밑에 있다가 B라는 더 나은 주인에게 팔려가 심히 다행이라고 생각했을 경우를 상정한다 해도 '수용'이란 표현이 적합 타당해 보이진 않는다.

그리하여 반드시 태생 노예뿐만 아니라 고구려의 사회 구조 안에서 시행되었던 노예제의 보다 다양한 형태에 대해 검토해 볼 필요를 느낀다. 고구려는 역사적으로 위로는 중국과, 아래로는 백제·신라와의 끊임없는 견제 및 대결이 불가피했고, 그것의 극단적 양상으로서의 전쟁 때문에 부수되는 갖가지 사회 문제들이 있었다. 또는 범죄거나 경제적인 빈곤으로 인해 야기되는 문제들도 적지 않았을지니, 노예의 다양화도 그 가운데 하나였다.

삼국시대에 있어서의 노예는 전쟁의 격화(激化), 사회의 불안정으로 말미암아 후기에 내려오면서 원래부터의 신분 노예와 아울러 부채 노예(負債奴隷)·형벌 노예(刑罰奴隷)·전쟁 노예(戰爭奴隷) 등이 증가하였으니, 이것들이 예민(隷民)으로나 가내 노예(家內奴隷)로 사역(使役)되었고, 또한 그것의 매매가 성행하여 귀족들의

주요한 재산의 척도를 이루다시피 하였다. (진단학회, 『한국사·고대편』)

　특히 전쟁 때의 포로 또는 피정복민이 노예가 된 전쟁 노예는 삼국시대에 가장 중요한 노비 공급원이었으며, 이들은 국가 기관이거나 전공(戰功)이 있는 장신(將臣) 등에게 분배되었으니 이미 공노비와 사노비의 구분이 있었다고 한다. 그리고 이들이 농경을 포함한 생산 노동을 담당했다는 데는 모두 동의하지만, 다만 그들의 신분을 노예로 한 것이 아니라 이에 준하는 하호 예민으로 편속 시켰다는 앞에서의 견해도 있었다. 그러나 전쟁포로 및 피정복민이 노예로 들어갔든, 예민 하호로 들어갔든 간에, 남의 나라에 붙들려 형편없는 신분으로 떨어진 사람이 그렇게 수용된 상황을 다행으로 여겨 기뻐하였을 것이란 설정은 납득이 어렵다. 빚진 것을 갚을 길이 없어 노예가 된 채무 노예, 또 어떠한 죄를 짓고서 노예가 된 형벌 노예 등의 경우도 하나같이 신세 전락의 불행한 정황에 빠져 버린 것이기에, 그것을 다행한 수용으로 받아들였다고 보기에는 무리가 있다.

　다만 이런 경우라면 혹 문제는 달라질 수도 있다. 토지를 잃고 유인(流人)으로 전락한 농민이 대가로부터 수용되어 일정 경작지를 부여 받아 살 터전을 얻게 되었을 경우 그 수용을 다행으로 여기고 은혜에 감복할 만하다. 또는 주인공이 어떤 일로 중죄인이 되어서 평생 감옥에 갇힐 운명이거나 죽을 마당에 이르렀다고 하자. 그렇게 절망적인 암담한 상황에 빠졌을 때 어떤 고관 또는 대가 출신의 사람이 있어 그의 직권으로 속절없이 사형이거나 수감 당할 일을 면하게 해주면서 자신의 노예로 거둔다고 가정해 본다. 그러면 이 주인공은 배경담에 나타난 대로 '수용된 것을 마음 속 깊은 데서부터 다행으로 여김(深以收用爲幸)'과 동시에, 주인이 자기를 살려 준 은혜에 감격하여 '죽기로써 힘쓰고(以死自效)', '몸이 재가 될망정 감히 마다하지 않을(雖至於灰燼 所不敢辭)' 이유가 충만할 수 있으리라 한다. 특히 그 일이 고구려에 아직 감옥이란 것이 생겨나기 이전의 사형 판정만이 존재하던 초기 사회 안에서 일어난 것일 경우, 그 다행한 감정하며 그에 따른 충성심은 절대적이랄 수밖에 없는 것이다.

주인공은 그의 상전을 위해 죽을 각오로써 보답하겠다는 뜻을 나무에 비유해서 노래하였다. 대관절 그는 자기의 상전을 위해 어떠한 일을 하던 사람이었을까? 그가 노예였다면 더 이를 나위도 없으려니와, 설령 노예 아닌 하호에 속해 있던 인물이었다 할지라도 그가 주인을 위해 힘썼던 일을 반드시 농경에 한정시켜 생각할 필요는 없겠다. 기본적으로는 대가 또는 호민의 토지에 매인 경작자의 노릇이었겠지만, 이러한 당연한 의무 외에도 여러 형태의 노동력 제공이 마저 있었다. 앞서 『삼국지』의 기록에도 보이듯이 멀리서 양곡이나 생선·소금 같은 것을 운반해 주는 등의 부수적인 역할도 상당량 수행했을 것이다. 그러한 임무 중에는 땔감을 위해 나무를 해 오는 일도 있었으리라 추측된다.

그런데 고전 문학사에 있어 작자가 자신의 충성스런 뜻을 나무에다 비유시킨 문학의 일례는 하필 여기 〈연양가〉에서만 보이는 것은 아니다. 향가 〈원가(怨歌)〉의 배경설화 안에서는 효성왕이 아직 왕이 되기 전 신충(信忠)과 함께 있을 적에 장차 왕이 되면 신충을 잊지 않고 높이 기용하리라 하며 그것을 잣나무에 대고 맹세하겠다는 내용이 있다. 임금이 신하에 대한 의리를 잣나무에 비유한 일례라 볼 수 있다.

고려 충숙왕 조에 채홍철(蔡洪哲)이 먼 섬에 유배되어 갔을 때 덕릉(德陵)을 사모하여 지었더니 왕이 그 노래를 듣고 그날로 소환했다는 〈동백목(冬栢木)〉은 가사가 전하지 않지만, 암만해도 임금에 대한 절조를 동백나무에 비겨 노래한 것임에 거의 틀림없다.

또 조선 세조 때 사육신의 한 사람인 성삼문의 시조,

이몸이 주거가셔 무어시 될고ᄒ니
봉래산 제일봉에 낙락장송 되야이셔
백설이 만건곤홀제 독야청청ᄒ리라

에서는 자신의 임금 향한 일편단심을 낙락장송(落落長松), 가지 길게 늘어지고 키가 큰 소나무에 비하였다. 신하의 임금을 위한 지조가 나무에 비겨진 일례이다.

〈연양가〉에서도 그 비유한 것이 비록 나무라 했지만, 이는 살아있는 자연의 생목(生木)이 아니라 불을 지피기 위한 나무, 말하자면 화목(火木)이다. 관상(觀相)하면서 관념(觀念)하는 나무가 아닌 생활 속 실용의 나무이다. 그리하여 이제 땔나무 장작에 비유시킨 이 대목을 통해서 연상되는 바가 없지 않다. 곧 주인공은 평상시에 땔나무를 가까이 접하고 살아가던 사람일 것이란 추측이 가능하다. 마치 고려가요 〈사모곡〉에서 아버님과 어머님의 사랑이 호미와 낫 같은 농경 기구로 비유된 점으로 노래의 배경 및 창작의 주체가 농경사회 속 농경민임을 엿볼 수 있는 것과 다를 바 없는 이치이다. 〈연양가〉의 주인공 역시 아마도 땔감을 지고 날라다가 주인을 위해 그것을 때어 취사(炊事)나 난방(煖房)하는 등의 일에 종사했던 종이거나 하호일지도 모른다.

고구려 당시의 하호거나 종이 과연 이 같은 일도 맡아 했는지 증거로 삼을만한 기록을 찾기는 어렵다. 그럼에도 불구하고, 비록 시대는 떨어져 있지만 고려시대의 농민이거나 천민과 관련된 당시의 사회 현상이 삼국시대와 견주어 큰 차이가 없다는 점은 활용해볼 나위가 있다. 따라서 고려시대에 호족에 투탁(投託)한 전호(佃戶) 내지는 노비의 양상도 이와 크게 다르지 않으매 거슬러 얼마만큼 삼국시대 당년의 상황까지 미루어 짐작할 만한 국면이 없지 않다. 이때 호족은 고구려 때의 대가와 다를 바 없고, 농민 출신으로 호족에 투탁한 전호는 고구려 때의 하호의 위치에 해당한다. 노비의 체재도 거의 다를 것이 없고, 다만 절에 소속된 사노비

(寺奴婢) 및 상전과는 같은 공간에 살지 않은 채 농사를 짓는 외거 노비(外居奴婢)가 있다는 점 등의 변모가 보일 뿐이다.

여기서 특별히 주목되는 바는 개인에게 속해 있는 사노비(私奴婢)의 하는 일을 예시한 것이다. 그것이 다름 아닌 밥 짓는 일과 나무하는 일 등이었다 하니, 공교롭게도 〈연양가〉의 주인공을 노예로 상정했을 경우와 용케 부합된다.

한편 〈연양가〉 배경담 후반의 "比之於木曰" 이하 부분은 암만해도 그 메시지 내용이 애오라지 유실된 가사의 일부 또는 상당부를 가늠케 하는 소지를 마련해준다.

木之資火	나무가 불을 지피우려면
必有戕賊之禍	필경 날 없애는 불행이 따르는 법
然深以收用爲幸	그러나 거두어 쓰인 것 얼마나 다행이랴
雖至於灰燼	비록 타고남은 재가 될망정
所不敢辭也	감히 마다할 길 없겠네

앞서 주인공 신분에 대한 뉘앙스가 상하 간에 각기 달랐을망정, 또 이것이 그 이면에 자조(自嘲)를 담고 있다는 해석도 없지는 않았지만, 최소한 배경담이 나타낸바 "죽기로써 힘썼다(以死自效)"는 메시지를 통해 궁극적으로는 아랫사람이 자기 상전에 대한 충의를 나타낸 노래란 사실 만큼 부정되기 어렵다. 따라서 〈연양가〉는 배경담 문면에 나타난 그대로 주인공이 수용된 것을 깊이 다행으로 여기고, 상전을 위해 죽기로써 보답하기를 저 땔감과도 같이 하여 자신을 희생하겠노라 스스로 다짐한 충심 서약의 노래로서 순리적이다.

덧붙여, 원래 노동의 괴로움을 달래보기 위한 노동요였던 것이 지배층 단위에서 충성의 메시지로 변개시켰을 가능성 제안도 없지 않았다. 그러나 『고려사』 악지 전체 서술 안에서는 그같은 봉건적 지배 논리로 합리화를 꾀한다거나 또는 그에 유리한 쪽으로 변개하거나 호도한 흔적이 발견되지 않는다. 오히려 악지는 자식이 부모에 대한 원망, 아내가 남편에 대한 풍자, 신하가 임금에 대한 울분, 또 피지배자 계층이 지배자 계층에 대한 원망 등 인간관계 갈등과 알력의 다양한 내용들을 별반 꺼림 없이 표현해내고 있고, 혹은 나름대로 불합리해 보이는 것을 지적해내는 서술조차 가하고 있다. 이러한 악지에서 상전에 대한 원망이거나 신세 한탄의 메시지를 굳이 지배적 이념에 맞추기 위해 인위적인 개변을 꾀할 이유를 찾기 어려운 것이다. 다만 이것이 노동요일 가능성에 대한 여운은 남겨두고자 한다.

6

내원성가 來遠城歌

고구려 군대의 드높은 기상

延陽府延山

延陽有爲人所收用者以死自效比之於木
日木之資火必有戕賊之禍然深以收用爲
幸雖至於灰燼所不辭也

來遠城

來遠城在靜州即水中之地狄人來投置之
於此名其城曰來遠歌以紀之

『고려사』 악지에 소개된 〈내원성가〉 배경담

『고려사(高麗史)』권71 악지의 속악 조에는 가사가 전해지지 않은 고구려 노래가 세 편 있다. 배경담 만을 전해 주니, 이 중 〈명주가(溟州歌)〉 배경담은 인간 중심에서는 남녀 애정이요, 이야기 속 물고기를 기준으로 한다면 보은 주제의 설화이다. 또한 옛 고구려 신분계층의 경제 정황을 엿볼 수 있는 〈연양가(延陽歌)〉 배경담이 다른 하나였고, 마지막에 군사 관련 노래 고구려 군대가 북쪽 오랑캐군과 대치한 상황 속의 이야기를 담은 〈내원성(來遠城)〉 배경담이 있었다. 그런데 그 내용은 〈연양가〉의 그것보다 더 간단하였다.

　　來遠城 在靜州 卽水中之地 狄人來投 置之於此 名其城曰來遠 歌以紀之.
　　내원성(來遠城)은 정주(靜州)에 있었으니, 곧 물 중간에 있는 터전이다. 적인(狄人)이 투항해 오면 여기에 두도록 하였으매 성 이름을 내원(來遠)이라 했고, 노래로써 그것을 기념한 것이다.

노래가 전해지지 않음은 고사하고, 배경담이라고 설명해놓은 내용조차 고작 29자에 불과한 이 최단(最短)의 메시지를 가지고서 노래의 진상을 규명한다는 것은 사실상 무리해 보인다. 그렇다고 하여 단지 3편뿐이라 희귀하기 짝이 없는 고구려 속악의 하나인 이 작품에 대해 언제까지고 존재나 알리는 정도의 언급만으로 안주할 순 없는 노릇이다. 그나마 소개 차원에서 진일보한 단평(短評)이라도 만날 수 있다면 크게 반가운 일이 된다. 이를테면 이가원이『한국한문학사』에서,

　　정주는 지금 의주(義州)의 속에 든 고을이다. 귀화하는 적인(狄人)을 수용하고 먼 곳 사람을 오게 하였다는 뜻으로 성의 이름을 '내원'이라 하여 공적을 노래한 것이다. 그러면 이 〈내원성〉에서 강국인 수(隋)에는 반항했으나 약족(弱族)인 적(狄)에게는 대국의 금도(襟度)를 보였으며, …

라고 하여 대부분의 문학사 및 문학론 서술이 답습해 오던 단순 소개 양상을 새롭게 넘어섰다. 그리고 조동일의 『한국문학통사』에 와서야 그 평석의 부피가 조금 더 늘어난다.

> 정주는 압록강변의 고을이고, '물'은 압록강이다. 그곳은 통일신라의 영토는 아니었으니, 이 노래는 고구려 때 이미 궁중악으로 채택된 다음 통일신라로 전해졌다고 보는 편이 순리이다. 원래는 군사들이 지어 부른 민요였겠는데 나라의 위엄을 자랑하는 데 소용되기 때문에 무력시위의 행렬 음악에 편입되지 않았던가 상상해 본다. 그런데 오랑캐 정벌을 자랑하기보다 오랑캐가 귀순해 오는 것을 기념했으니, 싸우지 않고 이기는 것이 가장 큰 승리라는 생각을 나타냈다고 보아도 좋다.

이밖에는 암만 모색해 보아도 〈내원성〉에 관하여 더 이상의 설명을 기대하기 어렵다. 하물며 이 29자를 유의하여 보면 그 내용에서 문학적인 단서가 될 만한 것은 없다. 다만 다소 미흡하더라도 얼마간이나마 좀 더 논급 가능한 국면이 있다면 이 배경담 안에 있는 역사 고증적 사항 몇 가지가 되겠다. 곧 '來遠城'과 '靜州'의 지소(地所) 및 '狄人'의 존재 등이 그것인데, 바로 이 어휘들이야말로 〈내원성〉 노래의 성격 파악을 위해 한두 발걸음이라도 더 옮겨볼 만한 실오라기 같은 단서라 하겠다.

『고려사』 악지에서는 내원성이 정주(靜州)에 있는 고구려의 성이라 하였지만, 정작 『삼국사기』의 고구려본기를 비롯하여 이 책의 그 어느 곳에도 이 지소를 찾아 볼 방도는 없다. 대신, 내원성의 명칭과 존재는 『고려사』와 『고려사절요(高麗史節要)』 안에서 빈도 높게 출현하고 『요사(遼史)』에도 몇몇 나타나 있다. 고려시대에 내원성을 중심한 사료들은 정작 고구려 당년의 내원성 파악에 직접성은 없지만 간접적인 이해에 뒷받침이 될 만하다. 따라서 고려조에 있었던 내원성 중심의 사실들을 위의 두 책과 『요사』・『신증동국여지승람』 등에서 포괄 종합한 결과 내원성은 바로 이 정주의 경내에 있던 성이요, 정주는 의주(義州)의 남쪽 25리에 있다 했으니, 내원성 역시 의주에서 그다지 먼 곳에 있지 않음을 알겠다.

　또한 내원성은 수중지지(水中之地) 곧 물 가운데에 있는 땅이라 했는데, 이는 다시 말해 섬을 의미한다. 동시에 그 도명(島名)은 『고려사절요』가 내원성의 소재를 상세히 기록해 놓은 바에, 압록강 어귀에 있는 '검동도(黔同島)'임이 판명된다. 또한, 물 가운데 땅에서의 그 물이란 당연히 압록강을 뜻한다. 실제로 검동도는 압록강의 물 흐름 안에서 상당한 요로(要路)의 구실을 했음을 『신증동국여지승람』 권53 〈의주목(義州牧)〉 '산천(山川)'조에서 금세 확인해 볼 수 있다.

　黔同島 在州西十五里 周十五里 鴨綠江到此分三派 兩島在二洲間 有三氏梁 凡渡江者必由島北 赴京使臣入朝之路.

　검동도(黔同島) : 주(州)에서 서쪽으로 15리 떨어져 있는데, 둘레가 15리이다. 압록강이 여기에 이르러서 세 갈래로 나뉘는데 두 섬이 두 모래톱 사이에 있으며, 삼씨량(三氏梁)이 있다. 무릇 강을 건너는 사람들은 반드시 이 섬의 북단을 거치는데, 중국의 수도로 들어가는 사신이 입조(入朝)하던 길이기도 하다.

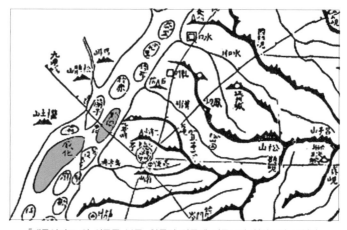

『대동여지도』의 의주군 부근. 압록강 하류에 검동도와 위화도가 보인다.

위에서 검동도가 의주의 서쪽 15리에 있다고 했으니, 앞서 의주의 남쪽 25리에 있다던 정주와 더불어 의주·정주·검동도 3자 사이의 지리적 위상이 그려진다.

　그리고 이제 그 내원성이 서 있던 검동도. 같은 〈의주목〉 '산천' 조의 다음 설명들은 이것의 이해에 조금 더 도움이 될 만하다.

　　鴨綠江 … 水色以鴨頭故名之 一西流爲西江 一從中流名 曰小西江 至黔同島 得合爲一 至水青梁 又分二派 一西流與狄江合 一南流爲大江 遶威化島至暗林串 ….
　　압록강(鴨綠江) : … 그 물빛이 오리의 머리같이 푸르렀기에 이렇게 이름 지었다. 하나는 서쪽으로 흘러서 서강(西江)이 되고, 하나는 가운데로 흐르므로 소서강(小西江)이라 하였다. 검동도에 이르러 다시 하나로 합쳤다가 수청량(水青梁)에 이르러 또 두 가닥으로 나뉜다. 하나는 서쪽으로 흘러 적강(狄江)과 합치고, 하나는 남으로 흘러 대강(大江)이 되니, 그것이 위화도를 에워 두르고 암림곶(暗林串)에 이르러서 ….

　압록강의 두 지류인 서강(西江)과 소서강(小西江)이 하나로 합쳐지는 자리가 바로 검동도임을 알려준다. 또한 '산천' 조의 '위화도(威化島)'에 보면,

　　威化島 在黔同島之下 周四十里 兩島之間 有鴨綠江支流隔焉 … 上三島 其地俱沃饒民多耕墾 天順五年辛巳 農民爲建州衛野人所虜 自後官禁耕墾.
　　위화도(威化島) : 검동도의 아래에 있는데, 둘레가 40리이다. 검동도와 위화도 두 섬 사이를 압록강의 지류가 가로막고 있다. … 위의 세 섬[어역도(於亦島)·검동도·위화도]들은 땅들이 모두 비옥하므로 백성들이 많이 경간(耕墾)하였는데, 천순 5년 신사년에 농민들이 건주위(建州衛)의 야인(野人)에게 잡혀간 뒤로는 관에서 경작을 금하였다.

검동도를 포함한 이 곳 삼도(三島)의 땅이 모두 비옥해서 경작하고 개간하기

좋았다는 것이다. 한편 섬의 크기에서 위화도의 둘레 40리에 비해 내원성이 들어서 있는 검동도는 그 둘레가 25리에 지나지 않으매 내원성 또한 별반 큰 규모는 아님을 짐작해 볼 수 있다.

『세종실록』 지리지 평안도 〈의주목(義州牧)〉에도 이 섬이 소개되는데, '검동도(黔同島)' 대신 '검동도(儉同島)'로 표기하였다. 그리하여 이 기록을 통해서 나중 시대에는 이곳이 의주 내의 열 군데 관문 가운데 한 개 처소 역할을 담당했음도 확인할 수 있다.

바로 이 의주 남쪽 25리에 있는 옛 고구려 정주 경내 검동도 안의 내원성에다 투항해 온 적인(狄人)을 두었다고 『고려사』는 적고 있다. 대관절 이 적인이란 어떠한 존재를 말하는지 단지 이 어휘 하나 만으로는 그것을 밝히는 일이 막연하기 그지없다. 큰 자전인 『중문대사전』에 풀이된 바 '적(狄)'은 호인(胡人), 북방의 교화를 입지 못한 민족(北方化外之民)이라 했고, '적인(狄人)'은 북방의 야만인(北方之野蠻人)으로 설명했다. 그리고 '북적(北狄)'을 찾으면 북방의 이민족(北方之異族)이라고 했다. 무릇 중국 북편에 있던 이민족은 어느 한 가지 종족만이 아니라 시대적으로 다양한 족속이 성쇠와 흥망을 교대로 했으니, 대개 흉노·선비·거란·유연·돌궐·위구르·여진 등의 유목 민족 일반을 통칭하는 용어인 것이다.

그런데 이 몇 글자 안 되는 〈내원성〉의 배경담이지만 그 안에는 자칫 의미상 혼선을 빚을 수 있는 요인이 없지 않다. 다름 아닌 '적인 내투(狄人來投)'의 내투에 대한 해석이 그것인데, 이는 어쩌면 해석하기에 따라서는 두 가지의 이해 방식이 가능한 대목이다. 곧 적인 내투란 적인이 와서 투항한다는 뜻이지만, 대관절 적인이 어디로 투항해 왔는지, 귀순의 위치 파악이 문제로 남는다.

대개 적인의 투신처는 고구려의 서쪽 내지 서북쪽 경계, 즉 오랑캐족과 연접해 있는 전 지역이 포괄됐으리라 여겨진다. 이때 고구려의 여러 군데 접경을 통해 항복해 온 적인들은 한둘이 아니었겠고, 예상 밖으로 그 숫자가 많아지다 보니 이들을 일괄적으로 수용·관리할 필요에 당하였을 것이다. 그리하여 이들을 한곳에 모아 수용하기 위한 별도의 장소를 생각했을 터인데, 그러한 목적에 따라 선정된 곳이 압록강 하류 정주 경내에 있던 검동도였을 것으로 추정된다. 이제 섬 안에다 새로이 성을 하나 축조하여 북방 먼 곳[遠]에서 투항해 온[來] 적인들을 치수(置收)하였고, 그 결과에 성의 이름 내원(來遠)이 지어졌다. 배경담에 "그들을 여기에 두었으니, 그 성을 이름하여 내원이라 했다(置之於此 名其城曰來遠)"고 한 기록의 내막과 경위가 이와 같다고 본다.

그렇게 새로 성을 축조하고 원방(遠方)의 적인들을 수용한 다음, 성 이름까지 완수하고 난 고구려 사람들의 심사를 짐작하기 어렵지 않다. 적어도 북방의 오랑캐가 투항 또는 망명해 올 정도로 나라의 기반이 굳건해졌다는 믿음과 자부심을 느꼈을 테고, 이제 귀순자 수용소와 같은 구체적인 과업까지 치루고 난 당사자들은 만족과 기쁨에 젖었으리니, 바야흐로 그같은 공동체적인 감정은 드디어 노래로 표출되었다. 배경담에 적은 바 "노래 불러 기념하였다(歌以紀之)"의 내막과 경위가 이런 데에 있다고 본다.

그러면 고구려가 귀부(歸附)해 온 북적인들을 수치(收置)하기 위한 내원성을 구축하고 노래를 불렀다던 그때가 언제쯤인가? 더 이상의 내원성 관련 기사를 찾을 수가 없는 마당에 고구려 흥망의 역사 700년 가운데 그 시기를 짚어낸다는 일 자체가 막연하기 그지없는 일이다. 형편이 그러할 뿐이지만, 다만 그 700년이라는 시간의 폭을 약간이라도 줄여 가늠해 볼 길이 전무하지 만은 않을 듯싶다. 이를 테면 적어도 고구려의 1대 동명왕이나 2대 유리왕 때는 물론, 이후로도 한 동안은 압록강 하류의 의주 부근 땅이 아직 고구려 영역 안에 들지 않은 듯하다. 예컨대 『삼국지』 위서 〈오환선비동이전(烏丸鮮卑東夷傳)〉 '고구려'조를 참조할 만하다.

宮死 子伯固立 順桓之間 復犯遼東 寇新安居鄕 又攻西安平 于道上殺帶方
令 略得樂浪太守妻子.

　궁(宮)[고구려 6대 태조대왕]이 죽고, 아들 백고(伯固)[고구려 8대 신대왕]가 즉
위하였다. 그는 순제(順帝)와 환제(桓帝) 사이에 또다시 요동을 침범하고 신안(新
安)과 거향(居鄕)을 침구하였다. 또 서안평(西安平)을 공격하였다가 그 길에 대방령
(帶方令)을 죽이고 낙랑 태수의 처자를 빼앗아갔다.

　중국의 입장에서 동이족 고구려를 낮게 보았던 까닭으로 왕호(王號) 대신 이름
을 썼다. 그리고 6대 태조대왕(太祖大王)과 8대 신대왕(新大王) 사이에는 수성(遂成)
이란 이가 왕위에 있었던 바, 7대 차대왕(次大王)이다.

　바로 이 6대 태조대왕 때야말로 고구려가 부족 연맹체에서 고대국가체재로의
중대한 전환을 이룩했다고 보는 것이 일반론이거니와, 이때에 또한 고구려의 요
동 공략이 가장 왕성하게 이루어졌다. 고구려를 둘러싸고 있던 요동군(遼東郡)·
현도군(玄菟郡) 등 중국 군현(郡縣)과의 대립은 아들 신대왕 백고(伯固)의 때에도
그 형상이 계속되었음을 볼 수 있다. 순제는 후한 제8대 임금이고 환제는 11대
임금이다. 그 사이라 했으니 서기 126년~167년이 된다. 이와 같은 고구려의 중국
군현 침벌(侵伐)의 과정 중에 서안평(西安平) 공격이 나오는데, 바로 여기 서안평의
위치가 고구려의 영역을 짐작하는데 중요한 구실을 한다. 다름 아니라 압록강을
사이에 두고 의주와 마주해 있는 곳이 바로 서안평인 까닭이다.

　고구려의 건국 이래 한 동안 이러한 상황이 계속되었다고 보는데, 지금 이 8대
신대왕(재위 165~179년)의 시대에조차 압록강 하류 일대가 고구려에 접수되지 못
하였음을 엿보아 알 수 있는 것이다. 진단학회 편『한국사·고대편』의 다음과 같
은 글도 그러한 당시의 실정에 대해 요령을 얻은 설명이 되겠다.

신안 거향(新安居鄉)의 위치는 미상(未詳)하나 서안평현(西安平縣)은 지금 압록강 하류의 북지류인 장전 하구(長甸河口)에 있어 고구려와 경(境)을 접하고 있던 요진(要鎭)이었다. 그런즉, 이때 고구려가 이 방면을 맹렬히 공격한 의도는 말할 것도 없이 그 진출구를 이곳에 열려고 함이었다.

이러한 상태는 그 후로도 상당기간 지속하였던 것으로 보인다. 곧 공손씨(公孫氏) 3대가 지배해 오던 요동이 위나라 소유로 돌아간 다음에도 고구려가 공격의 목표로 삼았던 자리는 역시 이 곳 서안평이었다. 『삼국지』와 『삼국사기』에도 고구려의 서안평 공략과 위나라의 출격 사실이 나타나 있다. 그만큼 서안평 진출의 의미가 컸음을 알 수 있다.

그런데 지금까지의 압록강 하류 쪽에 있어서의 경계는 이 강의 한 지류인 지금의 안평하(安平河) 방면에 고정화하여 별로 큰 변동이 없었다. 그래서 이때 고구려는 이 방면으로 출구를 열기 위해 동천왕(東川王) 16년 즉 서기 242년에 장전하(長甸河) 하구에 위치한 위의 서안평현(요동부의 속현)을 공격하기 시작하여 그 후에도 침습을 가하였음이 『삼국사기』에 나타나 있다. 그러므로 최소한 서기 3세기 중반까지는 내원성에서의 적인 수용은 아직 수행되지 않은 일로 보인다. 게다가 이 무렵은 북적과의 대치가 아닌, 중국의 한사군이거나 위(魏)와의 대치 형국 안에 있던 시기였다.

두 말할 나위 없이 내원성의 적인 수용은 압록강 하류를 사이에 두고 각각 위아래로 종단하고 있는 두 군데 요충지인 서안평과 의주가 고구려의 영토로 영입된 이후라야만 가능한 일이 된다. 그런 다음에는 나라 경계 바깥에 대치하고 있는 외족(外族)이 중국이 아닌 북적이라야 함은 물론이다.

그런데 관구검의 침공 이래 얼마 동안은 고구려의 대외 활동 기사를 찾아보기 어렵다. 그런 가운데에 3세기 말엽인 봉상왕 2년(293)에 모처럼 북적 연(燕)의 존재가 기록상에 나타난다. 곧 『삼국사기』의 이 해 추(秋) 8월 조에 의하면 연나라 모용외(慕容廆)가 내침하매 왕이 신성(新城)으로 갔고, 신성 태수인 고호자(高好子)가 모용의 군사를 패퇴시켰다고 하였다.

여기에서 연나라란 다름 아닌 오호(五湖) 선비족 가운데의 한 종족인 모용씨(慕容氏)가 세운 나라 이름이다. 바로 이 연과 고구려의 신성(新城) 싸움을 통해서 대개 이 지역을 경계로 한 양자 사이 대립의 정황을 엿볼 만하다. 하지만 이때도 압록강 하류의 요동부 소속 서안평 쪽은 그 대치하여 있는 상대국이 아직 중국으로 보인다. 다름 아니라 고구려가 미천왕 12년 즉 311년 8월에 "군사를 보내 요동 서안평을 습격하여 취하였다(遣將襲取遼東西安平)"는 『삼국사기』 고구려본기5 〈미천왕〉 12년 추(秋) 8월 조의 기록이 그것을 잘 대변해 준다. 아울러 '습취(襲取)'란 '탈취(奪取)' 즉 빼앗는다는 뜻이니, 그러면 이때 서기 311년에 이르러선 드디어 서안평이 고구려 땅이 되었다는 의미로 이해가 가능해진다. 그리하여 이제 고구려가 서안평 바로 아래에 위치해 있는 압록강 하류의 섬 검동도에 성을 짓고 그곳에다 내투해 오는 적인들을 수용했던 일은 암만해도 이때 311년(미천왕 12년) 이후의 시간대 안에서 가능했을 것으로 사료가 되는 것이다. 이때는 고구려 전체 역사의 절반 쯤에 해당되는 시점이다. 결국 내원성의 적인 수용은 고구려사의 후반기에 있었던 일로 좁혀 생각해 볼 입지를 얻었다고 본다.

단지 고증의 실마리가 없는 마당에 구체적으로 그 정확한 시기를 책정하기란 지금으로서는 가능한 일이 아니다. 또 고구려에 귀순[來投]하여 내원성에 배치된 그 적인들이 구체적으로 어느 종족인지를 구명해 내는 일 또한 막연하다고 밖에 볼 수 없다.

그럼에도 불구하고 추론해 볼 여지조차 전혀 없는 것은 아니다. 곧 고구려가 찾아와 투항하는 북적인들을 받아들여 살게 해주었다는 사실은 상식적으로 볼 때는 약자가 강자를 상대로 한 논리 안에서 가능한 명제는 아니다. 다름 아니라 고구려가 강세에 있었음을 암시해 주는 명제인 것이다.

고구려는 전체 역사를 통해서 많은 북방의 이민족들과 대결하였지만, 그 가운데 고구려에게 가장 부담을 안겨 주었던 상대는 선비족의 한 부류였던 모용씨의 연나라였다. 이들의 힘이 강성할 때는 고구려에서 조공을 바쳐야 할 때도 있었고, 특히 고국원왕 때에는 연왕 모용황(慕容皝)에 의해 미천왕의 묘가 파헤쳐져 그 시신까지 빼앗기고, 환도성이 헐리는 등의 수모를 겪기도 했다. 광개토왕 때에도 신성(新城)과 남소성(南蘇城) 등 요지가 연나라에 넘어간 때(400년)가 있기는 했어도, 고구려의 모용국에 대한 불굴의 투지는 연왕 모용희(慕容熙)의 요동성 정벌을 패퇴(405년)시켰고, 목저성(木底城) 공격을 좌절[406년]시키는 등, 선비족에 대한 투쟁과 극복의 의지가 팽만하였다. 이같은 감투(敢鬪) 정신으로 영토를 확대시켜 나갔던 것이어니와, 바로 내투하는 적인을 받아줄 만한 정도의 분위기 형성은 이 무렵에 이미 갖추어져 있다고 보인다.

예컨대 서기 336년(고국원왕 6년) 정월에는 모용황이 자신의 즉위에 맞선 모용인(慕容仁)을 토벌할 때, 그 휘하의 동수(佟壽)와 곽충(郭充)이 도망하여 고구려로 찾아오자 이들을 받아들인 일이 있었다. 『자치통감』 진기(晉紀) 2년 정월 조의 기록이다. 또 이 책의 4년 5월 곧 338년(고국원왕 8년)에는 역시 모용황을 공격하는 후조(後趙)와 내통한 봉추(封抽), 송황(宋晃), 유홍(游泓) 등이 모용황의 진압을 피해

쌍영총에 그려진 고구려 중장기병의 위용

서 투항해 오자 이를 수용했다고 적고 있다. 또는 343년 2월에 모용황이 우문씨(宇文氏)를 쳐서 산망(散亡)케 했을 때, 그 우두머리인 일두귀(逸豆歸)가 멀리 사막 북쪽으로 숨었다가 결국은 고구려로 도망해 왔던 사건도 있었으니, 『위서(魏書)』의 〈흉노우문막괴(匈奴宇文莫槐)〉 열전에 보인다. 이로써 고구려

가 수용했던 북방 이민족이 생각보다 다양한 양상을 띠었음을 알 수 있다.

4세기 전반까지 전연(前燕)은 모용외(285~333)·모용황(333~348)의 지배 하에서 강성한 세력을 떨쳤던 상황이었고, 이에 고구려가 막대한 부담을 안고 그와 대결했던 것이지만, 4세기 중반 이후 모용수(慕容垂)가 지배하는 후연(後燕) 시대에 들어서면 다소 달라지는 양상을 맞게 된다. 곧 385년 6월에 고구려가 후연의 영토였던 요동과 현도를 장악하여 힘을 과시하였고, 그렇게 빼앗은 것을 같은 해 11월에 다시 빼앗기는 등, 양자가 팽팽한 대립과 각축의 형국을 이루었다. 이같은 와중에서 바로 이 해 385년에 후연의 지배 아래 있던 사람들이 다수 고구려로 내투한 사실도 있어 괄목할 만하다. 『삼국사기』〈고국양왕〉 2년 동(冬) 11월 조 기록이다.

> 初幽冀流民多來投 農以范陽龐淵爲遼東太守 招撫之.
> 처음에 유주와 기주의 유민들이 상당수 고구려로 내투하자, 모용농(慕容農)은 범양(范陽)의 방연(龐淵)을 요동 태수로 삼아 그들을 불러 위무하였다.

이것은 『삼국사기』보다 약 60년 전에 송(宋) 사마광(司馬光)이 편찬한 『자치통감』 (권109, 晉紀28)에 먼저 기록되어 있던 내용이었다.

> 先是 幽冀流民多入高句麗 農以驃騎司馬范陽龐淵爲遼東太守 招撫之.
> 이 일에 앞서 유주와 기주의 유민들이 상당수 고구려로 들어가자, 모용농은 표기 사마인 범양의 방연으로 요동태수를 삼아 그들을 불러 위무토록 하였다.

이는 북방 이민족이 고구려로 집단 내투한 사실이 사서에 나타난 본보기적 사례가 될 만하였다.

바로 다음의 광개토왕 시대에 들어와 서기 400년에 고구려는 연왕 모용성(慕容盛)에 의해 신성(新城)과 남소(南蘇) 두 성을 빼앗기기도 했으나, 401년 모용희(慕容熙)의 즉위 이후에는 선비족의 연나라 군에게 계속적인 낭패를 안겨 주었다. 그러다가 5세기 중반 경에 모용부(慕容部)는 북위(北魏)에 의해 병합되고 만다.

5세기 후반 이후의 고구려의 대립 정세는 중국의 열조(列朝) 중 남북조 때의 북위(北魏) 및 북제(北齊), 그 다음으로 수·당과의 관계가 위주로 되었지만, 이러한 시대적 흐름 안에서 역시 고구려와 연관되었던 북방 호족으로는 유연(柔然)과 돌궐, 그리고 거란이 있었다. 유연족과는 앞 시대 선비족의 경우와 달리 부드러운 외교 관계를 유지하였던 터라 『삼국사기』 안에서도 군사적 충돌의 자취를 전혀 찾아볼 수 없다. 돌궐과의 전쟁도 찾아보기 어렵다. 고작 24대 양원왕 7년(551), 그러니까 돌궐이 유연과 철륵을 격파하고 처음 독립(552)하기 1년 전에 요동의 신성(新城)과 백암성(白巖城)을 치려다가 패전 당하는 일 정도가 『삼국사기』 양원

왕 7년 9월 조 안에 나타나 있을 따름이다. 그들의 입장에선 남북조 열강 및 수·당 등 본토의 강대국을 견제하는 일이 급선무인지라 더욱 그러했을 것이다. 예컨대 『수서(隋書)』 〈양제(煬帝)〉의 607년 기록에는 수양제가 돌궐을 방문했을 때 그곳에 와 있던 고구려 사절에게 고구려왕이 조알(朝謁)하지 않은데 대해 공갈(恐喝)한 기록이 있다. 고구려와 돌궐이 나란히 수나라를 견제하기 위한 우호적인 관계 안에 있었음을 어렵지 않

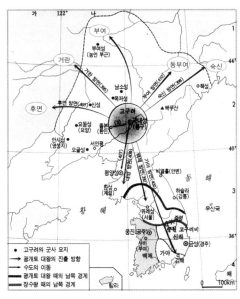

고구려 전성 시대도

게 짐작할 수 있다. 거란이며 말갈은 오히려 고구려의 적수가 되지 못하고 거의 복종 당하는 관계에 있었으니, 전쟁과 그것 뒤의 투항이란 명제가 성립되기는 어려웠다.

그러한 고구려도 어쩔 수 없는 흥망성쇠를 피할 길이 없게 된다. 645년(보장왕 4년)에 당태종에 의해 요동성과 백암성을 뺏겼으나, 압록강 서북쪽 멀리 안시성(安市城)이 아직 고구려의 영토였다. 그 후 667년(보장왕 26년)에 압록강을 공략하는 당나라 고종의 군사를 퇴치하였다고 『삼국사기』에 기록된바 이때까지도 변동이 없었음이 증명된다. 이렇게 내원성의 소재지인 압록강은 고구려가 4세기 초반에 요동 진출의 첫 관문이 되는 압록강 하류 일대 땅을 처음 영입하였던 311년 이래 마지막 멸망의 시간인 668년까지 내내 다른 세력에 의해 빼앗겨 본 일이 없는 영역이었다. 고구려 역사의 후반기에 해당하려니와, 당당한 군사 강국의 역할을 보였던 이 기간 안에 내원성은 정치 혹은 군사 관련 내투자들을 위한 귀순자 마을 또는 수용소의 기능 및 역할 공간으로서 존재했던 것으로 추정된다. 다만 구체적으로 내투한 적인들을 수용하면서 강군(強軍)의 자긍심이 충일한 기쁨을 노래로써 기념했던 그때가 정확히 언제이며, 또 어느 때 그 성의 역할 직능이 끝맺음되었는지 궁구할 길은 없다.

서기 668년(보장왕 27년) 9월, 패망의 바로 전 단계에 당의 이세적(李世勣)에 의해 압록책(鴨綠柵)이 깨지면서 압록강 하류의 검동도며 그 안에 자리하여 적인을 수용해 왔던 그 성도 새로운 역사의 흐름을 타게 되었다. 고구려가 멸망한 뒤 강 유역이 대부분 발해의 영토가 되었으며, 하류 일부는 당나라에 속하게 된 것이다.

7

여수장우중문 與隋將于仲文

을지문덕의 뒤집기 한 수

三國史記卷第四十四

列傳第四
金富軾
宣撰

乙支文德 居柒夫 黑齒夫 金陽
黑齒常之 張保皐 斯多含 金仁問

乙支文德 未詳其世系 資沈鷙有智數 兼解屬文

文帝開皇中 煬帝下詔征高句麗 於是 左翊衛

大將軍宇文述 出扶餘道 右翊衛大將軍于仲

文出樂浪道 與九軍至鴨淥水 文德受王命詣

其營詐降 實欲觀其虛實 述與仲文先奉密旨

若遇王及文德來者 當必執之 文德知之 而其在

遣使詐降 請於述曰 若旋師者 當奉王朝行在

勝功旣高 知足願云止 仲文答書諭之 文德又

文德遺仲文詩曰 神策究天文 妙算窮地理 戰

議遂進 東濟薩水 去平壤城三十里 因山爲營

所述見士卒疲弊 不可復戰 又平壤城險固難

以拔 遂因其詐而還 爲方陣而行 文德出軍

四面鈔擊之 述等且戰且行 至薩水軍半濟文

德進軍擊其後軍 右屯衛將軍辛世雄 於是

諸軍俱潰 不可禁止 九軍將士奔還 一日一夜

『삼국사기』 권44 열전4의 〈을지문덕〉 안에 〈여수장우중문〉 시가 실려 있다.

한얼 이종선 墨의 〈여수장우중문〉

고구려는 삼국 중에서 가장 먼저 창업하였거니와, 삼국 역사 전반을 비교해 보았을 때 정치·군사 면에서 융성을 보였고, 종교·제도 면에서도 선진(先進)하여 아무런 손색이 없었다.

문화 또한 건실하였으니, 벽화·고분·비문·음악 등 다양한 분야에서 두루 특색을 발휘하였다. 그런 중에 이제 하필 학문이나 문학 분야에서만이 유독 타분야에 못미칠만한 빌미도 하등 없었다. 그렇기는커녕 오히려 저 중국의 역사서『주서(周書)』(권49 열전41)의 고구려 관련 메시지 중에 보면, "그 나라 안의 책으로는 오경(五經)·삼사(三史)·『삼국지(三國志)』·『진양추(晉陽秋)』 등이 있었다(書籍有五經三史三國志晉陽秋)"라는 증언으로 그 문화적 숙성을 짐작할 수 있다.

특히 역사상 문헌 위에 전하는 공식 최초의 학교 격인 태학의 설립도 고구려의 일이었다. 곧 12세기 중반 고려 인종 조에 편찬된『삼국사기(三國史記)』고구려본기6 소수림왕 2년 조에 보면,

立太學 敎育子弟.
태학을 설립하여 자제들을 교육시켰다.

고 하였다. 서기 372년의 일이다. 태학은 상류계급의 자제들만이 입학할 수 있는 귀족학교로 경학·문학·무예 등을 교육하였다고 한다.

그럼에도 불구하고 기실은 오늘날 고구려의 문학이라고 해야 추려볼 만한 내용은 별반 손에 꼽을 정도에 더 지나지 않는 실정이다. 이러한 사정은 백제도 마찬가지였으니, 이 일에 관해 사유해 보건대 아마도 삼국 통일의 주역이 고구려나 백제였다면 사정은 크게 달라졌을지 모른다는 생각을 떨쳐내기 어렵다.

실제로 오늘날 이 세 나라 가운데 그나마 가장 많은 수의 문화적 유산을 후세에 끼쳐 남긴 쪽은 신라가 아닐까보냐. 최소한 문학에 한정시켜 놓고 보자 해도, 고

識火小裘同異祇正誣纏繹乎博聞之淵藪也又
問勝國以上文獻之無徵公嘆曰唐李勣旣平高句
麗聚東方典籍於平壤忌其文物不讓中朝舉而焚
之新羅之末甄萱據完山輸置三國之遺書及其敗
也蕩爲灰燼此三千年來二大厄也仍出中國東方
紀年兒覽托之日此吾所編纂也學士文人脫略於
名數之辨粗識中朝年代而於 本國則顧茫然不
識此何異不記祖父之年甲者即今見于頗俀聰明
顧修補此書以爲不刊之典不俟謹受而跪編摩凡

이덕무의 〈기년아람서〉. 당나라가 고구려
서적을 평양에서 불태웠다고 하였다.

구려·백제의 그것이 거의 말살되다시피 하였던 사유와 관련하여 조선시대 이덕무(李德懋, 1741~1793)가 『기년아람(紀年兒覽)』의 작자 이만운(李萬運)으로부터 들었다는 내용이 충격을 준다. 『아정유고(雅亭遺稿)』(권3)의 〈기년아람서(紀年兒覽序)〉에 서술한 바 나당 연합군의 고구려 정벌 때에 당나라 장수 이적(李勣)이 이 땅의 문물이 중국보다 뒤지지 않음에 시기하여 평양 도성 안에서 서적을 마구 불살라 태웠다는 것이니, 이 사건의 사실성 판단 안에서 상당한 이유를 발견할 수도 있을 것이다. 여기에 설상가상, 이후 전쟁의 승자 편 입장에서 패전국의 문화 전반에 대한 의도적인 압살의 노력도 없지는 않았을 터이다.

또 더하여, 이덕무가 이만운의 말을 봉록(奉錄)해 놓은 바, "신라 말에 견훤이 완산을 점령했을 시에 삼국의 모든 서적을 태워 재로 만들었다"는 정황도 물리치지 않는다고 한다면, 고구려 500년의 문학적 연총(淵叢)도 이렇고 저러한 연유에 따라 잔멸을 면치 못했다고 하겠다. 그같은 소용돌이를 겪었음에도 요행 수습되어졌던 몇몇 개의 문예적 편린이 있고, 〈여수장우중문(與隋將于仲文)〉 시는 그 가운데 중요한 하나를 장식한다.

그런데 실로 아이러니한 사실이 있으니, 을지문덕의 이 시가 저 고구려 문화 말살의 한 원범이었던 중국 편 역사 기록의 한 갈피에서 발견되었다는 점이다. 다름 아닌 수나라 역사서인 『수서(隋書)』에 실려있었으니, 이 책의 찬록은 수나라가 멸망한 지 19년이 지난 636년의 일이다. 아울러 고구려가 당나라에게 멸망당한 때는 668년이니, 고구려와 수·당 사이에 서로 얽히고설킨 형상이 되어버린 셈이다.

고구려 영양왕 때의 명장 을지문덕이 그 드높은 명성을 후세에 길이 드리울 수 있었던 직접적 계기는 고구려가 당시 수나라와의 항전 중에 이른바 살수대첩이라고 하는 한국 전쟁사에 길이 빛날 위대한 승리의 전쟁에서 찾는다고 하여 조금도 지나친 말이 아닐 것이다.

고구려는 서기 580년 새로 일어난 대국인 수(隋)와 거의 20년 가까운 갈등 관계에서 결국 섬기는 편을 버리고 싸우는 편을 택하였다. 그리하여 서기 598년(영양왕 9년) 고구려와 수나라 사이의 국경 분쟁 내지 수문제(隋文帝)의 원정에 따른 첫 번째 전쟁을 위시해서, 612년, 613년, 614년 모두 네 차례에 걸친 대수(對隋) 항전

『수서(隋書)』 권60 〈우중문〉 열전에 실린 을지문덕의 〈여수장우중문〉

을 치루지 않을 수 없게 되었다.

이 살수대전은 수의 제2차 대침공인 612년 7월의 일로 나타나 있다. 을지문덕의 세칭 〈여수장우중문〉 – '유우수장(遺于隋將)'이라고도 한다 – 은 바로 이 612년의 침략 전쟁이라는 역사적 사건 안에서 이룩되었다고 하였으니, 그 사건의 대체는 『수서』 중의 〈우중문(于仲文)〉 열전을 빌어 상세히 나타나 있다.

이에 전문을 다 끌어올 수는 없거니와, 대신 을지문덕의 해당 시가 인용되는 데까지의 주요한 배경 전말만을 가져오면 이러하다.

　　既而率衆東過 高麗出兵掩襲輜重 仲文廻擊 大破之 至鴨綠水 高麗將乙支文德詐降 來入其營 仲文先奉密旨 若遇高元及文德者 必擒之 至是 文德來 仲文將執之 時尙書右丞劉士龍爲慰撫使 固止之 仲文遂捨文德 尋悔 遣人給文德曰 更有言議 可復來也 文德不從 遂濟 仲文選騎渡水追之 每戰破賊 文德遺仲文詩曰 ….

　　그렇게 무리를 끌고 동으로 넘어오는데, 고구려가 출병하여 군수품을 엄습하자 우중문(于仲文)은 돌아 공격하면서 크게 쳐부수었다. 압록강에 이르렀을 때 고구려 장수 을지문덕(乙支文德)이 거짓으로 항복하여 그의 군영에 들어오기로 했다. 중문이 먼저 밀지를 받들어 보니, 고원(高元)과 을지문덕을 만나거든 반드시 잡으라는 내용이었다. 때가 되어 문덕이 오자 우중문이 막 잡으려 하였는데, 그때 상서우승으로 있는 유사룡(劉士龍)이 달래며 굳이 만류하는 통에 중문은 결국 문덕을 놓아주었다. 그러나 곧 후회하고는 사람을 보내어 문덕에게 전하기를, "거듭 논의할 말이 있으니 다시금 와 주시오" 했지만 문덕이 따르지 않고 결국은 강을 건너갔다. 우중문이 기병을 선발하여 물 건너 추격전을 벌이면서 싸울 때마다 고구려군을 격파하매, 을지문덕이 중문에게 시를 보냈는데 이러하였다 ….

이와 같은 역사 기록 배경의 바로 뒤에 그 유명한 오언시 한 수를 이어 소개함으로써 뒷시대의 한토(韓土)에 그 면모가 전해진 것이다.

神策究天文　　신기로운 계책은 천문에 닿고
妙算窮地理　　묘한 헤아림은 지리에 통하였소.
戰勝功旣高　　한바탕 전승의 공로 훌쩍하시니
知足願云止　　이쯤이면 됐다 하고 멈춰주구려.

　이후에 우리 쪽 문헌인『동문선(東文選)』에도 오언절구(五言絕句) 첫 자리에 〈증수대장군우중문(贈隋大將軍于仲文)〉이라는 표제와 함께 이 시를 소개하고 있다. 첫째 구와 둘째 구가 교묘한 대구를 이루고 있지만, 기실『한국한문학사』의 저자인 문선규도 고구해 낸 바와 같이 평측법 상으로는 당나라 이후에 생겨난 오언절구 근체시가 아닌 그 이전 형식의 오언고시(五言古詩)에 해당한다.

　을지문덕의 거짓 항복이 하나의 작전이었듯이, 우중문이 기병으로 압록강을 건너서 고구려 군대를 연전 연파한 것도 실은 문덕이 그 30만 5천 명의 수군을 우리 진영 깊숙이 유도하여 군력을 소모케 하기 위한 궤계 전술에 지나지 않았다는 것이다. 이렇게 하여 결국 평양성 밖 30리 지점까지 유인해 들였던 사실을 『수서』〈우문술(宇文述)〉 열전의 또 다른 부분을 통하여 알 수 있거니와, 바로 이 시점에서 을지문덕이 우중문에게 그 시를 전한 것이다. 짐작건대 진단학회 편의 『한국사』에서도 언명한 바와 같이 "적을 이렇게까지 끌어들이는데 성공한 문덕은 한번 점잖게 적장을 시험해 보려고" 한 저의가 필경 깔려 있었을 터이다. 그것은 이 시를 받아 본 "우중문이 뒤미처 을지문덕에게 답서를 보내 달랬으나 문덕이 오히려 울짱을 불사르고 숨어버렸다(仲文答書諭之 文德燒柵而遁)"는 『수서』〈우중문〉 열전의 기록으로도 알 수 있다. 그 때에 수나라 군대 수뇌부에서는 식량 등 물자 부족을 이유로 환국을 제안하는 우문술과, 계속 공격하여 공로를 세우자는 우중문 사이에 격앙된 의견대립마저 일어났다.

　한편 을지문덕은 우중문에 대한 우롱만으로 그치지 아니하고 거듭하여 이번에는 우문술 앞으로 거짓 항서(降書)를 보내었다. 그렇잖아도 군사가 피폐되고 험고(險固)한 평양성을 쳐부수기 벅찬 것을 안 수나라 군대는 거짓 항복임을 알았지만, 그것을 빙자하여 철수에 들어갔다. 이제 문덕의 군대는 수나라 군의 뒤를 계속하여 몰아쳐 갔으니, 급기야는 수군이 살수 한 중간을 건널 때를 노렸다가 배후에서 집중적인 공세를 가하였다. 결과, 처음 30만이 넘는 대병이었으나 이때 생존해 돌아간 숫자가 고작 2,700명에서 지나지 않았다 한다.

이렇게 중국 쪽에서는 치욕스럽기 짝이 없는 이 치명적인 사실을 자신들의 사록에 있는 그대로 밝히고 있다. 『수서』권61 열전26 〈우문술〉의 기록이다.

初渡遼九軍三十萬五千人 及還至遼東城 唯二千七百人 帝大怒 以述等屬吏 至東都 除名爲民.

처음에 요동을 건넜던 전체 군사는 30만 5천 명이었는데 급기야 요동성으로 돌아왔을 때는 고작 2천 7백 명뿐이었다. 황제는 크게 노하여 우문술 등을 이관(吏官)에 배치시키었고, 황궁에 이르자 제명하여 평민을 만들었다.

용산 전쟁기념관에 소장된 을지문덕의 초상과 살수대첩도

김부식도『수서』에 기술된 수나라와 고구려의 612년도 전쟁을『삼국사기』고구려본기 영양왕 23년 조에 고스란히 옮겨 놓았거니와, 거의 위의 내용 그대로를 취해다가 기록하였다.

> 初九軍到遼 凡三十萬五千 及還至遼東城 唯二千七百人 資儲器械巨萬計 失亡蕩盡 帝大怒 鎖繫述等 癸卯引還.
>
> 처음에 수나라 모든 군대가 요동성을 출발할 때는 30만 5천 명이었는데, 퇴환하여 요동성에 이르렀을 때는 겨우 이천 칠백 명이었고, 수만을 헤아렸던 모든 기계도 다 사라져 탕진되고 말았다. 이에 수양제는 우문술 등을 쇠사슬로 묶은 채 군사를 이끌고 계묘년에 돌아갔다.

살수대첩, 살수의 큰 승리란 말 그대로 전쟁사에 길이 이름을 남기게 된 것이다.
이 전쟁의 뒤에 우문술은 이듬해 다시 수양제에 의해 복직되어 처음과 같은 대우를 받았다고 한다. 그러나 모든 장군들이 그 패전의 원인을 온통 우중문에게 책임 지우는 바람에, 다른 장수들은 다 풀려났음에도 유독 그만이 잡혀 들어갔다. 이에 우중문이 울화로 병이 나 위태한 지경에 들어서자 놓여나 향리 귀환하여 68세의 생을 마치었다던 후일담이 〈우중문〉 열전에 기록되어 있다.

한편 바로 이 전쟁 곧 수나라 2차 침공의 최종 단계에 살수 대전을 기록한 이 역사적 사실은 〈우중문〉 열전 및 〈우문술〉 열전에서 뿐 아니라, 같은『수서』권81 열전46 동이(東夷) 〈고려(高麗)〉 - 고구려를 말한다 - 의 안에서도 유루되지 않았다. 그런데 흥미로운 것은 이 침략의 초기 단계에 113만여 대병이 요동성을 포위한 상황과 회군까지만 기록을 해놓았다는 사실이다.

煬帝嗣位 天下全盛 高昌王 突厥啓人可汗並親詣闕貢獻 於是徵元入朝 元懼藩禮頗闕 大業七年 帝將討元之罪 車駕渡遼水 上營於遼東城 分道出師 各頓兵於其城下 高麗率兵出拒 戰多不利 於是皆嬰城固守 帝令諸軍攻之 又勅諸將 高麗若降者 卽宜撫納 不得縱兵 城將陷 賊輒言請降 諸將奉旨不敢赴機 先令馳奏 比報至 賊守禦亦備 隨出拒戰 如此者再三 帝不悟 由是食盡師老 轉輸不繼 諸軍多敗績 於是班師 是行也 唯於遼水西拔賊武厲邏 置遼東郡及通定鎭而還.

양제(煬帝)가 왕위를 계승하자 천하가 모두 융성하여 고창왕(高昌王), 돌궐계인 가한(可汗)들 모두가 친히 대궐에 찾아와 조공을 바쳤다. 이에 원(元)을 불러 조정에 들어오라 했더니, 원은 외방 신하의 예를 엉성하게 한 것을 두렵게 여겼다. 대업 7년 (611년)에 양제는 바야흐로 원의 죄를 벌하고자 수레로 요수를 건너 요동성에다 진영을 치고 여러 길로 군사를 내어 각각 성 밑에 주둔시켰다. 이때 고구려에서도 군사를 내어 나와 막았으나, 전세가 이롭지 못했으므로 모두 성 안에서 굳게 지키고 있었다. 이에 황제는 전군에 명하여 공격하게 하는 한편, 또 여러 장수들에게 조서를 내리되 고구려 군사들이 만일 항복하거든 곧 무마해서 받아들이지, 맘대로 공격하지 못하게 하였다. 성이 장차 함락하게 될 즈음 적들이 갑자기 항복하기를 청하였다. 여러 장수 들은 황제의 뜻을 받들어야 했기에 맘대로 할 수가 없어서 먼저 사람을 시켜 황제에게 보고했다. 이 보고가 도착했을 때 적들은 여전히 수비를 갖추어 수시로 나와 막기를 두세 차례나 했지만 황제는 그래도 그들의 속셈을 알아채지 못하였다. 인하여 먹을 것이 바닥나고 군사들도 지쳤으며 보급품은 끊어지니 군사들이 견디지 못해 하는 수 없이 회군하고 말았다. 이 싸움에 얻은 것은 오직 요수 서쪽에서 적의 무려라(武厲 邏)를 함락시켜 요동군(遼東郡)과 통정진(通定鎭)을 세우고 돌아온 것 뿐이었다.

고구려의 거짓 항복 전술에 속은 것을 스스로 미화시켰을 뿐 아니라, 회군의 뒤에 바로 이어지는 30만 5천의 별동대(別動隊) 남하 내지 대업 8년(612) 7월의 살수 대전의 상황은 전면 생략되었다는 사실이 주목된다. 결국 이것은 일부러 삭 제했다고 밖에는 달리 보아 줄 방도가 없으니, 다름 아닌 대국 중화인이 소위 동이에 대한 우위적 자존심 문제가 개입되었을 가능성이 높다. 마치 다음 시대의 당태종이 고구려를 정벌하러 왔다가 안시성의 저항을 꺾지 못하고 급기야는 퇴군했던 일을 자기네 사서(史書)에다 명료히 밝히지 않은 채 얼버무렸던 경우와 크게 다를 바 없다고 하겠다.

여하튼 을지문덕의 이 쾌거 및 그의 문학적 능력이 피해 당사자인 중국을 위하여는 오히려 이득은커녕 치욕일 수밖에 없음에도 불구하고, 그래도 열전의 한 모퉁이 항목을 통해나마 말살되지 않은 채 반반한 자취가 나타난 것으로 보아 달리 의심 없이 신빙해도 무방할 것으로 본다. 그리하여 고려의 『삼국사기』에서도 을지문덕이 "슬기로운 꾀가 있는데다 겸하여 글을 잘 지었다(有智數 兼解屬文)"는 내용과 더불어, 영양왕 당시의 이 사건을 사실(史實) 차원의 기록으로 놓치지 않았던 것이다.

그런데도 웬일로 조선시대 광해조 때의 교산 허균(許筠, 1569~1618)은 을지문덕의 이 작품, 우중문에게 주었다는 오언시가 진정 을지문덕의 창작인지 의심스럽다고 하였다.

> 吾東僻在海隅 唐以上 文獻邈如 雖乙支眞德之詩 彙在史家 不敢信其果出於其手也.
> 우리나라는 외따로 바다 모퉁이에 있으니 당나라 이상의 문헌은 까마득하기만 하다. 비록 을지문덕과 진덕여왕의 시가 역사가의 글에 함께 실려 모아져 있으나, 그것이 과연 당사자들 손에서 나온 것인지는 감히 믿을 수 없다.

『성소부부고(惺所覆瓿藁)』 권10 소수(所收)의 〈답이생서(答李生書)〉에서 허균이 한 말이다. 하지만 이 의심의 근거를 어디에다 둔 것인지는 따로 언급이 없어 종당 알기 어렵다.

答李生書

辱惠書謂以不朽大業甚盛心也向僕之諭陋何足
以揚攉萬一乎然窃恠生之間不及於先秦漢唐所
所稱大家作者獨辭、吾家是何早論耶吾東儒在
海隅唐以上文獻逸如雖乙支真德之詩棄在史家
不敢信其果出於其手也及羅季孤雲學士始大厥
譽於今觀之菲以弱使在許鄧間亦形
其醜乃欲使威唐爭其工耶厥代如常亦窈一班亦
脫李中穰康者仁先委穢或清武奇陳濬倪促示使
艷於儜不出長公庭內平及至益齋倡始稱牝結胹
囷陶惕為李業名家述
國初三峰陽村獨擅其名。

허균은 『성소부고』에서
을지문덕 시를 의심하였다.

그럼에도 을지문덕의 창작 가능성 여부와 관련하여 이런 점은 어느 정도의 유추가 아주 불가능하지만은 않다.

하나는, 을지문덕이 재세(在世)하던 고구려 7세기에 과연 그와 같은 오언시 양식에 대한 중국으로부터의 전이(轉移) 내지 수용이 이루어져 있었겠는지에 대한 의문 제기이다. 그러나 이 문제가 크게 걸림돌이 될 만한 요인은 아닌 듯하다. 앞서 언급했듯 〈여수장우중문〉 시는 한시 평측(平仄) 형식의 기준에서 보았을 때 금체시(今體詩)로서의 오언절구는 아니었다. 차라리 이것이 수나라 이후인 당나라 때 나타난 금체시 형식을 띠기라도 했다면 갈등 없이 을지문덕 이름을 빌려 지은 위작으로 쉽게 단정해 볼 길 있었을 터이다.

또 하나, 이와 같은 수양제 당시의 사적을 실은 『수서』는 바로 당태종 때 바른말 간언으로 유명한 위징(魏徵, 580~643)이라는 사가(史家)에 의해 쓰인 것이다. 그리고 바로 이 『수서』의 역사 기록에 따를진대 고구려 장수 을지문덕의 오언시 지은 연도는 서기 612년이 될 터인즉, 다름 아닌 위징 생전(33세)의 일에 해당한다. 이렇듯 〈우중문〉 열전 안의 내용은 시대적 현장감이 생생히 살아 있는 기록이라는 점을 끝끝내 잊어서는 안된다. B.C.1세기(B.C.17)의 〈황조가〉를 12세기의 김부식이나 이규보가 언급한 경우와는 차원이 다르다. 그만큼 여기에는 시대적 생동감이 뒷받침되어 있는 것이다.

을지문덕의 살수대첩 및 글솜씨에 대한 사록(史錄)은 앞서 들었듯이 우리 쪽

『삼국사기』 안에 거듭 천명되어 나타났다 했다. 무릇 김부식은 애당초 고구려 편 인물에 대한 선양과 배려 등에 인색을 나타냈다. 『삼국사기』 열전 전체 77명 가운 데 백제 사람은 3명, 고구려 사람은 8명에 더 지나지 않았다는 사실만 보아도 쉽게 수긍할 만하다. 그랬음에도 불구하고, 을지문덕의 이 사적 만큼은 덮어 감추 기를 감행하지 못하였으니 그 위세를 알 만하다.

고구려 시조 주몽의 일대기인 〈동명왕편〉 서사 대작을 남길 정도로 고구려에 대해 편견이 없었던 것으로 보이는 백운(白雲) 이규보(李奎報, 1168~1241)도 수필집 인 『백운소설(白雲小說)』을 빌어 을지문덕이 끼쳐 놓은 이 시에 대해 찬평을 가한 바 있었다.

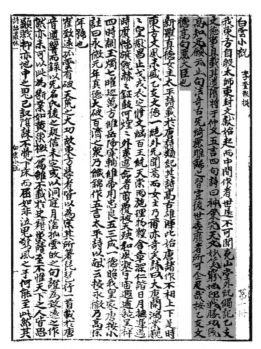

이규보의 『백운소설』 벽두에 있는 을지문덕 시 관련 내용

　　　　堯山堂外記 備記乙支文德事 且載其遺隋將于仲文五言四句詩.
　　　　『요산당외기』에는 을지문덕의 일을 갖춰 기록하고 있으매, 또한 그가 수나라 장
　　수 우중문에게 준 5언 4구 시가 실려 있다.

　　이규보는 이 시를 '유수장우중문(遺隋將于仲文)'으로 칭하였고, 동시에 당연히
을지문덕의 수적(手跡)으로서 인식하고 있음을 짐작할 수 있다.
　　후대 지식인들 간에는 역시 이규보의 생각과 별반 다름이 없었던 양 하였다.
이를테면 도남(陶南) 조윤제(趙潤濟)가 저서인『한국문학사』에서 〈공후인〉이거나
〈황조가〉에 대하여는 의심하였으되, 이것에 관해서는 일말의 의심도 두지 않았다.

　　　　아마도 후세인의 위작이 아니라면 번역시인 듯하니 아직 우리의 논외에 두고,
　　비교적 신빙할 만한 것에는 김후직의 〈간렵문〉이 있고, 을지문덕의 〈여수장우중문
　　시〉가 있다.

　　또 연민(淵民) 이가원(李家源)이 순한(純漢)으로 한국 역대 한시를 순차적으로 평
론한『옥류산장시화(玉溜山莊詩話)』에서,

　　　　抗隋名將乙支文德之遺于仲文詩 爲吾邦五言四句體之始.
　　　　수 항쟁의 명장 을지문덕이 우중문에게 준 시는 우리나라 5언 4구체의 시초가 된다.

라고 한 것이 좋은 일례이다. 또한 문선규(文璇奎)가『한국한문학』에서,

　　　　우리나라에서 오언의 정형시가 어느 때부터 나오게 되었던 것인가에 대해서는
　　명확히 말할 수가 없다. 그러나 소전(所傳)의 오언시를 가지고 생각하면, 7세기의
　　전반기 경에서는 우리 땅에서 오언시가 한창 유행되었다고 말할 수 있다. 오늘날에
　　전해 있는 오언시 중에서 가장 옛것으로는 고구려의 을지문덕이 지은 〈여수장우중
　　문시〉이다.

고 한 언급 등도 모두 이 관계를 사실로서 수용하였던 증좌이다.

다만 작품 자체에 대한 평가에서 만큼 고금 간에 약간의 들고나는 차이가 보이기는 하였다. 이를테면 이규보는 앞서의 『백운소설』에서 〈여수장우중문〉 시에 대해 평설하였으되,

> 句法奇古 無綺麗彫飾之習 豈後世委靡者所可企及哉.
> 구법이 특이하고 옛스러워 곱게 꾸며 붙인 자취가 없으니, 어찌 뒷시대의 기력 없는 이가 꾀해볼 바 있으리오.

칭찬을 아끼지 않았던 것이지만, 오히려 근세에 위당(爲堂) 정인보(鄭寅普) 같은 이는,

> 시로서 그리 우월한지 모르나 너글너글한 맛이 있어 뒤비치는 위무(威武)가 잇는 성시인(盛時人)의 금도는 상상할 수 있다. (『조선어문연구』)

라고 하였고, 조윤제 역시 앞의 인용에서와 같은 본 작품 소개에 뒤이어서

> 모두 문학 작품의 수품(秀品)으로 문학사상에 가히 주옥같은 존재라 할 것이다. 그러나 고대 한문 작품으로는 진덕여왕의 치당태평송(致唐太平頌)에 이르러 정말 한국 한문학의 진가를 나타내었다. (『한국문학사』)

라며 한계를 정하였다. 또한 이가원도 이규보가 찬사를 가한바 '구법이 특이하고 옛스러워 곱게 꾸며 붙인 자취가 없으니'에 대해 그 평가를 더하였다.

> 余觀此詩 若褒其無綺麗彫飾之習 則可矣 至於句法之奇古 則未也 蓋以其 爲出於沈鶩之抗隋精神 而不惜過費其贊辭也. (『옥류산장시화』)

내가 이 시를 보건대, 그 치장해 꾸며낸 자취가 없음을 칭찬한 것이야 옳다고 하겠으나, 구법이 특이하고 옛스럽다고 한 데 이르러선 그렇지 못하였다. 생각건대 이것은 침착하고 의지 강한 그의 항수(抗隋) 정신에서 나왔으니, 찬사를 지나치게 부려 쓴다고 해도 아깝지 않을 것이다.

대저 〈여수장우중문〉 시는 특히 고구려 모든 문학 중에서도 각별히 〈황조가〉와 견주어 그 의미가 상승된다. 가만 새겨보매 두 작품 사이에는 어떠한 공통점이 엿보인다. 곧 전자와 후자가 똑같이 역사서 안에 들어있다는 점이 그 하나이고, 나아가 똑같이 한·중 두 나라 관계를 바탕으로 하는 배경설화 안에서 그 존재적 터전이 주어져 있다는 사실 또한 문득 간과할 수 없다.

이에 한·중 두 나라의 역사성에 관해 부연하자면, 전자는 기원 전후 1세기의 항한(抗漢) 갈등 및 투쟁의 문제와 관계 있었고, 후자는 기원 후 7세기의 항수(抗隋) 갈등 및 투쟁의 문제와 유관하였던 사실을 지적하는 뜻이다.

전자의 경우, 〈황조가〉 노래만을 작품 단독으로 놓고 보자면 그러한 자취를 찾을 길이 전혀 막연할 따름이다. 하지만 배경설화가 보이는 바 유리왕을 둘러싼 고구려 여인 화희와 한나라 여인 치희 사이, 삼각관계 쟁총의 드라마 속에서는 웬일인지 그것을 빌미로 하여 무언가 그냥 지나쳐 버리기 못내 꺼려지는 그 어떤 국제적 대립과 갈등의 중요한 고동같은 것이 있었다. 그리하여 일찍이 이익·이가원·김동욱 같은 논자들에 의해 황조노래가 한족에의 대항 또는 배타 정신 및 한민족 자주성의 승리적 의미로서 언급되어 왔음도 사실이었다. 이같은 논의의 기본적 바탕은 화희·치희의 쟁총담과 황조노래를 인과적 상황으로 보고자 하는 데 있었지만, 이 경우 각기 독립된 상황으로 간주하고자 하는 논지들까지 덮지는 못한다는 한계를 남긴다. 그러나 화희·치희의 대립현상 만을 별도로 다루는 한 위와 같은 해석이 하나의 타당성 있는 논리로서 성립 불가능하지 않다. 다시 말해 고구려 여인 화희의 한나라 여인 치희에 대한 개인의 승리를 전체적 승리 개념으로, 곧 집단적인 우월의식과 같은 확대 은유 체계로 이해하고자 하는 태도이다. 그같은 해석은 직접 유리왕 시대의 역사적 정황과 대조하여 보았을 경우에도 그다지 무리가 없다는 점으로서 보다 강세를 띤다.

그런가 하면 고구려 26대 영양왕 시대를 배경으로 나타났던 을지문덕의 〈여수장우중문〉 시 또한 그것이 똑같이 큰 나라 중국에 대한 항쟁의 분위기 안에서 정출(挺出)되었다는 점에서 기이하다 하지 않을 수 없다.

이 경우도 역사적 배경담을 고려하지 않은 채 노래 단독으로만 본다면 이렇다 할 대립과 투쟁의 낌새는 잘 나타나 있지 않다. 그저 한시 단독으로만 보았을 때, 1, 2구에서는 을지문덕이란 장수가 우중문이라고 하는 절세의 명장 앞에 바치는 드높은 찬사 외에 아무 것도 아닐 것이었다. 3, 4구 역시 그토록 비범한 영웅이니 그만큼 큰 공로를 이미 거둔 마당에 이제는 덕장(德將)으로서의 크나큰 금도(襟度)를 베풀어 공격을 철회해 줄 것을 부탁한다는 뜻으로 해득될 만한 내용이다. 전체적으로는 어떠한 기롱이거나 야유·풍자 등의 낌새를 도출해 볼 길이 못내 막연할 뿐이었다.

그러나 이 〈우중문〉 열전의 전말 사술을 통해 이 한시가 사실은 고구려 장수의 수나라 장수에 대한 기자(譏刺)의 메시지라는 것을 거연히 가늠할 수 있는 마당에 나서게 된다. 그러므로 역사의 흐름 전개 속에서 중원 대국에 대한 사대거나 존숭 대신, 오히려 불굴의 주체의식과 자주정신의 잠재력을 잃지 않았다는 사실을 이 한두 편이나마 남아 있는 시(詩)·가(歌)의 작품 안에서 애오라지 헤아림 할 수 있는 것이다. 또한 그것은 반드시 시가를 둘러싸고 있는 막후 배경담까지의 정밀한 탐구 안에서 가능하였던 것임을 파악해 볼 길 있었다. 거듭 옛시대의 시가(詩歌)와 배경담은 여지없이 서로 순치보거(脣齒輔車)와도 같은 관계임을 절감하는 순간이기도 하다.

8

영고석 詠孤石

한국 해외파 문학의 시작

臨終詩 禪藻集作法泰詩 題云遘疾並誤

千月秋 一作 本難滿三時理易傾石火無恒燄電光

非久明遺文空滿篋徒然眹後生泉路方幽暗寒

隴向凄清一隨朝露盡唯有夜松聲

高麗定法師

詠孤石

迥石直生空平湖四望通巖根恒灑浪樹杪鎮搖

風偃流還清影侵霞更上紅獨拔羣峯外孤秀白

雲中

『고시기(古詩紀)』에 선정된 〈영고석〉

竹林 정웅표 筆. 정법사의 〈詠孤石〉

일반적으로 한국 최초의 한시라고 하면 서기 612년을 배경으로 하는 고구려 을지문덕의 〈여수장우중문(與隋將于仲文)〉을 먼저 생각하게 된다. 7세기 초반의 일이지만, 기실은 같은 고구려 안에서 이보다 이른 시간대인 6세기 후반에 조성된 한시가 있었으니, 다름 아닌 고구려의 승려 정법사(定法師)가 지었다는 〈영고석(詠孤石)〉이다.

　　5언 8행 형태의 이 한시는 명나라 풍유눌(馮惟訥, 1512~1572)이 중국 선진(先秦) 때부터 수나라 때까지의 시가를 모아 1557년 편찬한 『고시기(古詩紀)』란 책에서 정법사(定法師) 작으로 소개하고 있다. 1772년 편자 미상의 『청구시초(靑丘詩抄)』에서는 을지문덕 〈여수장우중문〉 시의 뒤에 실었고, 한치윤(韓致奫, 1765~1814)에 이어 조카인 한진서(韓鎭書)가 1823년 완성한 『해동역사(海東繹史)』에서는 을지문덕 시의 앞자리에 넣었고, 1918년 장지연(張志淵, 1864~1921)이 우리나라의 역대 시가를 모아 엮은 『대동시선(大東詩選)』에도 〈여수장우중문〉의 뒤에 수록하고 있다.

迥石直生空	아스란 바위는 공중에 치솟았고
平湖四望通	평평한 호수는 사방으로 트였네.
巖根恒灑浪	바위 밑동은 노상 파도에 씻기고
樹杪鎭搖風	나뭇가지는 흔들바람에 눌리킨다.
偃流還漬影	물결 너머에 건듯 그림자 잠기고
侵霞更上紅	노을에 젖어 더욱 붉은빛 띠누나.
獨拔群峰外	홀로 뭇 봉우리 가운데 뽑히어서
孤秀白雲中	단연 흰 구름 사이에 빼어나구나.

　　정법사에 대한 기록은 그 추적이 어렵다. 다만 『해동역사』에서는 정법사가 고구려인이라고만 밝혔고, 『대동시선』에서는 "정법사는 고구려의 승려인데 일찍이 후주(後周)로 들어가서 표법사(標法師)에게 종유(從遊)하였다(高句麗僧 嘗入後周 與標

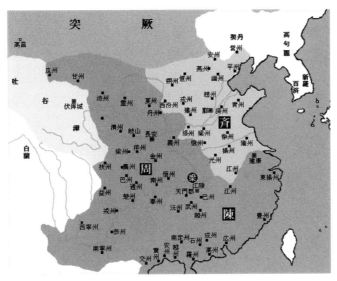
남북조시대 말엽의 지도

法師從遊)"라고만 소개하여 있다. 그 출전을 밝힌 것이 없어 못내 아쉽고, 후주에 거주했다는 표법사라는 이 또한 그 어떤 문헌에서도 찾아볼 길 없어 막연하기 짝이 없다. 다만 후주(後周)는 일명 북주(北周)라고도 하니, 557년에서 581년까지 존속했던 북조(北朝, 439~589)의 마지막 왕조이다. 북조는 439년 5호16국의 혼란을 통일한 북위(北魏)를 비롯하여 동위(東魏)·서위(西魏)·북제(北齊)·북주(北周)의 5왕조이며, 북주 곧 후주가 581년 수나라에 멸망하면서 마무리된다.

우선 작가의 신분이 승려로 알려진 만큼 최소한 이 땅에 불교가 들어온 뒤의 일임이 자명하다. 이 땅에서의 불교 수입에 관련한 첫 번째 기사는『삼국사기(三國史記)』고구려본기〈소수림왕〉에 처음 보인다. 다름 아닌 고구려 소수림왕 2년 (372) 6월에 전진(前秦)의 왕 부견(符堅)이 순도(順道)라는 승려를 통해 불상과 경전을 보내왔다. 고구려에서는 이때 성문사(省門寺)를 지어 순도를 머물게 했으며 다시 2년 뒤에 아도(阿道) 스님이 오자 이불란사(伊佛蘭寺)를 지어 머물게 했다는 이

것이 한국에 불교가 처음 전래된 것을 말해주는 공식적 최초의 기록이다. 공식적이라 했거니와, 아마도 그 이전에 민간 차원의 불교는 이미 들어와 있었을 것으로 짐작된다. 곧 소수림왕 이전에 고구려 승려가 중국의 강남 지역에서 활동하던 지둔(支遁, 314~366)이라는 승려와 교류한 사실이 중국의 『고승전(高僧傳)』에 적혀있던 사실로써 짐작 가능하다.

불교의 유입은 반드시 종교적인 사건만 아니라, 동시에 불교문학을 처음 정착시키는 계기와 변화도 함께 불러일으키는 보람을 안겨 주었다. 요컨대 불교문화라는 거대한 뿌리 위에서 불교문학이라는 가지도 함께 자라났고, 결과적으로 이른 시기 한국 한문학의 새로운 기틀을 마련해주는 일정한 기여를 했다. 따라서 고구려의 정법사라는 승려가 6세기 후반 무렵 창작한 5언 8구 형식을 띤 이 고시(古詩)는 현재까지 발굴된 것 가운데 작자가 알려진 가장 이른 시기의 한시 내지 한국 최초의 불교시로 자리매김할 만하다. 이를 시작으로 7세기에는 원효(元曉) 및 의상(義湘) 대사 등에 의한 불교시들의 출현을 보게 되는 것이다.

다음으론 시의 형식 문제인데, 일찍이 이병기의 『국문학전사』와 권상로의 『조선문학사』에서 오언율시로 간주한 일이 있다. 오언시의 압운법에 정확히 합당한 형식까지는 갖추었으나, 근체시의 수칙인 평측법을 적용하여 보았을 때 오히려 어긋남을 면치 못하는바 오언고시임이 타당하다. 〈여수장우중문〉과 이 〈영고석〉에 대한 형식적 접근은 문선규의 『한국한문학사』와 서수생의 『고대한문학연구』에서도 면밀히 분석을 시도한 바 있다. 율시인지 고시인지를 애써 분간코자 하는 데는 이것이 정녕 고구려의 시간대(B.C.37~A.D.668)에 이루어진 문예라고 할 때 보다 구체적으로는 어느 어간에 속하는지를 가늠하기 위한 방편이지만, 이것을 무조건의 기준으로만 삼기 어려운 이유가 있다.

당대(唐代, 618~907) 이전의 시를 고시(古詩) 또는 고체시(古體詩)라 하고, 문학사적으로 5언・7언・4언・6언 등 그 형태가 다양하게 전개되었다. 특히 중국에서의

5언 고시는 전한 시대에 형성되었고, 7언 고시는 육조 말에 제대로 체재를 갖춘 것으로 본다. 한편 당나라 이후에 완성된 시 형식인 5언절구, 7언절구, 5언율시, 7언율시, 5언배율, 7언배율 등을 근체시(近體詩)라고 일컫는다. 금시(今詩) 또는 금체시(今體詩)라고도 하는바, 당나라 이전에 대략 각운(脚韻)만을 지키던 풍토에서 일약 시 전반에 걸친 평측(平仄) 염법(廉法) 즉 발음에 높낮이가 없는 평자(平字)와 높낮이가 있는 측자(仄字)까지 엄격한 규칙의 운율을 따져서 짓는 새로운 형식이다.

이렇게 근체시는 당나라 이후에 확립된 것이지만, 그렇다고 해서 고시에서 근체시로의 변화가 당나라의 시작과 함께 하루아침에 갑작스레 탈바꿈된 것은 아니다. 곧 당나라 이전 육조시대(六朝時代)에는 범어(梵語)로 된 불전(佛典)을 번역하는 과정에서 중국어의 고유한 평(平)·상(上)·거(去)·입(入) 4종류의 성조(聲調)를 잘 살리면 흥취가 생겨남을 포착하고 거기에 맞춘 시구 짓기에 착수하였다. 남조(南朝) 제(齊)나라의 영명(永明, 483~493) 연간 중 유행한 시에 이러한 기미가 엿보이니, 이렇게 일정 기간 동안의 시행착오 및 적응기간을 거쳐서 당나라 때 들어 공고해진 것으로 봄이 타당하다. 문선규의 다음 같은 설명도 그 취지에서 다르지 않은 것이다.

> 그러나 이것들(여수장우중문, 영고석)과 같은 시형(詩形)은 절구시 율시를 구분하는 금체시가 당에 들어 확립되기 전에 이미 남북조시대에도 유행되었던 바이니, 체재만을 가지고 이렇게 속단할 것은 못된다. 실은 이것들이 제작된 때에는 중국에서도 아직은 금체시 문학이 완성되어지지를 못했던 것이니, 이 양시(兩詩)를 금체시로 보는 것은 잘못이고 …. (『한국한문학사』)

그러면 이제 남북조시대에 이루어진 정법사의 한시에 자못 근체시다운 소질과 성향이 배어있는 현상 또한 별반 이상한 노릇은 아니다. 이에 따라 일찍이 허균이 중국 수나라 때 지어진 고구려 〈여수장우중문〉 시가 암만해도 을지문덕이 지었

고 믿기 어렵다고 했고, 그 의심의 근거가 근체시가 유행한 당나라 이전에 근체시
다운 속성을 띠었다는데 있었지만, 이상과 같은 관점에서 본다면 한낱 기우에 지
나지 않는 것이다.

　작품은 드넓은 호수 중간에 우뚝 선 외로운 바위를 제재로 한 것이다. 이에 시인
은 역시 수도승답게 주관적 감정은 배제한 가운데 눈앞의 경관을 최대한 객관적으
로 묘사하고 있다.

　다만 여기서의 '평호(平湖)'를 하필 특정한 어느 지소(地所)로만 국한시켜 감상할
나위 없이, 일반명사로서의 드넓은 호수와 우뚝한 큰 바위를 연상한대도 하등 손
색 있을 까닭은 없다. 그럼에도 기실은 고유한 지명으로 대개 이 호수가 중국 강서
성에 위치한 파양호(鄱陽湖)를 가리키고, '고석(孤石)'은 파양호 한가운데 우뚝 솟
아난 '대고산(大孤山)'을 일컫는다는 해석이 수반되어 왔다.

　하지만 이 시가 보내는 메시지는 이것이 전부일 수 없다. 수련(首聯)·함련(頷
聯)·경련(頸聯)까지는 고석의 외적인 풍모를 직접 그려냈다고도 볼 수 있지만,
각별히 마지막 미련(尾聯)의 "獨拔群峰外 孤秀白雲中"에 이르면 단순히 객관적인
경관 묘사로만 한정시키기 어려운 국면이 따르는바, 인품의 청고(淸高)에 대한 암
시가 고개를 든다. 그렇다면 이 시가 외연적으로 묘출해낸 대상은 바위이지만 그
이면에 내포된 실제는 사람의 인품이라 하겠다. 세간의 명리에 담박(淡薄)하여 세
파에 좌우되지 않는 인간상을 암시적으로 나타냈다고 보는 것이다. 전반부마저도
인품 기준으로 보자면 위안(偉岸)하며 의젓한 자태에 외부의 흔듦에도 동요치 않
고 요지부동하는 용사의 굳센 기상으로 본다 해도 별반 무리함은 없다.

　보다 적극적으로는 호수 가운데 외로운 바위를 지은이의 자화상으로 보는 해석
도 없지 않다. 다음은 정법사의 〈영고석〉에 대해 감평한 『선시삼백수(禪詩三百首)』
중의 글이다.

대고산 전경

　孤石其實就是作者的自畫像 … 通過展現湖中孤石超凡脫俗的形象 寓含了
作者淸高離俗 不染纖塵的情懷 全詩寫景如畫 有全景描繪 有特寫鏡頭 對仗
工整 是一首藝術表現上成功的佳作.

　고석(孤石)은 기실 작자의 자화상이다. … 호수 가운데 있는 고석의 초범 탈속한
형상을 표현하는 과정에 청고하여 속세와 떨어져 있고 세간의 티끌에 물들지 않은
작자의 정회를 부쳐 담았다. 시 전체가 그림과도 같이 풍광을 묘사하되 뛰어남이
렌즈로 찍어냄과 같고 대구(對句)가 정제(整齊)되어 있으니 이 한 편은 예술 표현상
성공한 뛰어난 작품이다.

　이가원도『조선문학사』에서 고구려 평원왕인 고양성(高陽城)이 재위한 시절(559～
589)에 정법사가 지은 것이라 하면서, 다음과 같은 해석을 내렸다.

　오언(五言) 오운(五韻)의 시로서 불자(佛子)의 고고(孤高)하고 청정(淸淨)한 경
지를 잘 묘사하였으며, 아울러 정법사 자신에게 비긴 작품인 듯싶기도 하다. 이 시
를 통하여 고구려 방외(方外) 문학의 자취를 엿볼 수 있겠다.

고고히 우뚝 솟아 하늘을 가리키는 드높은 기상하며, 밑동이 강고하여 어떠한 물살에도 전혀 흔들림 없이 우뚝 솟은 탈속(脫俗)한 형상은 바로 청고(淸高)하여 사소한 감정들에 물들지 않는 작가의 내적 형상을 우의(寓意)한 뜻이라는 것이다. 이렇게 본다면 이 시는 사물로써 사실을 밝힌(以物喩理) 경우이다. 다시 말해 자기의 뜻을 바로 말하지 않고 다른 것에 비겨 나타낸다는 뜻의 '암유(暗喩)' 및 '탁의(託意)'에 성공한 영물시라 하겠다.

아울러 파양호는 중국 문학사상 사뭇 중요한 위상을 차지하는 명소였다. 일례로 〈당대파양호경관시가논석(唐代鄱陽湖景觀詩歌論析)〉이라는 논평의 요약 글 안에서 상세한 입증을 얻을 수 있다.

　　鄱陽湖景觀詩歌發端于東晉, 目前尙未發現東晉以前有此類作品. 在東晉南北朝時期, 存世作品也非常少, 据逯欽立輯校的《先秦漢魏晋南北朝詩》載, 涉及鄱陽湖景觀的詩篇不過十餘首, 代表作如東晉湛方生的《帆入南湖》,《還都帆詩》; 南朝宋謝靈運的《入彭蠡湖口詩》; 南朝梁釋惠標《詠孤石》; 南朝梁朱超的《詠孤石詩》; 南朝陳劉刪的《泛宮亭湖》; 南朝陳高麗定法師的《詠孤石》等.
　　파양호의 경관을 노래한 시가는 동진(東晉)에서 발단하였다. 동진 이전에는 이런 종류의 작품이 아직 드러나지 않았다. 동진과 남북조 시기 전반에 남아있는 작품은 대단히 적다. 녹흠립(逯欽立)이 집교한 〈선진한위진남북조시(先秦漢魏晉南北朝詩)〉에 실린 바에 따르면 파양호 경관과 관련된 시편은 고작 십여 수에 불과하다. 대표작으로 동진시절 담방생(湛方生)의 〈범입남호(帆入南湖)〉, 〈과도범시(過都帆詩)〉와, 남조(南朝)시대 송나라 사령운(謝靈運)의 〈입팽려호구시(入彭蠡湖口詩)〉, 남조시대 양나라 승려 혜표(惠標)의 〈영고석(詠孤石)〉, 남조시대 양나라 주초(朱超)의 〈영고석시(詠孤石詩)〉, 남조시대 진(陳)나라 유산(劉刪)의 〈범궁정호(泛宮亭湖)〉, 남조시대 진(陳)나라 정법사의 〈영고석(詠孤石)〉 등이 있다.

또한 이곳을 배경으로 한 파양호 경관시가 주요 문학적 소재로 나타나기는 중국의 당나라였지만 그 발단은 동진(東晉) 이후의 문학적 성과 속에서 찾는다는 논지였고, 일례로 동진시절 담방생(湛方生)의 〈범입남호(帆入南湖)〉·〈과도범시(過都帆詩)〉를 들었다. 다만 같은 무렵 도연명이 있어 생애 대부분의 시간을 파양호 주변에서 어정거리며 지냈지만 막상 〈전원(田園)〉이라는 시 외에는 직접 파양호 경관을 소재로 한 시는 없다고 하였다. 오히려 송(宋), 제(齊), 양(梁), 진(陳)이 차례로 흥망을 거듭한 남조(南朝) 시대에 들어와 보다 많은 경관시(景觀詩)가 나타났다고 하였다. 그러면서 그 실례로서 송나라 사령운의 〈입팽려호구시〉, 양나라 승려 혜표의 〈영고석〉, 역시 양나라 주초의 〈영고석〉, 그리고 진(陳)나라 유산의 〈범궁정호〉와 함께 정법사의 〈영고석〉을 들었다.

그런데 여기서 정법사를 남조 진(陳)나라의 명단에 소속시키고 있는 뜻밖의 사실을 발견하게 된다. 남조의 양나라는 후량(後梁)이라고도 하니 서기 554년에 일어나 587년에 멸한 왕조이고, 진나라는 557년에 흥했다가 589년에 수나라 양제에게 멸망 당한 남조의 마지막 왕조이다.

그러면 『대동시선』에서 정법사가 일찍이 후주(後周)로 들어갔다고 했음에도 여기서는 들어갔다는 나라가 남조의 진(陳)이라 한 데는 후주보다 진나라가 약 8년을 더 유지하였던 바, 그의 유력(遊歷)한 범위가 후주와 진나라에 두루 걸쳐 있었기에 그랬던가 싶다. 아무튼 삼국시대 당시에 중국으로 유학한 해외파 승려였던 정법사가 일찍이 표법사를 종유했다는 문헌상의 기록으로 미루어 아마도 중국에 들어가 당시 그가 혜표법사를 종유하던 차에 자신도 혜표법사가 일찍이 읊은 〈영고석〉 제목 그대로를 존중하여 음영하였을 것이란 추정이 가능하다.

첫머리에도 말했듯 정법사의 이 시보다 오언율시 근체시를 방불케 하는 분위기 때문인지 을지문덕의 시를 우선 배치하기도 하지만 이 작품이 612년을 배경으로 하고 있는 을지문덕의 〈여수장우중문〉 시보다 대략 반세기 정도 선행된 것임을 인지할 수 있다. 나아가 정법사가 중국 현지를 두루 돌며 불교와 한문화를 진지하게 수용하는 과정에 이만한 정도의 창작적 역량을 십분 나타낼 수 있었다고 생각된다. 또한 더 나아가 한국 최초의 해외유학파 시라는 의미를 남겼을 뿐만 아니라, 그 실력 면에서 중국 본토의 명인들과 견주어 어깨를 나란히 하였기에 중국의 당, 송, 명, 청대에 이름난 문집과 시집에 선발되는 큰 광영을 누리기도 했다. 이 시는 오늘날 중국의 유수한 시선집인 『선시삼백수(禪詩三百首)』에도 들어가 있으며 중국의 고등학교 고전 한시 교재에도 한 자리를 차지하고 있다.

그러면 정법사가 중국을 유력하던 시절, 남조의 승려 혜표(惠標)가 지은 오언율시 동명 〈영고석(詠孤石)〉이 부쩍 궁금하기만 하다. 이제 이 시를 살펴보되, 정법사의 시와 그 제목이 같을 뿐 아니라 5언 8행이라는 형식에서도 같고, 또한 자아내는 분위기 역시 상당히 닮아 있음에 진정 기이한 일이 아닐 수 없다.

中原一孤石	중원에 오롯한 바위 있으니
地理不知年	정확히 그 나이는 알 길이 없네.
根含彭澤浪	밑바닥은 팽택의 물살을 머금고
頂入香爐烟	향로봉 마루에는 흰 안개 스민다.
崖成二鳥翼	절벽은 큰 새가 날개를 펼친 양
峰作一芙蓮	봉우리는 한 송이 연꽃만 같아.
何時發東武	어느 겨를에 하마 무성을 떠나
今來鎭蠡川	지금에 여천 땅 거머쥐고 있는가.

무성(武城)은 북방(北方)의 대명사로 많이 쓴다. 여천(蠡川)은 파양호(鄱陽湖)가 장강(長江)으로 돌아드는 곳으로, 팽려(彭蠡)와 장강을 한데 아우른 말이다. 그리고 여기의 외로운 바위는 강서성 파양호 소재의 대고산(大孤山)을 가리킨다. 그 산의 우뚝한 봉우리 생김새가 신발 모양을 닮았다 하여 혜산(鞋山)이라고도 한다.

이 시의 작가인 승려 혜표에게는 오랫동안 다양한 풍광을 두루 겪으면서 산수(山水)를 음영한 시가 상당수 있거니와, 이 시 또한 그 과정에서 나온 것이다. 웅위하고 드높은 기상에 숙련되고 세련된 운치가 느껴지고, 수사법상으로도 경쾌한 리듬이 청신하고 영롱한 분위기를 자아내고 있다.

혜표는 남조 진(陳)나라 때 민중(閩中) 출신의 고승이나, 이름과 본적은 미상이다. 서적을 널리 읽어 시문 모두에 재능이 넉넉하였으되 특히 오언율시와 절구로써 당시대에 성명(盛名)을 누렸다. 당시 지방 할거세력인 민주(菌州) 자사 진보응(陳寶應)이 민중 땅을 장악하였을 때에 혜표를 정중히 대하며 매사 자문하였다고 한다. 그러나 보응이 내란에 패배하자 그조차 연루되어 피해를 당한 일도 있다고 한다.

그런데 앞서 『해동시선』이란 책에서 "정법사가 후주의 표법사(標法師)를 종유했다"고 하는 언급이 있었는데, 그 자세한 내력과 경위를 알 수 없으나 문득 여기의 표(標)가 암만해도 혜표(惠標)를 지적하는 뜻인가 싶다.

이왕 〈영고석〉 편들을 읽어가는 마당엔 남조(南朝) 양나라 사람 주초(朱超)의 〈영고석(詠孤石)〉 한 작품이 나란히 어깨를 겨루고 있었다.

外玄 장세훈 筆 혜표의 〈詠孤石〉

게다가 마침 이 세 편의 〈영고석〉이 〈고금도서집성(古今圖書集成)〉의 17권 목록인 '석(石)부 예문(藝文)3 시(詩)'에도 소개되어 있어 기이함을 더한다. '망고석(望孤石)', '취석(詠石)', '영석(醉石)', '망부석(望夫石)' 등도 있지만 오직 이 세 작품만이 그 제목에서 온전히 같은 경우이다.

侵霞去日近	햇살 사라지며 엄습한 노을빛
鎭水激流分	부딪히는 물보라의 세찬 파열.
對影疑雙闕	마주 보는 모습은 큰 대궐문인가
孤生若斷雲	의지할 데 없는 조각구름도 같아.
遏風靜華浪	바람 자고 눈부신 파도 진정되자
騰煙起薄曛	옅은 석양빛에 흰 안개 모락모락.
雖言近七嶺	일곱 마루 풍광과 근사하다지만
獨立不成群	비할 데 없이 홀로 우뚝한 존재.

주초(朱超)는 그 생애가 자세하지 않은 중에 양나라에 벼슬하여 중서사인(中書舍人)을 지냈다는 정도만 겨우 알 수 있다. 주초라는 이름 말고도 주초도(朱超道)·주월(朱越) 등 시집에 실린 필명이 여러 가지로 보이지만 아마도 한 인물일 것으로 간주된다. 그에게는 이 시 외에도 〈영경(詠鏡)〉, 〈영동심부용(詠同心芙蓉)〉, 〈영전채화(詠剪綵花)〉, 〈영독서조(詠獨棲鳥)〉 등 영물시를 즐겨 읊은 자취가 있다.

제목과 제재가 같은 세 작품들 중에 정작 중국 역대의 시선(詩選)에 들어간 것은 고구려 정법사의 〈영고석〉이었다. 하지만 이것이 반드시 삼자 간에 솜씨의 우열을 판정한 결과로 보이지는 않는다. 그보다는 중국인들의 눈으로 동이(東夷) 고구려인의 작품도 나란히 창작되었다는 사실이 특이하고, 하물며 시가 지니고 있는 문학적인 함량이 전혀 본토 명작들에 비해 손색 없음이 대견하다고 보았기에 구색 맞춰 넣었을 것으로 여겨진다.

그럼에도 정법사의 〈영고석〉이 한국한문학사 내지 한국문학사에서 차지하는 위치는 자못 크다 하지 않을 수 없다. 지난날 조선시대의 한시와 시인에 관한 이야기를 담은 숱한 시화(詩話)의 총림 속에서 을지문덕의 〈여수장우중문〉을 언급할지언정, 이보다 먼저 이루어진 〈인삼찬(人蔘讚)〉이나 정법사의 이 작품을 언송(言送)해 다룬 경우를 찾기 어려웠다. 또한 근현대에 들어서도 역시 오언시의 시작을 운위할 때 그 전례를 거듭할 뿐이었다. 그러나 엄연한 진실은 따로 존재했던 것이니, 한국 땅에 아직 오언시의 종적이 암막(暗漠)하던 시절에 정법사의 〈영고석〉이 처음 〈인삼찬(人蔘讚)〉과 함께 그 참신한 발자국을 찍어내었다. 어쩌면 〈인삼찬〉이 이보다 선행된 작품일 수 있지만,

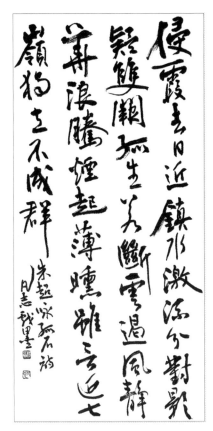

凡志 박정식이 쓴 朱超의 〈詠孤石〉

이 때도 단순히 존재 생성의 차원을 넘어서 특히 〈영고석〉이 저 중화 문단의 각별한 인정과 선택을 받을 정도의 도저(到底)한 수준을 나타냈다는 점에서 한국문학사상 의미 깊다고 하지 않을 수 없다.

동시에 해외유학파를 말할 때 8세기 통일신라 경덕왕 때 인도의 유학승인 혜초(慧超, 704~787)와 9세기의 최치원(崔致遠, 857~?)을 많이 거론하지만, 그보다 훨씬 전인 고구려의 6세기 후반에 정법사와 같은 실력 있는 해외유학파 승려 문도가 있었다는 사실 또한 한국 문단에 각별 새겨 특필할 만한 일이 아닐 수 없는 것이다.

9

인삼찬 人蔘讚

고구려인 명품을 노래하다

燕巖集

日記

三十九

取摵茶立消此似妄也吾甫沿海島中者有是木豈有不聞之理

許尤宗行程錄自同州四十里至麓州東望大山金人云此新羅山其

中產人蔘白附子與高句麗接界此妄也雖未知同州麓州在於何處

而金人所指新羅山安得與高句麗接界可謂朔南貿遷

高麗人蔘讚三椏五葉背陽向陰故人蔘生其陰云

此賀橻樹葉似桐而其大多隱故人蔘種此樹青石嶺成林

大唐新語李藥素性偷約好讀書數萬卷謂于弟曰吾不好財貨

故以手貴乏然京城有賜田十頃可以充食河南有桑千株可以充衣

寫得書萬卷可以求官汝曹共勤于此三事何求於人余亦性不好貨

故以至貴乏點檢平生所寫書不滿十卷燕覈手所種桑楝十二株

其長條挺得及西霜不禁悵欷今經遠野護田桑林一望無際則又花

然自失矣

中原人以詩小序必不可廢阮亭毅顏公其官曰程子謂小序必是當

時人所傳國史明乎得失之迹者是也不得此何緣知此意是甚意思

大序則是仲尼所作要之省得大意朱子學宗二程而小序獨不然

何也希楚望之每一時必最朱註亦自不可常熟顧大鄒仲蔘欷不可

一膏用毛傳爲主毛必不可通然後鄒毛必不可通然後用朱毛

鄒朱竹不可通註後鄒羅群說而以己意折衷之殿槀詩緝作于朱註

之後鄒優于語家大全之作款衍朱註全無登明用贶贶瓿瓿可也大抵

中國人斥朱子靈去小序爲此世一大時論朱竹坨經義致二百闢朱

子如木瓜吳齊根子粘刺學校皐野有蔓草及刺鄭王刺鄭恕詰詩竹

按之經傳礪礐可據而朱子靈反心已意蠆麼小序然其實多家

小序獨于鄒衛之詩嫉放鄭聾一顧并置淫奔之科整淫非詩淫此西

『열하일기』'銅蘭涉筆' 안의 〈인삼찬〉 가사

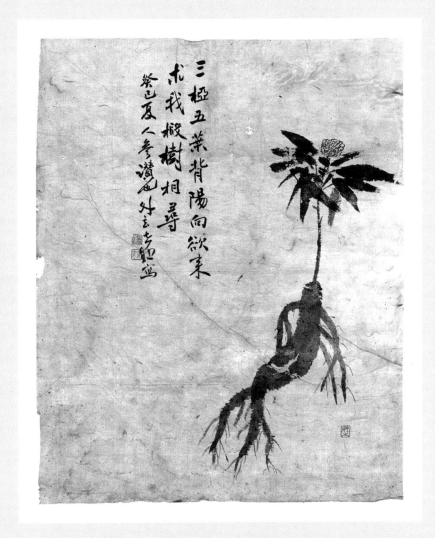

外玄 장세훈 作 〈人蔘讚圖〉

三椏五葉	가지 셋에 잎사귀는 다섯
背陽向陰	볕 등지고 그늘 쪽에 있지요.
欲來求我	날 찾아 가지려거든
椴樹相尋	자작나무께 살펴나 보오.

4언 고시(古詩) 형태를 띤 고구려 작자 미상의 한시이다. 제목이 '인삼찬(人蔘讚)'으로 표기된 데가 있는가 하면 '인삼찬(人蔘贊)'으로 표기된 문헌도 있다.

맨끝 행의 첫 글자는 모두 3가지로 달리 표기되어 있다. 송대 소송(蘇頌, 1020~1101)의 『본초도경(本草圖經)』에는 '椴'으로, 조선조 허준(許浚, 1539~1615) 『동의보감』에는 '檟'로, 청대 왕사진(王士禎, 1634~1711)의 『거이록(居易錄)』과 조선 박지원(朴趾源, 1737~1805)의 『열하일기(熱河日記)』, 그리고 한치윤(韓致奫, 1765~1814)의 『해동역사(海東繹史)』 등에서는 '椵'로 되어 있다. '단(椴)'은 자작나무과의 낙엽교목인 자작나무라 하고, '가(椵)'는 피나무과의 낙엽교목인 유자나무의 일종, '가(檟)'는 능소화과의 낙엽교목 개오동나무라고 한다. 이런 어긋남에 대해 이가원(李家源)은 『조선문학사』에서 중국 문장가의 증언을 빌어 '단(椴)'이 맞는 것이라 하였다.

한나라 양웅(揚雄)은 일찍이 '궐(橛)은 연(燕)의 동북과 조선 열수(洌水) 사이에서는 '단(椴)'이라 한다'라고 하였으니 이 기록 또한 단(椴)이 조선의 식물명임을 입증한 것이다. '단(椴)'은 타본(他本)에 '가(椵)'로 되어 있으나 그릇된 것이다.

열수(洌水)는 지금의 서울 한강을 말한다. 참고로 국어사전에서 '단목(椴木)'을 찾으면 이러하다.

피나뭇과에 속한 낙엽 교목. 활엽수이며 높이는 20미터 정도이고, 잎은 넓은 달걀 모양으로 어긋나며 가장자리에 톱니가 있다. 6월에 세 개에서 스무 개의 꽃이 산형(繖形) 꽃차례로 달리며 9~10월에 열매가 익는다. 재목은 가구의 재료가 되며 나무껍질은 새끼 대신으로 쓰인다. 우리나라, 중국, 시베리아 등지에 분포한다. 학명은 Tilia amurensis이다.

그런데 '가목(椵木)'을 찾아도 그 설명에서 한 글자 다르지 않고 똑같다. 다만 한자사전에서는 '椴'은 무궁화나무 단, 혹은 자작나무 단으로 읽고, '椵'는 유자나무의 일종이라 하였다.

첫 번째 구의 '삼아오엽(三椏五葉)'은 인삼의 외양적 형태를 표현한 말이다. 대개 일경삼아오엽(一莖三椏五葉)을 줄인 표현인가 한다. 곧 큰 줄기 하나에서 작은 줄기 셋이 나오고, 각각의 줄기에서 잎 다섯 개가 난다는 뜻이다. '아(椏)'는 나뭇가지의 갈라진 부분인 '아귀'이다. '영아(靈椏)'는 바로 삼아오엽 형태를 한 산삼의 다른 명칭이기도 하다.

두 번째 구의 '배양향음(背陽向陰)'은 인삼의 정체성을 밝힌 것이다. 다시 말해 인삼이 좋아하는 환경 속성을 일언이폐지한 표현이다. 『본초강목』에도 〈인삼찬〉 안의 '배양향음(背陽向陰)'이 거듭 인용되어 있다. 부연하되 그늘진 곳 즉 산의 북쪽 경사면에서 자란다고 기록되어 있다. 또한 그 타고난 본성이 골짜기 깊은 곳에 자라고 바람과 햇빛을 싫어하므로, 음(陰)의 형질을 띠고 있다. 이렇듯 본체는 음(陰)이지만 그것이 발휘하는 효용은 강렬하여 양(陽)의 힘을 지니고 있기에, 이른바 '체음용양(體陰用陽)'의 약성(藥性)을 지닌 약초로 인식되기도 한다.

3, 4구는 바로 두 번째 구와 연속관계를 이루는 구절이다. 곧 자신이 볕 등지고 그늘 쪽에 있으니 자기를 차지하고 싶으면 그쪽으로 찾아오라는, 사람들을 향한 일종의 팁(tip)이다. 인삼을 주인공 화자(話者)로 인격화시킨 가운데 자신의 생태적 취향을 말한 뒤에 자신과 만날 수 있는 요령을 알려주는 정도의, 아주 직설적이고 소박한 메시지만을 전하고 있다. 1, 2구가 자기의 신상 소개라고 한다면 3, 4구는 세상과의 만남을 위한 소통의 메시지이다.

오늘날 〈인삼찬〉의 존재를 밝혀 준 가장 최초를 말할 때 저마다『명의별록(名醫別錄)』을 치켜듦이 다반사처럼 되었다. 이 책은 일명『별록(別錄)』이라고도 하니 모두 3권으로 되어 있고, 대략 한나라 말경에 완성된 정도로만 알려져 있을 뿐 편찬자는 전해지지 않는다. 일설엔 도씨(陶氏)가 지었다고 하는데,『본초강목』의 저자 이시진은 도홍경(陶弘景, 456~536)의 저작이라고 하였다. 도홍경은 남조(南

『본초강목』草部 山草類의 '인삼' 조

朝) 시절 양나라의 본초학자(本草學者)로 자는 통명(通明), 호는 화양은거(華陽隱居)이다. 정치에 나아가지 않았기에 당시 양나라 사람들이 산중재상(山中宰相)이라 칭하였다. 남제(南齊)의 하급 귀족 집안에서 태어나 고전과 의약학을 비롯한 과학을 공부한 인물이다. 현실적으로도 『명의별록』의 편자를 아예 도홍경으로 단정 짓는 추세인 점을 감안하고, 또한 그 안에 〈인삼찬〉이 소개돼 있다고 할 때는 이 시 창작의 연대는 도홍경의 생몰년에 견주어 6세기 초 이전임이 확실하겠다. 그리하여 만약 이 책 안에 이 작품이 들어있는 사실만 확인되면 과연 〈영고석〉의 작자인 정법사(定法師)가 활약한 서기 6세기 후반보다 앞선다는 사실까지 끌어낼 방도가 있다. 하지만 실제로 이 책의 '인삼' 항목을 찾았을 때 수록된 내용은 약리적 효과와 몇몇 별칭, 그리고 사람 모양을 닮아야 신통하고, 8월 상순에 뿌리를 캐어 바람 없는 햇볕에 말린다는 내용이 고작이다. 그것이 전부일 뿐, 다른 어디에도 〈인삼찬〉에 대해 언급한 부분은 전혀 찾아 볼 길이 없다.

이 땅에서는 조선 중종 때 어숙권(魚叔權, 1500경~?)의 『패관잡기(稗官雜記)』와 허준(許浚, 1546~1615)의 『동의보감(東醫寶鑑)』, 그리고 박지원(朴趾源, 1737~1805)의 『열하일기(熱河日記)』 중의 '동란섭필(銅蘭涉筆)' 및 유득공(柳得恭, 1749~?)의 『영재집(泠齋集)』 중의 〈동시맹서(東詩萌序)〉, 한치윤(韓致奫, 1765~1814)의 『해동역사(海東繹史)』 등에서 이 작품 소개와 함께 간략한 평설을 베풀어 놓았다.

먼저 『패관잡기』 안의 글이다.

新羅聖德女主之詩 載於唐詩品彙 高麗人人參贊 載於本草 而三椏五葉背陽向陰之語 自唐以來 詩人多使之.

신라 성덕여왕(聖德女王)의 시가 『당시품휘(唐詩品彙)』에 실려 있고, 고구려 사람의 〈인삼찬(人蔘贊)〉이 『본초강목(本草綱目)』에 실려 있는데, '가지 셋에 잎사귀

다섯이 볕 등지고 그늘 쪽에 있다(三椏五葉背陽向陰)'는 말을 당나라 이래 시인들이 많이 썼다.

이어서 허준『동의보감』에 있는 글이다.

　　讚曰 三椏五葉 背陽向陰 欲來求我 檟樹相尋 一名神草 如人形者有神 此物多生於深山中 背陰近檟漆樹下濕潤處 中心生一莖 與桔梗相似 三四月開花 秋後結子 二月四月八月上旬採根 竹刀刮暴乾.
　　〈인삼찬〉에는 '가지 셋에 다섯 잎, 그늘에서 자란다네, 나 있는 곳 알려거든 개오동나무 밑 보라네'라 하였다. 신초(神草)라고도 하는데 사람의 모양처럼 생긴 것이 효험 있다. 이것은 깊은 산속에서 자라는데 응달쪽 개오동나무나 옻나무 아래의 축축한 곳에서 자란다. 가운데로 줄기 하나가 위로 올라간 형상이 도라지와 비슷하다. 음력 3~4월에 꽃이 피고 늦은 가을에 씨가 여문다. 음력 2월, 4월, 8월 상순에 뿌리를 캐어 대칼로 겉껍질을 벗겨내어 햇볕에 말린다.

또 연암(燕巖) 박지원의『열하일기(熱河日記)』중 '동란섭필(銅蘭涉筆)' 안에 들어 있는 〈인삼찬〉 소견은 이러하다.

　　高麗人蔘讚 三椏五葉 背陽向陰 欲來求我 椵樹相尋 中國文書 多載此贊 椵樹葉似桐而甚大多陰 故人蔘生其陰云 椵樹卽我國所謂自作木 以爲冊板 我國至賤 而中原墳墓 皆種此樹 靑石嶺成林. (『연암집』 권15 별집)
　　고구려 〈인삼찬〉에, '가지 셋에 이파리 다섯(三椏五葉) 햇볕 등지고 응달을 따르네(背陽向陰) 날 찾아오려거든(欲來求我) 유자나무 근처 살펴보소(椵樹相尋)'라고 하였거니, 중국의 문헌에 이 찬(贊)을 많이들 싣고 있다. 유자나무 잎은 오동잎과 비슷하면서 매우 넓어서 그늘이 많이 지므로, 인삼이 이런 음지에서 자란다고 한다. 유자나무는 우리나라에서 책 판각에 쓰는 이른바 자작나무로서 매우 흔해빠진 것이다. 중국의 무덤가엔 온통 이 나무를 심으니 청석령(靑石嶺) 쪽엔 숲을 이루고 있다.

영재(泠齋) 유득공의 〈동시맹서(東詩萌序)〉 안에서는 이 시의 내력이 유구함을
얘기하고 있다.

『영재집』 '동시맹서(東詩萌序)' 안의 〈인삼찬〉 관련글

然而東方古詩如箜篌引 人蔘讚之類 其傳多因漢人所記錄 則蓬門之士 立
言雖至千萬 以待數千里之外之人風聞而傳其一二 不亦難哉 古之隱君子如乙
巴素百結先生著述無一見者 良以是也.

하지만 동방의 〈공후인〉이나 〈인삼찬〉 같은 오래된 시는 그 전파의 대부분이 중
국인들의 기록을 말미암아 된 것이다. 곧 숨은 선비들이 지은 것이 비록 대단히 많다
하더라도 수천 리 밖에 떨어진 중국 사람이 그것을 풍문에 들어서 전할 수 있는
경우는 한둘일 뿐이니, 참으로 어려운 일이 아니랴. 고구려의 을파소(乙巴素)나 신
라의 백결선생(百結先生) 같은 옛날 은군자의 작품이 중국 문헌에 하나도 눈에 띄지
않는 것은 참으로 이유 있는 일이었다.

특히 한치윤의 『해동역사(海東繹史)』 예문지(藝文誌)에서 크게 괄목할 기사가 발견된다. 곧 『명의별록(名醫別錄)』에 고구려 사람의 작품이라 했다는 말을 특필해 놓았음이 그것이다. 동시에 이를 고구려 최초의 한시로 세우면서 〈공무도하가(公無渡河歌)〉의 뒤, 〈영고석(詠孤石)〉과 〈여수장우중문(與隋將于仲文)〉의 앞에 두었다.

〈공무도하가〉를 앞에 세웠지만 기실 이 노래의 경우 시대와 국적이 모호한 작품인 점을 생각하면, 반드시 〈인삼찬〉보다 선행한다고 단정 지을 수도 없는 노릇이다. 더더욱 알 수 없는 일은 한치윤이 『명의별록』 안에 〈인삼찬〉이 있고 고구려 사람의 작품으로 소개되었다고 했지만, 앞서 말했듯이 그 책 안에 이 시는 존재하지 않는다. 한치윤이 어디서 무슨 근거로 이런 얘기를 했는지 의아하지 않을 수 없다. 그래서 상량(商量)컨대, 한치윤이 보고 인용했다는 책은 혹 이것 아닌 혼동을 줄만한 어떤 다른 책이 아닐까 싶다. 이를테면 한나라 말경에 도씨가 편찬했다는 그 『명의별록』 말고도 청(淸)대에 황옥(黃鈺)이 편한 같은 제목의 책이 있었다. 황옥의 『명의별록』은 원래 『본경편독(本經便讀)』의 부록편 1권짜리 소책자로, 멀게는 바로 한대의 『명의별록』부터 아래로는 명나라의 『본초강목』까지 총 143종의 약재를 소개한 책이다. 게다가 이 책에는 한 가지 매우 두드러진 특색이 있었으니,

『속박물지』

매 약(藥)의 항목마다 4언(四言) 형의 노래 한 수씩을 함께 넣어서 음송(吟誦)하기 좋도록 만들어 놓았다. 그러면 한치윤은 바로 이 황옥의 『명의별록』 인삼 대목에서 〈인삼찬〉을 발견한 건 아니었을까? 그도 아니라면 아예 다른 문헌에서 본 것을 그만 『명의별록』으로 착각했음이 분명하다.

대개 〈인삼찬〉이 고구려인 창작이라는 소식을 알려준 최초의 문헌은 10세기 초

반의 송나라 태조 때 이석(李石, 1108~?)이 찬술한 『속박물지(續博物志)』로 알려져 있다. 고구려 국적이 언급된 첫 사례라 하겠다. 그리고 약 400여년 뒤인 명나라 이시진(李時珍, 1518~1593)이 편찬한 『본초강목(本草綱目)』에도 이 작품이 실려 있음으로 하여 그 면모가 중원 땅에서 일찍부터 알려졌던 듯싶다.

특히 『본초강목』에는 기왕의 본초학에 관련된 저명 문헌들이 망라된지라 인삼에 관해서도 제일로 풍부한 정보가 담겨있다. 이 가운데 고구려와 백제 인삼을 비교하여 언급한 부분이 있어 특히 괄목할 만하다.

> 俗乃重百濟者 形細而堅白 氣味薄於上黨者 次用高麗者 高麗卽是遼東 形大而虛軟 不及百濟 幷不及上黨者.
> 백제의 인삼을 소중히 여기거니와 형태는 가늘고 단단하며 희다. 성질과 효능은 중국 상당(上黨) 것만 못하다. 다음으로 고구려 산(産)을 쓴다. 고구려는 바로 요동인데 모양만 크고 속은 성글고 연해 백제 것만 못하고 상당 것만 못하다.

중국 산서성(山西省) 쪽 태행산(太行山) 골짜기에서 나는 상당삼(上黨參)이 최고라 했지만, 애매한 점이 많아 채취가 중단되고 한국 삼을 수입해 쓴다는 기록도 지나쳐 볼 수 없다. 또한 백제의 인삼을 고구려의 것보다 선호했다는 사실과 함께, 삼국시대부터 한국이 인삼의 명물지로 인식되었다는 점도 확인해 볼 길 있다. 특히 고구려가 중국을 상대로 수출한 한방 약재들, 이를테면 오미자·지네·다시마와 금은가루 등등 많지만 그 중에 대표적인 특산물이 인삼이었음을 이 책을 통해 밝게 헤아릴 수 있다.

아울러 백제는 지금 고구려에 신속(臣屬)되어 있는 까닭에 고구려가 바치는 인삼에 두 종류가 있게 된 셈이니 취사선택하라는 기사도 보이는데, 고구려가 백제를 복속시킨 상황이면 고구려의 국력이 위세를 떨치던 시간대임을 가늠할 만하다.

고구려는 광개토대왕(재위 391~413)과 장수왕(재위 413~491) 때 나라 영토를 최대화하였고, 체재 정비를 위해 수도를 국내성에서 평양성으로 옮겼다. 장수왕 2년인 414년에는 고구려 시조인 동명왕을 연원으로 삼고 광개토대왕의 업적을 적은 〈광개토대왕비문(廣開土大王碑文)〉을 만들었고, 5세기 말에는 요동을 포함한 만주 땅까지 벋어나가는 최전성기를 구가하였다. 바로 이처럼 정치·군사·문학 등 각 분야에서 융성을 보이고 있던 일각에서 왕성한 활력의 상징인 인삼이 또한 은근히 국제적인 성가(聲價)를 높이고 있었다는 사실에 묘한 흥미마저 불러일으킨다.

〈인삼찬〉은 형식상 『시경(詩經)』이라든가 〈황조가〉·〈공무도하가〉 같은 초창기 고대 시가에서 자주 볼 수 있는 4언시 형식을 취하고 있다. 하물며 2구와 4구의 끝 자인 '음(陰)'과 '심(尋)'이 정확히 압운(押韻) 규칙을 따르고 있다. 곧 평성(平聲) 30운(韻) 중 '침(侵)' 운(韻)에 속하는 글자들인 것이다.

또한 제목을 '人蔘讚'으로 표기하는 데가 있는가 하면 '人蔘贊'으로 표기하는 문헌도 있다고 했는데, 실제로 여기의 '찬(讚)'과 '찬(贊)'을 문체상의 명칭으로 볼 경우 서로 혼동해 쓰는 수가 많다. 찬(讚)은 '稱人之美' 곧 사람의 훌륭한 점에 대해 칭송하는 뜻 외에도 '찬(纂)'·'찬집(纂集)' 곧 자료를 모아서 엮는다는 뜻으로도 풀이한다. 동시에 의견을 진술하고 논평하는 글(稱述論評之文)이란 의미도 간과될 수 없다. 5세기 위진남북조 시대의 문체론 저서인 『문심조룡(文心彫龍)』에서 "찬(讚)은 좋은 점과 나쁜 점을 아우른다(讚之義 兼美惡)"고 한 것도 같은 맥락이다. '贊'으로 통한다 했으니, 이른바 잡찬(雜贊), 애찬(哀贊), 사찬(史贊) 따위가 바로 그 증거이다. 『한서(漢書)』의 열전은 주인공 이야기 맨 끝에 저자인 반고(班固)가 '찬(贊)'을 따라 적었는데, 주석에 이르기를 "찬(贊)은 찬(鑽)"이라 했다. 꿰뚫는다, 깊이 연구한다, 한곳에 모은다는 말이니, 그 의미가 꼭 칭찬에만 있는 것은 아니다. 지금 〈인삼찬〉의 경우만 봐도 그 내용이 인삼 예찬은 아닌 것이다.

마침 작품의 제목 중의 '찬(贊)'이라는 용어에 유의하여 접근을 시도한 글도 있다. 곧 '찬(贊)'이라는 양식이 중국에서 위(魏) 왕찬(王粲, 177~217)의 〈정고부찬(正考父贊)〉과 진(晉) 하후담(夏侯湛)의 〈동방삭화찬(東方朔畵贊)〉 등 위진 시대에 시작되었다는 설명과 함께, 한국에서는 이와 같은 형식을 띤 가장 오랜 작품이라는 의미를 부여하기도 했다.

　　이러한 찬체(贊體)의 운문으로 우리나라 최고(最古)의 작품이 〈인삼찬(人蔘贊)〉이다. 찬(贊)의 상식(常式)인 사언사구(四言四句)에다 우구(偶句)에 격구압운(隔句押韻)한 것으로, 제2구 내에서 대구(對句)를 이루고 다듬어진 시어를 사용하여 기승전결의 구성을 갖춘 뛰어난 작품이다. (김장규, 「통삼 이전의 한문학 연구」)

과연 본토에서 위진남북조(220~589) 무렵에 처음 발생 진행된 문체 양식을 고구려 땅에서 재빨리 수용하여 동일 문체로 작품을 만들었다면 역시 비교문학사의 관점에서도 대단한 사건이라 할 만하다.

하지만 앞서 밝혔듯 '찬(讚)'·'찬(贊)'을 반드시 문체의 명칭으로만 한정시켜 볼 필요는 없을 듯싶다. 이를테면 찬(讚)에는 칭찬의 뜻도 있지만 동시에 밝히다(明也), 풀다(解也), 기록하다(錄也), 돕다(佐也) 등등의 의미가 포괄되어 있다. 찬(贊)도 마찬가지이다. 돕다(佐也), 알리다(告也), 말하다(說也), 밝히다(明也), 기리다(頌也) 등 훨씬 다양한 뜻을 갖추고 있으매 문체의 한 형식이 아닌 단순한 합성 조어(造語)로 보아도 무방하겠기 때문이다.

인삼의 한자어 표기는 '人蔘'이 아니라 당초엔 '人參'이었다. 중국에서 인삼에 대한 최초의 기록은 기원전의 전한(前漢)시대였다. 곧 원제(元帝, B.C.48~B.C.33) 시절 황문령(黃門令)을 지낸 사유(史游)가 편찬한 『급취장(急就章)』 일명 『급취편(急就篇)』이란 책에 '參' 곧 인삼에 대해 언급한바 있다. 또 후한 말의 의성(醫聖)으로 일컬어진 장중경(張仲景, 150~219)의 임상의학서 『상한론(傷寒論)』에서는 인삼을 이용한 21가지 처방법이 서술돼 있다. 오대(五代) 시절 이순(李珣, 855?~930?)이 썼다고 전해지는 『해약본초(海藥本草)』에는 신라국에서 공물로 보내는 삼(參)이 사람의 수족 모양을 닮았다고 하면서, 거기 비해 본토 중국의 인삼은 크기도 작고 대수롭지 않다는 말을 하고 있다. 하지만 당송 시절에 와서는 인식이 바뀐 모양이니, 산서성 소재의 상당(上黨)이라는 땅에서 나는 삼을 으뜸으로, 백제 고구려의 삼을 버금의 것으로 취급하였다고 한다. 그 시절 송나라 태종 때 국책사업으로 완성된 대백과사전인 『태평어람(太平御覽)』에서도 권991 '약부(藥部) 8'의 맨 앞에 인삼(人參), 단삼(丹參), 현삼(玄參), 사삼(沙參) 등으로 세분했음도 그 자부심의 한 단면으로 볼 수 있다. 여기의 표기도 '參'이었거니, 중국에서는 지금까지도 여전히 '參'으로 표기하고 있다.

오늘날 인삼 종주국으로서 한국 인삼의 면모는 여러 곳에서 확인 가능하다. 『본초강목』의 저자 이시진은 중국 상당 지역의 인삼은 이미 다 손상을 입었고, 쓸모 있는 것은 모두가 조선 땅의 삼이라고 증언하였다.

『양서(梁書)』 본기(本紀)에서는 양무제(梁武帝) 때 고구려 및 백제가 자주 인삼을 조공했다는 기록을 남겨 놓고 있다. 그 다음 수나라 때 편찬된 『한원(翰苑)』〈고려기(高麗記)〉에도 일명 장백산, 지금의 백두산 일대인 마다산(馬多山)이 인삼의 다산지라는 얘기를 싣고 있다. 진(陳)나라 승려인 관정(灌頂, 561~632)의 저술 『국정백록(國定百錄)』에도 "고구려가 다시마와 인삼을 보내왔다(高句麗昆布人參送去)"라는 기록이 보인다. 역시 송태종 때 만들어진 『책부원귀(冊府元龜)』에도 당태종 1년(627)에 신라의 진평왕이 사신으로 하여금 인삼을 예물로 보냈다는 대목이 있다. 『삼국사기』 진평왕 기사에도 그 일이 적혀있는지 확인해 보았더니, 과연 왕 49년인 627년 6월에 "사신을 당나라에 파견하여 조공하였다(夏六月遣使大唐朝貢)"고 되어 있어 부절을 맞춘 것 같은 적확(的確)함이 획득된다.

종합해 보면 중국 문헌에 최초로 삼이 소개된 것을 근거로 중국을 인삼의 기원이라 말하기도 하지만, 명나라 이후에 쇠잔을 겪으면서 이후 한반도와 만주 연해주 일대에 나는 삼이 우위 개념으로 바뀌었던 양하다. 이렇듯 인삼이 좋아하는 기후와 토질 등 최선의 자연 환경 및 실제 산출되는 인삼의 질적 수준 등을 총관했을 때 역시 한국이 진정한 인삼 종주국의 면모를 갖추었다 하겠고, 또한 일찍이 〈인삼찬〉 같은 작품도 나타날 수 있었다고 본다.

　　이 땅에서는 조선왕조 이후의 문헌에서 표기상 '人參' 대신 '人蔘'으로 대체를 보이고 있으니, 우리쪽에서 가장 오래된 한의서로서 1417년 간행본이 현존하는 『향약구급방(鄉藥救急方)』에 벌써 인삼의 삼자가 '參'이 아닌 '蔘'으로 되어 있다.

　　인삼의 한국 고유한 이름도 '삼'이 아닌 '심'이라는 설도 있다. 이 어휘의 정확한 유래는 소구하기 어렵지만, 일찍이 『동의보감』을 비롯한 이후의 대표적인 한방의학서에 하나같이 '심'으로 표기돼 있는 현상에 근거를 두는 양하다. 아울러 오늘날 '심마니'라는 말에서 그 여운을 찾기도 한다.

　　돌이켜, 〈인삼찬〉은 작가의 이름을 알 수 없는 이른바 작자 미상의 고구려 한시로 남은 작품이다. 말하자면 작가 이름이 명백한 〈영고석〉과는 주어진 조건이 같지 않다. 곧 이것이 저 정법사 작의 〈영고석〉처럼 애당초 어떤 한 사람의 작가에 의해 오언고시 형식에 맞춰 지어진 결과라고만 단정 짓기 어렵다. 이를테면 저 〈황조가〉가 원래는 고구려의 애정민요였는데 나중 단계에 한역화되었을 것이라는 논의가 정착돼 있는 것과 마찬가지로, 이 작품 역시 혹 초기에는 고구려 사람들이 집단으로 삼을 캐면서 부른 노래거나 동요였는데 나중 단계에 누군가 지식인의 손길을 타고 옮겨진 한역시일 개연성도 생각하는 것이다.

10
정읍사 井邑詞
애(愛)와 욕(慾)의 갈림길에서

百濟
禪雲山
長沙人征役過期不至其妻思之登禪雲山
望而歌之

無等山
無等山光州之鎮州在全羅爲巨邑城此山
民賴以安樂而歌之

方等山
方等山在羅州屬縣長城之境新羅末盜賊
大起據此山良家子女多被擄掠長日縣之
女亦在其中作此歌以諷其夫不即來救也

井邑
井邑全州屬縣縣人爲行商久不至其妻登
山石以望之恐其夫夜行犯害托泥水之污
以歌之世傳有登岾望夫石云

智異山
求禮縣人之女有姿色居智異山家貧盡婦
道百濟王聞其美欲內之女作是歌誓死不
從

『고려사』 악지 삼국속악 백제 조 안의 〈정읍사〉 배경담

井邑詞

돌하 노피곰 도ᄃᆞ샤
어긔야 머리곰 비취오시라
어긔야 어강됴리
아으 다롱디리
全져재 녀러신고요
어긔야 즌ᄃᆡ를 드ᄃᆡ욜셰라
어긔야 어강됴리
어느이다 노ᄒᆞ코시라
어긔야 내 가논ᄃᆡ 졈그ᄅᆞᆯ셰라
어긔야 어강됴리
아으 다롱디리

井邑全州屬縣人爲行商久不至
其妻登山石以望之恐其夫夜行犯
害托泥水之汚以歌之世傳有登岾望夫石云

이 노래 가락에 맞혀 보니 하나 인정스러움이 가득 넘친다 최세화

麗史樂志云舞隊樂官及妓立于
南樂官置行而坐樂官二人來妓及
奏置於殿中諸妓歌井邑詞樂鼓以樂二十六人次鼓
菫具由前栖入置於殿中而出樂師抱鼓挺十六箇由東挺入置鼓南而
出諸妓唱井邑詞

壬寅林昌井邑詞를討究記錄文敎出處 一中興人

一中 김충현의 〈정읍사〉 書題. 1962년

〈정읍사(井邑詞)〉는 오늘날 가사가 전해져 오는 유일한 백제의 가요이다. 백제 가요일진대 정녕 국문으로 표기된 가장 오래된 노래라는 소중한 의미까지 얹혀 있기도 하다. 나아가, 후대 시조 형식의 원형을 지닌 노래라는 의미마저 부여하기도 한다. 그 뿐이랴, 단지 희귀하다는 사실을 넘어 그 문학성에 있어서도 형식과 내용의 빼어남이 가히 절창(絶唱)되기에 손색이 없었다.

일찍이 『고려사(高麗史)』 권71 안의 음악기록인 악지(樂志) '삼국속악 백제'에는 〈정읍사〉만 아니라 〈선운산가(禪雲山歌)〉·〈지리산가(智異山歌)〉·〈방등산가(方等山歌)〉·〈무등산가(無等山歌)〉 등 모두 다섯 편의 백제 가요, 이른바 '백제오가(百濟五歌)'에 대한 사연들이 수록되어 있다. 그런 중에 다른 네 편과 달리 유독 〈정읍사〉 한 작품만이 노래와 설화가 함께 남아 통일신라·고려·조선을 거쳐 오늘날까지 현저한 이름을 새기었고, 진지한 연구와 함께 한국문학사상 발군의 유산으로 인정을 얻게 된 사실로도 그 문예적 특립(特立)을 짐작케 한다.

노래는 『악학궤범(樂學軌範)』에 한글로 실려 있고, 배경담은 이미 소개한 『고려사』 외에도 『동국여지승람(東國輿地勝覽)』 권34 '정읍현 고적조(古蹟條)'에 역시 동일한 모양으로 실려 있으니, 앞 시대 『고려사』의 것을 참고한 것이다. 노래에 대한 이해를 돕기 위해 우선 관련된 이야기를 소개한다.

井邑 全州屬縣 縣人爲行商久不至 其妻登山石以望之 思其夫夜行犯害 托泥水之汚以歌之 世傳有登岾望夫石云.

정읍(井邑)은 전주(全州)에 속해 있는 고을이다. 이 고을 사람이 행상(行商)을 떠나 오래되어도 돌아오지 않았다. 그러자 그 아내가 산 위 언덕에 올라 바라보며 남편이 밤길 도중에 해를 입을까 두려워한 나머지 진흙물의 더러움에 부쳐서 이 노래를 불렀다. 세상에 전하기는, 고개에 오르면 남편을 기다리다 돌이 되어버린 망부석(望夫石)이 있다고 한다.

백제 시절 어느 행상인의 처가 행상 떠난 남편의 안전을 기원하여 불렀다는 이 3연 6구로 구성된 노래 가사를 『악학궤범』 권5의 '무고(舞鼓)'에 실려 있는 내용 그대로 옮긴다.

前　腔　　들하 노피곰 도두샤
　　　　　어긔야 머리곰 비취오시라
　　　　　어긔야 어강됴리
小　葉　　아으 다롱디리

後腔全　　져재 녀러신고요
　　　　　어긔야 즌 딕롤　　드딕욜셰라
　　　　　어긔야 어강됴리

過　篇　　어느이다 노코시라
金善調　　어긔야 내 가논 딕 겸그롤셰라
　　　　　어긔야 어강됴리
小　葉　　아으 다롱디리

가사 앞에 표기된 전강(前腔)·소엽(小葉)·후강전(後腔全)·과편(過篇)·금선조(金善調)는 모두 악조(樂調)의 명칭이다. 그리고 매 단락의 뒤에 '어긔야'·'아으 다롱디리'·'어강됴리'는 노래의 흥을 돋우기 위해 끼워 넣는 조흥구(助興句)들이다. 이를테면 의미구가 아닌 후렴구에 해당한다. 따라서 이런 부분들을 제외하고 노래의 원 가사만을 살려 현대 언어로 풀이하는 일이 우선의 과제이다.

다만 몇몇 군데에 의아한 구석이 있고 해석자들 간에 다양한 논란이 있는 점을 감안한 속에도 현대어 해석은 대체로 다음과 같은 형상을 띤다고 하겠다.

달님이시여! 높이높이 돋으시어
아! 멀리 멀리 비추어 주시옵소서.
저자에 가 계신가요?
아! 진 곳을 디딜까 두렵습니다.
어느 것이나 다 놓고 오세요.
아! 내(님) 가는 곳에 날이 저물까 두렵습니다.

그런데 이 노래를 제대로 파악하기 위해서는 무엇보다 가사 하나하나에 대한 정확한 뜻풀이가 최우선 되어야 한다. 따라서 무난히 풀이된 부분은 물론이고, 논자들 사이에 논란 있던 처소까지를 함께 소개해 둘 필요가 있다.

맨 앞 제1장 '들하'에서의 '하'는 그냥 긴장 없이 부르는 일반호격의 '(달)아!'가 아니라, 존칭호격조사인 '이시여'의 뜻임에 유의하지 않을 수 없다. 따라서 '달님

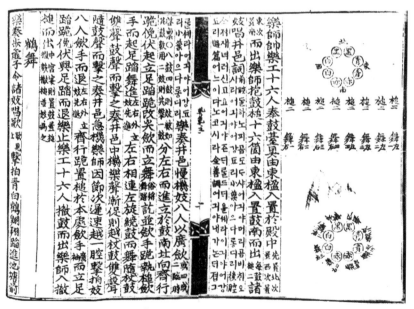

『악학궤범』에 수록된 〈정읍사〉

이시여!'로 옮긴다. 이 간단한 탄식에 달을 사람인양 부르는 이른바 의인(擬人) 및 돈호(頓呼)의 수사법이 일시에 구사되어 있다. 이울러 여기 존칭의 '하'는 신라 향가인 〈원왕생가(願往生歌)〉 첫머리의 '들하 서방신장 가샤릿고'에서도 그 용례를 확인할 수 있다. 달을 향한 존대법은 바로 다음 구의 종결어미인 '비치오시라'에서 일관됨을 보여준다. 그리하여 '달님이시여! 서방정토까지 가시는 건가요?'로서 마땅한 풀이가 된다.

그 다음 '노피곰'에서 '곰'은 강세 접미사로 반복 강조의 의미를 띠는 말이니, 곧 '높이높이'로서 타당하다. 따라서 뒤에 이어지는 '머리곰'도 마찬가지, '멀리멀리'가 된다. '어긔야'는 감탄사 '아아' 쯤으로 옮겨 무난하다. 이 첫 번째 장은 달님 앞에 남편의 무사함을 간원하는 아내의 걱정 깊은 심사가 잘 표현되어 있다. 달님한테 남편이 나아가는 길에 달빛을 환하게 비춰 줄 것을 비는 마음이다. 뒤미처 붙는 '어긔야 어강됴리 / 아으 다롱디리'는 악률에 맞추어 부르는 뜻 없는 소리이니, 여음구(餘音句) 또는 조흥구(助興句)로 불린다.

자고로 달은 한갓 천공에 떠있는 현상체로서의 달이 아니라, 광명의 상징이다. 환하게 내려다보는 천지신명 같은 초월자로, 고대의 사람들에게는 경건한 신앙적 대상으로 관념되어 왔다. 신라 향가인 〈원왕생가〉에서의 달 또한 마찬가지이다. 달은 사바세계와 서방정토 사이를 연결해주는 초현실적 매개자로서, 해탈에 대한 간절한 소원을 비는 신앙적 대상이었다. 그같은 초월의 능력을 띠고 있기에 상대의 안녕 및 개인의 소원을 비는 대상이라는 상징적 의미를 자체에 내유해 왔다. 〈정읍사〉에서의 달 역시 정서상으로는 아내와 남편 사이에 떨어져 있는 거리를 좁혀주고 이어주는 매개물이면서, 관념상으로는 남편의 무사귀환을 기원하기 위한 대상으로서의 초월적인 존재이다. 여인 자아에게 더없이 간절한 메신저 역할을 지니고 있는 것이다.

제2장 첫 구의 '져재'는 저자에, 시장에의 뜻이다. 이때 '저자에 가 계신가요?'

처럼 의문형으로 이해하는 측면이 있는 반면 '저자에 가 계시겠지요!' 같이 감탄형으로 이해할 수도 있다. '즌 뒤'는 진 데, 진 곳이다. 물리적으로는 그냥 질척이는 곳이란 뜻이지만『고려사』악지의 배경담에선 문학적인 비유어로 설명했다. 남편이 밤길에 해를 입지나 않을까(夜行侵害) 하는 염려를 진흙물에 더러워짐(泥水之汚)에 비유하여 노래를 불렀다고 하였으니, 결국 '즌 뒤'는 위험한 곳 내지 더러운 곳에 대한 우의적 표현이다. '~셰라'는 두려움을 나타내는 종결어미이다. 따라서 '진 데를 디딜까봐 두려워라'의 뜻이 된다. 그리하여 두 번째 장은 남편의 안전에 대한 아내의 걱정, 남편이 무사하기를 비는 간절한 마음이 구체화되어 부각된 구절이다. 달을 향해서만 아니라 남편에 관련해서도 그 걱정하고 위하는 표현이 역시 철저히 존대법으로 일관돼 있다. 곧 '녀러신고요', '드뒤욜셰라', '노코시라'가 하나같이 존칭형 종결어미인 것이다.

한편 이 구의 경우 바로 앞 글자인 '全' 자와 연관하여 논란이 심한 부분이기도 하다. 곧 '後腔(후강)'까지가 악조의 명칭이요, '全'은 뒤쪽에 붙여 '全져재'를 의미부로 이해하고자 하는 해석이 그러하다. 그리하여 이를 '全州 저자'로 보겠다는 논지가 대두되었다. 이 마당에 전주(全州)라는 지명 문제와 결부되어 그 문제가 커지고 말았다. 다름 아니라 백제 이래 종전에는 완산주(完山州)로 불렸던 것이 통일신라 경덕왕 15년에 전주로 개명한 사실을 근거 단서로 삼아 이 노래가 경덕왕 이후 내지는 고려시대에 만들어졌다는 주장이 생겨난 것이다.

그런데 모든 전통시대의 노래는 그것을 문자로 옮기는 과정에, 바로 옮기는 당사자들의 시대적 감각 및 정서에 맞춰 이행된다는 사실을 감안하면 별반 문제 삼을 거리가 아닐 수 있다. 이런 문제는 앞서 〈명주가(溟州歌)〉에서도 다룬 바가 있다. 즉 이런 경우 고증에만 의존한다면 〈명주가〉에서의 명주(溟州)도 삼국이 통일된 이후의 신라 경덕왕 때에나 생겨난 이름이니 고구려 노래일 수 없고,『고려사』악지가 신라의 노래라고 소개한 〈목주가(木州歌)〉의 목주(木州)라는 지명 또한 고려에 들어와서 생겨난 이름이니 문득 신라 노래가 될 수 없다. 역시 신라의 〈동경가(東京歌)〉에서의 동경(東京)이란 지명의 성립 역시 고려 성종 때이니, 이 작품의 신라 가요설은 또 한 차례 의심 받아 마땅한 것이 되고 만다.

『삼국유사』의 〈견훤(甄萱)〉에는 광주(光州) 북촌의 한 부잣집 딸과 지렁이 사이에 태어났다는 견훤의 탄생 설화가 있다. 하지만 견훤의 탄생 이전에는 '광주'란 지명은 없었다. 백제 때는 '무진주(武珍州)'라 불렸고 신라 경덕왕 16년에 고쳐 '무주(武州)'로 불렸으니, '광주'란 지명은 고려 태조 23년에 비로소 생겨난 이름인 것이다. 따라서 견훤의 탄생 이전에 '광주'란 이름은 합당치 않다.

이같은 지명의 혼효와 관련하여 『삼국유사』 기이(紀異)편 〈연오랑세오녀(延烏郎細烏女)〉 이야기의 첫머리에 보이는 국명의 혼동 양상도 이에 참고가 된다.

> 第八阿達羅王卽位四年丁酉 東海濱有延烏郎細烏女 夫婦而居 一日延烏歸海採藻 忽有一巖負歸日本.
> 제8대 아달라왕이 즉위한 지 4년 되는 정유년(丁酉年)에 동해 바닷가에 연오랑과 세오녀가 부부로 살고 있었다. 하루는 연오랑이 바다로 나가 해초를 따는데, 홀연 바위 하나가 그를 등에 태우고는 일본(日本)으로 가버렸다.

신라 8대 아달라 이사금은 『삼국사기』 연표에 따르면 서기 154년부터 184년까지 31년 간 재위한 임금이니, 왕 즉위 4년은 157년에 들어간다. 이 해에 연오랑이 갔다고 하는 나라 명칭으로서의 '일본(日本)'에 유의해 볼 것이다. 기실에 있어서는 왜국이 일본으로 국명을 개칭한 사실이 『삼국사기』에 명기되어 있는바, 그것은 신라 문무왕 10년인 670년의 때를 기다려서 가능한 일로 나타났다.

이처럼 『삼국유사』와 같은 이야기 문예를 통해서도 기록자는 그가 살던 시대보다 앞 시대의 일을 말함에 있어 과거의 사록(史錄)을 철저히 고증하기보다는 자기 시대의 통용어에 따르는 지명을 구사하고 있음을 인증하였다. 지금 정읍이니 전주니 하는 지명 또한 기록자들이 자기 시대적 정서에 충실한 표현임을 알 수 있다. 따라서 역사 고증을 통한 접근 방식은 자칫 신기루 허상을 좇아가는 결과만 초래하기 십상인 것이다.

한편으로 '숯져재'가 전주 시장이라는 설과는 또 달리 일각에서는 '숯'을 '전체(全體)'의 뜻으로 새겨 '전체 저자거리, 모든 시장'으로 이해하겠다는 해석자들도 있어 새로운 대치의 국면을 이룬다. 그러나 고려가요를 수록하고 있는 『악학궤범(樂學軌範)』·『악장가사(樂章歌詞)』·『시용향악보(時用鄕樂譜)』 등의 원문은 일체가 한글로만 되어 있을 뿐, 그 어느 한 군데 한자표기가 섞여 기록된 경우를 찾아볼 수 없다. 이때 방향은 절로 정해지니, 역시 '져재'로서 합당한 것이다.

세 번째 장의 '어느이다 노코시라' 또한 논란이 없지 않다. 셋째 음절인 '이'를 '곳'으로 보는 반면에 '것'으로 이해하는 등 각각 관점을 달리하는 국면이 있다. '어느 곳에나 놓으십시오, 어느 것이나 다 내려놓으십시오, 어느 것이든 다 놓고 오세요' 쯤으로 별 이의가 없다.

마지막 구는 의견의 차이가 가장 현절한 부분이다. 글귀 그대로를 따라간다면 일단은 '아, 내가 가는 곳에 날이 저물까봐 두려워라'가 된다. 하지만 이대로 읽었다간 속절없이 의미 경색에 부딪힐 수 있다. 말하자면 남편이 가는 길인데 오히려 걱정에 싸인 아내의 가는 길인 양 되어 있기 때문이다. 그 결과 당연히 여기의 '내'를 '내님이'로 간주코자 하는 견해가 대두되었다. 그럴 경우 '내님 가는 곳에 날이 저물까 두렵다'는 말로 일약 소통이 가능해진다. 그럼에도 가사의 '내'를 자의로 어휘를 덧붙여 '내님'이라 바꿔 풀이함은 뭔가 순조롭지 못하다는 느낌을 못내 떨치기 어렵다. 이에 대해 '내 남편'을 '우리 남편'으로 부르는 것과 같은 차원으로 해석하면 된다지만 끝내 석연치 않다. 차라리 여기의 '나'가 '우리'와 통한다고 했어도 나을 뻔했다. '나'나 '우리'는 여전히 1인칭 영역 안에 머물러 있기 때문이다. 그러나 자아 주체인 1인칭 '나'를 엄연한 2인칭 대립객체인 '너'와 혼용하면서 이해를 기대하는 일이 얼마나 가능한 것인지? 또는 전통의 문학 속에 과연 그러한 사례가 다시 있는지를 생각하면 그리 편안할 것 같지 않다. 굳이 내 님을 나타내고자 했을 양이면 그냥 '내 가논 디 졈그룰셰라' 대신 '내님 가논 디 졈그룰셰라'로 하다면 아무 문제도 없을 터였다. 고려가요 중에 여인이 자신의 남자를 그리워하는 또 다른 노래인 〈이상곡(履霜曲)〉에서도 '고대셔 싀여딜 내모 미(곧 죽어 없어질 내 몸이)'에서의 '내'와, 바로 뒤에 '내님 두숩고 년뫼룰 거로리(내 님 두고 다른 산길을 걸으리오)'에서의 '내님'이 별개의 존재로서 자연스런 흐름을 타고 있다. '내님' 또는 '내 남편'으로 표현하면 안 된다는 글의 법칙이 있다면 모르지만, 그같은 제재를 받은 일도 없는데도 굳이 '내=내 남편'으로 이해받기 바라는 힘겨운 소통을 감수해야만 할 이유가 있었나. 그리하여 오늘날 바라보는 입장에서도 두루뭉술 자의적인 해석처럼 보여 못내 수긍이 어렵다.

게다가 고려가요 〈한림별곡(翰林別曲)〉의 8장, 그네 타기의 즐거움을 노래한 중에 '내 가논 디 눔 갈셰라'는 이것이 흡사 〈정읍사〉의 '내 가논 디 졈그룰셰라'를 곧장 연상케 한다. 이 대목은 '내가 가는 곳에 남이 갈까 두려워라'로 아무런 문제가 없는 부분이기도 하다. 〈한림별곡〉은 고려 13세기 초의 창작이니 바로 고려의 지식인들이 〈정읍사〉의 '내 가논디 졈그룰셰라'를 어떻게 이해했는지 엿볼 수 있는 절호의 사례가 아닐 수 없다. 그리고 〈한림별곡〉에서의 '내' 역시 당연히 '나'일 뿐이지, 무슨 2인칭 다른 누구를 지시하는 말이라며 구차한 첨언 사족을 붙일 필요가 만무한 것이다.

하물며 뒤의 '졈그룰셰라'는 자연스레 '(해가) 저물까봐 두렵구나'로 하였거니와, 해의 저묾은 그대로 해가 떨어져 어두워지는 시간을 뜻한다. 그러나 이 경우에조차 문제는 따른다. 맨 첫머리에서 주인공 여인은 밤의 언덕에 올라 달님이시여!를 부른 마당이요, 노래는 필경 달밤을 배경으로 시작하였는데, 노래 중간에 난데없이 해 저묾을 걱정한다면 주야간 시간상의 저촉을 면할 길이 없게 된다.

그렇다고 '내'를 주인공 여인이라 해도 모순은 야기된다. 여인이 어디론가 오가고 다니는 당사자는 아니기 때문이다. 결과적으로 이 두 가지 해석이 모두 한 가지씩 전후간에 순조롭지 않은 모순을 남기는 바람에 논란은 더욱 비등해지고 말았다. 결국 순전히 남편의 안위만 걱정하며 기다리는 아내의 노래, 이를테면 순정가로만 보는 기존의 관점에서는 이렇게도 저렇게도 할 수 없는 자가당착에 빠져들 수 밖에 없는 셈이다.

그런데 〈정읍사〉 관련해서 역사적으로 한 가지 희한한 일이 있었다. 〈정읍사〉가 〈동동(動動)〉 등과 함께 중종 때 조정 신하들에 의해 남녀 간 음란한 가사라 하여 궁중 음악에서 폐기되었던 사실이니, 이 기록이 『중종실록』에 나타나 있다.

『중종실록』 안에 〈정읍사〉가 음란한 가사라 하여 다른 가사로 대체하였다는 대목

大提學南袞啓曰 前者 命臣改製樂章中 語涉淫詞釋敎者 臣與掌樂院提調
及解音律樂師反覆商確如牙拍呈才動動詞 語涉男女間淫詞 代以新都歌 蓋以
音節同也 … 舞鼓呈才井邑詞 代用五冠山 亦以音律相叶也 處容舞靈山會相
代以新製壽萬年詞 ….

　　대제학 남곤(南袞)이 아뢰기를, 지난번 신(臣)에게 궁중악 가사 속의 음란한 가사
거나 석가의 가르침에 가까운 말을 고치라 명하셨기로 신이 장악원(掌樂院) 제조
및 음률을 아는 악사들과 진지한 논의를 거쳐 아박(牙拍) 가무에 들어가는 〈동동(動
動)〉 가사처럼 남녀 음사가 끼어있는 것은 〈신도가(新都歌)〉로 대체하였사오니, 이
는 대개 음절이 같기 때문입니다. … 무고(舞鼓) 가무에 들어간 〈정읍사(井邑詞)〉는
〈오관산(五冠山)〉으로 대체하였사오니, 이 역시 그 둘이 서로 음률에 맞기 때문이나
이다. 〈처용무(處容舞)〉와 〈영산회상(靈山會相)〉은 새로 지은 〈수만년(壽萬年)〉 가
사로 대체하였사오며, ….

　　중종 13년(1518) 4월1일의 기사이다. 악장 정리의 때에 음사(淫詞)로 지적받고
배타 당했다는 이 기록 안에서 그 동안의 석연치 못했던 의혹이 한순간에 불식되
는 감이 있다. 아무튼 이 대목이 막다른 길로 들어선 마당에 노래에 대한 해석은
더 이상 행상 나간 남편에 대한 걱정과 함께 무사 귀환만을 기원하는 아내의 진정
(眞情)이라고 한 『고려사』의 건전한 설명에만 무조건 의지하기 곤란한 국면을 맞
게 되었다.

　　그리하여 이제 〈정읍사〉를 순정가요가 아닌 남녀상열의 음란가요 차원으로 시
험해 볼 필요에 당하게 되었다. 이러한 입장에서는 바로 앞의 '즌 듸롤 드듸욜셰
라'를 보는 시각도 성애(性愛) 쪽으로 바뀌게 된다. 곧 '즌 듸'를 기생집이나 색주가
등이 모여 있는 거리로 보니, 남편이 화류항(花柳巷)에 발을 들였을까 두렵다는
뜻으로 수용된다. 결과 '졈그룰셰라'를 더 이상 '(해가) 저물까봐 두렵구나'로 다룰
방도는 없게 되었다. 다른 해법이 필요했던 결과, 그것을 푸는 열쇠가 바로 '적실
까봐 두려워라'의 적용이었다. 이는 남편의 외입(外入) 곧 다른 여인과의 육체적

결합에 대한 연상인 것이다. '(내 남편의 성기가 다른 여인 속에) 적셔질까봐 두렵구나.' 이 순간 바로 앞 '내 가논 딕'의 '내' 또한 나 아닌 남편이라는 구차한 부연설명 따위 더 이상 필요가 없게 되었다. 어색한 문법 설명 뒤에 힘주어 지적하는 남편이 아니라, 바로 자연스런 글 흐름 안에서의 아내 자신이 될 따름이다.

한편, 여기의 '나'를 주인공 여인으로 봄은 물론 똑같이 다른 여인에게 빠지지나 않았을까 하는 불안과 우려로 보는 점은 같지만, '졈그룰셰라'를 다르게 풀이하는 방식도 생겨났으니 '내 (인생) 가는 길에 해가 저물까봐 두렵구나'가 그것이다. 저무는 해는 자신의 삶의 불행한 그림자를 암시한 은유적 표현으로 이해한다. 결국 행상 나간 남편이 다른 여인에 빠져있다는 불안감 뒤에 자신이 가야할 앞날의 어두운 삶을 두려워한다는 의미로 보고자 하는 관점이다. 하지만 이런 적용은 〈정읍사〉가 음란가요로 지적 받았던 역사적 현실을 뒤받쳐 주는 일에 전혀 보탬이 되지 않아 고립되고 말 뿐이다.

생각건대 〈정읍사〉에 대해 백제 이래 전통적으로 두 가지의 수용 방식이 표리를 이루면서 병행 되어왔다. 노래가 처음 생겨났을 시에는 온전히 착한 아내의 정신적 형상을 기린 것이었겠지만, 점차 노래를 향유하는 기회와 시간이 많아지면서 가사 하나하나에 '신체적 국면'의 해석이 가세하였다. 곧 외설적으로 대입시켜도 문득 소통이 이루어지는 현상의 발견 위에서 그것을 내밀하게 즐기고자 하는 상황이 더해졌다. 일상의 지시적 의미만 아니라 관능 묘사의 내포적 의미까지 포괄되었음을 뜻한다.

돌이켜 살피면 노래들 중에는 반드시 글자 자체의 제1의적 의미만으로 한계 짓지 않고, 간혹은 감상자의 추구하는 바에 따라 제2의적인 여지를 띠고 있는 사례들이 종종 있어 왔다. 일례로서 고대 가요 〈구지가〉에서의 '龜'를 남성기(男性器)로 보는 관점이 있었다. 고려가요 〈청산별곡〉에서의 '사슴', '장대', '해금'은 남녀의 교합 및 교성에 대한 암시어로서 무게 비중이 높다. 조선시대 민요 〈아리랑〉에서의 '고개', '버리고 가시는 님', '발병'과, 〈도라지타령〉에서의 '도라지' 및 '바구니' 등도 다 남녀 정사와 관련지어 설화되어 온 부분들이다. 그럴 경우에 〈정읍사〉는 이러한 은유 노래의 초창기 사례에 속한다고 할 수 있다. 그러면서 가사가 전하지 않는 다른 백제의 노래와 달리 이 노래만이 긴긴 세월 의연히 관류할 수 있게된 데는 가사 속에 감춰져 있는 선정과 애욕의 이미지 확보가 중요한 요인으로 작용했다고 본다. 심지어는 가사만 아니라 제목의 '井邑'조차 '샘골'이라 풀면서 여성 성기 유감(類感)으로 이해하는 경향도 부수되어 왔다. 역으로 말하면 노래 안쪽에 깔려있는 비밀스런 외설성이 오랜 연월 대중의 유희 본능을 충족시키면서 시간과 시대를 타고 넘어갈 수 있게 한 에너지 원천이 되었다는 것이다.

다만 조선시대 성리 유학의 분위기상 〈정읍사〉의 표면 주제에 해당하는 윤리 도의적인 건전한 해석이 압도적인 기류를 타게 되었다. 9대 성종 당시 『악학궤범』에 수록하는 마당에서도 그 배경이야기가 부부 사랑의 순량(醇良)한 주제 쪽으로 당연 천명되었을 터이다. 하지만, 음학(淫虐)을 일삼던 연산군 시절의 해괴한 환경 안에서 이 노래가 가일층 정동(情動)·음외(淫猥)한 쪽으로 흘러갔던 것으로 사료된다. 그 뒤에 일어난 중종반정으로 연산군이 폐위된 후 새로 가악을 정리하는 마당에 남곤(南袞, 1471~1527) 등이 앞 시대 〈정읍사〉, 〈동동〉 등의 퇴폐성을 척결하는 차원에서 이같은 건의를 하였다고 본다.

하지만 그 후에 〈정읍〉 가사를 담은 무고정재(舞鼓呈才)가 단절되고 끝났을 성싶지 않다. 마침 조선 광해조 때 허균(許筠, 1569~1618)이

허균의 『성소부부고』에
〈정읍사〉 연주 뒤의 노래를 담은 시

〈정읍〉 곡조를 듣고 읊은 시가 남아 저간의 소식을 잘 전파해 준다.

昇來腰鼓置中筵	장구를 지고 와 마당 한가운데 배치하고는
輪得紅槌彩袖翻	교대로 치는 채 바람에 채색 소매 펄렁펄렁
催拍急簫謳井邑	잦은 박판, 빠른 퉁소가락으로 정읍 노래하는데
八盤初轉響塡然	팔반이 처음 바뀌어 든 순간 둥둥 북소리 드높아라.

『성소부부고(惺所覆瓿藁)』 '병한잡술(病閑雜述)'《열악(閱樂)》8수(首) 중의 한 편이다. 그 당시 〈정읍사〉를 노래할 때 박판(拍板)과 퉁소가 빠른 가락으로 연주했음을 알 수 있는데, 한없이 불안 초조하고 조급한 망부(望夫)의 정한을 촉급(促急)한 형상으로 해석한 소치라 하겠다.

이후에 극옹(屐翁) 이만수(李晩秀, 1752~1820)가 편찬한 『투호아가보(投壺雅歌譜)』라는 책이 있다. 투호는 상류층의 놀이 때에 두 편으로 나누어 병 속에 화살을 던져 넣는 경기인데, 〈정읍사〉 가사를 〈아롱곡(阿弄曲)〉으로 칭하면서 불렀다. 이로써 그 애착의 정도를 알 수 있고, 그렇게 이 가사를 기호하는 이유 또한 어쩌면 그 유희음설 쪽에 있는지 알 수 없다. 또한 조선시대의 궁중에서는 음력 섣달그믐 날 밤, 이른바 대회일(大晦日) 제야에 요사스런 귀신을 쫓기 위한 나례(儺禮) 의식

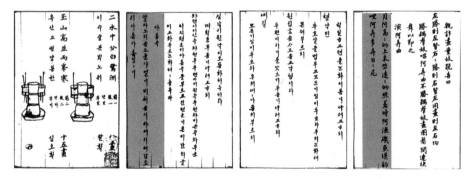

병속에 화살을 던져 넣는 귀족층의 유희에도 〈정읍사〉 가사가 불렸음을 알려주는 『투호아가보』

뒤에 행해진 연주들이 있었다. 〈처용무(處容舞)〉·〈봉황음(鳳凰吟)〉·〈삼진작(三眞勺)〉·〈북전(北殿)〉·〈영산회상(靈山會相)〉 등과, 바로 이 〈정읍무(井邑舞)〉의 존재가 함께 포함되어 있었던 것이니, 〈정읍사〉야말로 한국 시가문학사상 보기 드문 저력을 지닌 노래였다.

그런데 일각에선 〈정읍사〉가 백제 노래라는 『고려사』의 기록에도 불구하고 고려의 노래일 것이라는 견해를 내세웠다. 그리하여 이 작품은 시대 논의를 통해 더더욱 깊은 관심으로 각인되기도 했다. 역시 정읍과 전주라는 지명이 신라 경덕왕 이후에 생겨났다는 이유가 크게 작용했던 것이었고, 비슷한 차원에서 후백제 때 노래라는 설도 이에 가담했다. 하지만 앞서 일례로 보았듯이 기록들은 철저한 역사 고증을 따르는 대신 현재적인 정서에 맡겨 쓴다는 문헌적 실제 안에서 그같은 접근은 별반 의미 있지 못하다.

〈정읍사〉의 백제 시대설을 의심한 마당에선 『고려사』 권71 악지(樂志)2 '삼국속악(三國俗樂)'조에 〈정읍사〉가 배치된 사실조차 문득 이 책 편찬자들의 잘못으로 돌리게 된다. 게다가 마침 같은 『고려사』 안의 '고려속악' 조에는 〈무고(舞鼓)〉 정재(呈才) 때 〈정읍사〉를 가창하였다는 기록도 눈에 띄는 바, 그만 이를 절호의 단서로 삼아 한순간에 〈무고〉를 〈정읍사〉와 동일시한 견해마저 나타나기도 했다. 〈무고〉는 고려 충렬왕 때 시중(侍中)을 지낸 이곤(李混)이 창작한 궁중 무용의 한 형태로 네 명 또는 여덟 명이 북 한 개를 놓고 둘러서서 북채로 추는 춤이다. 정재란 대궐 안의 잔치 때 벌이던 춤과 노래를 아울러 이르던 말이다. 이곤이 창작한 춤사위인 〈무고〉를 연주할 때 〈정읍사〉 노래를 썼다는 말인데, 그만 〈무고〉를 〈정읍사〉와 혼동한 결과 곧장 이곤의 시간대에 맞춰 〈정읍사〉가 고려 충렬왕 무렵 개성 주변에서 만들어졌다고 본 것이다.

또한 백제 노래라 함을 『고려사』 악지의 기록상의 실수로 돌렸지만, 이 역사서가 별반 신중하지 못한 태도로 매사 그렇게 허술한 기록이나 남기는 책이 아니다.

예컨대 신라 때 원효(元曉)가 창시한 〈무애(無㝵)〉 노래라는 것이 있는데, 이 역시 나중 시대 고려 궁중에 유입되어 춤 양식인 〈무애무(無㝵舞)〉로 응용되었을 때 『고려사』는 이를 고려 속악 '정재' 조에 배속시켰다. 초창기의 '노래' 장르가 긴 시간 전승되면서 '정재' 장르로까지 확대된 경우인데, 어디까지나 '노래'가 아닌 '노래+춤'의 복합 형태라는 엄격한 장르 구분의 기준에서 고려악으로 편입시켰던 일로도 이 책의 면밀 주도함을 알 만하다. 이런 것까지 다 신중히 분별하면서 글매김하던 『고려사』의 기준에서 〈정읍사〉는 애당초 삼국속악의 백제 조에 들어가는 게 맞는 하나의 '노래'였다. 그런데도 역사가의 잘못된 기록이라면서 자의(恣意)로 시대를 바꿔버리는 일은 참으로 불안한 발상이 아닐 수 없다.

　백제 노래 〈정읍사〉는 통일신라와 고려를 거쳐 조선시대에까지 끊임없이 구전되어 오다가 조선 성종 24년인 1493년에 이르러 처음 『악학궤범』이라는 문헌상에 한글로 올려진 특수한 내력을 겪었다. 이 노래가 유구한 세월동안 구구 전승되었음을 알겠지만, 기실은 그렇게 유전되어 오는 동안에 본래의 모습에조차 상당한 변형이 일어났음도 이에 감안하지 않을 수 없다. 바꿔 말해 훨씬 뒤늦은 시간인 15세기 성종 대에 이르러 정착된 모양은 백제 당년의 원가(原歌) 그대로라고 수용하기 어렵다는 뜻이다. 설상가상 꼭 25년 뒤인 중종 13년(1518)에는 음란가요로 지목을 받은 마당에 다시금 어떤 원형 훼손이 일어났는지 밝힐 수 없는 노릇이 되고 말았다.

정읍시 초산동 소재 정읍사 공원 안에 있는
망부상과 노래비

비록 오늘날 접할 수 있는 형태가 그러한 불리한 조건들 뒤에 남은 것이기는 하나, 후렴을 빼고 난 작품의 형식은 문득 시조의 형식을 연상시키는 바가 있다고 하여 이것이 고려조에 생성된 시조 장르의 원형일 가능성을 타진하는 견해들도 일정한 세를 형성하였다. 보다 적극적인 관점에서는 6구체 향가 혹은 10구체 향가가 시조로 전이되어 가는 중간 과도기적 형태로 간주하려는 경향도 나타났다. 그만큼 〈정읍사〉는 한국 시가문학상 중대한 장르인 향가 및 시조와도 긴밀한 유대를 지닌 중요한 작품이었다.

또한 원가(原歌)에 변형이 초래되긴 했지만 노래 대중의 애호를 입으면서 시간과 시대를 초월하여 고려, 조선 때까지 연면히 구비 전승된 노래이다. 하물며 단지 노래로서만 아니라 춤으로까지 그 영역이 확장되기도 했으니, 『고려사』에도 기록된바 고려 당년에는 〈무고〉라는 가무 곡조에 〈정읍사〉 가사를 얹혀 불렀다는 사실이 역력한 반증이 된다. 장르의 넘나듦은 하필 고려 때까지만 아니라, 조선조가 마감하는 순간에까지 연결의 자취를 나타냈으니 그 연원이 깊고 유래가 멂을 너끈히 알 만하다.

〈정읍사〉가 오랜 기간 많은 사람들에 의해 불려 전승되었던 원동력은 기원의 달 및 성심의 아내로 구현된 경건성과, 육감적(肉感的)인 상상력을 촉발시키는 유희성의 양면을 두루 충족시킨 데 있다고 본다. 성(聖)과 속(俗)이 표리(表裏)를 이루면서 이 한 노래 안에 다 갖춰 있었던 것이니, 이런 일은 시가사상에 보기 드문 일이 아닐 수 없다.

한편, 이 노래가 한국 노래 문학에 끼친 보람 또한 예사로운 것이 아니었다. 행상 나간 남편이 무사하기를 기원하는 아내의 소탈하고 간절한 목소리와 기다림의 태도에서 여인의 정한 및 아내다움의 심상(心象)이 제대로 표출되었고, 그 결과 한국 여인의 정서적 전통 기반을 형성하는 보루의 구실을 하였다.

한편, 여기의 사연과 닮았으니 같은 백제 가요로서 장사(長沙) 사람이 부역 나갔다가 기한이 넘도록 돌아오지 않자 그 아내가 선운산(禪雲山)에 올라가 부른 노래라는 〈선운산가(禪雲山歌)〉가 있고, 신라 편에는 박제상(朴堤上)의 아내가 치술령(鵄述嶺)에서 왜국에 사신 떠난 남편을 기다리다가 죽은 애절한 사연을 후인(後人)들이 애도하여 불렀다는 〈치술령곡(鵄述嶺曲)〉도 있다. 서로 비슷한 이야기 유형을 이루니, 오늘날 '망부형(望夫型) 설화' 또는 '망부가형(望夫歌型) 설화', '망부석(望夫石) 설화' 등의 이름으로 불린다.

치술령 박제상 아내의 망부상(望夫像)

11
가사 부전의 백제가요
애환의 노래들

『고려사』 악지에 〈정읍사〉와 함께 가사부전의 백제 노래들에 대한 배경담을 싣고 있다.

조선시대 문종 원년(1451)에 편찬된 『고려사(高麗史)』 악지(樂志) '삼국속악(三國俗樂)' 조를 열람하면 백제 때의 노래들이 소개되어 있다. 편의상 〈정읍사(井邑詞)〉·〈선운산가(禪雲山歌)〉·〈지리산가(智異山歌)〉·〈방등산가(方等山歌)〉·〈무등산가(無等山歌)〉 등으로 이름붙여진 다섯 편이 그것이다. 그런데 이 오가(五歌) 중 〈정읍사〉를 제외한 나머지 가요는 그 노래의 내용이 전하지 않는, 이른바 가사 부전(歌詞不傳)의 노래들이다.

덧붙여 이가원의 『조선문학사』에서는 『고려사』 '악지'가 소개한 이 백제 오가(五歌) 외에 『증보문헌비고(增補文獻備考)』가 소개한 〈산유화가(山有花歌)〉 한 작품을 더 보태 기술하였거니와, 애당초 부여 지방을 중심으로 불렸다던 이 노래 또한 잃어버린 백제의 유산임에 틀림이 없는 작품이다.

망각될 수 없는 일은 이 노래들이 어디까지나 '속악(俗樂)'이라는 사실이다. 사전적 의미상 속악이란, "민간에서 생겨나 민중 생활의 일부로서 전해 내려오는 음악. 주로 궁중이나 상류층에서 향유하던 예술 음악에 상대"되는 노래이다. 민간에 널리 유행하는 속된 노래라는 뜻의 '속요(俗謠)'라는 말과도 상응하는 표현이다. 귀족 계층의 아악(雅樂)이나 당악(唐樂)과는 달리 민간의 자유로운 정서를 담은 노래였기에 『고려사』 악지에서도 "가사들이 모두 격이 낮고 속되다(詞皆鄙俚)"고 했을 것이다. 하지만 따지고 보면 가사가 전해지지 않아 그 내용을 확인하지 못한 단계에서 어떻게 그 가사들의 아(雅)와 속(俗)을 재량할 수 있었겠는지 의문이 남는다. 게다가 〈산유화가〉 같은 경우는 이후에 여러 지식인들 사이에 이를 제재로 하여 적지 않은 창작 행위가 이루어진 사실도 있기에 더욱 그러할 뿐이다. 이하 조선의 관리들이 비속하다고 본 노래들의 진면목을 하나하나 가까이 살펴본다.

1) 〈선운산가(禪雲山歌)〉

長沙人征役 過期不至 其妻思之 登禪雲山 望而歌之.

백제 때에 장사(長沙) 사람이 정역(征役)에 나갔는데 기한이 지나도 돌아오지 않으므로, 그의 아내가 남편을 그리워한 나머지, 선운산(禪雲山)에 올라 바라다보면서 이 노래를 불렀다.

원사(原詞)도 한역시(漢譯詩)도 전하지 않고, 작자와 제작 연대도 알려져 있지 않다. 『고려사(高麗史)』 권71 악지(樂志) 속악조(俗樂條)에 〈선운산(禪雲山)〉이라고 하여 배경담만 적혀 있고, 『증보문헌비고』 권106 악고(樂考)17에 〈선운산곡(禪雲山曲)〉이라는 제목과 함께 같은 내용의 배경담이 기록되어 있다.

선운산(禪雲山)은 전라북도 고창군 아산면과 심원면에 걸쳐있는 높이 336m의 산이다. 서쪽으로 서해에 면해 있고 북쪽으로는 곰소만을 건너 변산반도(邊山半島)를 바라보며 있다. 원래 이름은 도솔산(兜率山)이었으나 백제 때 선운사(禪雲寺)를 창건한 일을 계기로 하여 이 이름으로 불리게 되었다고 한다.

배경담이 전하는 내용으로 노래는 한 여인이 선운산에 올라 정역(征役)에 나가

선운산과 선운산가비

돌아오지 않는 남편을 그리워하며 지어 부른 것이라 하였다. 여기의 정역을 군역(軍役) 곧 전시(戰時)의 부역(賦役)을 위해 싸움터에 나간 것으로 이해한 해석도 적지 않다. 대개 '征'을 군대의 원정 정벌, 정복 쯤으로 해석하여 삼국 간 전쟁의 양상이 치열했던 때에 군사로 징발되어 간 것을 연상한 소치인 듯하다. 하지만 정역이란 말의 의미는 봉건시대에 일정 나이 이상의 백성에게 의무를 지웠던 조세(租稅)와 요역(徭役)을 뜻한다. 요역이란 국가의 필요에 따라 각종 공사 등에 백성의 노동력을 대가 없이 썼던 일을 뜻하므로 군적(軍籍)에 등록된 신역(身役)과는 구별해야 할 듯싶다. 노랫말로 미루어 남편이 멀리 떨어져 있음을 알 수 있고 따라서 원정 부역(遠程賦役)으로 이해하면 되겠지만, 그 먼 땅의 부역이란 게 어쩌면 수도(首都) 원정일 가능성도 배제할 순 없다. 이를테면 백제의 도읍지로서 서울의 몽촌토성(夢村土城)과, 공주의 공산성(公山城), 부여의 부소산성(扶蘇山城) 등 서울을 방어하기 위한 왕성(王城) 축조에 징발됐을 가능성을 말한다. 아니면 서울의 풍납토성(風納土城), 부여의 나성(羅城)처럼 중심 도시를 보호하기 위한 성곽 축조에 동원되었을 개연성도 생각해 볼 필요는 있다는 뜻이다.

그런데 백제는 나라의 존망이 걸린 전쟁에 통상 15세 이상의 남성을 3, 4만 명가량 동원할 수 있었다 한다. 아울러 그것이 요역이든 병역이든 한 가구에서 한 명이 정정(正丁)으로 동원되면 그 집안의 생계를 위해 이웃이 봉족(奉足) 역할을 맡게 하는 제도가 있었다. 또는 '백제5방(百濟五方)'이라 하여 백제가 행정 중심지를 오늘날의 부여인 사비성(泗沘城)으로 옮기면서 전국을 5개 방위로 나누어 관할한 바, 다름 아닌 동방의 득안성(得安城)·서방의 도선성(刀先城)·남방의 구지하성(久知下城)·북방의 웅진성(熊津城)·중방의 고사성(古沙城) 등이다. 방성(方城)의 위치에 대해서는 논란이 있지만 대개 북방 웅진성은 지금의 공주, 동방 득안성은 논산 근교, 중방 고사성은 충청도 어간, 남방 구지하성은 지금의 전남 장성 지역 쯤으로 추정된다.

그러면 지금 〈선운산가〉와 관련해서는 주인공의 남편은 고창 선운산 근처에 살던 사람이니, 고창과 제일 가까운 곳에 있는 장성의 구지하성(久知下城) 쪽에 동원되었을 개연성이 유력해 보인다. 지리상으로도 전북 고창에서 방장산(方丈山, 743m)을 넘으면 곧장 전라남도 최상단에 위치한 장성에 이른다. 걸어서 하루 안에 왕래 가능한 거리이니, 지금 〈선운산가〉에서의 고창~장성 사이의 산길은 저 〈정읍사〉에서의 정읍~전주 사이의 왕래 길에 견줄만한 것이다. 이때 고창 선운산 (336m) 등성에 올라 남편이 장성에서의 부역을 마치고 저 방장산을 넘어 걸어올 모습을 애타게 기다리는 주인공 여인의 모습이 아련하게 그려진다. 고창과 장성, 정읍은 방장산을 가운데 두고 서로 지척에 인접되어 있는 땅이다. 바로 정읍·고창 두 고장에서 〈정읍사〉·〈선운산가〉가 나왔고, 장성 경계에 있는 방등산(방장산)을 배경으로 〈방등산가〉가 나왔으니, 방장산 한 처소가 백제 노래 세 편에 대한 산파 역할을 했던 것이다. 게다가 정읍과 고창 배경으로는 똑같이 망부석설화(望夫石說話)가 생성되었던 일 역시 한갓 우연 너머의 어떤 필연성 같은 것이 감지된다.

신라의 경우도 박제상 아내의 〈치술령곡(鵄述嶺曲)〉이 있어 〈정읍사〉·〈선운산가〉와 마찬가지로 배경설화에 망부석의 모티브를 가지고 있다.

이렇게 유사한 내용의 설화가 여러 지역에 산포(散布)되어 있는 현상은 한갓 망부석설화 한 가지로만 국한돼 있지 않았다. 숲속에서 잠든 주인을 살리고 죽어간 의로운 개 이야기, 일명 '오수(午睡)의 개'로 불리는 의구설화(義狗說話) 또한 전국적으로 분포되어 있으니, 그 이유는 다른 데 있지 않다. 자신들이 사는 땅이 의리의 고장임을 대외에 과시하고자 하는 욕망에서 비롯된 것이다. 다시 말해 의로운 개 이야기도 역시 향토인들의 집단 이미지 제고의 욕구가 근사한 주제를 자기화하려는 과정에서 이루어진 파생설화 중의 하나이다.

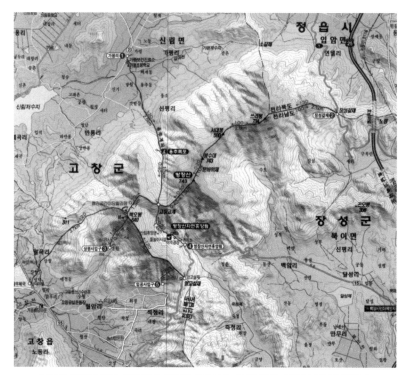

부부간 정리를 다룬 백제의 노래들인 〈정읍사〉·〈선운산가〉·〈방등산가〉의 발상지

2) 〈방등산가(方等山歌)〉

方等山 在羅州屬縣長城之境 新羅末 盜賊大起 據此山 良家子女 多被擄掠
長日縣之女 亦在其中 作此歌 以諷其夫不卽來救也.

방등산은 나주(羅州)에 속해 있는 고을로 장성(長城)의 경계에 있다. 신라 말에
도적들이 크게 일어나 이 산에 의지하니 양가의 여인네들 상당수가 약탈 당했다.
장일(長日) 고을의 여인도 역시 그런 와중에 있었는데, 이 노래를 지으면서 그 남편
이 즉시 와 구해주지 않음을 빗대어 이 노래를 지었다.

『신증동국여지승람』 '산천(山川)' 조에도 동일한 내용을 담고 있거니와, 이에 덧붙이기를 곡명은 〈방등산(方登山)〉으로 일컬어지나, 방등(方登)이라는 말이 바뀌어 반등(半登)이 되었고, 장일현(長日縣) 또한 장성(長城)이라고 기록되어 있다.

여기서의 양가(良家)는 양갓집 규수라 할 때처럼 사회적 신분이나 지위가 있는 좋은 집안이란 뜻도 있지만, '양민(良民)의 집'이란 의미도 함께 있거니, 이쪽이 보다 타당해 보인다. 방등산은 예로부터 산세가 깊어 녹림군자(綠林君子)들이 은신하기 좋은 곳이라 한다. 지금 이 〈방등산가〉에서 또한 도적이 소재로 나오는바, 방등산의 도적떼에 잡힌 아내가 구하러 오지 않는 남편을 원망하며 불렀던 노래라고 한다.

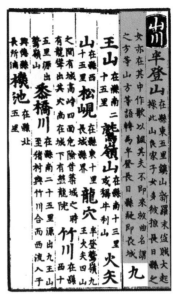

『신증동국여지승람』에서는 '方等山' 대신 '半登山'으로 기록하였다.

방등산을 반등산(半登山)이라고도 했다지만, 또 그 형상이 중국의 삼신산(三神山) 중의 하나인 방장산(方丈山)과 비슷하다 하여 방장산으로 바꾸었다는 말도 있다. 겸하여 예로부터 지리산, 무등산과 함께 호남의 삼신산(三神山)으로 불리기도 한다. 방장산은 산세가 크고 험한데다가 내장산·백암산·선운산 등의 명산이 주위에 둘러 있는 등 전라남·북도를 이어주는 요충지라 할 만하였다.

이 방장산 안에는 방장동굴(方丈洞窟)이라는 유적지가 하나 있다. 어지러운 세상에 도적들이 창궐하여 이 산에 의지했다고 한바, 이 동굴 앞에 있는 〈방등산가〉 표지판'에 보면 바로 그곳이 〈방등산가〉의 유래가 얽힌 동굴이라고 설명하고 있다. 하지만 공간은 도적들의 본거지라 하기엔 믿기 어려울 만큼 협착하니, 혹 당시엔 거대한 동굴이 따로 있었는데 자취 사라지고 잔존해 있는 작은 동굴 하나를

방장동굴과 동굴 앞에 있는 표지판에는 〈방등산가〉의 유래가 적혀 있다.

지정하여 명소화(名所化)한 것일까? 조선시대 초기에는 산적이 하도 들끓어 나라에서 군보(軍堡)를 설치했을 정도라 하고, 구한말 병인년 박해 때에는 천주교 신자들의 은신처로, 6.25 때는 빨치산의 근거지로 사용되었다는 말도 있는데 혹 그 와중에 매몰 당한 것일까? 그도 아니라면 도적들 소굴이 이 산중에 있었으되 반드시 동굴 형태가 아니었는지도 모른다.

납득이 어려운 정황은 또 있다. 도적에 붙잡힌 여인의 노래라 했는데, 도적에게 잡혀있던 여인이 극적으로 풀려난 뒤 탄식과 푸념에 찬 그 노래를 잘 기억해 놓았다가 다시 세상에 전하였던 것일까? 혹은 붙잡힌 여인이 있던 자리에 함께 있던 그 누군가가 그녀의 노래를 듣고 새겼다가 용케 전파시켰다고 보아야 할까. 어느 경우든 모두 상상이 쉽지 않은 정황이다. 어쩌면 애당초 한 여인이 실제의 체험 속에서 지은 노래가 아니라, 불특정의 누군가가 산적 소굴이라는 특이한 상황을 빌미삼아 납치당한 여인의 처지에 가탁(假託)하여 만든 노래일지도 모를 노릇이다.

다만 노래의 시간 배경은 가늠해 볼 길 있다. 애당초 이 노래가 백제의 노래라 했고, 또한 시대 배경이 어지러운 시절의 신라 말이라고 했으니, 삼국시대의 백제가 아닌 후삼국시대 백제 때의 일로 봄이 타당하다. 과연 9세기 말 진성여왕(眞聖女王) 이래로 신라는 귀족들의 부패 및 사치 향락에 민심이 이반(離反)하여 전국

도처에서 내란이 일어나고, 급기야 935년에 고려 태조 왕건(王建)에게 멸망할 때까지 거의 수습이 어려운 국정의 문란에 빠져 있었다.

후백제는 신라의 장군이었던 견훤(甄萱)이 892년 군사를 일으켜 완산주(전주)에 입성하여 도읍으로 삼아 칭왕(稱王)을 하고, 900년부터는 백제를 계승한다는 명분을 내세워 국호를 '백제'로 정하면서 세운 나라이다. '후백제'라는 이름은 뒷시대의 사가(史家)들이 이전의 백제와 구별하기 위해 편의상 붙인 이름일 뿐이다. 새로 백제의 왕이 된 견훤은 이후 궁예의 후고구려, 왕건의 고려와 함께 후삼국의 한 주역을 이루다가 936년(고려 태조19) 고려에 의해서 멸망되었으니, 백제라는 국호가 생긴 이래 그 존속한 기간이 36년간이었다. 여기 〈방등산가〉에 신라말이라 했고, 신라가 고려 태조 왕건에 의해 멸망된 해가 935년이니, 노래의 발생 시기도 900년~935년 사이에 놓인다고 하겠다.

3) 〈지리산가(智異山歌)〉

求禮縣人之女 有姿色 居智異山 家貧盡婦道 百濟王聞其美 欲內之 女作是歌 誓死不從.

구례 고을에 사는 사람의 딸이 용모가 아름다웠다. 지리산에 살았는데, 집은 가난했으나 그녀는 부도(婦道)를 다하여 지키었다. 백제왕이 여인의 미색을 듣고 궁 안에 들여 가까이하려 하자 여인은 이 노래를 지어 죽어도 따르지 않으리라 맹서하였다.

『동국여지승람』 '남원(南原)' 조에도 〈지리산녀(智異山女)〉라는 표제 하에 같은 내용을 담고 있다. 『고려사』에는 구례로 되어있지만 원래는 행정구역상 남원에 속했으매 별반 문제가 되지 않는다. 기왕에 백제의 노래로서 〈정읍사〉·〈선운산가〉가 일편심 여정(女情)의 이미지를 구축해 놓은 마당인데, 지금 또 다시 가사부전의 노래 한 작품이 훨씬 강도 높은 열녀의 이야기를 펼쳐내고 있음을 본다. 공간 배경은 전라북도 정읍과 고창에서 더욱 남하(南下)하여 이제 전라남도 구례에 닿았다. 지리산 가까운 곳이라 임시 표제 또한 '지리산'이라 하였다.

'지리산'의 명칭은 한자어로 '智異山'·'智理山'·'知異山'·'地理山'·'地異山' 등 다양하게 나타나 있다. 이 중 압도적으로 빈도수 높은 표기는 '智異山'이거니와 '지혜(智慧)롭고, 기이(奇異)한 산'에서 '智'와 '異'를 따온 이름이라는 설이 있고, 불가(佛家)의 기준에서 '중생을 제도하기 위하여 갖가지 다른 형상의 몸으로 나타나는 문수보살이 자주 지혜로운 이인(異人)으로 나타나는 산'이라는 해석도 있으나 정확한 유래는 밝혀진 것이 없다. 지리산은 또 이 명칭 외에도 두류산(頭流山)·두류산(頭留山)·방장산(方丈山) 등등 여러 이름으로 불려왔다. 두류산(頭流山)은 '백두산(白頭山)에서 흘러[流] 온 산'이란 뜻으로, 백두대간(白頭大幹)의 시점이 백두산이고 종점이 지리산이란 개념의 이름이라고 한다. 두류산(頭留山)은 '백두정기(白頭精氣)가 남해에 이르러서 멈춘[留] 산'이란 의미로 풀기도 한다. 방장산(方丈山)은 '사방 가운데 어른스러운 산'이란 뜻이라 한다. 본디 방장(方丈)이란 말 자체가 화상(和尙)·국사(國師)·주실(籌室) 등 고승(高僧)의 처소를 뜻한다. 또한 절에서 가장 어른인 주지스님을 '방장스님'이라 부르는 바에, 주봉인 천왕봉 정상에 섰을 때 사방으로 뭇 산들이 작고 어려보이는 데서 그같은 발상이 나왔을 수 있다.

그런데 많은 국문학자들은 이 〈지리산가〉의 여주인공을 『삼국사기』에 등장하는바 백제 제4대 개루왕(蓋婁王) 시대의 열녀인 도미(都彌)의 아내와 동일 인물로 보기도 한다. 그리하여 이 책 권48 열전8에 〈도미(都彌)〉 표제로 수록되어 있는 이야기를 돌아볼 필요가 있다.

도미(都彌)는 백제 사람이다. 비록 하호(下戶)에 드는 평민이었지만 자못 의리를 알았다. 그의 아내는 곱고 아름다운데다 행실이 절조 있어 당시 사람들의 칭송을 받았다. 개루왕(蓋婁王)이 그 소문을 듣고 도미를 불러 말하였다.

"무릇 부인네의 덕행은 비록 정조 곧고 깨끗함을 으뜸으로 삼는다지만, 만일 아무도 없는 으슥하고 어두운 곳에서 달콤한 말로 유혹하면 마음이 흔들리지 않을 여자는 거의 없을 거야."

도미가 대답하였다.

"사람의 마음이란 헤아릴 수 없는 것이오나, 제 아내 같은 이는 비록 죽는다 해도 두 마음이 없을 사람이나이다."

왕이 시험해보고자 도미에게 일을 구실 삼아 머물게 하고, 가까운 한 신하로 하여금 왕의 옷과 말로 꾸미게 한 채 밤에 도미의 집으로 가게 했고, 미리 사람을 시켜 왕이 온다고 알렸다. 왕으로 가장한 이가 도미의 아내에게 말하였다.

"내 오랫동안 너의 아리따움을 들었노라, 도미와 내기를 해서 이겼기에 내일 너를 들여 궁인으로 삼을 것인즉, 이제부터 네 몸은 나의 소유니라."

바야흐로 음행하려 할제 도미의 아내가 말하였다.

"국왕께서 망령된 말씀을 하실 리 없으니 제가 감히 따르지 않겠나이까? 청컨대 대왕께서는 먼저 방에 납셔 계시면 제가 옷을 갈아입고 나서 들겠나이다."

그녀는 물러나와 여종 하나를 갖가지로 꾸며 왕의 잠자리를 모시게 했다. 왕이 나중에 속은 것을 알고 크게 노한 나머지 도미에게 죄를 씌워 두 눈을 뽑아버리고 사람을 시켜 끌어다가 작은 배에 실어 강물에 띄워버렸다. 그리고는 급기야 그의 아내를 강제로 음행하려 하니 그녀가 왕에게 말하였다.

"지금 저는 이미 남편을 잃고 혈혈단신 홀몸으로 지탱할 수 없는데다가, 하물며 왕의 괴임을 받기까지 하온대 어찌 감히 말씀을 어기겠나이까? 하지만 지금은 월경 때문에 온몸이 더러워져 있으니, 다른 날을 기다려 깨끗이 목욕한 뒤에 모시고자 하옵니다."

왕이 그 말을 믿고 허락하였다. 그녀는 곧바로 달아나 강어귀에 이르렀으나 건널 수가 없었다. 하늘을 우러러 통곡하자 홀연 물결 따라 오는 작은 배 하나가 보였다. 그녀가 그것을 타고 천성도(泉城島)에 도착하니, 거기서 아직 죽지 않고 풀뿌리를

캐먹고 있는 남편을 만났다. 마침내 두 사람이 함께 배를 타고 고구려의 산산(蒜山)
아래 이르렀다. 이에 고구려 사람들이 불쌍히 여겨 옷과 먹을 것을 주었고, 그들은
종신 구차한 삶 속에 나그네로 떠돌다가 일생을 마쳤다.

바로 『삼국사기』 열전의 이 도미처가 『고려사』 및 『동국여지승람』에 나오는
지리산녀(智異山女)와 동일 인물일 개연성에 대한 공감대가 진작 확보되어 왔다.
이 이야기는 동시에 조선 후기에 남원을 배경으로 한 판소리계 소설인 〈춘향전〉
의 열녀 주제 근원설화로 거론되기도 하였다. 이제 구례와 남원은 함께 지리산을
중심으로 위아래 자락으로 밀접해 있었거니, 그 문학적인 관계 또한 긴밀하다 하
지 않을 수 없다.

都彌百濟人也雖編戶小民而頗知義理其妻
美麗亦有節行為時人所稱蓋百濟王聞之召都
彌與語曰凡婦人之德雖以貞潔為先若在幽
昏無人之處誘之以巧言則能不動心者鮮矣
王曰人之情不可測也而若臣之妻者雖死
子對曰人之情不可測也而若臣之妻者雖死
無貳者也王欲試之留都彌以事使一近臣
王衣服馬從夜抵其家使人先報王來謂其婦
曰我久聞爾好與都彌博得之來日入爾為宮
人自此後爾身吾所有也遂將亂之婦曰國王
無妄語吾敢不順請大王先入室吾更衣乃進
退而雜飾一婢子薦之王後知見欺大怒誣都
彌以罪矐其兩眸子使人牽出之置小舩泛之
河上遂引其婦強欲淫之婦曰今良人已失單
獨一身不能自持況為王御豈敢相違今以月
經渾身汚穢請俟他日薰浴而後來王信而許
之婦便逃至江口不能渡呼天慟哭忽見孤舟
隨波而至乘至泉城島遇其夫未死掘草根以
喫遂與同舟至高句麗蒜山之下麗人哀之丐
以衣食遂苟活終於羈旅

『삼국사기』 권48에 실린 백제의 도미(都彌)와 그의 아내 이야기.
그 아내가 바로 지리산녀로 인식되어 있고, 동시에 조선조 〈춘향전〉의 근원설화로 인지되기도 한다.

4) 〈무등산가(無等山歌)〉

無等山 光州之鎭 州在全羅爲巨邑 城此山 民賴以安 樂而歌之.
　무등산은 전라도 큰 고을인 광주(光州)의 진산(鎭山)으로, 이 산에 성을 쌓으니 백성이 의지하여 편안해지매 기뻐하며 이 노래를 불렀다.

　진산(鎭山)이란 나라의 도읍이나 성시(城市) 뒤쪽에 있어 그곳을 진호(鎭護)하는 주산(主山)을 말한다. 해발 1,187m 높이로 광주를 감싸 수호하는 역할을 띤 이 무등산(無等山)이 백제 이전에는 '무돌' 혹은 '무당산', 통일신라 때는 '무진악(武珍岳)' 또는 '무악(武岳)'으로 불렸다 한다. 최남선의 『조선상식문답』 강토편(疆土篇)의 '무등산(無等山)'에 보면, "대개 산형(山形)이 무뚝무던하게 생겼음에 인한 이름이요, 후의 '무등(無等)'은 또한 그 별역(別譯)임에 불외(不外)하는 것이며, 고려 시에는 서석산(瑞石山)이라고 이르니 대개 산상(山上)에 기석(奇石)이 많음에 인한 것"으로 해설을 보태고 있다.

　다만 위의 기록만으로는 성을 쌓고 이 노래를 불렀던 때가 삼국시대의 백제인지, 후삼국 시대의 백제인지를 가늠하기가 쉽지 않다.

　『삼국사기』 안의 지리지(地理志)에 의하면 삼국시대의 백제 군현은 모두 147개소이고, 이 무렵 광주의 이름은 무진주(武珍州)로, 미동부리현(未冬夫里縣)·복룡현(伏龍縣)·굴지현(屈支縣) 등 세 개의 현을 직할 통치하였다고 한다. 그러면 〈무등산가〉 역시 삼국시대에 무진(武珍)이 백제의 요충 지역으로, 군사상 해상 세력의 중요거점이자 중국, 일본 등과의 문물교역의 중심 역할을 했던 시절의 노래로 간주해 볼 길 있다.

　반면, 『고려사』 악지가 후백제의 노래인 〈방등산가〉를 전백제·후백제 구별하지 않고 그냥 백제의 노래 속에 포함시켰던 것처럼, 지금 이 〈무등산가〉 또한 반드시 삼국시절 백제의 노래로만 국한시켜 볼 필요는 없다. 하물며 광주 지역이 삼국시대의 백제 때에는 고구려나 신라 등 외세의 직접적인 위협을 받던 적은 없으므로 이 시대에 광주 백성들이 그들 사는 곳 가까이에 외적이 침략할까 걱정하는 상황을 연상 짓기 어렵다.

오히려 후백제의 견훤이 진성여왕 6년(892)에 지금의 광주인 무진주를 점거, 부근의 군현을 빼앗고 완산주(전주)까지 진군하여 국호를 백제라고 했던 시간대에서는 꾸준히 이 땅을 놓고 궁예 및 왕건의 군대와 대치를 이뤘던 상황이 생동감 있게 다가온다. 나중 견훤의 아들 신검(神劍)이 936년 왕건에게 항복함으로써 후백제가 종말을 맞았고, 왕건이 고려 건국 23년 되던 940년에 기존의 무주(武州)를 고쳐 '광주(光州)'로 명칭하면서 도독부(都督府)를 두게 된다. 위 배경담에서 노래를 백제 백성이 불렀다고 했으니, 지금 이 〈무등산가〉는 무진주가 아직 후백제 견훤의 영토였을 당시에 불리던 노래임을 가늠해 볼 수 있다.

덧붙여 문면에 나타난 명칭에만 집착하여 시대를 추정하려고만 하면 문득 아이러니한 일이 발생한다. 곧 지금 이 배경담에 '광주'라고 되어 있으매 이 노래의 성립 또한 왕건이 광주라는 명칭을 부여한 고려 이후의 노래라고 해야 마땅할 테지만, 다행인지 불행인지 그 주장이 여기까지 미치지는 못한 듯싶다.

5) 〈산유화가(山有花歌)〉

산유화(山有花)란 표현은 대개 『시경(詩經)』 당풍(唐風) 중의 〈산유추(山有樞)〉 및 정풍(鄭風) 중의 〈산유부소(山有扶蘇)〉 등 편명(篇名)을 우리 쪽에서 이용하여 쓴 것으로 보인다. 중국의 문헌에선 이 말이 보이지 않는 까닭이다.

또한 본래 남녀상열지사의 속요였다는 이 노래는 1770년에 홍봉한(洪鳳漢) 등이 편찬한 『동국문헌비고(東國文獻備考)』를 1908년에 증보하여 간행한 『증보문헌비고(增補文獻備考)』의 권246 예문고(藝文考)5 가곡류(歌曲類)에 실려 있다. 결과적으로 1451년 완성의『고려사』에서 빠진 내용을 챙겨 실은 셈이다. 만약『고려사』의 편자들이 이 노래의 존재를 알았으면서도 고의로 뺀 것이라면 〈산유화가〉가 나중 단계에 가서는 백제 망국인들의 한을 담은 노래 성향으로도 불렸던 점이 문제시 된 것인지는 모르겠으되, 엄연히 백제 가요 가운데 한 편린인 것이다.

그러나 역시 가사부전이요,『증보문헌비고』에조차 배경담은 없다. 단지 이 한 편이 '슬피 탄식하는 음조를 띠었고, 재자(才子)와 짝하는 의미를 담은 남녀상열지 사로서, 그 구슬픈 음조는 〈옥수후정화(玉樹後庭花)〉와 짝할만하다(男女相悅之辭 音 調凄悽愁 如伴侶玉樹云)'고만 설명하였다. 〈옥수후정화〉는 원래는 진(晉) 후주(後主) 가 빈객을 청하여 불렀다 하고, 한국에서도 같은 제목의 노래가 만들어진 것이라 는데, 고려 충혜왕(忠惠王) 때는 뒤뜰에서 여자들과 어울려 음란한 놀이를 할 때 쓰였다고도 한다.

'산유화'를 제재로 삼은 문예는 그 이후 한국 시가 문학사에 긴 그림자를 드리웠 기에 특기할 만하다. 이를테면 조선조 17세기에 임영(林泳)·신유한(申維翰), 18세 기에 이안중(李晏仲)·이우신(李佑宸)·이노원(李魯源)·이학규(李學逵) 등이 〈산유화〉, 혹은 〈산유화가〉, 〈산유화곡〉 등의 표제를 통한 한시 작품을 남기었다. 아울러 이가원은『조선문학사』에서 다음과 같은 설명을 더하였다.

> 이사명(李師命)의 〈산유화가음(山有花歌吟)〉은 백제 사람들의 나라 잃은 슬픔을
> 담은 노래가 하나의 민요로 불려졌던 상황을 알려준다. 부여군 세도면(世道面) 지역
> 에서는 오늘에 이르기까지 〈산유화〉가 구전되는데 홍종량(洪鍾亮)·조재훈(趙載
> 勳) 등에 의하여 구창(口唱)으로 전해진다.

뿐만 아니라 자유시 형태로 김소월의 〈산유화〉와, 대중가요 형태로서 반야월 (半夜月)이 작사한 〈산유화〉 등으로 이어지는 등, 그 내력이 유원(悠遠)하였다.

가사가 전하는 〈정읍사〉까지 모두 여섯 편에 지나지 않지만, 노래에 딸린 짧은 배경담들 안에서도 백제 가요의 몇몇 전반적 특색을 추려 볼 길은 있다.

첫째, 하나같이 고난의 현실을 배경으로 했다는 점이다. 〈정읍사〉는 행상 나간 남편을 애타게 기다리며 불렀다는 노래요, 〈선운산가〉는 부역 나간 남편을 간절히 기다리며 부른 노래이며, 〈방등산가〉는 도적에게 붙들려간 아내가 남편의 구원을 기다리는 절박한 노래이다. 〈지리산가〉는 왕의 권력 위세에도 굴하지 않고 죽어도 한 지아비만을 지키겠다는 비장한 정절의 노래이다. 〈무등산가〉는 축성(築城)으로 인한 백성들의 기쁨을 노래한 것이지만, 돌려 생각하면 축성 이전에는

『증보문헌비고』 안에 소개된 백제 가요들.
노래의 제목 끝자가 '歌' 또는 '曲'으로 되어 있다. 〈정읍사〉도 여기서는 〈정읍가〉라 한 점이 특이하다.

외적 혹은 도적 때문에 불안했던 백성들의 마음을 읽어낼 수 있다. 구슬픈 가락을 띠었다는 〈산유화가〉 역시 이에서 예외는 아니었다.

둘째, 〈무등산가〉를 제외한 나머지 가요는 노래의 주체가 모두 평민계층 여인 일색인 점도 특징으로 들 수 있다. 〈정읍사〉의 여주인공은 행상의 아내, 〈선운산가〉의 경우 부역인의 아내였으며, 〈방등산가〉는 양민의 여인, 〈지리산가〉는 구례현 가난한 집안의 여인으로 되어 있다. 동시에 네 노래가 똑같이 고난의 현실 속에서 기혼의 여인네들이 남편에 대한 주정적(主情的) 감성을 표출한 부부애의 노래라는 점에서 공통하였다. 〈산유화가〉 역시 그 첫 남상(濫觴)은 남녀가 서로 사랑하는 노래라고 하였다.

셋째, 『증보문헌비고』에 실린 〈산유화가〉 하나만 제외하고 『고려사』에 수록된 이른바 오가(五歌)의 표제를 이루는 정읍·지리산·방등산·무등산·선운산 등은 하나같이 산명(山名)과 고을명이 표제상의 압권을 형성하였다. 특히 이른바 호남의 삼신산이라 하는 지리산, 방등산, 무등산의 세 공간이 나란히 배경으로 등장한 사실 또한 참으로 공교롭기 짝이 없는 일이었다.

그런데 지명을 작품의 얼굴로 삼는 현상은 하필 백제의 노래에만 국한된 사안은 아닌 삼국에 나란히 보편적인 양상이다. 고구려의 경우 〈연양가(延陽歌)〉의 연양, 〈명주가(溟州歌)〉의 명주, 〈내원성가(來遠城歌)〉의 내원성 등이 모두 그러했고, 신라의 경우 〈목주가(木州歌)〉의 목주, 〈동경가(東京歌)〉의 동경, 〈치술령곡(鵄述嶺曲)〉의 치술령 등에서 동일한 양상들을 목도할 수 있다.

그러나 노래들 대부분은 문헌상 정해진 원제(原題)가 없고 나중 조선시대의 사가(史家)들이 기록 정착하는 단계에 임의로 붙여진 것이다. 후대의 기록자들은 앞시대 노래 각각에 대한 제목을 책정할 필요에 당해서 가장 편의(便宜)한 방법을 모색해야만 했다. 그같은 궁리 끝에 가장 손쉽고 무난한 방법이 해당 노래의 연고지를 제목으로 책정하는 방식이라고 판단하여 수의(隨意) 책정한 결과적 산물이 오늘 우리가 대하는 표제의 진실인 것이다. 『증보문헌비고』의 이 제목 책정 현상 또한 그러한 사실의 한 편모라고 하겠다.

12

혜성가 彗星歌

신라 초기의 주술 가요

『삼국유사』 권5 感通에 있는 〈융천사혜성가〉

舊理東尸汀叱乾達婆矣
游烏隱城叱肹良望良古
倭理叱軍置來叱多
烽燒邪隱邊也藪耶
三花矣岳音見賜烏尸聞古
月置八切爾數於將來尸波衣
道尸掃尸星利望良古
彗星也白反也人是有叱多
後句達阿羅浮去伊叱等邪
此也友物北所音叱彗叱只有叱故

녜 ᄉᆞᆳ 乾達婆
노론 잣ᄒᆞᆯ랑 ᄇᆞ라고
예ㅅ 軍두 옷다
燧ᄉᆞᆯ이 ᄀᆞ이ᅀᅡ라
三花ᄋᆡ 오ᄅᆞᆷ 보샤올 듣고
ᄃᆞᆯ두 ᄇᆞ즈리 혜렬 바애
길 ᄡᅳᆯ 별 ᄇᆞ라고
彗星이여 ᄉᆞᆯ바녀 사ᄅᆞ미 잇다
아으 ᄃᆞᆯ 아래 ᄠᅥ갯더라
이예 버믈 므슴ㅅ 彗ㅅ기 이실꼬

外玄 장세훈 墨. 양주동 풀이의 〈혜성가〉

〈혜성가〉는 『삼국유사』 권5 감통(感通)의 '융천사혜성가 진평왕대(融天師彗星歌
眞平王代)' 조에 향찰 형태로 가사가 남아있는 향가이다. 26대 진평왕 때 세 사람의
낭도(郞徒)가 금강산에 놀러가려다가 혜성(彗星)이 심대성(心大星) 곧 북두칠성을
침범하는 일이 벌어지매 융천사(融天師)란 이가 이 변괴를 다스리기 위해 짓고 불
렀다던 노래이다.

한편 『삼국유사』에 들어있는 향가 모든 작품에는 형체를 따라가는 그림자처럼
배경설화가 수반되어 있고, 지금 〈혜성가〉에서 또한 예외 없이 노래 앞에 배경설
화를 내세우고 있다.

第五居烈郎第六實處郎(一作突處郎)第七寶同郎等三花之徒 欲遊楓岳 有彗
星犯心大星 郎徒疑之 欲罷其行 時天師作歌歌之 星怪卽滅 日本兵還國 反成
福慶 大王歡喜 遣郎遊岳焉 歌曰 …

다섯째 거열랑(居烈郎), 여섯째 실처랑(實處郎), 일곱째 보동랑(寶同郎) 등 세
화랑의 무리가 풍악(楓岳; 금강산)에 놀이를 떠나려고 하는데, 혜성이 나타나 심대
성(心大星)을 범했다. 낭도들은 이를 이상히 여겨 놀이 떠날 것을 그만두려고 하였
다. 이때 융천사(融天師)가 향가를 지어 노래를 부르매 별의 변괴가 사라지고 침범
한 일본군도 제 나라로 돌아가 도리어 경사스러운 일이 되었다. 대왕이 기뻐하며
낭도들을 금강산으로 유람 보내었다. 노래는 이러하다. …

배경담 첫머리에 세 화랑의 무리라고 했는데, 만일 세 사람이 놀이를 떠난 것이
라고 한다면 제5, 제6, 제7의 숫자는 대개 화랑들 간의 서열을 나타낸 말은 아닐까
하는 추측도 있다. 한편 세 화랑이 각각 휘하에 여러 낭도들을 거느리고 떠난 유람
으로 볼 경우 그 숫자는 소속 부대 또는 부서를 뜻하는 것일 수 있다.

〈혜성가〉는 신라 진평왕 대를 배경으로 하고 있는 만큼 같은 진평왕 대를 배경
으로 삼고 있는 〈서동요(薯童謠)〉와 함께 가장 앞자리에 놓이는 이른 시기의 향가

에 해당한다. 다만 〈서동요〉가 오늘날 정리된 향가의 세 가지 형식인 4구체, 8구체, 10구체 중에 향가의 단순한 형태인 4구체 형태를 띠고 있음에 반하여 지금이 〈혜성가〉는 가장 완성된 형태인 10구체 형태를 띠고 있다는 점이 다소 이색적이다. 아무튼 그러한 결과 10구체 형식 중에서는 가장 오래된 작품이 되었다.

한문으로 된 설화에 뒤이어 노래를 소개하는데, 그 가사는 향찰로 되어 있다.

舊理東尸汀叱 乾達婆矣遊烏隱城叱良望良古 倭理叱軍置來叱多烽燒邪隱邊也藪耶 三花矣岳音見賜烏尸聞古 月置八切爾數於將來尸波衣 道尸掃尸星利望良古 彗星也白反也人是有叱多 後句 達阿羅浮去伊叱等邪 此也友物比所音叱彗叱只有叱故.

그러면 무엇보다 이 향찰 언어를 오늘날의 언어로 풀어내는 일이 초미의 관심사가 되겠지만, 그 작업은 결코 만만한 것이 아니다. 향찰 해석은 첫 기준점이 되는 양주동의 해석을 중심에 두고 분석하기로 한다.

녜 싀ㅅ믌ㄱ 乾達婆이
노론 잣홀란 ㅂ라고
예ㅅ 軍두 옷다
燧ㅅ얀 ㄱ 이슈라
三花이 오롬보샤올 듣고
들두 ㅂ즈리 혀렬바애
길쁠 별 ㅂ라고
彗星여 슬ㅎ여 사ㄹ미 잇다
아으 둘 아래 떠갯더라
이 어우 므슴ㅅ 彗ㅅ기 이실꼬

이를 현대어로 옮겨 보이면 대개 이러할 것이다.

　　예전 동해 물가
　　건달바의 논 성을 바라보고,
　　삼화의 산 구경 오심을 듣고
　　달도 부지런히 등불을 켜는데
　　길 쓸 별을 바라보고
　　"혜성이여!" 사뢴 사람이 있구나.
　　아으 달은 저 아래로 떠갔더라.
　　이보아 무슨 혜성이 있을꼬.

　역시 향가 전체 단위를 대상으로 가장 최종 연구자인 김완진의 풀이도 참조해
보기로 한다.

　　녀리 실 믌ᄀᆞᆺ
　　乾達婆ᄋᆡ 노론 자슬랑 ᄇᆞ라고,
　　여릿 軍도 왯다
　　홰 틱얀 어여 수프리야
　　三花ᄋᆡ 오롬 보시올 듣고
　　ᄃᆞ라라도 ᄀᆞᄅᄀᆞᅀᅵ 자자렬 바애
　　길 쓸 벼리 ᄇᆞ라고
　　彗星이여 슬ᄫᅡ녀 사ᄅᆞ미 잇다
　　아야 ᄃᆞ라라 ᄠᅥ갯ᄃᆞ야
　　이예 버믈 므슴ㅅ彗ㅅ 다ᄆᆞ닛고

이를 현대어로 풀이하자면 대개 아래와 같다.

옛날 동쪽 물가
건달바의 논 성을랑 바라고
왜군도 왔다
횃불 올린 어여 수풀이여.
세 화랑의 산 보신다는 말씀 듣고
달도 갈라 그어 잦아들려 하는데
길 쓸 별 바라고
혜성이여 하고 사뢴 사람이 있다.
아아, 달은 떠 가 버렸더라.
이에 어울릴 무슨 혜성을 함께 하였습니까.

　　노래 두 번째 구에 건달바(乾達婆)가 놀았던 성(城)이라고 했는데, 건달바는 고대
의 인도 언어인 'Gandharva'를 가차(假借)한 말이라고 한다. 불교에서는 팔부중
(八部衆)이라 하여 불법을 지키는 여덟 신장(神將)이 있다. 다름 아닌 천(天), 용(龍),
야차(夜叉), 건달바(乾達婆), 아수라(阿修羅), 가루라(迦樓羅), 긴나라(緊那羅), 마후
라가(摩睺羅伽)이니, 그 가운데 한 존재이다. 건달바

쌍각사 신중탱 속에 그려진 '건달바'

는 수미산 남쪽의 금강굴에 살면서 제석천(帝釋天)
의 음악을 맡아본다는 신(神)으로, 향(香)만 먹고 하
늘을 날아다니며 하계 사람과 왕래한다고 되어 있
다. 서역에선 배우를 일컫는 말로 쓰인다고도 한다.
　'예ㅅ 軍', '예냇軍', '여릿 軍' 등은 비록 표기상
약간의 차이에도 불구하고 똑같이 왜군을 의미한
다. 일연이 옮긴 배경설화에서는 '일본군(日本軍)'으
로 기록했지만, 왜병(倭兵)임이 타당하다. 서기 670
년에 일본의 건국과 더불어 종전의 왜에서 일본으로

국명을 바꾸었으니, 진평왕(재위 579~632) 시절에는 그 명칭이 왜인 까닭이다.

건달바가 놀았던 성에 대해서는 음악의 신이 상주하는 동해변 어느 근사한 땅이라는 설과, 여기 반해 한갓 동해변에 뜬 신기루(蜃氣樓) 현상으로 이해하는 설이 있다. 전자의 경우엔 왜구가 실제 그 땅을 탐내어 쳐들어온 것으로 이해하는 반면, 후자는 신라 백성들이 신기루를 보고 그만 왜구가 쳐들어온 것으로 착각했다는 해석으로 간다.

그런데 신기루를 왜병으로 착각했다는 견해는 배경설화의 내용과 견주어 부딪힘이 일어난다. 분명 설화 속에서는 노래의 힘으로 혜성의 변괴를 없애고 왜병도 퇴치했다고 했으니 필경 왜병이 오기는 온 것이다. 따라서 '신기루=왜병'의 등식은 적합지가 않고, 왜병이 건달바의 놀던 성을 보고 동해변까지 온 것으로 해야 배경담의 내용과 맞아 떨어진다. 노래의 해석은 최소한 해당 배경설화가 제시하는 문맥과의 유기적 상관성 안에서 합치를 이룸이 온당하기 때문이다.

혜성가 원문 향찰에 혜성을 '도시소시성(道尸掃尸星)'이라고 하였다. 해석자들은 대체로 이 도시소시성을 '길쓸별' 곧 '길을 쓸어줄 별' 또는 '길을 쓰는 빗자루처럼 생긴 별' 등으로 해석하였다. 혜성이란 별의 모양새가 긴 꼬리를 달고 운행하는 속성을 살려 길을 쓸어낸다고 표현한 것이다. 이렇듯 밝고 긴 꼬리를 끌며 나타난다 하여 혜성을 일명 '꼬리별', '꽁지별', '미성(尾星)'이라고도 부른다. 또한 그 꼬리가 길어서 '장성(長星)'이라고도 하고, 그 모양이 빗자루 모양 같다고 빗자루 추(箒)자를 넣어 '추성(箒星)'이라고도 한다. 이 외에도 '살별', '모성(鉾星)', '혜패(慧孛)' 등의 유의어가 있다.

그리고 바로 이 혜성이란 존재야말로 〈혜성가〉라는 노래 및 배경담의 중심어가 된다. 고대인들에게 혜성은 요성(妖星)으로, 천재지변이나 전란의 징조, 크게는 망국의 조짐 등 불길한 대상이었다. 하지만 오늘날 현대인에게 있어서의 혜성에 대한 개념은 그 판도가 180도 바뀌고 말았다. 무엇보다 국어사전의 '혜성' 풀이

안에서 이해가 빠를 것이다.

　　[천문] 반점(斑點) 또는 성운(星雲) 모양으로 보이고, 때로는 태양의 반대쪽을 향한 꼬리를 수반하는 태양계 내의 천체. 태양열의 영향으로 가스와 미진(微塵)을 분출하는 성질이 있고, 흔히 타원 궤도를 그리며 운행한다.

(출처 : 내셔널지오그래픽)

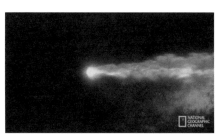 

2012년 발견된 금세기 최고의 혜성 ISON　　　　2013년의 헬리 혜성

　　여기까지는 과학적 냉정한 설명이니 그렇다 치더라도, 이에 한 술 더 떠서 혜성이란 말의 일상적 관념 안에 "주로 '처럼'이나 '같이'와 함께 쓰여, 어떤 분야에서 갑자기 나타난 뛰어난 사람을 비유적으로 이르는 말"이니, 예컨대 "그 배우는 영화계에 혜성처럼 나타난 신인입니다" 등으로 쓰이는 것을 보면 금석지감도 이만저만이 아닌 셈이다.

　　하지만 〈혜성가〉의 풀이는 삼국시대 당년의 사고 인식 안에서 접근해야 할진대 당시엔 혜성이 하늘에 나타나면 홍수, 기근, 전염병 등을 불러일으키는 혼란의 징조[亂兆]로서 관념되었음이 분명하였다. 『진서(晉書)』에 보면, "요사스러운 별은 그 하나가 혜(彗)요 다른 하나는 패(孛)(妖星一日彗 二日孛)"라고 했다. 결코 상서롭지 못한 징후이니, 이는 마치 경덕왕을 배경으로 한 또 다른 향가 〈도솔가(兜率歌)〉에서 하늘에 해가 둘 나타나는 것과 마찬가지로 불길의 표상이었다. 지금 두 노래

사이에서 보더라도 혜성은 외적의 침입과 관련돼 있고, 두 개의 해는 왕권에의 도전과 반역을 암시하는 상징어로 쓰였다.

일면, 심대성(心大星)은 천체의 28수(二十八宿) 별자리 가운데 중심을 이루는 대성(大星)이다. 심장이 몸의 군주 역할을 하듯, 심대성은 별 중에 천왕의 자리에 해당한다. 중국의 사서(史書)에도 '형혹수심(熒惑守心)'이라 하여 형혹성(熒惑星)이 심수(心宿)에 접근하여 그 자리에 정체해 있는 현상에 대한 기록이 있다. 이 또한 천자(天子)의 자리가 다른 세력에 의해 장악 당할 심각한 흉조로서 인식되었다. 『사기(史記)』의 〈진시황본기(秦始皇本紀)〉에 바로 이 형혹수심이 기록되어 있으니, 진시황이 죽기 전인 진시황 36년(B.C.211)에 형혹성이 심수를 범하고 하늘에서 운석이 떨어졌다고 한다. 같은 『사기』의 〈송미자세가(宋微子世家)〉에도 형혹수심 관련의 천상(天象)에 대한 기록이 있다. 송나라 경공 37년에 형혹수심이 일어났으나, 왕이 재앙을 신민(臣民)의 탓으로 돌리지 않고 간곡히 백성을 위하는 마음을 보이자 하늘이 감화하여 형혹이 지나갔다는 고사이다.

지금 〈혜성가〉에서도 혜성이 동쪽에 나타나 심대성을 침범한 일은 신라에 어떤 재앙이 닥쳐올 것을 예고하는 것이다. 그러면 신라인들 기준에서 천상(天上)의 이 논리를 지상(地上)에 적용시킨다고 했을 때 심대성은 지리상으로는 신라 혹은 그 중심의 땅인 경주를 암시하는 말이 되고, 정치 면에 적용하면 신라의 국체(國體)거나 군왕을 상징한다고 할 수 있다. 어느 경우든지 '혜성이 심대성을 범했다' 함은 왜구가 동해안에 침입하여 신라 쪽에 위기감을 조성시킨 의미의 바깥에 있지 않다.

앞서 왜군의 출현에 봉화를 올린 곳이 있더니, 지금 또다시 혜성이 나타났다고 보고한 사람이 나타났다고 했다. 그럼에도 지금 융천사는 설령 혜성이 나타났다 해도 그 혜성은 기다란 꼬리를 요사하게 흔들어대는 요성(妖星)이자 불길의 기운을 몰고 오는 흉성(凶星)이 아니라, 세 낭도를 위해 달을 도와 길을 쓸어주는 별,

이를테면 길을 인도하는 길성(吉星)이라고 애써 강변하고 있다. 천상계의 질서에서 달은 혜성보다 우위에 있는바, 혜성은 달과 맞물리면 힘을 쓰지 못한다는 믿음이 전제된 말이다. 이런 달이 화랑의 유람행을 돕기 위해 부지런히 떠서 갈 길을 밝혀준다고 했다. 달이 이미 그 역할을 다하매 혜성은 더 이상 요사스런 짓을 하지 못하고 단지 달을 도와 '길을 쓸어주는 별'이 될 뿐이다. 이렇듯 길쓸별로 단언한 연후에 뒤미쳐서 "아아, 달 아래 떠갔더라 / 이 무슨 요사한 기운이 있을꼬", 곧 달의 아래쪽에 떠갔으니 무슨 흉조 따위가 있겠느냐고 한 차례 더 강조하였다. 일설엔 나타난 혜성이 없다고 함으로써 혜성을 사라지게 할 수 있다고 믿는 고대인의 의식으로 해석하기도 한다. 하지만 사실은 혜성의 출현을 부정함이 아니라, 그것을 긍정의 신호로 바꿔 이해한 경우에 해당한다.

이런 일은 다음과 같은 야담과 대조하여 이해의 터전을 넓힐 수 있다. 태조 이성계가 조선을 창건하기 전 얻은 꿈이 흉몽이라 생각하던 중 무학대사로부터 해몽을 받고 군왕의 꿈을 키웠다는 유명한 이야기가 있다. 그가 꿈에 어느 시골 마을을 지나는데 온 고을 닭들이 일제히 울어대더니 집집마다 방아 찧는 소리가 들렸고, 하늘에서 꽃이 마치 비 오듯 떨어져 내렸다고 한다. 이어지는 꿈은 이성계가 어느 집 헛간에 들어가서 서까래 세 개를 등에 짊어지고 나오다가 거울 깨지는 소리에 문득 꿈을 깨게 되었으니 무슨 불길한 징조가 아닌지 걱정하며 대사에게 물었다. 이때 대사의 답이 이러하였다. "천 가구의 닭이 일제히 울어 불길하다 했는데, '꼬끼오 꼬끼오' 한 그것은 고귀위(高貴位)로써 높은 지위에 오를 것이며, 방아찧는 소리는 귀하게 될 것을 경축하는 의미입니다. 꽃이 떨어져 불길하다 생각했는데, 꽃이 지면 새로운 열매를 맺는 것이요, 서까래 세 개를 가로졌으니 그 모양이 임금 왕(王) 자와 같은 것입니다. 거울이 떨어져 깨졌다고 해서 파경지탄(破鏡之嘆)으로 한탄 할 일이 아니고, 경파기무성(鏡破豈無聲)으로 거울이 깨졌으니 소리가 나지 않으리이까, 큰 소리를 한번 낼 것입니다"라고 하였다. 흉몽으로 넘기려던 것을 긍정적인 해석으로 전환하여 운명을 바꾼 호례이다.

또한 조선시대 용재(慵齋) 성현(成俔)이 지은『용재총화(慵齋叢話)』에도 꿈을 소재로 한 설화가 있다. 옛날에 유생(儒生) 세 사람이 있어 장차 과거(科擧) 시험에 응시하러 가고자 하였다. 그런데 한 사람은 거울이 땅에 떨어지는 꿈을 꾸었고, 한 사람은 쑥으로 만든 인형을 문 위에 달아 놓은 꿈을 꾸었으며, 또 한 사람은 바람 불어 꽃이 떨어지는 꿈을 꾸었다. 나란히 꿈을 점치는 사람의 집을 찾아갔더니 점치는 사람은 없고 그의 아들만이 있었다. 세 사람이 꿈의 길흉을 물으니 그 아들이 점쳐 말하기를 "세 가지 꿈이 다 상서롭지 않으니 소원을 성취하지 못하겠습니다"라고 하였다. 조금 있다가 점술가가 와서 자기 아들을 꾸짖고는 해몽하는 시(詩)를 지어 주기를,

艾夫人所望	쑥 인형은 사람들이 바라는 것이요,
鏡落豈無聲	거울이 떨어지니 어찌 소리가 없을까.
花落應有實	꽃이 떨어지면 응당 열매가 맺히리니
三子共成名	세 사람은 함께 이름을 이룰 것이라.

고 하였는데, 과연 그들 세 사람이 모두 과거 시험에 급제하였다고 한다. 쑥 인형은 단오 때 문 위에 걸어 두면 사악한 기운을 물리칠 수 있다는 속신(俗信)을 띤 물건이다. 똑같은 상황 앞에서 점술가와 그 아들이 해석한 결과가 서로 다르다. 부정적으로 풀이한 아들과는 달리 긍정적으로 풀이한 점술가 덕분에 해몽하러 왔던 유생 세 사람은 일시에 뜻하는 바를 이루었다. 긍정의 힘이 세 사람에게 자신감을 불러일으켜 행운을 가져다주었다는 의미를 띠고 있다. 그야말로 실제로 일어난 일보다 유리하게 둘러대어 해석한다는 뜻인 '꿈보다 해몽이 좋다'는 속담을 연상케 하는 경우이다.

지금 〈혜성가〉에서의 혜성도 그 이칭(異稱) 중엔 긴 꼬리를 끌며 나타나는 이미지를 살려서 표현한 '미성(尾星)'이란 이름도 있고, 빗자루 모양을 닮았대서 '추성(箒星)'이란 별명도 있지만, 지금 노래의 당사자는 앞의 이미지를 버리고 뒤의 이미지를 선택하겠다는 의지를 표명해 보였다. 다시 말해 꼬리 모양이 요사스런 것이 꼭 불길한 일을 야기할 듯싶어 보이는 꼬리별의 개념을 버리고, 오히려 길을 깨끗이 쓸어주어 좋은 일을 가져다 줄 듯싶은 빗자루별의 개념으로 일약 발상의 전환을 꾀한 것이다. 일체 만사는 마음에 달린 것이라는 이른바 '일체유심조(一切唯心造)'의 경계로 볼 수도 있고, 요즘 말로 하면 부정적인 요인을 긍정적 마인드로 대체하겠다는 강력한 의지로 상황을 타개해 나간 사례라 할 수 있다.

그 결과, 노래에 힘입어서 혜성은 즉시 사라지고 일본군사도 되돌아가 오히려 경사스런 일이 되었다고 하였으니 〈혜성가〉는 한 편의 주가(呪歌)인 셈이다. 실제로도 이 노래를 『삼국유사』의 감통(感通) 편에 넣은 것도 이 노래의 주술성을 인상 깊게 수용한 소치로 보인다.

노래에 마력이 있어서 신통한 기적을 나타낸다고 함은 이보다 거슬러 상고시대부터 심심찮게 보이는 현상이었으니 일찍이 고대가요인 〈구지가〉 같은 데서도 사례가 나타나 있었다. 노래가 단순히 정서상의 역할만 아니라, 사악한 것을 물리치고 경사스런 것을 맞아들이는 이른바 '벽사진경(辟邪進慶)'의 주술적 힘마저 발휘함을 여실히 입증하고 있다. 이런 식의 축사(逐邪)의 힘을 징험해 보인 경우는 이 노래 뒤에 〈도솔가〉 향가 같은 곳에서도 그 사례를 발견할 수 있다. 신라 제35대 경덕왕(재위 742~765) 때에 하늘에 해가 둘 나타났더니 왕이 그 괴변을 없애기 위해 월명사(月明師)를 초빙하고 부탁해서 만든 노래라고 한바, 그 앞뒤 정황이 서로 유사하다. 아닌 게 아니라 이 노래와 설화 역시 『삼국유사』의 감통 편에 배속해 놓았다. 그리하여 일연도 이 도솔가에 대한 설명 뒤에 더 이상 가리지 않고 "신라인들이 향가를 숭상한지 오래되었다(羅人尙鄕歌尙矣)"하면서 향가가

"천지와 귀신을 감동케 하는 일이 한두 번이 아니라(往往能感動天地鬼神者非一)"고 단도직입적인 기록을 하였던 것이다. 그런 가운데서도 이 〈혜성가〉야말로 향가의 주술적 효력을 징험에 보인 가장 첫 번째 작품이라는 점에서 특유의 위상을 차지한다.

고전을 대하면서는 이 같은 일이 그저 신기하고 흥미로운 것이다. 노래와 함께 하는 삶을 살기야 옛사람과 지금사람 간에 다른바 없지마는 오늘날의 가창(歌唱)은 그 의도에 있어 기쁨을 높이고 슬픔을 달래고자 하는 뜻의 바깥에 있지 않은 데 비해, 고대의 가창은 주술의 의도를 함께 품어 있었으니, 그 차이가 현절하다 아닐 수 없다. 요컨대 오늘날 현대인들이 노래를 부르는 이유와 그 옛날 신라인들이 노래를 부르던 이유 사이에는 차마 상상이 어려운 관념상의 거리가 있다는 사실 앞에 놀라운 금석지감을 느낀다. 노래가 단지 잔치마당이거나 노래방에서 흥겹게 부르는 엔터테인먼트로서의 구실만 아니라, 신라인들의 의식 안에서는 심각하고 진지한 현실 문제까지 해결할 수 있다는 믿음까지 강하게 품고 있었다는 말이다. 지금 이 〈혜성가〉에서도 노래의 힘을 빌려 불길의 징후를 어떻게든 사라지게 하려는 의지와 노력이 현저히 드러나 있음을 확인하게 되는 것이다.

연결하여, 이 노래의 작가로 소개된 사람의 이름이 '융천사(融天師)'라고 했다. 그러나 실제로 『삼국사기』거나 『삼국유사』, 그리고 그밖의 다른 어디를 보아도 그 이름이 보이지 않으니 인물의 실존 여부를 확신하기 어렵다.

그런데 문득 '융천(融天)'이란 말을 음미하면 그 자체 '천체의 질서를 조화롭게 융화'시켰다는 뜻이다. 지금 여기서 융천사는 주력(呪力)으로써 하늘의 변괴를 물리치고 나라의 위기를 타개 극복한 술사(術士)처럼 그려져 있는바, 본시 고유한 이름이라기보다는 이 의미를 살려 붙인 이름일 가능성을 배제할 수 없다. 더 나아가 기왕에는 융천사를 실존의 인물로 보아 화랑이면서도 승려의 신분이었던 어떤 사람으로 간주하려는 견해가 많지만, 오히려 배경설화 자체가 환상적이면서 초현실적인 점으로 역시 이야기 속 가공의 인물로 보는 측면도 배제할 수 없다.

　진평왕 당시 혜성이 출현했다는 말을 실제 사실로 전제하고 그 구체적인 연대를 알아내려는 시도도 있었다. 곧 『삼국사기』 권27 백제본기5에 의하면 위덕왕 26년은 진평왕 원년에 해당하는데, 이 해 10월에 장성(長星:彗星)이 하늘에 뻗쳤다가 20일 만에 없어졌고 그 해 지진이 있었다는 내용과, 위덕왕 41년(신라 진평왕16; 594년) 11월에도 패성(孛星:혜성)이 각항(角亢) 즉 동쪽 하늘에 나타났다는 기록이 있다.

　또한 일본의 사서(史書)인 『일본서기(日本書紀)』에도 스이코덴노[推古天皇] 집정기에 일만 명이 넘는 왜군이 신라에 쳐들어갔다는 기록도 있다. 이때는 바로 신라 진평왕 대에 해당하는 기간이기도 하니, 이 두 가지 기록의 뒷받침에 따라 창작연대를 594년(진평왕16)으로 추정하기도 한다.

　그런데 일반적으로 혜성 출현의 일과 왜군 출현의 사건을 별 의심 없이 같은

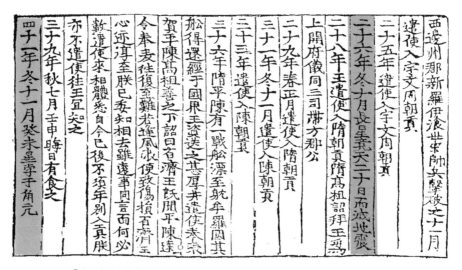

『삼국사기』 백제본기5 위덕왕 26년과 41년에 혜성이 나타났다는 기록들이다.

시간대 혹은 엇비슷한 시간대 안의 일로 다루려는 경향이 많은데, 그러나 〈혜성
가〉의 원문에 보면 '舊理'에 왜군도 왔다고 했다. 양주동은 '舊理'를 '예전'으로,
김완진은 '옛날'로 풀었거니와, 정작은 혜성의 출현보다 앞서 예전(옛날)에 그런
일이 있었다는 말이다. 그럼에도 기존에 혜성 출현의 일과 왜군의 출현을 같은
해의 일로 전제한 논의거나, 심지어는 혜성의 출현이 왜군의 출현을 상징한다고
보는 견해들을 위해 반드시 재검토가 필요한 국면이다.

한편, 한국사전연구사에서 편한 『국어국문학자료사전』(1998) "혜성가[彗星歌]"
에 보면 이 노래의 주가적인 성격 안쪽의 불교적인 성향에 대해 강조하여 있음에
참고로 인용해 보인다.

> 이 노래는 세 화랑의 공덕을 칭송하여 부른 노래라는 견해도 있기는 하나, 혜성의
> 출현과 왜구의 침입을 막았다는 데에서 주사(呪詞)로 해석된다. 그러나 이 노래의
> 속뜻은 탁월한 불교의 경지로서 본래가 청정무애(淸淨無碍)한 현상을 중생이 스스
> 로 미망(迷妄)을 내어 현혹하고 고통 받는 것으로, 화엄(華嚴)의 경지, 선(禪)과 같
> 은 경지를 말한 것이다. 신라향가는 일연(一然)에 의하여 노래가 모아졌다는 사실
> 때문에, 그의 취향과 사상이 노래 속에 어느 정도 관여되었으리라 생각된다. 일연이
> 신라의 후손이고 승려라는 점에서 볼 때, 향가의 내용 역시 신라적이고 불교적인
> 면과 깊게 관련된다.

극단적으로는 『삼국유사』를 불교 포교서(布敎書)로까지 보고 있는 주장도 있고
보면 이러한 견해를 무시할 수 없는 노릇이다. 그럼에도 여전히 이 〈혜성가〉가
샤머니즘다운 주술성을 강하게 띤 가요임이 분명하고, 정치적인 현실 문제와 깊
이 결부되어 있는 사실은 끝내 가볍게 볼 수 없는 것이다. 겸하여 신라의 화랑도
사상이 유불도 모든 개념의 총화라는 사실을 망각하지 않는 입체적인 관점이 요구
된다.

아울러 향가 해독의 바른 길을 위해 신라어로 형성된 노래의 의미에 제대로 접근하기 위해서는 향찰 자체의 풀이에만 과도히 집중하기 보다는 배경설화와의 긴밀한 유대 및 연계 안에서 보완을 기약할 수 있다. 이는 『삼국유사』에 실린 14수 향가 전체에 통하는 논리이기도 하다.

13

서동요 薯童謠

행운을 일으킨 스캔들 노래

『삼국유사』권2 紀異2에 수록된 〈武王〉 전문. 일연은 공주의 이름을 '善花'로 적으면서
'善化'라고도 한다는 주석을 붙였다. 〈서동요〉 향가 원문에는 '善化'로 되어 있다.

又玄 이재무가 쓴 저자 풀이의 〈서동요〉

한국 시가문학사의 이른 시기, 주로 통일신라시대를 중심으로 유행된바 향가(鄉歌)라는 일군(一群)의 고귀한 노래 유산들이 있다.

향가는 그 표기가 한문으로 된 것이 아니요, 한글로 된 노래도 아니다. 향찰(鄉札)이라는 제3의 표기 형태를 취하고 있다는 점에서 특이한 시가이다. 무릇 상고시대로부터 삼국시대·통일신라시대·고려시대·조선시대에 이르기까지 한반도원래의 언어야 의연히 건재하였지만, 그 말을 옮겨 적을 수 있는 우리 고유한 글자는 존재하지 않았다. 이 땅 고유한 글자로 자국의 말을 옮기는 일은 조선시대 15세기에 한글이 만들어지면서 비로소 가능했다 함은 누구나 아는 사실이다. 하지만우리 글자가 발명되기 이전의 시대라도 역시 독자적인 한국말을 기록으로 남기고자 하는 욕구가 없을 수는 없었다. 그런데 한자나 한문으로 메시지 전달쯤은 할수 있다 해도 우리말 특유한 토씨 등 음운체계까지 옮길 방도는 없었기에 그 대안으로 이미 한반도에 정착을 본 한자의 음과 훈을 빌리는 방법을 지혜롭게 이용했으니, 이 곧 향찰인 것이다. 우리말 소리를 글자로 나타낸 최초의 글자 형태라는데서 한글의 업적을 높이 평가하지만, 사실은 그보다 훨씬 이전에 이미 한국어를고스란히 옮겨 표기하기 위한 별도의 방편으로 한자의 음과 훈을 빌려 한국어를표기한 공적을 잊을 수 없다. 다시 말해 차자표기법(借字表記法)인 이두 및 향찰같은 훌륭한 발명품이 존재해 있었다는 사실을 드높여 대서특필 함이다.

대저 우리의 옛 문학을 기록 현출해 온 삼대(三大) 언어는 바로 한자와 향찰과한글이었다. 그렇건만 다수의 연구자들이 고전의 오의(奧義)에 부딪혀 당황하거나전긍하는 계제에조차 끝내 돌아볼 줄을 모르니, 바로 향찰의 존재이다. 『삼국유사(三國遺事)』 소재 14수 향가 논제와 맞닥뜨렸을 때 한해서만 내심 '참 이건 한자가아니지!' 하며 향찰 모드로의 전환을 꾀할 뿐, 그밖에는 한자어로의 소통이 암만이상하고 야릇해도 더 이상 이 시스템을 가동하는 법이 없다. 차마 생각지 못했던상고의 시가와 민요의 도처에 깔린 향찰 글자 앞에 영 무덤덤하다. 그렇게 무감각하게 묻어버리고는 다시 돌아볼 줄 모른다. 뿌리 깊은 향찰 언어에의 불감증은 또 하나의 중대한 문화적 치매현상이 아닐 수 없다.

아울러 종종 이두와 향찰을 혼동해서 쓰는 경우도 보게 되지만 엄밀한 의미에서 차별성이 있다. 이두(吏讀)가 고유명사 내지는 한문 문장의 끝에 토를 표기하는 단편적인 방식에 한정된 형태라고 한다면, 향찰은 이두와 그 표기법은 같되 한국어의 문장이 온전하게 이루어진 형태라고 할 수 있다. 향찰이라는 명칭은 고려 혁련정(赫連挺)의 1075년 저서 『균여전(均如傳)』 안에서 처음 발견된다. 곧 이 책에는 최행귀(崔行歸)가 〈보현십원가(普賢十願歌)〉를 한시로 번역하면서 쓴 서문이 있는바 거기서 처음 나타난 말이었다. 따라서 신라인들의 노래 가사는 온전한 문장 형태를 갖추고 있기에 이두로 표기되었다고 하지 않고 향찰로 표기되었다고 한다. 그러면 이제 신라의 노래들을 '이두가(吏讀歌)'라 하지 않고 '향가(鄕歌)'라 함도 다 이유가 있었다. 간단히 말하면 향찰로 표기된 노래가 향가인 것이다.

삼국시대와 통일신라시대에 걸쳐 생성된 수많은 향가들을 서기 888년 편찬의 『삼대목(三代目)』이라는 책에 총집(總輯)시켜 놓았으나, 어느 때부터인가 잃어버린 책이 되었다. 그런 와중에 불행 중 요행이랄지 일연(一然)이 『삼국유사』에다 14수를 옮겨 놓았고, 더하여 고려 초의 균여(均如)가 향찰 표기법에 따른 찬불가(讚佛歌) 형태의 향가 11수를 지어 『균여전(均如傳)』 안에 끼쳐 둔 결과, 도합 25수로 남았다.

그렇게 잔존한 향가 중 가장 오랜 것을 찾자고 하면 해당 향가에 딸린 배경담 안에서 역사의 시간표가 제일로 앞선 것을 찾을 수밖에 없고, 이때 진평왕(眞平王, 재위 579~632) 무렵이 시간 배경으로 된 〈서동요(薯童謠)〉와 〈혜성가(慧星歌)〉가 여기에 해당한다.

그런데 융천사(融天師)라는 승려가 지었다는 〈혜성가〉는 열 줄로 된 10구체(十句體) 향가이고, 서동(薯童) 작으로 되어있는 〈서동요〉는 네 줄짜리 4구체 향가이다. 향가의 전개 혹은 발전 과정을 얘기할 때 통상 4구체 향가를 10구체의 앞에 두는 인식 때문인지 궁극에 〈서동요〉를 현전하는 가장 이른 시기의 향가로 다루고 있다. 이 노래의 경우 정작 노래 뒤쪽의 이야기 즉, 배경설화가 전하는 대로라면 신라 진평왕(眞平王, 재위 579~632)과 백제 무왕(武王, 재위 600~641) 때의 소득이라 하겠고, 그럴 경우 진정 한국 최초의 향가라고 할 수 있기에 그 위상은 특별히 대단하게 생각하지 않을 수 없다. 정작 사실(史實) 고증에 들어가면 허구와 진실 사이에 얘기가 그렇게 간단하지만은 않겠지만, 외적으로 표방하는 시점에 따라 여기서도 일단 그 순서를 좇은 것이다.

〈서동요〉 역시 노래만 단독으로 보이는 일 없이, 배경설화와 함께 존재한다. 그리하여 이 노래 및 노래를 둘러싼 이야기는 『삼국유사』〈무왕(武王)〉 안에 실려 있다.

향가의 가사는 못내 특이하고 난해한 향찰 표기법으로 남아있기에 어떡해서든지 해독이 필요했던바, 초창기 양주동을 포함한 여러 학자들이 이에 끊임없는 접근을 시도하였다.

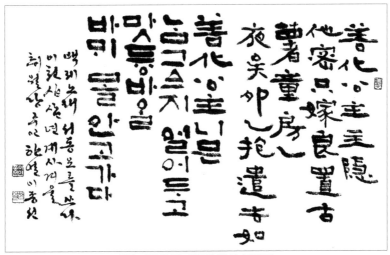

한얼 이종선 墨, 양주동 譯의 〈서동요〉

제1행의 '善化公主主隱'은 향찰어를 어떻게 풀어가는 지를 알 수 있는 가장 손쉬운 본보기가 될 만한 부분이다. 무릇 향찰을 풀이하는 방식은 크게 두 가지가 있는데, 하나는 해당글자의 발음을 그대로 이용하여 읽는 방식이니 이를 음차(音借)라 한다. 다른 하나는 해당글자를 한자 훈으로 풀어 뜻을 찾는 방식이니 이를 훈차(訓借)라고 한다. 그러면 이제 맨 앞의 '善化公主'는 한자음 그대로 '선화공주'라고 읽으면 그만인 음차이다. 바로 뒤의 '主隱'의 경우 앞의 '主'는 음독으로 통하지 않으매 훈독으로 전환하여 '님'이 된다. '隱'은 오히려 '숨는다' 같은 훈독으로는 의미가 불통하는 반면, 음으로 읽어 체언에 붙은 조사(助詞) '은/는'으로 하면 문득 의미가 열린다. 요컨대 '주(主)'는 뜻을 빌린 것이요, '은(隱)'은 음을 빌린 것이다. 그리하여 이제 연결하여 읽으면 '선화공주님은'이 된다. 이 부분은 너무 손쉽고 당연한 경우인지라 논자들 사이에 반론이 나올 여지가 없다.

　제2행 '他密只嫁良置古'는 '남몰래 정을 통해 두고(통정해 두고)', '남 몰래 시집가서', '남 몰래 짝 맞추어 두고' 정도의 설이 나왔다. 여하튼 그 대의는 공주 편에서 적극적인 애정 행위를 하고 있다는 쪽으로 공감대가 형성돼 있다.

　대개 향가의 풀이는 양주동이 이를 전체 단위에서 본격 해독한 『고가연구(古歌研究)』 이후 크고 작은 이견도 있으나 전반적으로는 그의 해석 안에서 대체적인 수용이 이루어지고 있다. 이때 '密'은 훈으로 읽어 그윽하다, '只'는 음으로 읽어 '지'이지만 '기'로도 수용하니, 일례로 '曾只'가 '일즈기'(일찍이)로 쓰이는 사례가 그것이다. 따라서 '그스지, 그스기 〉 그으기 〉 그윽이'로 해독 가능하다.

　'嫁'는 16세기 한자 학습서인 『훈몽자회(訓蒙字會)』의 훈독이 '얼일 가'이고, '얼이다'는 배필로 삼다(혼인하다)·성교하다·정을 통하다 등 교접(交接)의 뜻을 아우르기에, '얼어 두고 〉 정을 통하여 두고'의 해석에 이르렀다. '얼다'의 이런 의미에서 '어른'이란 말이 파생되었다는 설도 있다. '良'은 '~어·아·라·애·여' 등 부사형 어미에 상용된다. '置古'의 경우 '置'는 훈으로 읽는 '두다 치'의 어간 '두'에다, '古'의 음독(音讀)인 '고'를 합쳐 '두고'가 되었다.

　3행 '薯童房乙'에서 '薯童'을 읽는 방법도 약간 다르다. 양주동 같은 이는 이
역시 앞 글자는 훈자, 뒷 글자는 음차로 접근하여 '맛둥'이라 했고, 여타 논자들은
그냥 한자음 '서동'이라 했다.

　'서(薯)'는 '마'로 통한다. 사전에서 '마'를
찾아보면 "마과(科)의 여러해살이 덩굴풀.
잎은 심장 모양으로 마주나고, 여름에 자색
꽃이 피며, 열매에는 세 개의 날개가 있다.
산지에서 자라며 밭에서 재배하기도 한다.
뿌리는 산약(山藥)이라 하여 약재로 쓰인다.

마[薯]

우리나라·중국·일본 등지에 분포한다"고 되어 있다. 다시 마과(科)를 보면, "외
떡잎식물 백합목에 속한 과. 줄기는 덩굴성이다. 세계에 10속(屬) 650여 종(種)이
분포하는데, 우리나라에는 마·참마·단풍마·국화마·부채마·도코로마 따위
의 12종이 있다"고 하는데, 여기 서동이 가져다 신라의 아이들에게 나누어 먹었다
는 그 마가 어떤 마인지까지는 짚어내기 어렵다.

　'童'은 우리말에서 그것이 접미사로 될 때 '~동이', '~둥이'로 옮겨진다. '동이
[둥이]'의 사전적 풀이는 '일부 명사나 어근 뒤에 붙어, 그 명사나 어근이 뜻하는
특징을 지닌 사람이나 동물을 귀엽게 또는 홀하게 이르는 말'로 되어 있다. 업둥
이·귀염둥이·바람둥이·재롱둥이·막둥이 따위가 그 실례가 된다. 지금 '薯童'
의 경우는 앞의 '마'라는 명사 뒤에 붙어 마동·마둥·맛둥의 범주 안에서 읽는
일이 가능하다. 그런데 노래의 작자 구실을 하는 서동은 고유명사라기보다는 초
동(樵童)·목동(牧童) 등과 같은 보통명사다운 표현이다. 초동이 땔나무를 하는 아
이, 목동이 가축 등에 풀을 먹이며 돌보는 아이라면, 서동은 마[薯蕷]를 포함한
약초나 산채 따위를 캐어 생활을 이어가던 소년으로서 타당하다.

바로 뒤의 '房'은 음으로 읽는 음차이다. 이 '방'에는 공경의 칭호로 쓰인 예가 있으니, 신라 경덕왕 때 실제사(實際寺)의 승려 영여(迎如)가 경덕왕을 위한 제를 마치고는 자취를 숨기자 왕이 국사로 추봉했고, 그 뒤에도 세상에 나타나지 않으매 '국사방(國師房)'이라 칭했다던 경우를 든다. 반면 사람을 부르는 '방'에서 '~방이'·'~뱅이'란 말이 생겨 업신여겨 낮춘 뜻이라고 이해하기도 하니, 가난뱅이, 주정뱅이, 게으름뱅이, 장돌뱅이 등을 그 예로 든다. 또한 이 방(房)을 말 그대로의 벽 따위로 막은 거처 공간으로 이해하는 측면도 함께 있으니, 이 경우 두 사람의 야합처로서의 '서동의 방'으로 풀이한다.

끝의 '乙'은 똑같이 목적격조사 '을'로 읽었다.

4행 '夜矣卯乙抱遣去如'이야말로 가장 큰 분란거리였다. 전체의 향찰풀이에서 다른 곳은 의미 반경은 대개 같고 표현방식이 다를 뿐이라 하겠지만, 의미상 일대 논란을 일으킨 처소는 '卯乙'이었다. 익숙지 않은 글자 '卯'에 대해 양주동은 원문의 '卯乙'을 '卯乙'로 보고 음으로 읽어, '모을 〉 몰 〉 몰래'로 수용하였다. 이때 '묘'라고 해야겠지만 이것이 고대에는 '모'로 읽혔고, 바로 뒤에 을(乙)의 끝소리 'ㄹ'이 더해져, 모을 〉 몰 〉 몰래라고 하였다. 하지만 두 사람이 밤에 정사를 펼친다는 자체가 이미 몰래하는 행위의 은밀한 뜻을 안고 있는데, 굳이 '밤에 몰래'라는 말을 더 붙인다면 못내 사족의 혐을 면하기 어렵다.

여기의 '몰'을 '무얼 〉 무엇을·무언가를'로 보는 관점도 한 자리를 차지했다. 이 경우 품에 안는 대상은 서동이 아니라 문득 서동에게 건네줄 그 어떤 물건의 뜻으로 바뀌어 완전 색다른 형국을 띠게 된다. '맛둥의 방을 / 밤에 무언가를 지니고 가다.' 비밀 결혼한 상대방 신랑을 위한 뒷바라지를 연상하는 국면인 것이다. 다만 '서동의 방에 / 밤에 뭘 품고 가다'가 아닌, '서동의 방을 / 밤에 뭘 품고 가다'라는 말이 되니, 문맥상 토씨 처리가 자연스럽지 못한 아쉬움이 있다.

한편, 아예 딴판으로 ‘卯乙’이 ‘卵乙’일 것으로 간주하려는 일군(一群)의 논자들이 나와 이 노래 최고의 대척적(對蹠的)인 양상을 나타냈다. ‘卵’으로 인식하고서는 훈독하여 ‘알’로 풀고자 하는 일대 급변이 일어난 것이다. 즉 ‘밤이면 알을 안고 가다’(홍기문)란 파격적인 관점이 대두되었더니, 얼마 뒤에 일약 ‘밤에 고환을 품고 간다’·‘불알을 안고 간다’(서재극)의 전혀 다른 판도의 해석이 등장했다. 그런데 전후 맥락상 서동이 선화를 안고 가는 게 아니라 여자인 선화가 서동을 안고 간다는 것은 어떠한 형상인지 잘 납득하기 어렵다는 분위기이다. 대략 남자의 성기를 품어보고 간다는 말로 이해해보기는 하지만, 그 당시 신라 백성 누구에게나 쉽게 소통되는 항간의 유행가에 주석과 설명이 필요하다면 역시 순리적이라고 보기 어렵다. 비슷한 맥락에서 ‘밤에 알을 안고 가다’(김완진)도 나왔다. ‘卯乙’에는 몰래를 나타내는 향찰의 사례가 없다는 전제 하에, 대신 그 시대엔 ‘毛冬-’이 그 범주의 의미로 쓰였다고 하면서 ‘알을 안고 간다’로 해석됨이 순리에 맞으면서 문법에도 어긋남이 없다고 하였다.

이것의 타당성 여부와 관계 없이 사실은 이미 2행에 ‘密’ 즉 ‘그스지’(드러나지 않게 깊고 평안하게)라는 말이 한 번 나왔는데, 4행에 다시 거의 같은 의미의 ‘몰래’(다른 사람이 모르게 가만히)라는 말이 또 한 차례 나오는 형상이 되어버린다. 언어의 불필요한 반복과 중첩에 의한 낭비 현상 또한 그다지 석연치 않아 마침내 심수(心受)하기가 어려울 뿐이었다. 기실은 정작 풀이한 당사자조차 ‘무슨 내용을 뜻하는지까지는 말하기 어렵다’면서 연구가 필요하다고 하였다.

하지만 많은 논란 중에 초창기의 양주동과 맨 나중 단계의 김완진 두 논자의 풀이 방식이 가장 빈도 높게 대비 인용되는 바에, 옮겨 보이면 이러하다.

선화공주니믄	善花公主니리믄
눔그스지 얼어두고	눔 그슥 어러 두고
맛둥방올	薯童 방올
바미 몰 안고가다 (양주동 역)	바매 알홀 안고 가다 (김완진 역)

　　그러다가 최근 정우영 같은 논자는 좀 더 구체적으로『삼국유사』판본의 사례를 들어 '夘'를 '卵'(란)과 음과 뜻은 같으나 모양이 다른 한자인 이체자(異體字)라고 보았다. 동시에 '알'을 남성의 고환으로 간주한 것까지는 같이 하였으되, 선화공주가 '안는[抱]' 행위는 여성이 남성 위에 올라가 성행위를 하는 장면의 묘사 즉 암탉이 알을 품는 형상에 비유해 남녀간 성행위 장면을 묘사했다는 주장을 펼쳤다. 그러나 가사를 유기적인 전체 안에서 살펴보면 '서동방을 / 밤에 알을'이 되므로 계속 '~을, ~을' 하는 부자연스런 목적어 반복 현상이 야기된다.

　　그런데 이러한 노골적인 성기 표현 내지 성행위로 간주하는 입장에서 반드시 감안해야 할 부분이 또 있다. 무엇보다도 〈서동요〉가 아이들을 시켜서 부르게 한 노래라고 했는데, 정녕 이런 노골적이고 비속한 표현도 서슴지 않았다고 했을 때 서동의 인간됨이 문득 의심시되는 정황이 있다. 곧 자기의 목적을 위해서는 어린아이들의 정서 따위 상관없다는 식의 수단 방법을 가리지 않는 불측하고 괴망스런 사람의 이미지로 전락하고 만다. 신라 향가 14수 전반이 내유하고 있는 숭고하고 우아한 이미지에서 벗어나고 사리에도 맞지 않아 마침내 검토 대상에 넣기가 곤란해진다.

　　이렇게 엎치락뒤치락하는 언어 해석상의 차이에도 불구하고 어쨌든지 시집도 안 간 공주에게는 치명적인 스캔들이 아닐 수 없다. 따라서 그 때문에 공주를 궁 밖으로 쫓아내야만 하는가에 대한 필연성까진 몰라도 부왕이 노발대발하기에는 충분한 사유가 된다고 하겠다.

또한 노랫말 속의 '안다[抱]'를 '어떤 사물을 들고 걸어가다' 같은 연상을 하는 통에 이런 혼란이 야기되는 국면도 없지 않다. 곧 여기의 '안다'는 여자가 남자를 손에 받쳐 들고 간다는 말이 아니라, 사전의 풀이대로 '(사람이 어떤 대상을) 두 팔로 두르거나 당겨 가슴에 대거나 품는다'는 말이다. 지금 서동과 선화와의 관계 안에서는 '품에 껴안다' 내지 '품다'란 말이다. '품다'의 사전 풀이는 '품속이나 가슴에 대어 안다'란 뜻이니, 역시 전체 연구자들이 공감하는 대로 잠자리를 같이 함, 정사를 펼친다는 뜻에 틀림이 없는 말이다. 그러므로 향찰자 '抱'는 모두가 '안다'라는 훈독 한 가지에 매이다시피 하여 오직 그 안에서만 해결하려는 경향이 있지만, 오히려 문득 '품다'라는 훈차를 끌어다 쓸 때 혼선이 없는 깔끔한 전달이 기약된다.

한편, 여기의 '夘'은 '卯'거나 '卵'이 아니라 '누워뒹굴 원'이라는 설도 있었다. 정작 큰 사전에서 '夘'을 찾으면 "夗과 같은 글자(與夗同)"로 엄연히 나타나 있고, '夗'을 보면 '轉臥也' 곧 '뒹굴다'로 설명하고 있다. 애당초 없는 글자라면 비슷한 다른 글자로의 유추도 가할 나위가 있겠지만 엄연히 사전 안에 들어있는 글자이다. 그럼에도 아마 '卯'일 것이다, 혹은 '卵'일 것이다 등 다른 자로 추리하면서 자의(恣意)로 갖다 맞추려는 태도 또한 문제라고 할 수 있다. 게다가 둘 다 적용 과정에 잘 들어맞지 않은 사안들이 발생하여 못내 석연치 않았다. 그리하여 이참에 어간 '뒹굴(딩굴)-'에 약음차 'ㄹ'이 더해진 '뒹굴'로의 기회를 버리지 않기로 한다. 이에 '서동방을 밤에 뒹굴 안고 가다'로 맞춰보는 시안을 이 마당에 처음 제시해본다. 그리고 이 적용 안에서 노래의 대체는 다음과 같은 도출이 가능하다.

善化公主主隱　　　선화공주니믄
他密只嫁良置古　　늠 그스지 얼어 두고,
薯童房乙　　　　　맛둥바울
夜矣夘乙抱遣去如　밤에 뒹굴 품고 가다.

노래의 바로 뒤에는 이것이 나오기까지의 경위를 설명하는 이야기가 펼쳐있으니, 다름 아닌 '배경설화'이다. 배경이야기는 성격상 크게 네 부분으로 구분이 가능하다. 곧 ① 서동의 탄생담(誕生談), ② 서동의 혼구담(婚媾談), ③ 서동의 즉위담(卽位談), ④ 사찰 기연담(起緣談)이 그것이다.

여기서 '혼구'는 혼인(婚姻)의 고풍스런 말이다. 혹 결연담(結緣談)으로 표현하는 이들도 있으나 결연이란 표현은 인간 사이의 모든 관계를 넓게 아우르는 말, 혹은 중생이 불교적 인연 맺음의 의미이기 때문에 전달력이 떨어진다. 기연담은 연기담(緣起談)이라고도 한다. 어떤 사물이나 현상이 일정한 원인과 조건을 통하여 일어난 이야기를 말하니, 절이 생겨난 유래담이라고 하겠다.

이제 이야기 전모를 옮기되, 이해의 편의상 해당되는 내용 맨 앞에 번호를 매겨둔다.

① 백제 제30대 무왕의 이름은 장(璋)이다. 그 어머니가 과부가 되어 백제의 서울 남쪽 못가에 살면서 연못의 용과 정을 통하여 아들을 낳았다. 그 아들은 재주와 도량이 커서 장차 큰 일을 할 바탕을 갖추고 있었는데, 항상 마(薯)를 캐어 팔아서 생계를 꾸려갔으므로 사람들이 그를 '서동'이라 불렀다.

② 서동은 신라 진평왕(眞平王)의 셋째 공주 선화(善化)가 매우 아름답다는 말을 듣고 머리를 깎고 신라의 서울로 들어갔다. 동네의 아이들에게 마를 나누어 주었더니 아이들이 친근히 여겨 그를 따랐다. 그래서 곧 동요를 지어서 아이들로 하여금 자신이 지은 노래를 부르고 다니게 하였다.
善化公主主隱 / 他密只嫁良置古 / 薯童房乙 / 夜矣卯乙 / 抱遣去如
아이들의 노래는 서울 거리에 널리 퍼져 궁궐에까지 이르렀다. 이 노래의 내용이 사실이라고 믿은 모든 관료들이 공주를 극구 탄핵하여 먼 곳으로 귀양보내도록 하였다. 공주가 길을 떠나려고 할 때 왕후가 순금 한 말을 노자로 주었다. 공주가 귀양처로 가는데 서동이 도중에 나타나 절을 하고는 자신이 모시고 가겠다고 하였다. 공주는 비록 그가 어디서 왔는지 몰랐지만 어쩐지 믿음직하고 마음에 들었다. 그래서 따라오도록 하였고 또 몰래 정도 통하였다. 그런 뒤에야 공주는 서동이란 이름을 알게 되었고 동요의 영험함도 믿게 되었다.

③ 그들은 함께 백제로 왔다. 공주는 어머니가 준 황금으로 생계를 꾸리려고 생각하니 서동이 크게 웃으면서 물었다.

"이게 무슨 물건이요?"

"이것은 바로 황금이지요. 평생 넉넉히 살아갈 수 있을 거예요."

그러자 서동이 말하였다.

"내 어려서부터 마를 캐던 땅에 이런 것들이 흙더미처럼 쌓여 있소."

이 말에 공주가 깜짝 놀라 말하였다.

"이것은 세상에서 가장 귀한 보물입니다. 당신께서 지금 황금이 있는 곳을 안다면 그 보물을 부모님 계신 궁전으로 보내는 것이 어떻겠어요?"

서동이 좋다 하며 금을 끌어 모아 산더미처럼 쌓아놓고는 용화산(龍華山) 사자사(師子寺)에 있는 지명법사(知命法師)에게 가서 금을 보낼 수 있는 방책을 물었다. 이에 대사가 응하였다.

"내가 신통력으로 보낼 테니 금을 가지고 오시오."

공주가 편지를 써서 금과 함께 사자사 앞에 가져다 놓으니, 법사가 신통력으로 하룻밤 새에 금과 공주의 편지를 신라 궁궐로 보냈다. 진평왕은 그 신묘한 조화를 기이하게 여겨 서동을 자못 높여 공경하였으며, 항시 편지를 보내 안부를 물었다. 이 일로 말미암아 서동은 백성들의 마음을 얻어 왕위에 오르게 되었다.

④ 하루는 왕이 부인과 함께 사자사에 행차하던 길에 용화산 아래의 큰 연못가에 이르렀다. 그때 미륵삼존(彌勒三尊)이 연못 속에서 나타나자 왕은 수레를 멈추게 하고 경의를 표하였다. 부인이 왕에게 말하였다.

"이곳에 큰 절을 짓는 것이 정녕 제 소원입니다."

왕이 이를 들어주어 지명법사에게 가서 연못 메울 일에 대해 묻자, 법사가 신통력으로 하룻밤 새에 산을 허물어서 연못을 메워 평지로 만들었다. 그 자리에 미륵삼존을 본떠 만들고는 삼존마다에 전각과 탑과 회랑(回廊)을 세우고는 미륵사(彌勒寺)라고 하였다. 진평왕은 여러 장인들을 보내어 절 짓는 일을 돕게 하였는데, 지금도 그 절이 남아있다.

흥미롭기만 한 남녀의 기연담(奇緣談)이지만, 불교적 관점에서 보면 미륵사(彌勒寺)라는 절이 생겨난 유래에 관한 연기담(緣起談)이 된다. 그런데 일연은 여기 미륵사에 대해, "『국사(國史)』에서는 왕흥사(王興寺)라고 하였다"고 주해(注解)를 달았거니, 그 기준에선 왕흥사 연기담일 수도 있다. 이렇게 일연은 매사 주석(註釋) 매기기를 잘 했는데, 이 이야기 속의 서동 즉 백제의 왕에 대해서도 세주(細注)를 첨부하였다. 일렀으되, "『삼국사(三國史)』에서는 이 분을 법왕(法王)의 아들이라고 하였지만 여기서는 과부의 아들이라고 전하였거니, 자세한 것은 알 수 없다"라고 했다.

전반부에서는 향찰 해독하는 일이 큰 과제였었는데, 지금 후반부의 배경설화 부분에 이르면 서동이 과연 어떤 인물인지에 대한 의문이 일약 대두된다. 또한 서동의 정체를 파악하는 문제 뿐 아니라, 거의 현실적 상황으로 보기 어려운 비합리적 황당한 사건들이 사방 깔려있음에 이 내용들을 어떻게 풀어야할 지가 피할 길 없는 숙제로 다가온다.

가장 우선되었던 양상은 서동설화를 역사적인 사실(史實)로 간주하니, 따라서 〈서동〉 이야기 그대로 맛둥방이 나중 가서 실제 백제의 군왕에 오른 인물이란 확신으로 접근한 사례들이었다.

첫 번째는 서동이 백제의 무왕(武王, ?~641)이라는 견해이다. 일찍이 『삼국유사』에 이 노래와 배경담을 실은 당사자인 일연(一然, 1206~1289)부터가 제일 먼저 그러한 태도를 나타내었으니 그는 여기의 서동을 백제의 무왕이라 단정하고 아무런 망설임 없이 제목 또한 '무왕(武王)'으로 정하였다. 한 걸음 더 나아가 일연은 이 〈무왕〉 제목 바로 아래에 주를 달았으되, "古本作武康 非也 百濟無武康(고본(古本)에는 무강(武康)이라 하였으나 잘못된 것이다. 백제에는 무강이 없다)"고 하였다. 자신이 열람한 고서(古書)가 실수했노라고 비판을 가한 대목이다. 그러나 『고려사(高麗史)』, 『동사강목(東史綱目)』, 『신증동국여지승람(新增東國輿地勝覽)』, 『세종실록(世宗實錄)』 '지리지' 등의 지리서 및 『동국역대총목(東國歷代總目)』, 『대동사강(大東史綱)』과 같은 역사서에서는 고본(古本) 그대로 서동설화의 주인공을 '무강왕'으로 적고 있다. 일연이 자의로 붙인 이 주석은 이후 생겨난 유명세적 권위로 인해 계명(誡命)처럼 수용된바, 무왕설은 막강한 영향력을 띠게 되었다. 그리하여 연구 초기에 역사 분야의 신채호를 위시하여 문학 분야의 양주동, 조윤제 등 유수한 학자들이 서동 설화를 곧장 무왕의 실제담으로 간주해 버렸다. 게다가 백제 30대 무왕의 재위 기간(600~641)과 신라 26대 진평왕(眞平王)의 재위 기간(579~632)을 나란히 대조해 놓고 보아도 서로 모순 없이 잘 들어맞는 상황이니 더욱 그러한 설을 견지했을 터이다. 오늘날 국어사전에조차 '서동'을 찾으면 "백제 제30대 왕인 무왕(武王)의 어릴 때 이름. 서동요(薯童謠)를 지었다고 한다"로 설명해 놓을 정도이니, 가히 일연이 후세에 끼친 영향과 파급의 정도를 짐작할 만하다.

백제 무왕과 선화공주의 무덤으로 추정된다는 대왕릉(좌)과 소왕릉. 둘을 합쳐 익산 쌍릉으로 부른다.

그런데 암만 일연의 권위가 얹힌 견해라고 해도 여기에 어쩔 수 없는 부작용과도 같은 문제는 따랐다. 이를테면 무왕은 29대 법왕(法王, 재위 599~600)의 아들인데, 일찍이 무왕이 왕이 되기 전의 어린 시절에 마를 파는 미천한 신분이었는지에 대한 근본적인 의문을 해소할 길이 없다. 또한 그의 어미가 과부로서 백제 서울의 남쪽 연못가에서 집을 짓고 살다가 연못의 용과 통하여 낳았다고 했는데, 그렇다면 바로 그 연못 용이 무왕의 친부인 법왕(法王)이 되고마니, 언뜻 들어도 무슨 전설이거나 동화처럼 허황해 보일 뿐이다. 이렇게 영 현실적으로 미덥지 못했던 점으로 잇단 반론들이 제기되었다.

역사학자 이병도는 무왕설에 대한 반론과 동시에, 이야기 속의 서동이 백제 23대 임금인 동성왕(東城王, 445?~501)이라는 주장을 제기하였다. 그 근거는 신라 공주와 백제왕의 혼인에 두었으니, 역대 백제왕들 중에서 신라의 공주와 혼인한 당사자가 누구인지를 단서로 하여 찾아낸 인물이 바로 동성왕이었기에 그가 바로 서동이라고 간주한 것이다. 과연 백제본기 '동성왕' 조에 보면 "동성왕이 신라에 사신을 보내어 청혼했고, 신라왕은 이찬(伊湌) 벼슬을 하는 비지(比智)의 딸을 백제로 보냈다"는 기록이 있다. 신라본기 쪽의 '소지왕(炤知王)' 조를 본대도 "백제왕 모대(牟大)가 사신을 보내 청혼하자 소지왕이 이벌찬(伊伐湌) 비지의 딸을 보내었다"는 기록이 있다. 모대는 바로 동성왕의 휘(諱)이고, 이찬은 곧 이벌찬이매 이 두 개의 기록이 서로 잘 부합하고 있음을 본다. 이 무렵의 신라와 백제가 화합의 분위기를 띠고 있는 점도 이 주장을 위해 고무적이다. 남녀의 입장이 바뀌어 신라의 진흥왕이 백제의 공주를 왕비로 맞아들인 국혼(國婚)의 사례도 있기는 하나, 삼국시대 전체에서 백제왕 쪽에서 신라의 귀족 여인을 들인 경우로는 이것이 유일하기에 강력한 근거로 내세웠다. 논자는 더하여 왕의 본명인 '모대'가 어음상 '마둥'과 유사하다는 점 등으로 동성왕 설에 힘을 더하고자 하였다. 하지만 역사 속에서 479년~500년 사이에 재위한 소지왕이 문득 〈서동〉 이야기 속에서는 579년~632

년 사이에 재위한 진평왕으로 돌변하고, 479년~501년 사이에 재위한 동성왕이 600년~641년 사이에 재위한 무왕으로 엉뚱한 둔갑을 보인 일의 영문에 대해서는 여전히 해결이 어려운 상태로 남는다.

　얼마 뒤엔 무왕설과 동성왕설을 지양한 무녕왕(武寧王, 462~523)설이 나왔다. 『삼국사기』의 기록에 따르면 무녕왕은 동성왕의 아들로서 왕위를 이은 인물로 되어 있다. 아울러 일연이 표제 아래의 주석에서 "백제에 무강왕은 없다"고 하였으나, 여기서는 무녕왕의 이명동인(異名同人) 다시 말해 무강왕은 바로 무녕왕의 다른 이름으로 간주하는 입장이 된다. 정작 이명동인의 사례는 신라 문호왕(文虎王)이 바로 문무왕(文武王)이고, 〈온달〉 이야기에 나오는 평강왕(平岡王)이 평원왕(平原王)과 동일인물인 경우 등에서 확인이 가능하다. 그렇다면 결과적으로는 제목 밑에 있는 주석대로 무강이 무녕임에도 불구하고, 일연이 표면상 '무강'이란 글자가 보이지 않는다는 이유로 무강왕은 없다 하였고, 다음 단계로는 자신의 주관에 의지해서 '무왕'이라고 자의적인 해석을 내린 셈이 된다.

　하물며 무녕왕은 출생의 근본이 백제의 왕가에서 태어나고 성장한 정식 후계자가 아니었다. 무녕왕이 동성왕의 아들이라는 『삼국사기』의 기록과는 딴판으로, 무녕왕릉에서 발굴된 묘 안의 지석(誌石) 및 『일본서기(日本書紀)』에 의하면 무녕왕 사마(斯麻)는 개로왕(蓋鹵王, ?~475)의 아우인 곤지(昆支)의 아들이라 하였다. 곤지가 만삭의 왕비를 형한테 물려받고

무녕왕릉 誌石. 국립공주박물관 소재. 국보 163호로 지정되었다.

일본으로 망명하는 항해 도중 각라도(各羅島)라는 섬에서 낳은 인물로 알려져 있다. 그렇게 곤지의 큰아들로 태어난 사마(斯麻)는 왜국(倭國)의 정치 지도자로 살다가 나중에 다시 백제로 건너와 추대를 받고 왕이 되었다는 설이 있는데, 이 상황이

그나마 이야기 속의 서동의 신변과 가장 가까운 존재로 보아줄 만하다. 거기에 더해서 1971년 7월 5일 장마철을 앞두고 공주 금성동에서 송산리 6호분의 침수 방지를 위한 배수로 공사 중 그 바로 윗자리에 잠자고 있던 무녕왕릉(武寧王陵)이 발견되었고, 이에 유난히 금제(金製)의 수많은 장신구가 출토됨으로 하여 일약 무녕왕이 황금의 군주로 부각되었다. 그리고 이 사실이 이야기 속의 황금 발견 모티브와 부합한 점으로 더욱 힘을 얻게 되었다.

하지만 여기에도 약점은 존재한다. 곧 이 가설대로라면 백제 무녕왕이 신라 진평왕의 사위라야 맞는데, 전혀 그렇지가 않고 대략해도 일백 년 가까운 시간적 간극이 발생하니 그러한 차질이 못내 손색인 것이다. 또한 무녕왕의 비(妃)가 신라 공주여야만 전후 간에 합당성을 유지할 수 있을 텐데 실제로는 전혀 사실무근일 따름이었다.

진일보하여 서동이 신라의 원효(元曉)라는 설도 제기되었다. 내세운 근거로서 원효(617~686)의 본명인 설서당(薛誓幢)의 서당과 서동이 비슷하다 하고, 양자가 똑같이 머리 깎은 중이며 노래에 능하다는 점, 대상이 공히 신라의 공주였고, 성적(性的)인 노래로 접근하였으며, 노래가 궁중 안에까지 스며들었고, 만나자 금세 서로 통했다는 점, 마지막에 똑같이 절을 지었다는 점 등을 들었다. 하지만 원효는 백제 사람도 아니요, 하물며 왕이 되지도 않았으며, 스캔들을 일으켜 혼인한 상대는 진평왕의 선화공주가 아닌 엄연히 태종무열왕(太宗武烈王)의 딸 요석공주(瑤石公主)라는 사실 등은 못내 부합할 길 없는 한계로 남는다.

어떻게든 역사 속 특정 인물에다 맞춰보려는 역사적 해석론자들의 노력이 눈물겹기까지 하다. 그 과정에 당연히 해당 향가 역시 자신이 생각하고 있는 실존 인물에다 가탁 접목시켜 생각하려는 점도 이해할 만하다. 하지만 역사적 해석론들의 공통점은 그 어떤 경우든 예외 없이 역사 기록과 견주어 충돌이 발생한다는 사실이고, 그렇게 생겨난 모순은 마침내 극복될 수 없다는 점이다.

이러한 모순들로 인해 무녕왕설 측에서는 역사와 설화를 일정 부분씩 절충하여 해석하는 융통성 있는 견해도 제기되었다. 곧 백제 무녕왕이 신라 진평왕의 시간대와 어긋난 부분에 대하여는 원래 서동은 백제의 특정한 왕으로서보다는 설화 속 인물이겠으나, 굳이 이를 역사화하는 과정에서 백제의 어떤 왕에 맞춰 결부시킨 것이라 했고, 이때 끌어 연상한 대상이 무녕왕이었으리란 뜻이다. 이를테면 〈서동〉 이야기를 익산 미륵사연기전설(益山彌勒寺緣起傳說)로 다루면서 그 역사적 주인공은 백제 무녕왕이지만 설화상 민담의 주인공은 서동으로 간주하는 견해인데, 설화와 역사의 접목이라는 관점에서 탄력 있는 해석이라 할 만하다. 마치 저 고구려 〈황조가〉가 특정 작가 없는 민요 수준의 노래였으나 이 노래에 적합한 인물을 찾는 과정에서 유리왕이 선택되어 노래 주인공의 역할을 담당하게 되었다는 해석과 비슷한 경우라 할 수 있다. 〈서동〉의 경우 무녕왕을 가상의 주인공으로 둔 상태에서 서동이라는 이야기를 창출해 냈다는 말로 이해된다. 그런데 어차피 이러한 관점이라면 오히려 그 가상의 주인공은 한 사람 단수(單數)가 아닌 둘 이상의 복수(複數) 인물을 동시에 상정했을 가능성도 생각해 볼 필요가 있다. 곧 기왕에 시간대를 초월하여 백제 임금 누군가에 부치는 상상력을 한껏 발휘했을 양이면 단지 무녕왕 한 사람만 아니라 종횡무진한 시간 속에 무왕도 함께 연상하여 만든 설화일 개연성이 차라리 높다고 보인다. 오히려 역사의 시간표상에는 신라 진평왕이라는 역사적 날줄과 견주어서는 무녕왕보다 무왕의 경우에 근접성을 보이고 일연 또한 이 점을 주된 근거로 삼았을 터이다.

아무튼지 서동의 존재가 이렇듯 모호한 마당에, 그 상대역으로서의 선화공주의 존재와 행적에 대해서도 못내 불안한 기운을 떨쳐내기 어려워졌다. 진평왕의 셋째 딸인 선화공주가 백제 땅으로 와서 미륵사를 창건했다는 사실 만큼이야 그래도 흔들림 없는 진실 명제로 남겠거니 했는데, 설상가상 이 믿음조차도 허무맹랑한

해체 전의 미륵사 9층탑과, 미륵사지 西塔 '금제사리호' 및 〈사리봉안기〉 발견 때의 모습

일로 드러난 사건이 발생하고 말았다. 다름 아니라 2009년 1월, 익산 미륵사지의 석탑 1층을 해체하는 과정에서 '미륵사'라는 절의 창건 주체와 시기·내력을 증언하는 금제(金製) 사리호와 〈사리봉안기〉의 유물 발굴이 이루어진 것이다.

여기 미륵사 석탑에서 나온 이른바 '금제사리봉안기(金製舍利奉安記)'에는 석탑 자체는 물론이고 미륵사의 창건 내력을 알려주는 결정적인 내용이 담겨 있다. 봉안기는 가로 15.5㎝, 세로 10.5㎝의 금판에 글자를 음각하고 붉은 색의 칠(漆)을 입혔는데, 앞면에는 1행에 9글자씩 전체 11행에 99자를 새겼고, 뒷면에는 11행에 94글자를 적어 넣었다. 이에 전체 원문과 함께 김상현의 번역을 옮겨 보인다.

(앞면) 竊以法王出世隨機赴 感應物現身如水中月 是以託生王宮示滅雙 樹遺形八斛利益三千 遂使光曜五色行遶七遍 神通變化不可思議 我百濟王后佐平沙宅積德女 種善因於曠劫 受勝報於今生 撫育萬象 棟梁三寶 故能謹捨淨財 造立伽藍 以己亥.

(뒷면) 年正月廿九日奉迎舍利 願使世世供養 劫劫無盡用此善根仰資 大王陛下年壽與山岳齊固寶曆共天 地同久上弘正法下化蒼生 又願王后卽身心同水鏡 照法 界而恒明身若金剛等虛空而不滅七世久遠 竝蒙福利凡是有心 俱成佛道.

가만히 생각하건대, 법왕(法王;부처님)께서 세상에 나오셔서 (중생들의) 근기(根機)에 따라 감응(感應)하시고, (중생들의) 바람에 맞추어 몸을 드러내심은 물속에 달이 비치는 것과 같다. 그래서 (석가모니께서는) 왕궁(王宮)에 태어나셔서 사라쌍수 아래에서 열반에 드시면서 8곡(斛)의 사리(舍利)를 남겨 삼천대천세계를 이익되게 하셨다. (그러니) 마침내 오색(五色)으로 빛나는 사리를 일곱번 요잡(繞匝 오른쪽으로 돌면서 경의를 표함)하면 그 신통변화는 불가사의할 것이다.

우리 백제 왕후께서는 좌평(佐平) 사택적덕(沙宅積德)의 따님으로 지극히 오랜세월[曠劫]에 선인(善因)을 심어 금생에 뛰어난 과보[勝報]를 받아 만민을 어루만져 기르시고 불교[三寶]의 동량(棟梁)이 되셨기에 능히 정재(淨財)를 희사하여 가람(伽藍)을 세우시고, 기해년(己亥年, 639) 정월 29일에 사리(舍利)를 받들어 맞이했다.

원하옵나니, 세세토록 공양하고 영원토록 다함이 없어서 이 선근(善根)을 자량(資糧)으로 하여 대왕폐하(大王陛下)의 수명은 산악과 같이 견고하고 치세[寶曆]는 천지와 함께 영구하여, 위로는 정법(正法)을 넓히고 아래로는 창생(蒼生)을 교화하게 하소서.

또 원하옵나니, 왕후(王后)의 신심(身心)은 수경(水鏡)과 같아서 법계(法界)를 비추어 항상 밝히시며, 금강 같은 몸은 허공과 나란히 불멸(不滅)하시어 칠세(七世)의 구원(久遠)까지도 함께 복리(福利)를 입게 하시고, 모든 중생들 함께 불도를 이루게 하소서.

미륵사지 서탑의 중심기둥 사리공에서 나온 〈금제사리봉안기〉

밑줄로 표시한 부분, 명명백백 나타난 명문(銘文)으로써 미륵사는 백제 무왕(재위 600~641) 말년인 기해년(639)에 왕후가 창건한 것으로 확인되었다. 동시에 그 왕후는 서동요의 주인공인 선화공주가 아니라 백제의 귀족인 좌평 사택적덕의 딸임이 판명되었다. 바야흐로 〈서동〉 이야기가 백제 서동과 신라 선화공주 간의 역사적 사실과는 무관한 한 편의 설화임이 판명되는 순간이다. 〈서동요〉 자체도 당연 연관성 없는 노래일 수밖에 없게 된 것이다.

애당초 일연이 『삼국유사』의 '무왕'을 실으면서 그 주석에다 무왕 이야기가 꾸며진 이야기일 가능성은 꿈도 꾸지 않고 확고한 사실(史實)로 전제하면서 '무왕'으로 단정 지었던 일이 후세에 서동의 정체를 사록(史錄) 안에서만 찾게 만드는 결과를 초래한 셈 된 것이다. 『삼국유사』의 저술 과정에 일연이 주석해 놓은 수많은 내용들이 오늘날 연구 과정에서 많은 허점과 문제점들로 남게 된 일을 심각히 고려할 필요가 있다. 그럼에도 문화사 자료집인 『삼국유사』를 마치 『삼국사기』와 같은 역사서처럼 보려는 기본 태세로 말미암아 기어이 역사 고증을 단념하지 못함이 이같은 딜레마를 초래한 셈이다. 게다가 일연에 대한 지나친 신뢰가 신봉의 차원에까지 간 나머지, 그 어떤 경우도 일연이 설화의 주인공을 역사적 사실인 양 기록할 리가 없다고 믿는 의식의 고착화가 형성되었다. 그리고 이러한 편견이 결국엔 서동의 정체를 파악하는 데 일정한 장애요인으로 작용했음도 사실이다.

기실 문화사 내용 중에는 고증으로 해결될 수 없는 허다한 내용들이 등장한다는 사실을 지나쳐 볼 수 없다. 신라 17대 선덕여왕의 지혜로운 일 세 가지 가운데 대표격인 모란 꽃 이야기 또한 『삼국사기』에선 아버지인 진평왕 시절 공주의 신분으로 있을 때의 일로 되어 있지만, 『삼국유사』에는 여왕 재위시의 일이라고 하는 등 서로 달리 나타나 있는데, 정작 이를 역사로 고증하기로 한다면 난맥에 부딪힐 일이 뻔하다. 바로 〈서동요〉가 실려 있는 『삼국유사』의 〈도화녀비형랑(桃花女鼻荊郎)〉 중의 비형랑(鼻荊郎)이 도화녀(桃花女)와 이미 죽은 진지왕(眞智王)과의 사이에 태어났고, 그래서 도깨비대장 노릇을 했다는 이야기를 고증한다면 넌센스에 지나지 않는다. 원성왕(元聖王) 때에 김현(金現)과 결혼한 처자의 정체가 호랑이였고, 호랑이가 성안에 들어와 사람을 심하게 해치매 원성왕이 명을 내려 잡게 했다는 〈김현감호(金現感虎)〉 담화를 제아무리 천착해본들 결코 역사의 틀 안에다 맞춰볼 길이 없는 것이다. 그것이 역사가 아닌, 상상력이 낳은 문학적인 산물일 뿐이기에 그러하다.

특히 〈서동요〉 배경담 안에 신라의 진평왕이라는 실존인물이 들어가 있던 점으로 인해 그만 역사적 고증에 과도히 집착한 셈 되었으나, 사실 이야기 안에 역사속의 특정 왕을 설정하는 일은 한국의 거의 모든 설화와 소설문학이 갖추고 있는 기본적인 장치에 불과한 것이었다. 〈도화녀비형랑〉 같은 황당한 인귀교환(人鬼交驩)의 설화에서도 진평왕이 등장하고, 역졸(驛卒)인 지귀(志鬼)란 이가 선덕여왕에 대한 사모의 정이 북받쳐 불덩이가 되었다고 하는 〈심화요탑(心火繞塔)〉이라는 설화에서도 선덕여왕을 앞세우는 모양을 본다.

사실과 허구의 교직(交織)은 같은 이야기 문학인 소설에서도 그 경우가 다르지 않다. 조선시대 한글소설인 〈박씨전(朴氏傳)〉 일명 〈박씨부인전(朴氏夫人傳)〉은 병자호란(丙子胡亂)을 배경으로 하여 청나라에 대한 보복을 주제로 한 역사소설이다. 동시에 여성을 영웅으로 내세우고 있다는 점에서 여성영웅소설이라 할 만하며, 역사적으로는 청나라에 패전한 치욕 등을 소설 안에서 이긴 전쟁으로 만듦으로써 훼손된 민족의 자존심

박씨전

을 위로하는 등 이른바 현실적 패배를 정신적 승리로 승화시켰다는 평가를 받는 작품이다. 조선 인조 때 한양의 병조판서 이득춘(李得春)은 총명 비범하고 문무겸전한 자신의 아들 이시백을 금강산의 도사 박처사(朴處士)의 딸과 결혼시키나 시백은 신부의 얼굴이 박색임에 실망하여 부인을 돌보지 않았다. 박씨는 후원(後園)에 피화당(避禍堂)을 짓고 홀로 지내다가 뛰어난 지략과 신묘한 도술의 힘으로 남편을 평안감사가 되게 하였으며, 청나라의 호왕(胡王)과 적장 용골대(龍骨大) 등을 굻려주었다는 줄거리이다.

그런데 여기서 여주인공 박씨(朴氏)가 이시백(李時白, 1581~1660)의 부인으로 되어 있지만, 실제의 광해 인조조의 명신(名臣)인 이시백의 부인은 남원(南原) 윤씨(尹氏)하고 창원(昌原) 황씨(黃氏)이다. 이시백의 부친도 이득춘이라고 했지만, 실제로는 연평부원군 이귀(李貴)이다. 이시백이 이 소설의 주인공으로 오르게 된 계기에는 아마도 인조 14년(1636)에 그가 병조참판으로 남한산성 수어사(守禦使)와 호위대장 특진관(特進官)을 겸무하였고, 남한산성 농성 전투의 때에 서성장(西城將)으로서 서장대(西將臺)를 진두지휘하여 청나라 군대와 항전하였으며, 청나라와의 강화(講和)를 끝내 반대한 척화신(斥和臣)이었던 점 등이 크게 작용하였을 터이다. 아무튼 여기서 허구를 무기로 삼는 대중예술인 소설이 역사의 내용을 끌어 인용하는 전형적인 사례가 확인된다. 이것을 피륙에다 비유하되 역사적 날줄에 허구적 씨줄을 입혔다고 표현하기도 한다. 그런데 비록 역사를 날줄로 삼았다 해도 이는 역사가 아니라 궁극엔 소설인 까닭에 이 소설을 이시백의 생애와 견주어 암만 분석해봐야 하등의 소득 없이 공허해질 뿐이다. 애당초 문학적 컨텐츠로 만들어낸 것을 고집스럽게 역사적인 문맥으로만 해결하려 할 때 마침내 낭패를 면치 못하는 이유가 여기에 있다. 이후의 고전소설인 〈구운몽(九雲夢)〉의 양소유(楊少遊)거나 〈춘향전(春香傳)〉·〈심청전(沈淸傳)〉 속의 춘향(春香)·심청(沈淸) 등을 현실 속에서 찾아내겠다는 시도도 이와 다를 게 없다. 작품 속에 역사배경으로서의 중국 당나라와 조선 숙종, 세종 등 설정되어 있는 시간배경만 믿고서 그 시대의 역사와 견주어 백번을 치밀하게 파고들어가 봤자 도로무익(徒勞無益)일 따름인 것이다. 이렇듯 역사를 이용한 허구문학의 존재 및 그 원리는 고금동서(古今東西)에 다르지 않다. 근세의 〈바람과 함께 사라지다〉가 미국의 남북전쟁을 배경으로 했던 일에 집중하여 그 안의 주인공인 레트 버틀러, 스칼렛 오하라, 애슐리 윌키스 등의 출신과 이력(履歷) 등을 직접 남북전쟁사를 통해 고증하겠다고 한다면 역시 연목구어(緣木求魚)의 어이없는 노릇이 되고 말 터이다.

그리고 사실은 이 석탑 발굴의 훨씬 전부터 아예 서동 이야기를 온전한 설화문학의 체계로 보는 견해가 일찍부터 개진돼 있었다.

우선 불교설화적인 차원에서 서동이 불교의 남순동자(南巡童子)라는 설도 염출(捻出)되었다. 곧 선화공주는 세상에 여인으로 현현하는 관음(觀音)이고, 서동은 그 좌우에 모시며 호위하는 남순동자, 연못의 용과 정을 통했다는 서동의 어머니는 관음의 우보처(右補處)로서 해상용왕(海上龍王)과 인연 있는 여인으로 보았다. 서동과 선화의 밤마다의 만남은 관음과 남순동자의 수도(修道)를 위한 만남과 서로 통한다고 하였다. 하지만 관음보살과 그 주변의 존재가 지니고 있는 신성 거룩한 이야기를 구태여 음란 외설스러운 노래까지 조합(調合)돼 있는 비속한 얘기로 변환시켜 만들었을 필연성이 어디에 있는 건지 의아하다.

그런가 하면 토착 샤머니즘과의 관계 안에서, 한반도에 오래전부터 내려온바 여러 무조(巫祖) 신(神)들의 근본 내력을 노래로 풀이한 것을 본풀이라고 하는데, 이처럼 사건의 줄거리를 담은 서사무가(敍事巫歌)들 중에서 〈삼공본풀이〉가 깊은 연관성을 나타낸다는 의견이 제창된 바 있다.

〈삼공본풀이〉는 본래 제주도 무당굿의 하나인 삼공맞이굿에서 심방[무당]이 노래하는 서사무가(敍事巫歌)로, 본풀이 내용은 전생 인연의 운명을 관장하는 신, 다시 말해 전상차지신인 '가믄장아기'의 이야기이다. 그 줄거리는 이러하다.

옛날에 강이영성이라는 사내 거지와 홍은소천이라는 여자 거지가 길에서 만나 부부가 되었다. 이들은 딸을 셋 낳았으니, 첫째딸은 은장아기이고 둘째딸은 놋장아기이며 셋째딸은 가믄장아기라 하였다. 세 딸을 낳는 동안 부부는 하는 일마다 운이 따라 큰 부자가 되었다. 어느 비오는 날에 아버지는 열다섯이 넘은 딸들을 불러 얘기를 나누다가 너희가 누구 덕에 잘 사느냐고 각각에게 물었다. 큰딸과 둘째딸은 부모님 덕에 잘 산다고 대답했으나 막내딸인 가믄장아기는 자신의 배꼽 밑의 선그뭇 덕에 잘 산다고 대답하는 바람에 쫓겨나고 말았다. 쫓겨난 막내딸은 마를 파는 마퉁이 삼형제를 만나 그들 집에서 살다가 막내 마퉁이와 부부가 되었는데, 어느 날 마를 파던 구덩이에서 금덩이와 은덩이가 쏟아져 나와 큰 부자가 되었다. 한편 막내딸을 쫓아낸 부모들은 저주를 받아 푸른 지네와 독버섯이 되어버린 두 딸을 찾으러 나갔다가 문지방에 걸려서 소경이 되고 재산도 모조리 탕진하여 다시 거지가 되어 있었다. 이 소식을 들은 가믄장아기는 걸인잔치를 벌여 찾아온 부모에게 자신이 셋째딸임을 밝혔다. 그 순간 충격과 감격에 부모들의 눈이 떠졌고 다함께 잘 살았다.

이는 곧 샤머니즘의 무조신화이기도 했으니, 이 이야기에서 가믄장아기는 사람의 행과 불행을 좌우하는 신격으로 형상화하여 있다. 이러한 가믄장아기의 내력담을 노래함으로써 나쁜 숙연을 물리치고 행운을 기원하고자 하는 굿이 바로 〈삼공본풀이〉이다.

한편 한반도의 이 신화가 석가(釋迦)와 같은 시대의 인도 파사닉왕(波斯匿王)의 공주 이야기, 일명 〈파사닉왕녀선광연(波斯匿王女先光緣)〉이라는 불교설화와도 닮은 점이 많다. 파사닉 왕에게 선광(先光)이라는 공주가 있었다. 부왕의 복이 아니라 자신의 복력(福力) 때문으로 부귀를 누리고 산다는 딸의 말에 분노한 왕이 딸을 거지에게 시집보내 내쫓았지만 그 거지의 옛 집터에서 보물이 발견되어 복을 누렸고 그로 인해 왕도 업연(業緣)을 깨닫는다는 줄거리이다. 구성의 유사함에서 같은 계통의 이야기라 하겠다.

하지만 〈삼공본풀이〉에서 가믄장아기와 마퉁이의 결연이야말로 흡사 선화공주와 서동의 결합을 연상케하는 국면이 크다. 두 이야기에서 남자 주인공들이 똑같이 마(薯蕷)를 생계방편으로 삼은 인물이란 점도 묘하게 합치하는 등 이야기를 구성하는 모티브 면에서 그 공통성과 밀접함이 다른 어느 경우보다 강력한 연관을 보이고 있다.

또한 배경설화는 단지 백제의 남자와 신라의 여자 사이의 결연담으로서만이 아니라 이야기 맨 뒷부분에서는 익산(益山) 미륵사(彌勒寺)라는 사찰 연기(緣起) 설화로서의 의미도 함께 중시된다. 이에 대해 백제의 멸망 후 미륵사 승려들이 절을 살리겠다는 의도에서 미륵사가 신라와도 관련이 있는 것처럼 하기 위한 동기로 이해하는 견해도 있다. 아무튼 서동 설화는 신라·백제 두 나라를 넘나든 국제성을 띠고 있었다는 점에서 자못 특기할 만하다.

〈삼공본풀이〉가 6세기 전반 진평왕을 배경으로 하는 삼국시대 나제(羅濟) 문화권에 나타낸 파급의 효과를 새삼 실감할 수 있으나, 그 파급력은 이에서 그치지 아니하였다. 이 고대 서사무가의 끼친 여파는 거듭 6세기 후반을 시간배경으로 하고 있는 고구려에조차 크게 작용했던 것이니 저 유명한 〈온달(溫達)〉 설화가 바로 그 역력한 반증이었다. 여기서도 똑같이 아버지의 분노를 사서 쫓겨난 딸의 모티브가 있고, 쫓겨날 때 금은보화 따위를 가지고 나선다는 소재가 있다. 나아가 그렇게 혼자 나선 딸이 불우한 남자와 결혼하여 배우자를 성공시킨다는 점, 마지막엔 아버지의 일에 보탬이 되고 화해를 이루는 점 등에서 긴밀히 통하였다. 그러나 또 다시 〈삼공본풀이〉의 끼친 범위가 하필 삼국시대에만 한정되지 않고, 이후의 한반도에 민담 형태로 널리 광포되었던 사실도 간과할 수 없다. 말하자면 이와는 대동소이한 소재 및 구성을 띤 이야기들이 일명 〈내복에 산다〉 혹은 〈쫓겨난 여인 발복설화(發福說話)〉, 〈숯구이 총각의 생금장〉 등 다채로운 명칭을 달고 반반(斑斑)한 영향의 자취를 나타냈다.

지금 이 〈서동〉 이야기 역시 강력한 흡인력으로 원세(遠世)에 근원 깊은 〈삼공본풀이〉의 영향 하에 나타난 한 가지 변용(變容) 설화라 하겠고, 여기에 특이한 사적을 지닌 백제 및 신라왕들의 복합적인 캐릭터가 융화 가세된 역사설화라고 하겠다. 그리고 이 설화는 향가라고 하는 정채로운 신라 노래와의 제휴와 연대(連帶) 안에서 최고의 상승효과를 기약할 수 있었다.

1957년 영화 〈선화공주〉(좌)와, 2005년 드라마 〈서동요〉

14

풍요 風謠

시대를 초월한 공덕의 노래

『삼국유사』 권4 의해(義解) 안의 〈양지사석〉. 양지의 능력담 뒤에 세칭 〈풍요〉를 싣고 있다.

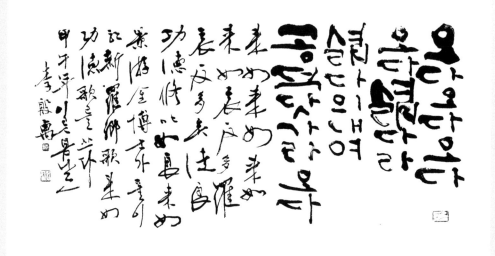

蘿峴 이은설 墨의 〈내여공덕가〉

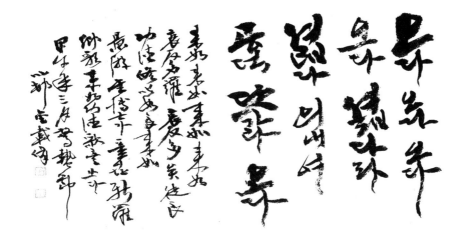

以邨 김재봉 墨의 〈내여공덕가〉

남아있는 신라 향가 14수에는 세칭 '풍요(風謠)'라고 알려진 한 노래가 있으니, 『삼국유사』권4 의해(義解) 안의 〈양지사석(良志使錫)〉조에 들어 있다. 양지(良志)가 지팡이를 부린다는 뜻으로, 신라 선덕왕대의 고승인 양지의 신통력 및 인간적 재능과 현판·탑·불상 만들기 등 공덕에 대한 것이다. 이 가운데 양지가 성 안의 백성들과 함께 불상(佛像)을 빚어낸 일화가 특서(特書)되어 있으니, 바로 영묘사(靈廟寺) 장육존상(丈六尊像)의 완성 경위에 대한 간단한 배경담이 그것이다. 이것이 속칭 〈풍요〉라는 향가와 연관돼 있는데, 해당 부분을 옮겨 놓으면 이러하다.

  其塑靈廟之丈六也 自入定 以正受所對 爲揉式 故傾城士女爭運泥土 風謠
  云 來如來如來如 來如哀反多羅 哀反多矣徒良 功德修叱如良來如 至今土人
  春 相役作皆用之 蓋始于此.
  그가 영묘사(靈廟寺) 장육존상(丈六尊像)을 소조할 때, 그 자신 선정에 든 채 삼매경에서 마주하는 바대로 주물러 형상을 만들어 나갔기에 온 성 안의 남녀들이 다투어 진흙을 운반해 주었다. …(노래 가사)… 그리고 지금까지 시골 사람들이 방아를 찧고 일할 때에 모두 이 노래를 부르는 것은 대개 여기에서 비롯된 것이다.

위의 원문 중 관측에 다소 차이가 있고 마침내 의문을 거둘 수 없는 일은 '風謠云' 할 때 '風謠' 두 글자를 수용 처리하는 태도에 있다. 연구의 초창기에 이 두 글자를 대하던 관점은 이것을 고유한 노래 제목으로 자연스레 간주해 버린 데에 있었고, 그같은 분위기가 꽤 오래도록 지배적으로 지속되었다.

그러나 나중 단계에 일각에서는 이 두 글자가 갖는 제목성에 의심을 두되, '風謠'의 '風'이 '民'과 통하니 그대로 '민요'란 뜻이라고 비정(批正)을 가한 현상이 마저 나타났다. 고유명사가 아닌 보통명사로 간주한 것이다. 그런데 고유명사든 보통명사든 막론하고, 어디까지나 '風謠'란 말을 하나의 명사로서 받아들이겠다는 태도만큼 예외가 아니었던 사실이 지적된다.

하지만 여전히 이런 방식의 해석에는 피치 못할 일정한 거북스러움이 있다. 물론 배경설화 가운데 들어있는 '風謠' 두 글자를 표제로 삼는다면 가장 근사하고 그럴듯하게 보일 뿐 아니라, 고시가의 '∼歌, '∼謠' 하는 안정된 틀 속에 잘 들어감으로 해서 더할 나위 없이 적절한 제목감이 되리라는 점은 이해할 수 있다. 곧 배경설화 속에 풍요란 말이 과연 본래부터 노래의 원제목을 지시하는 고유명사로서 쓰였다면 더 이상 바람직한 일은 없으리라는 뜻이다.

그러나 이를 작품의 제목으로 삼기에는 썩 편치 않은 장애가 따른다. 즉 상식적인 문장 흐름상의 부자연함이 문득 초래된다는 사실을 간과치 않으려 함이다. 위의 인용문은 양지가 영묘사 장육존상을 만드는 과정에 대하여 하나하나 순서 있게 다룬 내용이거니와, '風謠'를 일단 제목으로 가정하고 그 앞의 문장과 연결하여 읽어보면 이렇게 된다.

현 흥륜사 절터에서 '영묘사(令妙寺)'라는 명문(銘文)이 새겨진
평와(平瓦)가 출토되어 이곳을 영묘사 터로 간주하는 분위기이다.

그가 영묘사 장육존상을 소조할 때, 그 자신 선정에 든 채 삼매경에서 마주하는 바대로 주물러 형상을 만들어 나갔기에, 온 성 안의 남녀들이 다투어 진흙을 운반해 주었다. 〈풍요(風謠)〉는 이러하다.

여기서 문득 순조로운 독서라고 하기 어려운 현상이 야기됨을 볼 수 있다. 전후의 메시지 사이에 부드러운 연결 대신, 필경은 부자연스런 긴장과 경직이 유발되는 까닭이다. 물론 조금 후엔 '아, 그 운반 과정에서 부르던 노래를 말하는 것이겠구나' 하고 애써 부회시켜 이해하는 방향으로 나설 수야 있겠지만, 결국 순리적 평온한 문장의 흐름을 차단시킨다는 혐의에서 벗어날 길 없어지고 만다. 장육존상 관련기사의 앞부분 어디에서도 이 노래 또는 노래제목에 대한 소개 같은 것이 일언반구도 없던 마당에서 돌연 노래제목과 내용을 불쑥 들이민다는 데서 오는 무리함이 빚어지는 것이다. 풍요 제목의 노래 가사를 소개할 양이었으면 미리 그 제목만이라도 제시해 놓고, 그 다음 한 단계 더 들어가 해당 내용은 이러하다고 구체화시킴이 상식일 터이다. 하물며 작품 고유한 이름으로서의 '風謠'라고 했다면 대관절 그것이 본 노래 및 노래이야기와 연관해서 무슨 뜻이 되는 건지 의아하다. '바람의 노래'라 할지, 혹은 '風'을 '民'의 뜻으로 하여 '백성의 노래'로서 이해

영묘사로 간주되는 흥륜사 절터에서 발견된 '슈妙寺'라는 명문이 새겨진 평와(좌)와
'신라인의 미소'라고 부르는 얼굴무늬수막새(人面文圓瓦當) 기와.

해야 할는지 용이하게 와 닿지 않는다. 이러한 경직성 내지 차단성은 '風謠'를 고유 표제로 인식하겠다는 측면에만 국한돼 있지 않다. 민요라는 개념의 보통명사로 이해코자 하는 경우에조차 마찬가지 결과가 초래된다. 이때도 불교적 비애와 공덕을 다룬 이 노래를 소개하려 하되 앞의 문장과는 의미상 연결이 닿지 않는 생뚱맞음이 있다. 하필 작품의 제목도 아닌 장르 이름을 들어 느닷없이 '민요에 가로되[風謠云]'라고 표현했겠는지 의문인 것이다.

돌이켜, 이러한 해석들이 가능했던 이유는 풍요라는 말이 그 자체로서 흡사 시가의 제목을 방불케 하는 면이 있고, 또한 명사로서의 이것이 민요란 뜻과 통용될 수 있다는 점이 그같은 해득 방식으로 안주하게 된 요인으로 작용했으리라 본다.

그러나 이제 저자의 관점에서 '風謠云' 했을 때의 '風謠'는 문법구조상 노래의 제목이거나 장르 이름을 지시하는 명사가 아닌, 하나의 술목(述目) 동빈(動賓)의 구조를 띤 서술어이다. 곧 이 두 글자는 각각 술어[風]와 목적어[謠]의 관계 위에서 풀이되어 마땅하다는 말이다. 그러면 이때 목적어 '謠[노래]'에 대한 주어는 당연 경성사녀(傾城士女)가 되겠거니와, 다만 동사 술어인 '風'이 어떤 뜻을 취하는지가 관심사로 떠오른다. '風'의 타동사적 역할에는 '교화하다·가르치다'의 뜻도 있고, '諷'과 통용되어 '풍자하다'는 의미도 따라 있다. 그런데 후자의 '풍자하다' 대입은 문맥상 전혀 가당치 않은 의미 단절만을 가져다 줄 뿐이다. 대신, 전자의 '가르치다' 대입만큼 언뜻 문장 흐름의 경색이 일어나지 않는 듯하매 일차 시금석과도 같은 접근 고찰이 가능하다.

그가 영묘사 장육존상을 소조할 때, 그 자신 선정에 든 채 삼매경에서 마주하는 바대로 주물러 형상을 만들어 나갔기에, 온 성 안의 남녀들이 다투어 진흙을 운반했으니, (이때 그들에게) 노래를 가르쳤는데 가로되, "來如來如來如, …."

이렇게 되면 풍요 앞의 주어도 문득 경성사녀가 아닌 양지로 바뀐다. 이리하여 전적으로 『삼국유사』 〈양지사석〉 조의 내용을 사실(史實)로서 가정했을 때, "來如 來如 …"로 시작되는 이 노래의 작자 문제에 들어가서 양지가 또한 성 안의 백성들을 위해 처음 이 노래를 만들어 낸 당사자일 수 있는 개연성 부여가 일단 가능한 셈이다. 이 노래가 설령 양지 이전부터 전승돼 오던 것이라 하더라도, 최소한 그러한 노래를 양지가 일찍이 충분히 익혀두었다가 일을 돕는 대중들에게 가르쳐 부르게 한 당사자라는 의의만큼 유지될 순 있다는 의미이다.

그러나 풍요 서술부에 대한 주어를 양지로 관철시키려고 하는 데에는 어딘가 석연치 못하고 부자연스런 여운이 따른다. 그가 삼매경에 든 상태에서 영감이 떠오르는 그대로 주물러 본을 떠야만 하는 경황인지라, 성 안의 다른 모든 남녀들은 그의 정신적 몰입에 장애가 일지 않도록 조용한 노래와 함께 일사분란 열심히 진흙을 옮겨 날랐던 정경이 연상된다.

그런데 양지가 삼매경에서 얻어진 영감을 따라 매두몰신 불상 소조에 전력하는 동작과, 양지가 성 안의 남녀들에게 공덕가 한 노래를 가르쳐 주는 행위 양상은 시제(時制)상 동시적일 수 없다. 이 두 가지가 동시다발로 병행될 수 없음이다. 그렇지만 최대한 양보하여 어색한대로 이 둘이 각각 선·후 시간대에 수행된 것이라 한들, 문맥의 전개상 주어 문제와 관련해서 생겨나는 괴리를 면하기는 역시 어렵다. 곧 노래를 가르친 주체가 양지임을 설명코자 의도한 문장이라면 '良志'라는 이름을 생략할 이유가 없었을 터이다. 아니, 반드시 생략해서는 아니 될 것이었다. 그러나 유감스럽게도 〈양지사석〉 기록의 엄연한 실상은 명백히 '良志'라는 주어가 없었고, 이제 더 복잡하게 끼워 붙일 필요 없이 서술어 '風謠'의 주어는 애당초 '傾城士女'임이 스스로 당연하다. 그리하여 온 성의 남녀들이 노래를 '風' 하였다는 말로 귀착이 된다. 결과 이제 서술 동사 '風'을 푸는 일만 남았다.

한편 '風' 자엔 다시 '告'의 뜻이 있으나 그 적용에 있어, '다투어 진흙을 운반하면서 노래를 告한다'는 말이 그다지 순탄치 못하다. 그런데 '風' 자의 타동사 용법 가운데 중요한 것으로 '諷' 자에 통하는 용례가 있다. 그러하되 이때 '風=諷'으로의 통용은 한갓 풍간(諷諫)의 뜻으로만 한정되어 있지 않다. '암시하다[暗示也]'라는 뜻이 있는가 하면, '안 보고 읽다, 외다[誦也]'의 의미가 병용됨을 마침내 덮을 수 없다. 큰 사전이 아닌 일반 자전 안에서도 동사로서 '외워 노래하다' 내지 '노래'라는 명사로 설명된 어휘이니, '諷'에는 그 자체로 '誦'의 뜻이 내재하되, 말씀 언(言) 변 없는 '風'으로도 표기 활용한다는 의미이다. 그러면 술어+목적어 구조에 해당되는 어휘들로서 '풍시(諷詩)'란 말이 시를 왼다는 뜻이고, '풍서(諷書)'란 말이 글을 왼다는 뜻이고, '풍경(諷經)'이 불경을 왼다는 뜻이듯, '風謠'·'諷謠'는 평범한 술어+목적어 구조에 해당하는 한 어휘로서 '노래를 거듭 외워 부르다'·'외워 노래하다'의 뜻으로 요해된다.

그리하여 이제 목적어 '謠[노래]'와 결합하여 타동사 '風'을 '외워 노래하다, 노래를 외다'의 요령으로써 위에 든 복합문 문맥의 흐름을 잡는다면 이렇게 해득되어질 터이다.

> 그가 영묘사 장육존상을 소조할 때, 그 자신 선정에 든 채 삼매경에서 마주하는 바대로 주물러 형상을 만들어 나갔기에, 온 성 안의 남녀들이 다투어 진흙을 운반하면서 외워 노래하였는데 가로되, "來如來如來如 …"

당연한 귀결로 이 글에서는 신라 향가의 한 작품명으로서 일컫는바 속칭 '風謠'라는 제목을 더 이상 취함이 없다. 풍요라는 제목을 사양하는 대신, 곧장 노래에 들었을 때 최단소절 짤막한 가사 중에 5회나 반복되는 '來如' 두 글자를 취하여 〈내여가(來如歌)〉(오다노래), 혹은 역시 노래의 주제적 핵심처로서 손색 없는 '功德' 두 음절을 취하여 〈공덕가(功德歌)〉 및, 그 둘을 한데 어우를 수 있는 개념으로서의 〈내여공덕가(來如功德歌)〉 등 안에서 제목의 타당성을 얻고자 한다.

다음, 향찰 풀이 면에서는 그나마 노래 자체가 가장 짧아서 전부하여 불과 4구에 넘어서지 않는 까닭에 그 쟁점이라고 해야 그다지 요란한 것은 아니었다. 그런 중에도 전반적으로 의견의 차이가 두드러진 부분이 있다고 한다면 원전의 향찰 '哀反多'에 관한 풀이가 그러할 것이다.

하지만 이 부분은 동시에 다른 향가 작품 어느 구문보다 비교적 바른 읽기를 위한 희망적인 서조(瑞兆)가 비치는 곳이기도 하다. 다름 아니라, 공교롭게도 4구체 짧은 가사 안에서 향찰자 3글자가 한 묶음 한 조를 이루는 상태로 제2구, 제3구에 거듭 중복되어 나타나 있기에 정해진 가설에 대해 훨씬 밀도 있게 적부(適否)를 가늠할만한 초석이 마련되어 있다는 것이다. 곧 '哀反多'는 제2구와 제3구에 일관하여 동일 품사, 동일 음가 안에 스스로 묶일 수밖에 없는 독해법 상의 특수한 속성을 자체에 품어 있다. 말하자면 제2구에서의 '哀反多' 문법체계가 제3구에서도 고스란히 유지돼야 함과 동시에, 그것의 발음구조 역시 제2구와 제3구의 '哀反多' 사이에 자음 하나 모음 하나 서로 다를 수 없는 어휘상의 통일성 및 음운상의 일관성을 일컫는 뜻이다.

그러면 실제로 본 노래에 관해 어석적인 접근을 시도했던 제가(諸家)가 제2구의 '哀反多'와 제3구의 '哀反多'를 해독했던 양상을 일람해 보기로 한다.

	제2구	제3구
소창진평	셔러외더	셔러외다
양주동	셔럽다	셔럽다
지헌영	셔럽다	셔럽다
김선기	슬반까	슬반까
서재극	셜븐하	셜븐하
김준영	셜브다	셜브다
김완진	셞반하(셞번해)	셞반한(셞번한)

양주동과 지헌영·김선기·서재극·김준영이 동일글자 동일음의 일관성을 유지하고 있는 반면, 소창진평·김완진이 그 좌우의 문맥에 따라 약간의 음운적 이동(異同)을 용납하고 있는 현상을 본다. 아울러 서술형으로서의 '哀反多'가 역시 '서럽다'는 말로서 통한다는 사실만큼 짐작이 어렵지 않다. 다만 문제는 그 시대 언어형태로의 재현이 위의 표에서 보는 바와 같이 얼마간의 논란거리로 남아 있음이다.

  그러나 여기에 접근하기 위한 가장 요긴한 관건은 가운데 글자인 '反'의 정확한 음가 찾기에 있다. 동시에 그 음가 찾기의 일대 요결은 '哀反多'가 '來如[오다]'와 같은 문법구조로서의 동사원형에 합치하므로, 현행어 '서럽다'에 해당하는 고어 원형이 어떠한 모양인지와 긴밀히 결부시켜 마땅할 듯싶다.

  그러기 위해서는 우선 현존 향가 25수 전반을 통해 '反'이 쓰인 용례들을 자세히 모색해야만 한다. 결과, 훈차의 사례는 찾아보기 어렵고 하나같이 음차로 이용되고 있었음을 본다. 이때 그것의 음가는 크게 한자음의 첫소리(초성)를 딴 결과로서의 'ㅂ'과, 한자음의 온소리를 취한 나머지의 '반(ㅂㅣ)'의 테두리 한계 안에 머물러 있음도 본다. 동시에 이 〈내여가〉에서의 '反'에 대한 음차 역시 크게 반(ㅂㅣ·ㅂ)의 음독을 그대로 가져오는 경우[김선기·서재극·김완진]와, 그 한자음의 첫소리 'ㅂ'만을 따온 두 가지 경우[소창진평·양주동·지헌영·김준영]를 대할 수 있다. 역시 반(ㅂㅣ·ㅂ)의 음독을 그대로 가져오는 경우는 끝소리[종성] 음소인 'ㄴ'을 끝내 포함시키는 입장이다. 이같이 끝소리에 따라붙는 'ㄴ' 음가는 〈혜성가(彗星歌)〉 제8구에 대한 소창진평의 음독 방식 한 가지만 제외하고는, 이하 〈청전법륜가(請轉法輪歌)〉의 제1구·제9구, 〈보개회향가(普皆廻向歌)〉 제4구에 필수적으로 따라붙는 현상임을 볼 수 있다. 다시 말해 '反' 음가에 대한 부분 취절(取切)이 아닌, 전체 음차를 취한 나머지로서의 필경 'ㄴ' 음가의 철저한 따라붙음이 있다는 말이다.

  반면 여기서 각별 신중한 주의를 요하는 부분이 있다. 곧 〈청전법륜가〉의 제

1, 9구에 있는 '反'의 경우, 바로 뒤에 '隱'이 따라 붙어있는 그 점이다. '隱'은 그 자체 음차로서의 온소리거나 끝소리 취함으로서의 '은(는·ᄂ·ᄋ)', 'ᄂ' 등 음가로서 대용되는데 별다른 무리가 없는 향찰이다. '隱'이 그 음차로서 이 중 어떤 것을 취하든 반드시 'ᄂ' 음가 만큼 끝까지 어떤 경우에든 사라질 수 없다. 그리고 이 〈청전법륜가〉에서조차 역시 종성음가 'ᄂ'을 살리기 위해 사용되었고, 따라서 '反' 자 안에 'ᄂ' 음가까지를 확보하고 있었다면 굳이 끝의 음차 '隱'을 첨가할 필요가 없었을 터이다. 바꿔 말해 'ᄂ(隱)' 음가를 굳이 덧붙여 표현한 사실로써 '反' 자체 만으로는 'ᄂ' 받침의 소릿값은 없는 상태로서의 'ᄇ(ᄇ·브)' 등 약음차(略音借) 'ᄇ' 계통의 소릿값으로서의 타당성이 확보된다.

이어서 바로 뒷글자 '哀反多'의 '多'를 '하다[많다]' 뜻의 훈차로 읽음은 확고한 안정감을 획득하기 어려워 보인다. '哀反多'의 '多'를 '하다[많다]' 뜻으로 할 경우 바로 뒤의 향찰인 '羅' 음차와 연결하여 그만 어색한 국면이 따르게 되는 까닭이다. 뜻으로야 어떻게든 부회시킬 수 있을지 모르지만 음의 연결·상응이 순조롭지 못하게 된다. 이것을 제3구에 이입 적용할 시에 그 언어적 합성에서 더욱 어색해진다. 같은 향찰어임에도 애써 다른 의미를 찾아서 대입시키지 않으면 안 될 정도의 새로운 의미 경색이 초래될 뿐이리니, 여기서의 '多'는 역시 향찰 '如'와 더불어 평서형종결어미 '-다'의 음차로 이해되어 마땅한 것이다. 향찰 '多'가 종지사 '-다' 해당의 음차 기능을 수행하고 있는 일례는 신라향가 여러 군데 및 고려시대 향가인 균여(均如) 작 〈상수불학가(常隨佛學歌)〉에서도 확인되는 등 그 실증의 폭이 넉넉함을 보게 된다.

祈以支白屋尸 置內乎多　　-〈도천수관음가〉 제4구
비　　숣올　　두누오다

倭理叱軍置來叱多　　　　－〈혜성가〉제3구
예ㅅ　軍두옷　다
安支尙宅都乎隱以多　　　－〈우적가〉제10구
안디새집도외 니 다
吾焉頓部叱逐好友伊音叱多 －〈상수불학가〉제4구
나ᄂᆞᆫ頓部ㅅ조추리　　잇 다

　아울러 위의 예문 안에서 '多'의 '－다' 적용은 다른 향가 해석자들 사이에서 전혀 논란의 대상일 수 없었던 부분이다. 그러면 이제 〈내여가〉제2구에서의 '多', 곧 평서법어미 '－다'의 확인으로, '哀反多'가 역시 현행어 '서럽다' 뜻 해당의 한 개 형용동사임을 재인지함과 동시에, 궁극적으로는 '哀反＋多(－다)'와 같은 언어 구성의 바탕에서 어근 '哀反'을 추적하는 일이 남았다.

　앞에서 향찰어 '反'의 용례를 살펴보았던 결과 그 음차가 크게 '반(븐·븐)'과 'ㅂ (ㅂ·브)'의 안에 있음을 확인하였거니와, 지금 '哀反多' 동사의 어간 활용범위 안에서의 '反'과 관련된 마당에서 종성음차인 'ㅂ' 음을 삽용해야만 할 필연성은 확고한 것이 된다.

　또한 '哀'의 훈차는 역시 재래의 견지대로 '서러운(서럽다)'의 뜻으로서 타당한 것이며, 제2구의 '哀反多'가 제1구 안의 동사 기본형인 '來如[오다]'와 병행하여 원형의 동사일 때에 글 흐름법상의 일관성과 평형성이 유지될 수 있다 함은 앞에서 말하였다.

　다만 현행어 원형동사 '서럽다'의 고어법적 접근이 최후의 관건이랄 수 있고, 바로 이 고어 재현의 단계에서 부득불 '哀反多'의 동사원형 및 '反'의 'ㅂ' 계열음을 함께 긍정해오던 기왕의 논자들과 그 귀취(歸趣)를 같지 않은 곳에 두려 함이다.

　양주동과 『이두사전』에서는 현행 형용동사 원형 '서럽다'에 큰 차이 없는 각각 '셔렵다'·'서럽다'의 말로 값하였거니와, 유구한 시대 신라와 고려의 언어가 일천

년 이상의 광음에 걸쳐 과연 아무런 변동 없이 일관된 모양을 유지하여 왔었겠는지 의아함이 따른다.

한편 소창진평과 김준영은 현행어와는 다른 형태로서의 각각 '서러외다'·'셜ㅸ다'의 표현으로 대치하였지만, 그렇게 될법한 일단의 근거 즉 이를 도와 증거할만한 고어법적 용례의 실낱같은 단서가 있었으면 하는 아쉬움을 남겼다. 그런데 이와 같이 직접 신라 당년의 '서럽다' 해당의 언어 즉 '哀反多'를 어떻게 소리냈는지 막연하다고 하는 전제에서, 적어도 오늘날의 '서럽다' 동사의 고어법상 원형은 같은 '서럽다'거나 '셔럽다' 아닌, '셟다'·'셟다' 안에 머물러 있음이 『고어사전』 안에서도 명백히 확인된다.

이제 '셟다' 및 '셟다' 형용동사의 고문적 활용예를 몇 가지만 인용해 보이면 이러하다.

> 셟다(苦啊) ―『同文類解』
> 셟고 애왇브뜨들 … ―『석보상절』
> 一生 셜ᄫᅳᆫ쁫ᄀᆞ장 니ᄅᆞ시니 ―『월인천강지곡』
> 셜온님 보내ᅌᆞᆸ노니 가시ᄂᆞᆫ듯 도셔오쇼셔 ― 〈가시리〉
> 苦楚ᄂᆞᆫ 셜ᄫᅳᆯ 씨라 ―『월인석보』
> 千秋 寃痛홈이 孟嘗君이 더욱 셟다 ― 고시조 〈맹상군가〉

이에서 '셟다(셟다)' 원형이 현존어 '서럽다'의 이전에 선행하였던 언어 양상임을 분명히 해주고 있다. 그럴 뿐 아니라 조선시대 문헌 안에서는 물론이고 고려가요의 훤전 명편으로 구승의 맥을 이어온 〈가시리〉에서조차 '셟다' 기본형에 입각한 어미활용으로서 '셜온' 어휘의 구사가 있음을 확인할 때, '셟다'의 연원이 꽤 오랜 것임을 짐작할 나위가 있다. 또한 현행 국어사전에서조차 '셟다'·'셟다'가 '서럽다'·'섧다'에 대한 고어형이라는 사실을 확인할 수 있다.

반면, 의외로 '셔럽다'나 '서럽다' 등은 고어 어휘의 대열 안에서 아예 발견의 틈새조차 없다. 특히 '셔럽다'의 경우는 현행 국어사전이든 고어사전이든 다른 어떤 곳에서도 존재의 확인을 기대할 수 없으니, 역시 유독 신라 당년에만 쓰이다가 그 이후 영영 절멸되어버린 어휘인가? 그러나 이는 '反'의 'ㅂ' 적용 과정에서 곧 명백하게 나타난다. 그러면 '서럽다' 어휘를 소급한 양상이 옛 문헌 전거 안에서 '서럽다 → 섫다 → 셟다·셟다'로 입증되는 것 이외의 다른 형태는 종적조차 찾을 수 없는 상태에서, 문헌전거상 가장 오래된 '셟다(셟다)' 어형에 의존함이 제일로 든든한 방식으로 간주된다.

  그렇거니와 '셟다' 고어설은 어디까지나 '哀反多' 향찰 3자를 한 덩어리로 결합시켜놓는 결과 안에서 든든한 확신을 기할 수가 있는 것이라 한다면, 앞서 '哀反多'를 분석해 놓은 바가 이제야말로 득의의 터전을 마련해 줄 수 있게 되었다. 곧 앞서 '哀反多' 향찰을 개개단위로 분석한 결과는 '哀'의 훈차 '셜'과, '反'의 음차 'ㅂ' 취용, 그리고 '多'의 평서형종결어미 음차 '-다, 그리하여 '셜＋ㅂ＋다'의 합철은 그 결과가 '셟다'로 되는데 조금도 무리가 없는 그윽한 회심처를 얻게 되는 바 있는 것이다.

  이상 검토한대로, '哀反多'의 '셟다' 적용은 그 율격의 면에서도 훨씬 자연스러운 효과를 조출해낸다. 즉 그것의 2음절 어휘가 전체 노래 안에서 보다 리드미컬한 운율적 효과를 나타내기도 한다는 뜻이니, 예컨대 이것을 '셔럽다'·'셜ㅂ다' 등 3음절 어휘로 대치시킨 방식과 대조하여 놓고 보았을 때 더 크게 실감된다.

오다 오다 오다	오다 오다 오다
오다 셔럽다라(셜ㅂ다라)	오다 셟다라
셔럽다 의내여	셟다 의내여
공덕 닷가라 오다	공덕 닷가라 오다

2·2·2	2·2·2
2·4	2·3
3·3	2·3
2·3·2	2·3·2

2·2에서 문득 2·4, 다시 3·3, 2·3의 잦은 변화에 비해, 전체적으로 무리 없는 2·2조와 2·3조 안정된 운율 구조 안에 있게 된다. 동시에 실제의 낭송과정에서 또한 지나치게 길지 않은 2·3 음절 뒤에 따르게 되는 휴지(休止; pause)를 통해서 역시 호흡의 안정과 편안함을 기대할 수 있다.

제3행의 '矣徒良'은 '의내여'라고 한 양주동의 해석을 좇고자 하며, 제4행의 '修如良'는 대개 '닷가라 (닷ᄀ라·ᄃᄆᆯ·닫가라)'에서 별다른 이의가 없는 부분이었다.

노래 가사 뒤에는 공덕가 노래의 주인공 격인 양지(良志)에 관련된 흥미로운 이야기가 깔려 있었다.

釋良志 未詳祖考鄕邑 唯現迹於善德王朝 錫杖頭掛一布帒 錫自飛至檀越家 振拂而鳴 戶知之納齋費 帒滿則飛還 故名其所住曰錫杖寺 其神異莫測皆類此 旁通雜譽 神妙絶比.

승려 양지(良志)는 그 조상이나 고향에 대해서는 자세히 알 수 없고 다만 신라 선덕왕 때에 자취를 나타냈을 뿐이다. 석장(錫杖)의 끝에 포대 하나를 걸어두면 지팡이가 저절로 시주할 집으로 날아가 끝에 달린 방울을 흔들어 소리를 울렸다. 그러면 그 집에선 이를 알고 재(齋)에 쓸 비용을 포대에 넣으니, 포대가 다 차면 석장이 다시 날아서 돌아왔다. 그랬기에 그가 거주한 곳을 석장사(錫杖寺)라고 했다. 그의 신이하여 헤아릴 수 없음이 모두 이와 같았으며, 기예에도 두루 통달하니 그 신묘함이 비길 데가 없었다.

여기서 양지의 석장(錫杖)이 저절로 오간다는 이야기는 단순한 도술담 이상의 것이다. 석장의 신이담(神異譚)은 한·중의 다른 고승전(高僧傳)에도 심심찮게 나타나는 양상이지만 양지선사의 석장 이적(異蹟)이 내포하고 지시하는 바는 각별 정해진 의미가 따로 있다.

대저 석장(錫杖)이란 단순하게는 승려 소지의 지팡이란 뜻으로 족할 수도 있고, '선장(禪杖)'·'탁석(卓錫)' 등과 동의어로 혼용하기도 한다. 그렇지만 좀 더 세심히 생각하면 〈양지사석(良志使錫)〉의 경우에서 '卓錫'이나 '禪杖' 대신 꼭 '錫杖'이라고 표현해야만 할 필연성 같은 것이 있었겠다 싶은 국면도 없지는 않다. 『중문대사전』 '탁석(卓錫)'에 보면, 석장이란 뜻 말고도 승려의 발자취가 멈춤에 있어서는 또한 탁석(卓錫)이라고도 한다[又謂僧人行蹤所止也]'고 했다. 설명에서 나란히 '승려의 지팡이'임을 지시하면서도 그 의미의 구체성에 들어가면 미

恭齋 윤두서의 노승도

묘하게 다른 것이 있어 보인다. 역언하면 승려의 활동이 강조되는 상황에서는 '錫杖' 쪽이 우선되는 분위기가 있는데, 지금 〈양지사석〉 조에서도 필경 '錫杖'의 말로 표현되고 있음도 유념해 볼 나위가 있다.

한편 '良志使錫'이란 말은 양지가 석장을 부린다는 뜻이지만, 실제의 설화가 보여주고 있는 이야기는 단순히 그가 석장을 짚고 다님에 비상한 재간이 있어 무슨 손끝의 기예 등으로 지팡이를 잘 다룬다는 그런 의미가 아니다. 그러한 재주 또한 비록 남다르다고 할 수는 있겠지만, 그래도 아직 인간적 능력 한도 안에서 행할 수 있는 일상적 경험 체계 안에 속해 있다.

하지만 지금 이 양지의 석장 부림은 그런 것들과는 전혀 다르다. 지팡이가 저절

금동석장두식(金銅錫杖頭飾).
지팡이 꼭대기가 탑 모양이다.

로 난다든지, 시주의 집에 찾아가 흔들면서 소리를
내고, 그리하여 포대가 차면 제 스스로 날아 돌아온
다는 정도로 벌써 비일상적 초월의 능력을 나타내
고 있다. 단순치 않고 만만치 않은 신이성을 띠고
있음에 크게 유의된다. '그의 신이하여 헤아릴 수
없음이 모두 이와 같았다[其神異莫測皆類也]'라고 하
였다.

　신이한 일은 비단 이 양지의 석장 뿐 아니고, 각별
히 과거 전통적 승려담에서 석장 소재가 등장하는
이야기들에서도 발견된다. 저 중국의 『태평광기(太
平廣記)』안에서 대략 일람한대도 여럿 나오니, 이를
테면 〈화엄화상(華嚴和尙)〉이란 곳에서 죽은 제자가 위협적인 큰 뱀으로 화현(化
現)한 것을 석장으로 제지하고 머리를 두들겨 불법의 훈계와 함께 물러나게 했다
거나, 〈상위간승(相衛間僧)〉에서 노승이 석장을 쳐서 땅강아지·개미·참새류들
을 먹여 20년 뒤의 청중들로 만들었다는 것 등이 그러하다. 〈금강선(金剛仙)〉에서
지팡이를 흔들어 주문을 외니 거미가 곧 승려의 앞에 나와 신기롭게 듣는 듯 했다
거나, 석장을 흔들어 주수(呪水)하니 물이 갈라져 바닥이 보였다는 이야기 등도
예외가 아니다. 우리 쪽 승려담 안에서도 『삼국유사』의 〈대산오만진신(臺山五萬眞
身)〉에서 보천(寶川)이 오대산에서 50년 수진(修眞)한 끝에 소지하고 있던 석장이
하루 세 번 소리를 내며 방을 세 바퀴씩 돌았다든지, 〈관동풍악발연수석기(關東風
岳鉢淵藪石記)〉에서 진표율사(眞表律師)가 수도하는 과정에 손과 팔뚝이 떨어진 것
을 지장보살이 금장(金杖)을 흔들어 붙여 주었다든지, 〈경흥우성(憬興遇聖)〉에서
여승 내지 거사로 변신하여 경흥(憬興)에게 역사(役事)한 문수보살의 지팡이가 어
느 결에 불화(佛畵) 및 문수보살상 앞에 있게 되었다는 등 여럿 있다. 또 정두석

편의 『불교설화전집』에서도 보이는바 송광사(松廣寺)에 전해진 진묵대사(震黙大師)의 지팡이[柱杖子]가 증단(證壇) 위에서 밤낮으로 조금도 비뚤어짐 없이 꼿꼿하게 서있었다는 일화 등등에서 벌써 그 신이한 양상의 면면들이 사뭇 드러나 있던 터였다.

지장보살과 석장

하지만 양지 석장의 스스로 날고 스스로 돌아오는 비행(飛行)의 이적과 관련지어 보았을 때 『사문유취(事文類聚)』 전집(前集) 권35 선불부(仙佛部) 〈탁석개산(卓錫開山)〉 조에 있는 다음과 같은 설화는 한 단계 더 긴밀한 느낌을 준다.

　　舒州潛山最奇絶 而山麓尤勝 誌公與白鶴道人欲之同謨於梁武帝 帝以二人俱具靈通俾各以物識其地 得者居之 道人云 某以鶴止處爲記 誌公云 某以卓錫處爲記已而 鶴先飛去 至麓將止 忽聞空中錫飛聲 誌公之錫 遂卓於山麓 道人不悅 然以前言不可食 遂各以所識築室焉.

서주(舒州)의 잠산(潛山)은 가장 기이하고 빼어나거니와, 산기슭은 더욱 승하다. 지공(誌公)과 백학도인(白鶴道人)이 양무제(梁武帝)의 정치에 동참하려 했더니 무제는 두 사람 함께 영통술을 부리되 하나의 사물을 빌어 그 땅을 표시토록 하고, 성공하는 이가 머물도록 했다. 도인은 학이 쉬는 곳으로 표적을 삼으리라 했고, 지공은 탁석(卓錫)이 닿는 곳으로 표적 삼으리라 했다. 학이 먼저 날아가서 산기슭에 이르러서 바야흐로 멈추려고 할 때, 갑자기 공중에서 석장(錫杖)이 나는 소리가 들리더니 지공의 석장이 마침내 산기슭에 우뚝 섰다. 도인은 기분이 좋지 않았으나 앞서 한 말을 식언할 수는 없었기에, 드디어 각각 표시되어진 바대로 축실(築室)하였던 것이다.

『사문유취』 仙佛部 佛寺門의 〈卓錫開山〉　　『삼국유사』 권5 神呪에 수록된 〈密本催邪〉

또한 『삼국유사』의 〈밀본최사(密本催邪)〉 조에도 밀본법사(密本法師)의 신통력과 관련된 다음과 같은 석장 비월(飛越)의 설화 하나가 보인다.

善德王德曼 遘疾彌留 有興輪寺僧法惕 應詔侍疾 久而無效 時有密本法師
以德行聞於國 左右請代之 王詔迎入內 本在宸仗外 讀藥師經 卷軸纔周 所持
六環 飛入寢內 刺一老狐與法惕 倒擲庭下 王疾乃廖 時本頂上發五色神光 覩
者皆驚.

선덕왕 덕만이 병에 걸려 오래 끌게 되었더니, 흥륜사(興輪寺) 중 법척(法惕)이 부름에 응해 병을 돌보았지만 내내 효험이 없었다. 마침 밀본법사의 덕행이 나라 안에 알려져 있었기에 좌우 사람들이 바꾸기를 청했다. 왕이 그를 궁 안으로 맞아들이라 하였으나, 밀본은 왕의 처소 바깥에 있으면서 〈약사경(藥師經)〉을 읽었다. 책을 마치자 손에 들고 있던 육환장(六環杖)이 왕의 침전 안으로 날아 들어가 한 늙은 여우와 법척을 찔러 뜰아래에 거꾸러뜨렸고, 왕의 병이 그제야 나았다. 그때 밀본의 이마 위에는 오색의 신묘한 빛이 발하였으니 바라보는 이가 모두 놀랐다.

이상 열거한 종종의 이야기들은 표면에 드러난 그대로의 사실적 문맥으로서보다 그 이면에 깔려 있는 각별한 의미를 은유적·형상적으로 처리한 결과로서 인식됨이 온당하다.

그렇다면 과연 양지의 경우, 그 석장 다루기의 신통력이 지시하는 내포적 진의는 무엇이었나? 요는 설화가 제시한 메시지 한도 안에서 과연 그 석장이 보여주는 바 신통(神通) 행위의 궁극적 목적이 나변에 있는지가 궁금하다.

그런데 지금 양지의 불력(佛力)이 실린 석장이 스스로 날아감은 궁극에 포대를 채우기 위함이요, 그것의 비환(飛還) 역시 결국 포대의 채워짐에 있었다. 그 목적이 다름 아닌 시주걸립(施主乞粒)에 있는 바에, 신통력이 걸린 석장의 비거비환(飛去飛還)하는 모습이란 바로 석장 주인 양지의 나는 듯한 빠른 행각을 암유하는 모습에 불외할 것이었다.

사실은 본시 '비석(飛錫)'이란 말이 일차적으로는 석장을 날린다는 뜻이지만, 전(轉)하여 중이 각지를 돌아다니는 일까지 의미하는 것으로서 단적인 입증이 될 만하였다. 그리하여 저 중국『고승전(高僧傳)』중에 "신승(神僧)은 떠돌아 구름 헤쳐 가는데[有神僧飛錫凌雲而行]"이라든지, 당나라 유종원(柳宗元, 773~819)이 호초상인(浩初上人)에게 답한 칠언시 후반에,

仙山不屬分符客　　선인산(仙人山)은 천자의 정객(政客) 것 아닌
一任凌空錫杖飛　　오직 하늘 저편 너머에 떠도는 승려의 소관

은 최적의 증좌가 된다. 이러한 뜻으로 쓰이게 된 유래는 역시『석씨요람(釋氏要覽)』하편에서 "승려가 유력(遊歷)하여 다니는 것을 미화시켜 비석(飛錫)이라(今僧遊行 嘉稱飛錫)"고 한 설명을 통해 거듭 확인된다. 양지와 그의 석장이 나타내는 신이성의 실질적 의미에 대해 김종우도「풍요에 대하여」라는 글에서 이렇게 추론한 바 있었다.

단월가의 문전에서 '振拂而鳴' 한 것은 그의 구절죽장(九節竹杖)을 흔들어서 승이 왔다는 것을 시주할 집 주인에게 알리는 신호이었고 … 그것이 잘 수행케 된 결과만을 가지고 말한 것이 '岱滿則飛還'이라 하여 신이적인 표현을 빌은 것이 아닌가 한다.

석장의 기적은 절에서 필요로 하는 비용이 상당히 잘 수렴된 데 대한 암시적 표현이라 할 수 있지만, 이러한 효과 외에도 결과적인 또 다른 효용을 가져다주는 소지가 마련되어 있다.

이 양지선사 이야기를 포함해서 신라 고승전에 특히 이적과 신통의 영험담이 많았음은 역시 그만큼 신라인의 현실적이고 실리적인 사고 인식을 반영하는 것이겠다. 바꿔 말하면 불교를 신앙하는 일이 무언가 그들에게 큰 기적과 행운이라도 안겨줄 수 있다는 복리주의(福利主義)적 기대감에 따라 그같은 불력(佛力)의 설화들이 생성될 수 있었다는 의미이다. 결국 양지의 석장 이적 모티브는 능수능란한 재비(齋費) 마련이라는 메시지의 암시효과 뿐 아니라, 이같은 포교적 효용마저 기약할 수 있었다는 점에서 일거양득의 성격을 확보하여 있다고 할 만하다.

돌이켜 〈양지사석〉 조를 전체로서 보건대 크게 나누어 ① 석장자비(錫杖自飛) 주제의 이야기와, ② 불상소조(佛像塑造) 주제에 입각한 이야기로 볼 수 있다. 그런데 비록 두 개의 화제일망정 서로 개별적 독립성을 유지하는 각각의 무관한 것으로 치부하기 어렵다. 곧 ① 날아다니는 석장 이야기와, ② 장육존상 소조 이야기는 의미상 서로 인과와 표리의 관계 맥락을 이룬다는 점을 간과할 수 없다. 두 화제의 선후가 상호 긴밀한 의미망 속에 잘 연계되어 있다는 뜻이다. ① 날아다니는 석장의 비유는 시주승으로서의 양지의 탁월한 능력을 지시하는 의미로 보인다. 이를 가장 적극적으로 해석하면 역시 승려로서의 양지의 인망(人望)과 불교 대중으로부터 받는 신뢰의 두터움을 강력히 시사한다. 그렇기 때문에 ② 그가 장육존상을 소조하고자 뜻했을 때에도 온 성 안의 남녀들이 극력 협조를 아끼지 않았던 것으로 인지되는 것이다.

표면적으로는 도술담처럼 보이는 양지의 석장 다루기, 곧 포대 달린 석장의 자유자재한 비행 왕래의 은유적 본의는 대개 장육존상을 소조하는데 따른 상당한 예산 경비와 관련한 바, 그의 시주걸립하는 분주한 행각 및 그 노력과 역량에 따른 탁월한 성과를 나타내고자 함이었다. 이는 양지의 재능이 많은 수의 불상 소조, 사찰의 서액(書額)·조탑(造搭) 및 이번의 영묘사 장육존상에 이르기까지 그 불사(佛事) 공덕의 돈독함을 알림과 동시에, 그가 불중(佛衆)들로부터 받는 인망(人望)의 정도를 은근 시사해주는 뜻이 되기도 하였다.

다만 이 노래의 작가가 곧바로 양지일 것이란 단정은 조심스레 다룰 문제이다. 성 안의 남녀들이 진흙을 운반할 때 노래를 되뇌어 불렀다고 한 이 문면 만으로는 노래의 작자가 양지라는 면모를 주장하기가 어렵다. 정작 그 밖의 다른 어디를 괄목해도 그것이 특서(特書)된 자취는 보이지 않는 까닭이다.

한편, 〈내여공덕가〉는 성 안의 남녀들이 진흙을 운반하면서 노래를 하였다는 사실로 인해 그 주제의 노동요적 성격에 관해서도 언급이 있었다. 더구나 일연의 기록 거의 말미에 명기되어 있듯이 이 노래가 일연이 살던 충렬왕 때에까지 연면히 전승되어, "방아를 찧을 적에 서로 불렀다(至今土人舂相役作皆用之)"는 사실로써 노동요다운 확률은 더욱 제고될 만하다 하겠다. 물론 진흙의 운반이라든가 방아를 찧는 일은 일단 표면상 육체적인 움직임이 요구되는 일인지라 분명한 노동이라 할 수 있겠다.

하지만 이 노래가 각별히는 양지를 중심으로 한 불상의 소조라는 엄숙한 종교적 분위기 안에서 수행되고 있는 면과, 내지는 가사 안의 공덕 닦음의 취지 등을 신중히 감안하지 않을 수 없다. 이 노래의 바로 이러한 양면적 속성으로 인해 논자들 사이에 의견의 차이를 보여 왔던 것이다. 예컨대 김준영이 『향가문학』에서 "본시 방아노래였던 것을 석(釋) 양지가 장육존상을 만들 때 사녀(士女)들 중 누가 일부 가사를 바꾸어 부른 것이 아닌지 모른다"고 한 반면, 박노준 같으면『신라가요의 연구』에서 "노동요로서 대용한 노래일 뿐 … 노동과는 크게 유관하지 않다"고 하였다. 한편 김무헌은『한국노동민요론』에서 "노래가 한 가지 기능만을 가졌다고 할 수 없는 까닭에 노동요가 아니라고 할 수는 없다"는 입장이지만, 동시에 "풍요를 채록하여 기록한 사람이 중이고, 내용도 공덕을 닦는다는 불교적 성격을 띠고 있음에 비추어, 순수한 노동요라고 볼 수는 없다"고 하여 노동요로서의 적부(適否)를 가리는 문제가 그리 만만치 않음을 시사하였다.

대개 노동요이니 의식요이니 하는 것도 다 그 노래들이 항용 불리어지던 당시의 사고가 아닌 오늘날 민요 연구 과정상의 필요에 따라 파생된 명칭이다. 노동에 대한 개념 규정 또한 과거 한국의 전통 시대에 정해 놓은 것은 아니었다. 하지만 이제는 '노동요'란 말이 민요학 중의 엄연한 한 가지 용어로 대두된 이상, 그 개념 및 범위에 대하여도 보다 분명한 기준이 필요한 시점이 되었다. 이를테면 민요 분류의 실제적인 단계에선 확연히 노동요, 의식요, 유희요 등으로 쉽게 판별 가능한 것이 대부분이겠으나, 어떤 경우는 노동요와 의식요 사이에 서로 넘나들 수 있는 측면도 있다. 아울러 그 모호한 경계 때문에 논란이 지속되기도 하니, 상고

절구방아와 디딜방아

시가의 〈구지가〉라든지 지금 보고 있는 〈내여공덕가〉 같은 것이 그 대표적 본보기라 하겠다.

생각건대 노동요와 노동요 아닌 것을 구분하는 보다 정밀한 기준과 척도는 궁극 노동의 개념을 제대로 파악하는 일에 전적으로 달려있다고 본다. 일단 국어사전은 노동의 정의를 "육체적 노력을 들여 일을 함"으로 풀이하였다. 그런데 지금 의식요란 것도 역시 종교적 목적을 위해 의식행위를 하는 과정상에는 많든 적든 피치 못할 육체적 노력이 드는 것은 물론이다. 다만 노동이 일하는 것이라고 했거니, 이 부분이 중요하다. 다시 국어사전에서 '일'을 찾으면 "생산적인 목적을 위하여 몸이나 정신을 쓰는 모든 활동"이라 했다. 노동의 목적을 생산성에 두었으니, 궁극엔 역시 물적 생산성과 관계되는 말하자면 형이하적인 복리 추구에 있는 것이다. 이는 '노동'에 대해 한 단계 더 구체성 있는 설명을 가하는 사전들마다 그 목적이 재(財)와 서비스, 생활자료, 생산 및 영리에 있다고 설명하는 속에서 보다 안정적인 확신을 얻게 된다.

이렇게 볼 때 생활적·종교적 의식 및 그 과정상에 불리는 의식요라는 것은 궁극의 목적이 형이하의 복리 추구에 있지 않기에 노동 및 그 과정상에 불리는 노동요와는 구별된다. 대신, 그것의 목적하는 바는 정신적·형이상적 복리의 추구에 있음이 타당하다. 이러한 원칙에서 〈내여공덕가〉는 불교적 공덕을 염원하는 행위 가운데서 불리어진 공덕가이니, 역시 정신적 복리 추구라 할 수 있는 한 형태의 의식요로 간주됨이 당연한 것이다.

그렇기는 하지만 이는 어디까지나 어떤 민요가 분류법상 엄정한 택일의 결정을 요구받을 일에 당해서 그럴 뿐이거니와, 굳이 그럴 필요가 없는 경우라면 역시 진흙의 운반이라는 견지에서의 이른바 '운반노동'적인 성격의 일단(一端)마저 배타할 필요까진 없다. 요컨대 〈내여공덕가〉의 근본은 의식 공덕요이고, 보다 여유롭게 다룬다면 의식요에 노동요적인 성격이 마저 부수된 노래라 하겠다.

하지만 나중 단계 일연의 시대에 이르러 향인(鄕人)들이 서로 방아를 찧으면서 부르게 되는 시점에 이르러서 만큼은 이 노래를 더 이상 공덕의 축적을 위한 의식요로서 간주코자 할 뜻이 없다. 부연하면 여기서 같은 노래일망정 신라 선덕왕 당시(7세기)에 불렸던 이 노래의 목적 기능과, 그 후 계속 전승되어 일연의 시대(13세기)에 불렸던 이 노래의 목적 기능은 불가불 구분지어 생각함이 온당할 것이란 의미이다. 그에 따라 선덕왕대 신라백성들의 이 노래에 대한 자세와, 고려 충렬왕대의 고려백성들이 이 노래를 다루는 태도는 서로 동일시하기 어려운 종교상의 질감 변화가 있다. 무엇보다도 앞시대의 것은 불상 소조라는 엄숙 경건한 불교 신앙적 상황이 직접 현출되어진 배경 안에서 가창되던 노래였음에, 신성의 개념에서 뒷시대 것과는 비교가 안된다는 점을 신중히 감안하는 뜻이다. 처음의 종교적 경건한 노래가 시간의 흐름 안에서 차츰 대중 차원의 속요로 보편화된 사례로서 인식되는 것이거니와, 대개 이같은 변양은 그 의미를 어디에서 찾을 수 있을까?

일찍이 이 땅에 샤머니즘이란 종교가 있었다. 하지만 그것이 가장 이른 시기에 번성을 누리다가 서기 4~5세기의 삼국시대에 들어서서 새로이 수용되기 시작한 불교의 입지에 따라 점차 쇠퇴를 겪지 않을 수 없었던 운명을 이능화의 『조선무속고(朝鮮巫俗故)』 같은 데서 한눈에 실감할 수 있다. 마찬가지로 불교 역시 신라의 경우처럼 처음 들어올 때 기존 무격신앙의 터전 위에서 상당한 갈등과 마찰을 불러일으켰던 시점이 있었고, 통일신라 때와 같이 흥륭했던 시점이 있다. 그런가 하면 고려조에서 보듯 역시 아직까진 신라의 국교 그대로를 계승·답습하고 있다고는 하나, 호국과 대승의 정열이 불국토(佛國土) 낙원을 염원하였던 통일신라 성세(盛世)의 경우와는 한가지로 보기 어려운 시기도 있다. 이렇듯 종교 흐름의 시대별 분위기를 구분해 줄 필요가 있거니와, 그같은 격세감은 같은 고려 때라 할망정 전기에서보다는 후기로 가면서 더더욱 두드러졌다. 현실 구복(求福)의 수준으로 더 깊이 빠져들어 샤머니즘이거나 음양 도참 또는 기타 미신 등과 혼효를 이룬

바, 진단학회 편 『한국사』 안의 표현대로 "종종의 폐해를 양출(釀出), 여말 불교계의 타락은 마침내 식자 특히 유자 측의 증오와 비난을 발하게 되었"다고 보겠다. 고려 후기 불교의 세속화는 특히 충렬왕조(1274~1308) 어간에 꽤 조준되어 있으니, 〈양지사석〉 조에서 "지금도 향인들이 서로 절구질 할 때에 이 노래를 부르는데(至今土人舂相役作皆用之)" 했을 때의 지금이란 또한 다름 아닌 25대 충렬왕 때인 것이다. 따라서 세속화 되어버린 충렬왕 조 무렵과, 그보다 600여 년 전 성스러운 분위기로 영위되던 신라 선덕왕(재위 632~647) 당시의 종교 및 종교가요를 받아들이는 태도를 같은 선상에 두고 논정하기 마침내 곤란하단 뜻이 이런 곳에 있음이다.

〈내여공덕가〉의 경우도 신라불교 전성기에 엄숙한 대중 성가적(聖歌的)인 개념에서, 고려말 불교 쇠잔의 때에 이르면 보다 덜 심각한 분위기에서의 속요적인 개념으로 점차 질적인 변화를 겪지 않을 수 없었다. 불교의 세속화와 더불어 여말 충렬왕 때 일연의 시대쯤에 와서는 민간노동요라 할 수 있는 방아노래[舂役歌] 같은 곳에 활용되는 등, 신성성의 관점에서 이 노래를 수용하는 태도와 관념이 앞시대에 비해 상당히 이완되었다는 뜻이다. 그 와중에 노동요로의 변신을 나타냈고, 그나마 소박한 생활 속의 노동요 편으로 탈바꿈을 나타낸 것으로 보인다.

문화사의 흐름에 있어서 어느 경우든 변개는 불가피한 것인가 하였다. 지금 신성요에서 노동요로 바뀌었다 하였지만, 그 변동과 변화는 여기 노동요라는 범주에서조차 피해갈 길은 없었다. 같은 노동요로 변이된 마당에서도 그 사이에 달라진 현상이 발견된다는 말이다. 곧 양지 시대에는 진흙 운반 시에 불렀다 하니, 이는 『구비문학개설』에서 책정한 노동요의 분류 가운데 이른바 '운반노동요' 혹은 '토목노동요'다운 성격에 속한다. 그렇게 존재했던 그 노래가, 적어도 일연 시대에 와서는 방아 찧기와 함께 부른 이른바 '제분노동요'의 자격으로 살짝 변이된 셈이니, 민요 기능의 가변성을 포착할 수 있게 된다.

무릇 종교적 성격을 띤 노래는 그 종교의 시대적 추이와 더불어서 성(聖)에서 속(俗)으로의 변모가 언제든 가능한 것인가 한다. 비근한 사례로 기독교의 성가 〈Holy night, silent night〉의 대중화라든가, 불경 〈천수경(千手經)〉 중의 '수리수 리마하수리' 같은 것이 통속적 주문처럼 되어버린 현상 등에서 이내 확인할 수 있다. 일찍이 저 샤머니즘 시대의 1세기 가락국 신성한 신화노래로서의 〈구지가 (龜旨歌)〉가 불교 전성기의 7세기 통일신라 성덕왕대에 샤머니즘의 신성성이 탈각 (脫却)되어 버린 〈해가(海歌)〉 같은 대중적 가요로 변질되는 양상을 통해 샤머니즘 과 불교 사이 영고성쇠(榮枯盛衰)하는 운명을 보았다. 이와 한가지로 이제 불교 전성기였던 7세기에 불상 소조의 성스런 역사(役事)와 더불어 불렸던 그 공덕의 노래가, 오랜 연월 뒤의 불교 쇠잔기인 13세기에 시골의 일상 속에서 방아를 찧으 면서 부르는 노래로의 전변을 통해, 신라와 고려의 긴 시간대를 통과하는 오랜 길손이던 불교가 서서히 흥체(興替)하는 모습을 다시금 확인할 수 있었다.

이렇듯 비록 불교가 사양길에 접어드는 시절이었음에도 불구하고, 600년의 흐 름이 특별히 가사 내용의 질적인 변동까지 초래했을 것 같진 않다. 구송(口誦)되어 지는 불교의 존재론적 애상과 공덕 닦음의 의미는 거세된 채 오직 그 음곡성과 리듬성만 잔존했다고 보기 어렵다는 뜻이다. 하물며 이 〈내여공덕가〉를 수록한 일연의 신분이 문득 어느 쪽에 있고, 또한 이 노래를 포함하여 『삼국유사』를 편찬 하던 그의 정신세계가 여하한지를 반추해 보았을 때 더욱 희박할 뿐이었다. 역시 그가 민족문화유산의 정지(整地) 과정에서 만부득이한 것 외의 나머지 대부분은 철저한 불자(佛者)의 입장에서 할 수 있는 한 최대한의 노력으로 불교를 위한 찬양 과 포교의 취지를 극진히 하였다 해도 과언이 아니었다. 또한 『삼국유사』가 중국 『고승전』의 선례를 가장 잘 따라간 중에도 '흥법(興法)'과 '의해(義解)' 부분이 가장 잘 다듬어진 편장(篇章)이었다. 뿐만 아니라 이하 '효선(孝善)'에 이르기까지의 하 반부는 그대로 삼국의 불교사로 보아도 좋을 만큼이다. 그런데 권4 '의해(義解)' 편 중의 〈양지사석〉 안에 포함된 이 〈내여공덕가〉가 성격상 단순한 노동요 정도

에 불과하였다면 애당초 일연이 이것을 『삼국유사』 가운데 불교선양 메시지가
가장 정채로운 '의해' 안에다 채록해 넣었을 리 없었을 터이다. 불교가 꽤 속화된
일연의 시대에조차 의연한 모습을 지킨 이 노래를 통해 그 속에 담긴 사바세계의
슬픔, 그리고 공덕의 메시지는 마지막 남은 광망(光芒)을 발하였다 할 것이다.

15

치당태평송 致唐太平頌

초창기 외교시의 대표작

遣使大唐告破百濟之衆王織錦作五言大平
頌遣春秋子法敏以獻唐皇帝其辭曰
淡葉巍峨皇猷昌止戈戎衣定修文繼百王統
天崇雨施理物體含章深仁諧日用撫運邁時
康帿旗何赫赫鉦皷何鍠鍠外夷違命若剪殪
被天殃淳風凝幽顯遐邇競呈祥四時和玉燭
七曜巡萬方維嶽降宰輔維帝任忠良五三成
一德昭我唐家皇高宗嘉焉拜法敏為大府卿
遂是歲始行中國永徽年號

六月

『삼국사기』 신라본기 '진덕왕' 본기 4년 조에 실린 〈치당태평송〉

守中 이종훈 筆墨의 〈치당태평송〉

서기 600년대는 중국의 수나라·당나라와 한국의 고구려·백제·신라 전체 다섯 나라에 있어서 그 어느 때보다 험난한 분류(奔流)의 시기였다. 긴장도 높은 견제와 대치의 분위기 안에서 가장 예민하고 정신 또렷한 시간대였다. 한중 및 삼국의 관계가 거대한 분수령을 맞은 격동의 시절이기도 하였으니, 612년에는 을지문덕이 저 수나라 30만여 대군을 격퇴한 유명한 살수대전의 여파로 수(隋)가 쇠잔해지면서 618년에 당 제국이 세워졌다. 660년에는 나당 연합군에 의해 백제가 멸망하였고, 8년 뒤인 668년에 고구려마저 그들 군대의 공세에 결국 국체가 사라지고 말았다. 마지막에 신라가 승자로 남은 셈이나, 그 와중에 신라가 당나라의 힘을 빌리기 위한 외교의 방책이 중대한 역할을 했음을 짐작하기 어렵지 않고, 동시에 그 외교의 본색이 수평 아닌 수직적인 형상을 취했으리라는 예측이 무난하다.

실제로 그를 입증할만한 자취들이 여기저기 확인 가능하지만, 그 중 진덕여왕의 이름으로 남은 한시 한 자취가 오늘날 국문학사 내지 한문학사에서 가장 잘 알려져 있다고 해도 과언은 아니겠다. 이른바 〈치당태평송(致唐太平頌)〉으로 통칭되니, 이는 서기 650년 신라 28대 진덕여왕(眞德女王)이 당나라 고종에게 보낸 오언의 한시이다. 간단히 〈태평송(太平頌)〉이라고도 하고, 또는 비단에 수를 놓아 당고종에게 바쳤다고 해서 〈직금헌당고종(織錦獻唐高宗)〉·〈직금송(織錦頌)〉이라고도 한다.

진덕여왕의 면모는 역시 『삼국사기』 신라본기 제5 '진덕왕' 본기 안에서 기대해 볼 길 있다. 여왕의 부친은 갈문왕 국반(國飯)이고, 어머니는 월명부인(月明夫人) 박씨이다. 본명은 김승만(金勝曼)으로, 생년은 미상이다. 진평왕 친아우의 딸이니 선덕여왕과는 사촌간이다. 외모를 소개하였으되, 타고난 체질이 풍성하고 고왔으며(姿質豊麗), 키가 7척이며(長七尺), 팔을 내리면 무릎 아래로 넘어간다(垂手過膝)고 하였다. 이런 식의 소개는 일찍이 『삼국지』에서 유비의 형상을 그리되, '키가 8척이나 되고, 귀는 커서 어깨까지 내려왔고, 팔이 길어서 손이 무릎을 지났다. 눈이 크니 자신의 귀를 볼 수 있고…' 같은 표현 방식을 연상케 하는 국면이 있다.

즉위 이듬해인 648년에 김춘추를 당나라로 보내 군사 지원을 요청했는데, 선덕여왕을 상대로는 대단히 마뜩찮게 대하던 당태종이었지만 이번에는 유화한 태도로 신라 편에 흔쾌한 원조를 약속하니, 이를 기점으로 나당 동맹의 초석이 이뤄졌다고도 볼 수 있다. 더불어 중국의 복식대로 관복을 고쳐 중국의 제도에 따르게 해달라는 청을 올려 환심을 샀다.

그런데 진덕여왕은 신라의 다른 두 여왕 선덕과 진성보다 가장 존재감이 약해 보이는 듯싶으나, 이는 그녀의 정치 능력이 그녀들보다 못해서가 아니다. 오히려 선덕여왕 때는 고구려와 백제의 공격을 더 받아 국체가 흔들렸고, 잦은 원조 요청에 당태종의 업신여김을 받았으며, 나중에는 국가 대신들의 반란에 휘둘리는 상황까지 갔다. 진성여왕 역시 즉위 초엔 각간(角干) 김위홍(金魏弘)의 대리청정을 받았고, 몹시 음일(淫佚)한 성품으로 국가의 기강이 문란해져 민란과 도적이 빈발하였으며, 급기야는 견훤과 궁예가 각자 나라를 세우는 후삼국 시대까지 야기하는 피폐를 면치 못하였다. 그에 비하면 진덕여왕 때는 외려 별반 국력의 소모는 없었으니 더 나았다고 할 수 있는데도, 그런 결과가 초래된 이유는 무엇일까? 대개 선덕여왕은 신라 백성들의 선모(羨慕)와 연민의 정을 받았는지 많은 설화가 따라 있고, 진성여왕 또한 그 별스러운 행적이 흥미와 화제를 끌만했는데, 진덕여왕 만큼은 이렇다 할 기담(奇談)거리가 없어서 그랬던가 싶다.

내침(來侵)한 백제군을 진덕여왕이 격퇴한 것은 649년 가을인데, 그 사실을 이듬해인 650년 6월 사신을 보내 당나라 황제에게 보고하였다. 거의 1년이나 지난 뒤에 전승을 알렸다는 사실이 다소 의아하였더니, 당의 조정에 당태종이 죽고 당고종이 즉위하는 큰 변동이 있었기 때문이었다. 그리고는 뒤미처 김춘추(金春秋)의 아들 법민(法敏)을 시켜 당고종의 치세(治世)를 찬양하는 시를 비단에 짜 넣어 바쳤으니, 바로 〈태평송〉인 것이다.

10개의 운(韻)으로 오언고시의 형태를 취하여 있는 이 시는 우리 쪽의 『삼국사기(三國史記)』(권5)와 『삼국유사(三國遺事)』(권2), 그리고 『동문선(東文選)』(권4)에 실려 있다. 게다가 이것이 중국 청나라 때 당시(唐詩)를 모아 편찬한 『전당시(全唐詩)』(1705)에도 올라 있어 관심을 제고시킨다. 바로 그 오언배율 〈태평송〉의 전모를 옮겨서 본다.

大唐開洪業	위대한 당나라가 제업(帝業)을 열었으니
巍巍皇猷昌	드높으신 황제의 경영이 창성하구나.
止戈戎衣定	전쟁을 종식시켜 군복 다 내려앉히고
修文繼百王	문치(文治)를 닦으사 백왕을 계승하셨네.
統天崇雨施	천하를 통어(統御)하사 은택이 펼쳐졌고
理物體含章	만물 잘 다스려 형상은 광채를 머금었다.
深仁諧日月	깊은 인덕(仁德) 일월과 조화를 이루니
撫運邁陶唐	시운을 어루만져 태평성세에 나아가도다.
幡旗何赫赫	휘날리는 깃발은 어이 그토록 드밝으며
鉦鼓何鍠鍠	징과 북의 소리는 어이 그리도 쟁쟁한가.
外夷違命者	외방의 오랑캐로서 명을 어기는 자는
剪覆被天殃	횡액을 만나서 멸망을 당하고 말리라.
淳風凝幽顯	순후한 풍속은 현상의 안팎에 어려있고
遐邇競呈祥	먼 데 가까운 곳이 다투어 하례 드리네.
四時和玉燭	사계절 기후는 밝으신 덕에 화합하고
七曜巡萬方	빛나는 천체들은 온 나라를 순행하네.
維嶽降宰輔	산악의 정기는 보필할 재상을 내리고
維帝任忠良	황제께선 성실코 바른 인재를 쓰도다.
五三成一德	삼황과 오제의 덕을 한데 일구셨나니
昭我唐家皇	우리 당나라 황실이 진정 찬란하여라.

당나라의 홍업(鴻業)을 기리면서 제국으로서의 위엄과 빼어난 덕치(德治)를 극구 칭양(稱揚)한 내용이다. 형식적인 틀은 당시 중국으로부터 들어온 지 얼마 안된 시문집인 『문선(文選)』 가운데 오언시의 영향을 받았을 것으로 추정하는 이도 있다.

　다만 문헌들 간에 얼마간의 출입을 보이고 있는데, 이를테면 제8구의 '撫運邁陶唐'은 『삼국사기』 구활자본을 위시하여 『동국통감(東國通鑑)』과 『전당시일(全唐詩逸)』에 그렇게 되어 있지만, 『삼국유사』에는 '邁陶唐' 대신 '邁虞唐(우임금과 요임금의 치세에 힘쓰네)'로 한 글자가 다르다. '도당(陶唐)'은 요임금을 가리키니, 그가 처음에는 도(陶)라는 땅에서 살다가 나중에 당(唐)이란 곳으

『동문선』 권4 '오언고시'에는 제목도 〈태평송〉 대신 〈직금헌당고종〉이라 했고, 작자도 무명씨로 되어 있다.

로 이사하였다고 하여 붙인 별칭이다. 요컨대 당(唐)은 요(堯) 임금이, 우(虞)는 순(舜)임금이 다스린 나라 이름이나, 어느 경우든 요순임금 때와 같은 태평성대로 나아간다는 뜻이다. '護時康'·'邁時康'으로 된 곳도 있다. 제13구의 '淳風凝幽顯'도 『전당시』에는 '和風凝宇宙'로 사뭇 다르다.

　명나라 때의 당시(唐詩) 선집인 『당시품휘(唐詩品彙)』에도 이 시가 실렸는데, 여기서 "고고(高古) 웅혼(雄渾), 곧 고상하고 예스러우며 웅장하고 막힘이 없으니 초당(初唐)의 여러 작품들과 맞서 겨룰만하다(高古雄渾 可與初唐諸作相頡頑)"고 칭상하였다. 중국의 시단에서 인정받은 시임을 증명하는 것이어니와, 전통시대에 상대방 찬양 시의 롤모델 감으로 입지를 굳혀왔다.

고려시대 이규보(李奎報, 1168~1241)도 『백운소설(白雲小說)』에서 이를 '태평시(太平詩)'라 하면서 선심어린 감평을 아끼지 않았다.

新羅眞德女主太平詩 載於唐詩類記 其詩高古雄渾 比始唐諸作 可相上下 是時東方文風未盛 乙支文德一絶外無聞焉 而女主乃爾 亦奇矣.

신라 진덕여왕의 〈태평시〉가 『당시유기(唐詩類記)』에 실려 있는데, 그 시는 고고(高古) 웅혼(雄渾)하니 당나라 초기의 여러 작품들과 비해 우열을 가릴 수 없다. 그 시절의 문학 풍토가 아직 흥성하지도 않을 때에 을지문덕의 〈여수장우중문(與隋將于仲文)〉 시 외에 알려진 게 없었는데, 진덕여왕이 이러하였으매 역시 기이한 일이다.

이규보가 수필집 『백운소설(白雲小說)』 안에 진덕여주 〈태평시(太平詩)〉에 대한 찬사와 함께 시를 담은 부분이다.

조선조 중기의 학자인 이수광(李睟光, 1563~1628) 역시 『지봉유설(芝峯類說)』(권10, 文章部3 御製詩)에서 제목만 '직금시(織錦詩)'로 표현했을 뿐, 나머지는 이규보의 작문을 고스란히 옮겨 왔다.

같은 무렵에 허균(許筠, 1569~1618) 또한 저서인 『성소부부고(惺所覆瓿藁)』의 서(序)에서, '삼한(三韓)은 성주(成周)로부터 중국과 상통하였으나 문헌이 너무도 드러난 것이 없다. 수당(隋唐)시대로 접어들어 이를테면 을지문덕이 우중문(于仲文)에게 보낸 규계(規戒)라든가 신라왕이 비단에 짜서 공덕을 칭송한 따위가 비록 책갈피에 실려 있으나, 대개는 모두 적막하여 초라함을 벗어나지 못했는데' 한 것으로 그 희소성을 인정한 셈이다.

특히 서포(西浦) 김만중(金萬重, 1637~1692)은 '직금송덕시(織錦頌德詩)'라는 표현
과 함께 각별히 특립(特立)한 문예로 보았다.

> 眞德織錦頌德詩 全篇典雅 絶無夷裔氣.
> 진덕여왕의 비단에 짜 넣은 송덕시는 전체가 전아(典雅)하여 결코 오랑캐 관습의
> 기운 따위는 찾아 볼 수 없다.

대개 시의 문예적 조예가 상당한 위치에 있음을 말하는 것이거니와, 이를 통해
7세기 중반이면 이미 오언 고시의 형태가 더 이상 시금석의 단계가 아님을 너끈히
인지할 수 있는 증좌가 되기에 부족함이 없다.

다만 시의 사조(詞藻)가 한눈에도 과도하고 맹목적인 예찬, 이를테면 아유의 일
색으로 장식되었다는 점도 반드시 지적되는 부분이다. 이같은 폐단의 반면에 보
다 긍정적으로는 향후 고려 및 조선왕조로 이어지는 외교적 사장(詞章)의 전형(典
型)이 되었다는 의의를 부여하기도 한다. 조동일이 『한국문학통사』에서 '자주적
기상보다는 세계제국의 규범을 존중하는 또 한 방향의 한문학이 자리를 굳혔으
며, 고려를 거쳐 조선왕조까지 이어질 사대외교를 위한 사장(詞章)의 전례가 마련
되었다'고 한 평설도 그 의미에서 다르지 않다.

그렇게 화려한 시의 내용은 물론, 금상첨화로 그 메시지를 여왕이 직접 아름다
운 비단에 수를 놓았다는 사실에 흐뭇해진 당고조는 여왕의 시를 가지고 간 법민
(法敏)에게 태부경(太府卿)을 제수하여 돌려보냈다고 역사는 적고 있다.

그런데 여왕시절에 대국에의 아합(阿谷)이 한갓 일회성으로 그친 것이 아니었
다. 직전까지 신라 식의 연호인 '태화(太和)'를 사용하고 있었으나, 이 외교 뒤에

중국의 연호인 '영휘(永徽)'로 바꿨으니, 이 연호는 649년 7월 15일, 22세의 젊은 나이에 황제에 오른 당고종이 시작한 것이었다. 대략 1년 만에 부합을 나타낸 셈이다.

하나같이 당나라에의 동조 외교를 의식하고 보낸 것임에 의심의 여지가 없거니와, 기실은 650년의 〈태평송〉 헌정 및 연호 개정을 기준으로 그 전후에도 이와 같은 영합의 자취가 발견된다. 곧 이 일이 있기 1년 5개월 전인 여왕 3년에 이미 당제(唐制)의 의관 예복을 착용하였으니, 이때는 당태종 말년인 649년 1월이었다. 그리고 8개월 뒤인 여왕 5년에 최고 정무기관인 '품주(稟主)'를 중국 관명인 '집사부(執事部)'로, 그 우두머리를 '집사중시(執事中侍)'로 개칭하였거니, 당고종 재위 3년째인 651년 2월이었다.

이같은 일련의 작위들은 역시 세간의 말대로 당나라에 대한 사대주의(事大主義)의 명백한 자취들이 아닐 수 없었다. 다만 이 모든 것이 어디까지나 목적외교적인 행위였을지니, 대개 당나라의 힘을 얻어 세력을 확장해가려는 신라의 정략으로 보기도 한다. 그리하여 그 사대외교의 목적이 고구려·백제 두 나라에 대한 열세를 극복하고 기선제압하기 위한 것, 보다 적극적인 관점에서는 삼국통일의 대 야심을 성취하기 위한 것이라는 견해도 있다.

반면에 다른 측면의 사유도 가능하다. 그 무렵 신라의 사정을 보면 바로 직전 선덕여왕 때에 고구려와 백제에 휘둘려 걸핏하면 당태종에게 원병을 청하자, 보다 못한 당태종이 세 가지 방책을 제시하면서 하나를 택하라고 했다. 그 중 세 번째가 특히 가관이다. 신라의 임금이 여자이기 때문에 이웃나라의 경멸을 입어 해마다 편한 날이 없으니 친족 한사람을 보내 임시 신라의 임금으로 파견하겠다는 치욕스런 제안이었으니, 이런 말을 들을 정도로 수세에 몰렸던 시기이다. 여왕 재위 마지막 해 1월에는 고관대신인 비담(毗曇)과 염종(廉宗) 등이 "여왕이 정치를 잘 다스리지 못한다(女主不能善理)"는 선언과 함께 반역을 도모하고 군사를 움직여 대궐을 공격하는 사건이 터졌고, 바로 그 달 8일에 여왕이 돌아갔다. 이처럼 정신 없는 소용돌이 내우외환의 혼란한 정황 속에 왕위를 계승한 진덕여왕의 처지에서 삼국통일의 야심을 품을 그 어떤 여유가 있었을까? 야심은 고사하고, 최소한 고구려와 백제의 연속적인 공세로 인한 극한의 고립상태를 모면하기 위한 구급책이 우선되지는 않았을는지.

아무튼 성의를 다한 사대 노력의 당연한 결과겠으나, 여왕이 죽었다는 소식에 당고종은 영광문(永光門)에서 애도를 표하였다. 태상승(太常丞) 장문수(張文收)로 하여금 조문하게 하였으며, 개부의동삼사(開府儀同三司)를 추증하면서 비단 3백필을 보내주었다고 한다. 선덕여왕 때는 볼 수 없던 일이다.

혹간 진덕여왕이 당태종 앞에 보낸 시로 착각한 글도 없지 않았는데, 기실 상대는 당고종 이치(李治)인 것이다. 당나라의 3대 황제인 당고종은 당태종 이세민의 아홉째 아들로, 태종 사후 황태자에 올랐던 큰형 이승건, 넷째 형 이태의 폐위와 함께 649년 7월 15일, 22세의 젊은 나이에 황제에 오른 인물이다. 측천무후의 남편이기도 한 그가 즉위한 바로 이듬해 6월에 진덕여왕이 〈태평송〉을 올린 것이

당고종 이치와 그의 필적

니, 23세의 중국 황제 앞에 바친 셈이다.

한편 진덕여왕의 창작이라고 오랫동안 인지돼 온 이면에는, 뜻밖에도 1478년 편저인 『동문선』에선 '무명씨' 작이라고 하였다. 아마도 편찬의 당사자인 서거정 등이 여왕이 손수 지은 작품이 아닐 것이라 하여 그렇게 책정한 양하다. 20세기에 이르러 이병도의 『한국사』에서 "물론 왕의 친작(親作)이 아니라 대작(代作)"이라 했고, 이동환도 번역본 『삼국유사』에서 동일하게 말하는 등 대작설이 따랐다. 좀 더 나아가면 필경 측근 신하 누군가를 대신 시켰다는 생각까지 했을 법한데, 실제로 초창기 국문학자 김태준은 그 대행자를 당대의 천재 문장가인 강수(强首)로 추정했다. 곧, "당시의 국정(國情)과 외교와 문단 형편으로 보아 적어도 강수(强首) 같은 사람이 아니면 짓지 못하였을 듯하다"고 했는데, 이 논급에 대해 이가원은 『조선문학사』에서 "강수의 대작시로 논정하였으니 참으로 전인(前人)의 미발(未發)을 발(發)한 탁견이 아닐 수 없겠다"며 고평(高評)하였다.

앞서 이 시대의 국제 정세상 신라는 살아남기 위한 방편으로, 또는 삼국통일의 야심을 위한 지원을 목적으로 당에 대한 사대주의 정책을 구사했다고 하였다. 그런데 사대라고 했으나, 생존의 법칙을 감안한다면 신라가 고구려·백제 양국의 협공 속에서 속수무책 앉아서 멸망을 기다릴 수는 없었을 터이다. 오히려 당시 삼국 간의 치열한 침략 전쟁, 특히 선덕여왕 때에 고구려와 백제가 교대로 공세를 가하거나 혹은 연합으로 협공하는 특수 정황에 밀려 단행한 궁여지책일 수 있는 국면도 참작해 볼만하다.

뿐만 아니라, 지금 사대주의라고는 하나 신라의 본심이 마음 깊은 곳까지 당나라를 심열성복(心悅誠服)한 사대였는지 돌아볼 이유가 있다. 요즘 말하는 진정성의 문제이기도 한데, 과연 그 넘치는 칭송이 순전히 신라가 중국을 상대로 진정어린 내면의 섬김을 한 것일까? 통일 뒤에 당나라를 몰아냈다든지, 어떤 특정 사상만을 따른 것이 아닌 신라 특유의 화랑도를 창출해낸 신라이고 보면 정치적 외교상의 필요에 충실한 의전(儀典) 행위로 관측할 수 있다는 뜻이다.

　하물며 군왕 간의 문학적 교류가 반드시 이쪽에서 저쪽으로의 일방적인 칭송만
은 아니었다. 예컨대 〈태평송〉보다 1세기도 지난 뒤에 당나라의 현종이 신라의 경
덕왕(景德王) 15년(756) 봄 2월에 신라왕 앞으로 보낸 〈사신라왕(賜新羅王)〉 같은 사
례를 망각할 수 없는 노릇이다. 당나라 현종이 촉(蜀) 땅 – 지금의 사천성(四川省) –
에 있다는 말을 경덕왕이 듣고 그에게 사신을 보내니, 사신은 양자강을 거슬러
올라가 성도(成都)에 이르러 조공하였다. 이에 당현종이 해마다 조공을 잊지 않고
예의를 잘 실천한 것을 아름다이 여겨 열 개 운(韻)의 오언시 한 수를 내린다는
편지를 썼는데, 그 시가 『동국통감(東國通鑑)』(권10 新羅紀) 안에 전한다. 참고 삼아
옮겨 보이면 이러하다.

四維分景緯	천지는 사방에 나뉘어져 있으나
萬象含中樞	세상 만물은 중심 자리가 있다네.
玉帛遍天下	구슬이야 비단은 천하에 퍼져 있지만
梯航歸上都	산 넘고 물 건너 황도(皇都)로 모이네.
緬懷阻靑陸	저 동방(東邦)의 신라 땅 멀고 멀어도
歲月勤黃圖	긴 세월 우리 중화에 성심을 바쳐왔네.
漫漫窮地際	아스라이 머나먼 땅 가장자리의
蒼蒼連海隅	푸르른 저 바다물이 닿는 한 곳.
興言名義國	명분과 의리의 나라로 일컬어지니
豈謂山河殊	어찌 서로 다른 세상이라 할 건가.
使去傳風敎	사신이 돌아가면 풍속 교화 전하고
人來習典謨	사람들 찾아오면 법과 제도 익히네.
衣冠知奉禮	의관 매무새로 예의와 범절 알만하고
忠信識專儒	충과 신의 태도로 유교 존숭 알만하네.
誠矣天其鑑	정성스러워 하늘이 굽어 살필 테요

賢哉德不孤	어질고녀 덕 있으매 외롭지 않으리.
擁旄同作牧	기치를 세워 백성 다스리는 일 같고
厚貺比生蒭	후한 예물은 생추(生蒭)에 비할지라.
益重靑靑志	맑고 푸른 그 지조 더욱 중히 여겨
風霜抗不渝	바람서리에도 꿋꿋이 변치 말지어다.

위에서 생추(生蒭)는 갓 베어낸 싱싱한 꼴로, 현자에 대한 예우와 공경의 비유적 표현이다. 그런데 이 시는 중국의 그 어느 문헌에도 보이지 않을 뿐더러, 청대 강희(康熙) 연간에 웬만한 시는 죄다 수록한 『전당시』에조차 실려 있지 않다. 아마도 대국의 입장에서 대수롭지 않게 형식상 보낸 것이라고 생각해서 그리 되었는지는 알 수 없으나, 우리쪽 문헌인 『동국통감』에는 용케 보존되었으니 기이한 현상이 아닐 수 없다. 그나마 근세에 일본인 학자 이치카와 세네이(市河世寧)는 『동국통감』의 이 자료에 의거하여 『전당시』에 미처 수록되지 못한 시들을 묶은 『전당시일(全唐詩逸)』에 이 시를 추가해 넣었다.

그런데 〈치당태평송〉처럼 신라의 여왕이 당나라 황제에게 보냈든, 역으로 〈사신라왕〉에서처럼 당나라 황제가 신라왕에게 보냈든, 궁극엔 신라라는 상대적 약소국이 대국 앞에 잘 보이고자 했던 사대의 산물임엔 틀림없다.

아울러 이 시가 당 현종이 난리를 만나 성도로 피해 있었던 시기 안에 들어있음도 은근한 관심거리이다. 상대가 강성할 때 뿐 아니라 불리한 지경에 빠지게 된 상황에서조차 전혀 흔들림 없고 변함이 없는 충정에서였을까? 아니면 곤경에 빠졌달지라도 상대 앞에 변함없는 모습을 보여줌으로써 더욱 잘 보일 수 있는 절호의 기회라고 생각해서였을까? 감동의 상승효과가 훨씬 커질 일이 당연하지만, 이 마당에 당의 황제가 신라왕 앞에 베푼 문사 또한 대단한 미사여구로 일관돼 있음도 쉽게 지나쳐 볼 수 없다.

원래 외교적 문필이란 그런 것이다. 진정성보다 우선시되는 것은 보는 이의 존재감을 높여주는 현란한 칭사(稱辭)인 것이다. 진정성을 공감하기 어려울 뿐 아니라 반어(反語)까지 담은 외형적 찬사의 선례(先例)는 저 고구려 을지문덕이 지었다는 〈여수장우중문(與隋將于仲文)〉 시가 그러할 것이다. 이야말로 야유에 찬 속내를 품었으면서도 표면상으로만 보면 엄연히 아유 넘치는 찬시(讚詩)가 아닐 수 없었다.

神策究天文　　신묘한 책략은 천문을 꿰뚫었고
妙算窮地理　　기막힌 묘책은 지리에 통달했소.
戰勝功旣高　　싸움에 이겨 그 공 이미 높으니
知足願云止　　족함을 알고 그치기를 바랍니다.

하물며 사대주의 당사자는 신라 〈태평송〉 만의 전유는 아니었다. 이보다 훨씬 앞서 저 백제 개로왕(蓋鹵王) 18년(472)에 사신을 위(魏)나라에 보내 조공하면서 올린 표(表)는 그 아부와 굴신의 정도가 가히 추종을 불허할 만큼이다. 그 일부만 번역으로 끌어다 본다.

　　신은 … 멀리 천자의 대궐[雲闕]을 바라보면 쏠리는 정이 그지없나이다. 황제 폐하께옵서 하늘의 아름다움에 화합하시니 우러러 사모하는 정을 누를 길 없사옵니다. … 폐하의 하늘같은 인자하심과 간절한 긍휼(矜恤)이 가없는 데까지 닿는다면, 그리하여 바삐 장병을 보내주시와 신의 나라를 구해 주신다면, 미천하나마 저의 딸을 보내 후궁에서 모시게 하고 겸하여 자제를 보내 외양간에서 말을 먹이게 할지니, 한 자[尺]의 땅, 한 사람의 백성일망정 감히 저의 것이라 여기지 않겠습니다.…

하지만 암만 비굴해 보인대도 궁극적으로는 전형적인 외교문장일 따름이니, 글이 시와 산문으로 형식만 다를 뿐이지 그 내용 자체로 본다면 〈태평송〉 만을 사대로 몰아부칠 수 없는 국면들이 있는 것이다.

돌이켜 이 〈태평송〉에 대한 문학적 수준에 대해서는 진작 이규보·김만중 등의 시대로부터 줄곧 근세에까지 아무런 이의가 없을 만큼 정평을 받았음이 사실이었다. 그와 나란히, 이것이 한국문학사에서 한 그룹을 형성하는 아유문학의 공식적인 첫 작품이라 해도 과언이 아니겠다.

대저 삼국시대에 당나라와의 교류는 정책적으로 친당책(親唐策)을 선택한 신라가 고구려나 백제보다 훨씬 긴밀하였음이 사실이다. 그러한 나당 교류의 세월 속에 진덕여주의 이 〈태평송〉을 기점으로 하여 두 나라 사이에 수십 편의 시들이 나왔다. 그런데 신라인이 당나라 사람에게 기증한 시는 당인이 신라인에게 건넨 시보다 많았다고 하니, 섬서사범대학의 고상인(高尙仁)은 「당조여신라적시가문화교류(唐朝與新羅的詩歌文化交流)」라는 논문에서 전자의 경우가 86수, 후자는 55수로 밝히고 있다. 하지만 정작 이 일에 관여한 당나라 인사는 35명인데 반하여 신라 쪽 인사는 진덕여왕(眞德女王)·최치원(崔致遠)·박인범(朴仁範)·최광유(崔匡裕)·최승우(崔承佑)·김립(金立) 정도라서 흥미로운 대비를 보인다. 해당자가 모두 문인 관료 일색으로만 보이지만 승려 간 화답의 자취도 이에 한몫을 더한다. 예컨대 당나라 관휴(貫休, 832~912)라는 승려의 〈송신라승귀본국(送新羅僧歸本國)〉이라든지, 고비웅(顧非熊)의 〈기자각무명신라두타승(寄紫閣無名新羅頭陀僧)〉, 그리고 신라 경덕왕의 왕자로 경덕왕 16년(757)에 중국으로 건너가서 승려가 된 김교각(金喬覺)의 〈송동자하산(送童子下山)〉 등이 모두 그러한 편린들이다. 이렇듯 한시라는 한화(韓華) 공동의 이데아 안에서 진귀한 문학적 자취를 이룬 바, 지금 이 군왕 사이에 주고받은 문예로서 진덕여왕의 〈태평송〉이 그 전구(前驅)의 역할을 했다는 의미를 부여할 수 있다.

▌景游 金昌龍

평양 원적, 서울 출생, 연세대학교 문과대학 국어국문학과 졸업(1976), 연세대학교 대학원 국어국문학과 문학석사(1979), 연세대학교 대학원 국어국문학과 문학박사(1985), 한성대학교 인문대학장, 학술정보관장 역임, 한성대학교 한국어문학부 교수(현재).

저서

『한중가전문학의 연구』(개문사, 1985), 『한국가전문학선』(정음사, 1985), 『우리 옛 문학론』(새문사, 1991), 『한국의 가전문학·상』(태학사, 1997), 『한국의 가전문학·하』(태학사, 1999), 『중국 가전 30선』(태학사, 2000), 『가전문학의 이론』(박이정, 2001), 『고구려 문학을 찾아서』(박이정, 2002), 『한국 옛 문학론』(새문사, 2003), 『가전 산책』(한성대학교출판부, 2004), 『인문학 산책』(한성대학교출판부, 2006), 『가전을 읽는 방식』(제이앤씨, 2006), 『가전문학론』(박이정, 2007), 『교양한문100』(한성대학교출판부, 2008), 『인문학 옛길을 따라』(제이앤씨, 2009), 『고전명작 비교읽기』(한성대학교출판부, 2009), 『우화의 뒷풍경』(박문사, 2010), 『한국노래문학의 의혹과 진실』(태학사, 2010), 『대학한문』(한성대학교출판부, 2011), 『시간은 붙들길 없으니』(한성대학교출판부, 2012), 『문방열전-중국편』(지식과 교양, 2012), 『우리 이야기문학의 재발견』(태학사, 2012), 『조선의 문방소설』(월인출판사, 2013), 『문방열전-한국편』(보고사, 2013), 『고구려의 시와 노래』(월인출판사, 2013), 『고구려의 설화문학』(보고사, 2014)

한국의 명시가 - 고대·삼국시대편
2015년 6월 24일 초판 1쇄 펴냄

지은이 김창룡
펴낸이 김흥국
펴낸곳 도서출판 보고사

책임편집 권송이
표지디자인 이준기

등록 1990년 12월 13일 제6-0429호
주소 서울특별시 성북구 보문동7가 11번지 2층
전화 922-5120~1(편집), 922-2246(영업)
팩스 922-6990
메일 kanapub3@naver.com
http://www.bogosabooks.co.kr

ISBN 979-11-5516-363-4 93810
ⓒ 김창룡, 2015

정가 21,000원

이 도서의 국립중앙도서관 출판예정도서목록(CIP)은 서지정보유통지원시스템 홈페이지(http://seoji.nl.go.kr)와 국가자료공동목록시스템(http://www.nl.go.kr/kolisnet)에서 이용하실 수 있습니다.(CIP제어번호: CIP2015014923)